Als er hinausging, bemerkte Tess mehr als nur ein paar graue Strähnen in seinem sandfarbenen Haar. Es war, als fiele ihr zum ersten Mal auf, dass Adam älter geworden war. Er stand nicht mehr so aufrecht wie früher, seine Schultern neigten sich nach vorn, so dass er kleiner wirkte als die ein Meter zweiundneunzig, die er maß. Gott, sie hoffte so sehr, diese neue Band, die er produzieren wollte, würde bald einen Vertrag bekommen und ein Erfolg werden. Allerdings traute sie dem Projekt nicht recht, da er nun schon so lange mit ihnen arbeitete, ohne dass etwas Konkretes dabei herausgekommen wäre, sei es auch nur ein Demoband. Er hatte ihr noch nichts von ihnen vorgespielt. Und was waren seine alten Kontakte wert, wenn er die Branchenneuigkeiten aus der Zeitung erfuhr? Früher hatte er im Handumdrehen die Chefs jeder Plattenfirma ans Telefon bekommen, aber das war nun Jahre her. Sie fragte sich plötzlich, ob sein Projekt bereits geplatzt war und er es ihr bloß nicht sagen wollte. Vielleicht war es das, was ihm Sorgen bereitete.

Sie bemühte sich, seine Probleme für den Moment aus dem Kopf zu bekommen, und wühlte in den Schränken nach irgendetwas Essbarem, Müsli, einer Pancake-Backmischung, Grießbrei, zur Not auch Spaghetti. Nichts. Dann fiel ihr diese Bio-Tiefkühlpizza ein, die sie neulich für sich mitgebracht hatte. Pizza zum Frühstück? Wenn es sich jetzt nicht um einen Nahrungsmittelnotfall handelte, wann dann? Sie riss die Verpackung auf und steckte die gefrorene Pizza in den Backofen. Bis Robbie und Adam herumalbernd in die Küche kamen, war sie fertig. Adam hatte seine gute Laune wiedergefunden.

»Setzt euch hin. Ihr esst jetzt beide etwas«, befahl Tess, die vor ihnen mit dem Zeigefinger herumwedelte.

»Cool, Pizza zum Frühstück«, sagte Robbie.

»Keine Sorge, morgen gibt es Haferbrei und Weizenkeime mit frischem Obst.«

»Igitt! Pizza gefällt mir besser.«

Robbie, der seinem Vater wie aus dem Gesicht geschnitten war, während er seiner Mutter äußerlich so gut wie gar nicht ähnelte, schlang ein Stück hinunter und setzte seine Kopfhörer auf. Tess betrachtete seine kleinen Füße, die den Takt zur Musik aus seinem iPod schlugen, den er stets bei sich trug. Sie hörte die gedämpften Laute des Stücks, das Robbie für sein Solo beim Weihnachtskonzert einstudierte. Sie hatte es schon so oft gehört, dass sie es auswendig kannte.

Sie drückte die Stopptaste auf dem iPod, woraufhin Robbie sie verwundert ansah.

»Was?«, fragte er.

Sie glättete den Kragen seines Hemdes und knöpfte es ganz zu. »Du musst dir genug Zeit nehmen, dich richtig anzuziehen, Robbie.«

Robbie gebärdete etwas in Adams Richtung, und die beiden rollten stöhnend mit den Augen.

»Hört schon auf, ihr beiden. Es ist wichtig, wie du aussiehst, Robbie. Es gibt keinen Grund für Schlampigkeit.« Sie nahm seinen genervten Blick zur Kenntnis. »Komm schon, können wir uns vielleicht mal fünf Minuten unterhalten? Ich bekomme dich nie zu Gesicht, und gleich musst du los. Du fehlst mir.«

»Wie kann ich dir fehlen? Ich wohne hier.«

»Erzähl mir, was du so treibst. Was steht heute in der Schule an?«

»Orchesterprobe.«

Darauf griff Robbie nach seinen Hörgeräten und nahm sie ab. Fast automatisch wanderte ihr Blick zu der kleinen Erhebung an seinem Schädel, wo sich sein Implantat unter seiner Kopfhaut abzeichnete. Nun nahm er Messer und Gabel und fing an, auf den Salz- und Pfefferstreuern, den Gläsern, dem

BARBARA J. ZITWER

Als das MEER uns GEHÖRTE

rütten & loening

BARBARA J. ZITWER

Als das MEER uns GEHÖRTE

ROMAN

Aus dem Amerikanischen
von Yasemin Dinçer

rütten & loening

Titel der Originalausgabe:
When The Sea Belonged To Us

MIX
Papier aus verantwortungsvollen Quellen
FSC www.fsc.org FSC® C083411

ISBN 978-3-352-00892-4

Rütten & Loening ist eine Marke
der Aufbau Verlag GmbH & Co. KG

1. Auflage 2017

Einbandgestaltung www.buerosued.de, München
Gesetzt aus der Bembo durch Greiner & Reichel, Köln
Druck und Binden CPI books GmbH, Leck, Germany
Printed in Germany

www.aufbau-verlag.de

Für Gil

»Ich bin mir nicht sicher, weshalb das Meer auf uns eine solch große Anziehungskraft ausübt, doch abgesehen davon, dass das Meer und das Licht und die Schiffe ständig in Bewegung sind, hat es wohl damit zu tun, dass wir alle dem Meer entstammen. Interessant ist auch die biologische Tatsache, dass das Blut in unseren Adern exakt denselben Salzanteil hat wie der Ozean, dass wir Salz in unserem Blut, in unserem Schweiß und in unseren Tränen haben. Wir sind mit dem Ozean verbunden. Und wenn wir zum Meer zurückkehren – um darauf zu segeln oder um es zu betrachten –, dann kehren wir zu unserem Ursprung zurück.«

John F. Kennedy

[Aus den Bemerkungen beim Dinner für die Crews des America's Cup, 14. September 1962]

Kapitel EINS

Sie trat an die raumhohen Fenster, die auf den West Side Highway hinausgingen. Die Scheiben waren von außen mit Eis überzogen, und auf den Fenstersimsen hatten sich kleine Schneeverwehungen gebildet, während hinter ihr die Heizkörper zischten. Tagsüber standen auf der sechsspurigen Fahrbahn zu ihren Füßen die Autos Stoßstange an Stoßstange. Nun, mitten in der Nacht, waren die Straßen leer, abgesehen von einem Taxi, das einem unbekannten Ziel entgegenraste. Im Hudson River spiegelte sich die blinkende Skyline New Jerseys, deren funkelnde Lichter aussahen wie Weihnachtsbeleuchtung. Die Strömung wellte und kräuselte das dunkle Wasser. Bitter betrachtete Tess ihr Spiegelbild.

Einen Entwurf nach dem anderen hatte sie zerrissen und die Papierfetzen auf den Fußboden geworfen. Je weiter die Nacht vorangeschritten war, desto größer war ihre Frustration geworden, und nun, als der Morgen zu dämmern begann, übermannte sie die Trostlosigkeit vollends. Sie war es gewohnt, Hunderte von Zeichnungen anzufertigen, ehe sie einen neuen Schuh vor sich sah, aber diesmal blieben all ihre Bemühungen erfolglos. Ihre schmerzenden Finger, mit denen sie so viele Stunden am Tag den Kohlestift hielt, waren verfärbt wie bei einem Kettenraucher. Sie nahm ihren letzten Entwurf auf und besah ihn sich. Dann zerriss sie auch ihn. Noch ein gescheiterter Versuch. Ihre rechte Hand zitterte.

Schuhe von Tess Harding waren einzigartig. Sie wiederholte sich nie, und ihre Entwürfe zeugten von ihrem Perfektionismus. Wenn sie einmal in Schwung war, konnte sie in einem über Wochen andauernden Rausch eine gesamte neue Schuhkollektion zeichnen. Entwerfen war für sie nicht bloß ihr Job, es war ihre Leidenschaft, das, was sie bewegte. Tess liebte, was sie Tag für Tag tat. Aber diese Blockade dauerte nun schon zu lange. Was war nur los mit ihr?

Sie umschloss mit der Hand den kleinen silbernen Bilderrahmen mit dem Foto von Adam und Robbie, der an einer Kette von ihrer großen Schreibtischlampe baumelte. Ihr Mann und ihr Sohn. Die beiden bedeuteten ihr alles. Sie fehlten ihr. Doch schließlich arbeitete sie, um sie zu ernähren, und erfüllte sich nicht etwa nur ihren Karrieretraum. Sie waren nun eine Familie mit nur einem Einkommen, und Tess war sich nur allzu bewusst, was es kostete, ihren Lebensstil aufrechtzuerhalten. Die Anspannung der letzten fünf Jahre, in denen Adam nichts verdient hatte, war nervenaufreibend gewesen und hatte sie zunehmend gereizter werden lassen.

Niemals würde sie sich bei ihm beschweren oder noch mehr Druck auf ihren ohnehin demoralisierten Ehemann ausüben. Es war nicht seine Schuld, dass er schon mit fünfunddreißig zu einem Dinosaurier geworden war, schließlich hatten auch viele andere Leute im Musikbusiness ihre Jobs verloren, ihre Perspektiven und alles, worauf sie ihr Leben ausgerichtet hatten. Keiner von ihnen beiden war auf Adams Scheitern und Tess' großen Erfolg vorbereitet gewesen. Es war nicht leicht für ihre Beziehung, aber Tess konnte Adam seine Verbitterung nicht abnehmen. Sie verdiente das Geld für die Familie und ging jeden Tag arbeiten, Adam kümmerte sich um ihr Kind. Sie beide liebten Robbie über alles, er war das Bindeglied zwischen ihnen, das sie zusammenhielt. Wären sie überhaupt noch ein

Paar, wenn Robbie nicht wäre? Auch wenn sie es sich kaum eingestehen mochte, nagten solche Gedanken manchmal an ihr.

Als sie ihm vorhin am Telefon gesagt hatte, dass sie die ganze Nacht durcharbeiten würde, hatten sie sich wieder einmal gestritten. Was sollte sie denn tun? Auch nach all den gemeinsamen Jahren hatte Adam noch immer kein Verständnis für ihre Sorgen und dafür, was es ihr abverlangte, Jahr für Jahr im Herbst und Frühling eine komplett neue Kollektion auf den Markt zu bringen. Und jetzt, auf dem Höhepunkt ihres Erfolgs, stand sie unter größerem Druck als je zuvor. Und während sie sich mit Selbstzweifeln plagte, glaubte Adam, ihre Ideen kämen ihr einfach so zugeflogen. Dass das Entwerfen so etwas wie ihr Hobby wäre und sie einfach Glück gehabt hatte. Sie nahm den kleinen Trainingsball aus Gummi vom Schreibtisch und drückte ihn mehrmals in jeder Hand, um ihre verspannte Muskulatur zu lösen.

Ihr Blick wanderte über die Reihe der Skizzen, die noch an der Pinnwand hingen. Jede einzelne dieser Zeichnungen, mit kirschroten Reißzwecken angeheftet und gleichmäßig aneinandergereiht, würde bald von ihrem engsten Beraterkreis analysiert, kritisiert und auseinandergenommen werden. Nach endlosen Diskussionen und viel Hin und Her würden aus den Finalisten schließlich dreißig Entwürfe ausgewählt und an die Fabrik in Italien gesandt, um dort produziert zu werden. Schuhe zu designen war ein globaler Kraftakt, und ihre Ideen mussten ebenso den Anforderungen eines Multimillionen-Dollar-Konzerns genügen wie die Massen zufriedenstellen. Und sie trat nur auf der Stelle. So sehr sie sich auch anstrengte, sie wusste, dass sie heute nichts Gutes mehr zustande brächte. Morgen wäre ein neuer Tag. Sie warf ihren schweren Daunenmantel über, schaltete die Lichter aus, schloss die Tür und nahm den Aufzug hinunter ins Erdgeschoss. Draußen herrschten Minusgrade.

Sie wollte nur noch nach Hause und endlich ihre Familie sehen. Das Taxi hielt vor ihrem Wohngebäude The Beresford, und sie sah ihren Lieblingsportier José durch die Eingangshalle auf sie zukommen. Sein freundliches Lächeln und sein warmherziges Auftreten hießen sie stets willkommen. Obwohl er die Nachtdienste hatte, sah seine Uniform immer frisch und gebügelt aus, nie wirkte er müde. José öffnete die schweren Glastüren, führte sie herein und begleitete sie zum hinteren Aufzug.

»Wieder die ganze Nacht gearbeitet, Mrs. Tess?«, fragte er mit seinem starken spanischen Akzent.

»Oh, das ist es wert, um hierher nach Hause zu kommen«, erwiderte sie lachend.

»Wann nehmen Sie sich mal etwas Zeit für sich?«

»Wenn ich Robbies Collegestudium bezahlt habe … vielleicht«, antwortete sie trocken.

»Aber er ist doch erst neun. ¡Dios mío!«

»Gute Schulen kosten Geld.«

»Robbie hat großes Glück.«

»Ich bin es, die sich glücklich schätzen kann. Der Junge ist das Beste, was mir je passiert ist.«

Die bronzefarbenen Art-déco-Aufzugtüren öffneten sich, und Tess trat ein.

»Gute Nacht, José. Ich meine, guten Morgen.«

Der Vorraum vor ihrer Wohnungstür war mit schwarzweißen Porzellanfliesen ausgelegt, auf einem Art-déco-Regal stand eine schlichte elegante Vase mit frischen weißen Orchideen. Tess betrachtete sich in dem ovalen vergoldeten Spiegel. Die Frau, die ihr entgegenblickte, sah müde und angespannt aus.

Tess drehte den Schlüssel im Schloss um und ließ die Welt hinter sich. In der Wohnung war es angenehm warm und so ruhig, als wäre niemand hier. Das Erste, was ins Auge fiel, war das schwarzweiße Wohnzimmer mit den Sesseln aus echten Zebrafellen, antiken Stücken aus den dreißiger Jahren. Ihre borstigen Mähnen sahen aus wie Irokesenfrisuren, und sie wirkten, als könnten sie im nächsten Augenblick über den glänzend polierten dunklen Mahagonifußboden davongaloppieren. Als Robbie klein war, glaubte er, ihr Wohnzimmer wäre ein Zoo und die Zebras wären seine Freunde. Das elegante weiße Sofa und der scharfkantige Couchtisch aus Marmor vervollständigten das mondäne Ambiente, das so typisch war für die Central Park West. Sie hängte ihren Mantel in den Wandschrank, stellte ihre Tasche auf der weißen Marmorbank im Flur ab und trat ans Fenster. Der Morgen brach an, und die Sonne erhellte den Winterhimmel. Sie genoss die Stille in der Wohnung. Man hätte eine Stecknadel fallen hören können. Bei der Besichtigung hatten die massiven Wände und hohen Decken der Wohnung Tess an eine Bank erinnert, so undurchdringlich und solide gebaut schien ihr das Gebäude. Nun genoss sie es, wie diese Bauweise sie vor dem Chaos und dem Lärm der Stadt abschirmte.

Wie immer ging sie als Erstes nach Robbie sehen, und wie immer verspürte sie Erleichterung beim Anblick seines hellblonden Schopfes, der unter seiner schwarzweißen Steppdecke hervorlugte. Er schlief tief und fest, wie ein Kind schlafen sollte, ohne Sorgen. Vor seinem Fenster stand ein großer Schreibtisch aus weißer gebeizter Eiche, der mit seinen Büchern, CDs und dem Grammy Award bedeckt war, den sein Vater vor zehn Jahren für das beste Pop-Album des Jahres gewonnen hatte. Seine glänzende Tuba steckte in ihrem Ständer, darüber hing ein Pullover. Sie faltete ihn zusammen und legte ihn auf seine Kommode, dann ordnete sie die Bücher auf seinem Schreibtisch. Robbie übte für das Weihnachtskonzert. Dieses Jahr dürfte er zum ersten Mal einen der begehrten Soloparts spielen. Er liebte seine Tuba, so riesig und unhandlich sie auch sein mochte. Es war mühevoll, sie jeden Tag zur Schule und wieder nach Hause zu transportieren, aber Tess wusste, dass Robbie die Vibrationen seiner Musik bei diesem Instrument, wenn er es im Arm hielt und spielte, in einer Intensität spüren konnte, die alle anderen übertraf, und sie verstand, weshalb Robbie das so viel bedeutete. Die musikalische Begabung ihres Sohnes erfüllte sie mit Stolz. Robbie hatte die Benachteiligung, taub geboren worden zu sein, vollkommen überwunden. Und auch sie hatte es geschafft. Als sie damals erfahren hatte, dass er Cochlea-Implantate bekommen konnte, war sie erleichtert gewesen. Er würde fast so aufwachsen können wie ein Kind mit Gehör, die Ärzte meinten, er bräuchte noch nicht einmal Gebärdensprache zu lernen. Ihr Sohn würde hören können, und sie und Adam sollten ausschließlich mit ihm sprechen, um ihm die Entwicklung in der Welt der Hörenden zu erleichtern. Also sprach Tess von seiner Implantation an mit Robbie, und er besuchte von der Vorschule an eine reguläre Schule. Adam war es, der aus Interesse an der Welt der Gehörlosen zuerst das Gebärden erlernte und es Robbie beibrachte. Schon bald verbargen sie auf diese Weise die ersten Geheimnisse vor ihr, und als Robbie fünf Jahre alt war, entschied sie, das Gebärden lieber ebenfalls zu lernen.

Obwohl das Hören für Adam als Musikproduzenten eine so große Bedeutung hatte, ging er ganz offen mit Robbies Problem um und schaffte es trotz allem, ihn in die Welt der Musik zu führen. Er nannte Robbie seinen »kleinen Beethoven« und kaufte ihm eine unfassbar teure Tuba, als er eigentlich noch viel zu klein dafür war. Aber Robbie war begeistert und übte ohne Unterlass, was Tess schließlich auch überzeugte, dass das Instrument seinen Preis wert gewesen war.

Sie schob ganz sanft Robbies Bein zurück, das über die Bettkante gerutscht war, und deckte ihn zu. Er rührte sich nicht. Sie gab ihm einen Kuss auf den Kopf und ließ ihn die letzten paar Minuten genießen, ehe er aufstehen musste, um zur Schule zu gehen und seinen typischen hektischen New-York-City-Tag zu beginnen, der bis sieben Uhr abends vollgepackt mit Aktivitäten sein würde. In letzter Zeit sah sie ihn kaum noch.

Sie betrat ihr eigenes Schlafzimmer, ließ sich angezogen aufs Bett fallen und schloss die Augen, wobei ihr die Schuhe von den in der Luft baumelnden Füßen glitten. Dann hörte sie das Wasser in der Dusche rauschen und ihren Mann mit seiner dröhnenden Stimme singen. Sie war so müde. Wenn sie diese Kollektion irgendwann einmal fertig hätte, bräuchte sie dringend Urlaub. Sie und Adam, nur sie beide.

Doch jetzt bräuchten sie erst einmal Frühstück. Robbie musste zur Schule.

»Warum überrascht mich das nicht?«, lachte Tess beim Blick in den nahezu leeren Kühlschrank. Ein Eierkarton ohne Inhalt, zwei Sixpacks Bier, ein alter Brotlaib und ein fragwürdiges Stück Käse starrten ihr entgegen. Sie nahm vorsichtig den Käse heraus: »Guter oder schlechter Schimmel?« Die Reaktion ihrer Nase war unmissverständlich. Sie blickte hinüber zu Adam, der es sich hinter den übergroßen Seiten der *New York Times* gemütlich gemacht hatte. In stetem Rhythmus griff sein Arm nach der Kaffeetasse und stellte sie zurück auf den Tisch. Ohne dass er dabei aufgesehen hätte, schenkte sie ihm frischen Kaffee nach. So war das wohl nach fünfzehn Jahren

Ehe. Es lag eine besondere Geborgenheit darin, dass sie einander als selbstverständlich betrachteten. Sie waren so sehr aneinander gewöhnt.

»Ich dachte, du wolltest gestern einkaufen gehen?«, zog sie ihn lächelnd auf und wollte sich eben auf seinen Schoß sinken lassen, um ihm den ranzigen Käse unter die Nase zu halten, als er zurückzuckte.

»Verdammt, Tess. Was soll das?«

Sie erhob sich wieder, worauf er weiter an seinem Kaffee nippte, den Blick auf die Zeitung geheftet.

»Tut mir leid, dass ich dich störe.« Tess fühlte sich plötzlich befangen. Sie warf den Käse in den Mülleimer und knallte den Deckel geräuschvoll zu.

»Ich lese gerade einen wichtigen Artikel über Sonys neue Programmsparte«, versuchte er zu beschwichtigen.

»Tut mir leid.«

»Das könnte eine echte Chance für meine neue Band sein.«

»Ich hoffe, es klappt.«

»Du glaubst nicht daran.« Er sah zu ihr auf.

»Doch, natürlich tue ich das. Wie wäre es, wenn wir den Tag heute gemeinsam verbringen? Ich glaube, wir brauchen mal ein bisschen Zeit für uns.«

»Und Robbie?«

»Nia könnte auf ihn aufpassen. Er kann mit Suzie zusammen Hausaufgaben machen und dort zu Abend essen.«

»Weißt du, wie oft Nia das Abendessen für unseren Sohn kocht?«

»Sie ist meine beste Freundin, und sie liebt Robbie.«

»Er verbringt mittlerweile mehr Zeit mit ihr als mit dir.«

»Das stimmt doch nicht.«

»Ich muss Robbie wecken. Es ist Zeit«, sagte er und verließ den Raum.

Tisch und schließlich auf seinen Turnschuhen herumzutrommeln – für diese Art von Musik brauchte er keine technischen Hilfsmittel, diesen Sound spürte er. Er wippte mit dem Kopf, während er aus dem Klang aller Gegenstände um sich herum Musik entstehen ließ. Sogar auf Tess' goldenen Ehering trommelte er. Dann stand er auf und schlug auf die Theken, den Toaster und die Stühle ein, klopfte auf Topfdeckel, wirbelte in der Küche herum und schlug auf alle metallenen Oberflächen in Reichweite. Sie liebte es, die ausgelassene Freude in seinem Gesicht zu sehen, wie sein Kopf mitschwang, sein Blick tanzte, wie er lachte.

Schließlich war sein kleines Akustikexperiment zu Ende, und er legte seine Hörgeräte wieder an.

»Mom, freust du dich auch so, dass wir über Weihnachten nach Griechenland fahren?« Er trällerte: »Weihnachten in Griechenland.«

»Wovon redest du?« Tess sah fragend zu Adam hinüber, der völlig überrascht aufblickte.

»Suzie und ich haben gehört, wie sich Dad und Nia darüber unterhalten haben. Wir werden bei ihren Cousins und Cousinen wohnen und schwimmen gehen und so«, erklärte Robbie.

»Das musst du falsch verstanden haben, Robbie. Nia und Suzie fliegen, nicht wir«, meinte Adam.

»Aber ich habe euch gehört! Suzie hat gesagt, wir können mit ihr im Haus ihres Onkels wohnen. Und wir sind noch nie irgendwo hingeflogen. Warum machen wir so was nie?«

»Es ist kurz vor acht. Du kommst zu spät zur Schule, wir müssen los«, sagte Adam nur.

»Aber … Dad«, maulte Robbie.

Adams Mobiltelefon klingelte, er zog es hervor und ging hinaus in den Flur.

»Können wir nach Griechenland fliegen, Mom? Wäre das

nicht großartig? Wir machen sonst nie richtigen Familienurlaub«, drängte Robbie weiter.

»Robbie, Daddy und ich werden uns auf jeden Fall darüber unterhalten. Das verspreche ich«, versicherte Tess ihm.

Mit dem Telefon in der Hand steckte Adam seinen Kopf durch die Küchentür: »Hey, Kumpel, kannst du dieses eine Mal allein mit der U-Bahn zur Schule fahren? Kleine Planänderung. Ich muss mich gleich mit jemandem treffen.«

Tess sah, wie sich Robbies Augenbrauen zusammenzogen und sein kleines Gesicht sich verdüsterte.

»Adam«, ermahnte Tess ihn. Er wusste ebenso gut wie sie, dass Robbie nicht gern allein Bahn fuhr. Und mit dem Taxi hin- und zurückzufahren war teuer. Außerdem war es zu anstrengend für Robbie, seinen Tubakoffer den ganzen Weg zu tragen. Die U-Bahnen waren für ihn ein Ort der Verwirrung, zu überfüllt und laut, und sie wollte nicht, dass Robbie auf seinem Schulweg Sorgen oder Ängste ausstehen musste. Bestimmt würde er an Sicherheit gewinnen, wenn er größer wurde, aber für den Moment hatten sie vereinbart, dass Adam ihn hinbrachte und abholte. Wäre sie nicht so müde, würde sie ihn selbst begleiten, aber nach ihrer schlaflosen Nacht war sie vollkommen erschöpft.

»Vergiss es, Kumpel. Ich gehe ein bisschen später zu meinem Termin. Kein Problem.« Adam zerzauste ihm das Haar, und Robbies Miene hellte sich wieder auf. Er setzte sich die Kopfhörer auf und rannte hinter Adam her, der sich bereits den Tubakoffer, den Rucksack und ihre Mäntel geschnappt hatte.

»Hey, bekomme ich keinen Abschiedskuss?«, rief Tess ihnen hinterher.

Doch die Wohnungstür knallte zu, und mit einem Mal war es still. Robbie mochte inzwischen zu groß sein, um seiner

Mutter einen Kuss geben zu wollen, aber früher wäre zumindest Adam nicht gegangen, ohne sich von ihr verabschiedet zu haben.

Vielleicht sollten sie wirklich nach Griechenland fliegen. Womöglich war es genau das, was sie brauchten. Die Kinder könnten von früh bis spät spielen, und Nia würde mit Sicherheit auf Robbie aufpassen, wenn sie und Adam Zeit füreinander bräuchten. Vielleicht würden sie dort wieder zueinander finden. Tess schnappte sich ihren Laptop und suchte nach Flügen in der Woche vor Weihnachten. Die Flugtickets kosteten ein kleines Vermögen. Die Temperaturen wären um diese Jahreszeit nicht gerade sommerlich, also wäre es vermutlich nicht die beste Zeit zum Schwimmen, aber die Bilder der Gegend, in der Nias Familie lebte, sahen herrlich aus. Sie schenkte sich noch eine Tasse Kaffee ein und traf dann die erste spontane Entscheidung seit langem. Mit einem Mausklick kaufte sie drei Tickets nach Athen. Tess war wie berauscht. Sie hatte sich noch nicht einmal mit Nia abgesprochen. Sie musste verrückt sein! Aber sie wusste, dass ihre Freundin begeistert wäre. Nia liebte es, Gesellschaft zu haben, vor allem seit ihrer Scheidung.

Ihre Familie würde endlich wieder Zeit miteinander verbringen und neue Erinnerungen sammeln, gemeinsam lachen. Sie würde Robbie und Adam dafür entschädigen, dass sie so viel arbeitete. Sie konnte es kaum erwarten, den beiden von ihren Plänen zu erzählen. Robbie wäre außer sich vor Freude, da war sie sich sicher, immerhin wäre es seine erste Auslandsreise. Und allein der Gedanke an die griechische Kultur, an die antike Malerei und Architektur inspirierte sie. Vielleicht sollte ihre nächste Kollektion Spuren dieser klassischen Schönheit aufweisen? Die Vorstellung war spannend. Sandalen mit Riemen bis zum Knie. Adam wäre gewiss von ihrer Entscheidung überrascht, aber auch begeistert. Sie und er würden sich auf dieser Reise wieder näherkommen, da war sie sich sicher.

Sie würde die nächsten Wochen schuften wie ein Tier und ihren Job zu Ende bringen. Das stand außer Frage. Sie räumte die Küche auf, bis alles blitzsauber war, dann ging sie zurück ins Schlafzimmer und ließ die Jalousien herunter.

Kein Strahl Sonnenlicht drang hindurch. Sie rollte sich unter der großen Decke zusammen, vergrub den Kopf in den Kissen und fiel in einen tiefen Schlaf, bis sie von lautem Klopfen an der Wohnungstür geweckt wurde.

Kapitel
ZWEI

Die grellen Neonröhren des langen Flurs vor der Leichenhalle ließen die dunkel geränderten, verstaubten Risse in der Wand deutlich hervortreten. Das Summen der Lichter drang in ihre Ohren wie ein Klagelaut. Gegenüber dem Eingang zu dem Raum, in dem die toten Körper aufbewahrt wurden, stand ein alter Metallschreibtisch. Dort saß ein grimmig aussehender Polizist, dem die Fähigkeit zu lächeln nicht gegeben zu sein schien, und machte sich mit gesenktem Kopf Notizen. Nur wenn jemand in weißem Kittel an ihm vorbeikam, blickte er auf.

In der Ecke stand ein dürrer, erbärmlich wirkender Weihnachtsbaum. An den Wänden waren ein wenig Lametta und billiger Plastikschmuck verteilt. Die Unwirtlichkeit dieses Ortes war wie ein Schlag ins Gesicht für Tess. Sie saß auf einem billigen Plastikstuhl und konnte immer noch nicht fassen, was sie gerade durchlebte.

Der Anblick Adams ließ sie nicht mehr los. Für immer wäre er in ihr Gedächtnis eingebrannt. Er hatte so unwirklich ausgesehen. Die Haut fahl, ohne jede Röte des Lebens. Die Polizei hatte ihr erklärt, dass ihr Ehemann um zehn Uhr morgens auf der Avenue A in der Lower East Side an einem Bankautomaten gestanden hatte. Ein fünfzehnjähriger Junge war auf ihn zugegangen und hatte ihm in den Kopf geschossen. Einfach so, um in eine Gang aufgenommen zu werden. Nun würde der Junge den Rest seines Lebens im Gefängnis verbringen. Sie hatten ihn beinahe sofort gefasst. Wie konnte ein Jugendlicher, der nur wenige Jahre älter war als Robbie, Adam getötet haben? Wie konnte sich ein Leben von einem Augenblick auf den anderen so verändern?

Tess blickte auf und sah das Gesicht einer jungen Polizistin vor sich, deren Sommersprossen und lockiges rotes Haar nicht recht zu ihrer männlichen marineblauen Uniform passten.

»Mrs. Harding?«

»Ja.«

»Mein Beileid. Kommen Sie mit.«

Als Tess der Polizei die Wohnungstür geöffnet und von den Ermittlern in ihrem Hausflur erklärt bekommen hatte, was geschehen war, hatte sie es nicht glauben können. Nein, sie brauche niemanden, der sie zum Leichenschauhaus begleitete, denn das alles müsse ein Fehler sein. Also war sie allein dorthin geeilt. Doch dann war es Adam, der da auf einmal vor ihr lag, und er war tot. Sie verstand es nicht.

Die Polizistin kam mit einer braunen Papiertüte und einem Klemmbrett zurück. Sie reichte Tess die Tüte, auf die mit dickem Filzstift in Großbuchstaben *ADAM HARDING* geschrieben worden war.

»Wenn Sie einfach hier unterzeichnen könnten, um den Empfang zu bestätigen.«

Tess las das Dokument nicht. Sie unterschrieb, drückte sich die Tüte fest an die Brust und ging hinaus in den eiskalten Nachmittag. Wie in Trance kehrte sie zu ihrem Wohngebäude zurück. Sie kam an José vorbei, dessen traurige große braune Augen sie beinahe die Fassung verlieren ließen, schüttelte den Kopf und eilte schnell weiter zum hinteren Teil des Gebäudes. Sie drückte die Nummer ihres Stockwerks und fuhr mit dem Aufzug nach oben. Mechanisch nahm sie ihre Schlüssel aus der Tasche und schloss die Wohnungstür auf, taumelte ins Schlafzimmer und legte die Tüte aufs Bett.

Zwei kleine Heftklammern hielten die Tüte verschlossen. Tess öffnete sie eine nach der anderen und legte sie auf den Nachttisch. Dann nahm sie Adams Hose heraus, die zusammengelegt ganz oben lag, und breitete sie auf dem Bett aus. Sie strich über den Kordstoff, bis alle Falten geglättet waren. Sein weißes Hemd war befleckt. Genau wie sein Pullover. Der Anblick des getrockneten Blutes versetzte ihr einen Schock. Sie packte die Teile zurück in die Tasche. Dabei fiel ihr auf, dass seine Uhr fehlte. Adam legte sie niemals ab. Die TAG Heuer, mit der sie ihren Mann zu seinem dreißigsten Geburtstag überrascht hatte. Auch sein Rucksack war verschwunden, mitsamt seiner Brieftasche und seinen Kreditkarten.

Sie griff nach ihrem Telefon und drückte auf die Schnellwahltaste für Nia. Komm schon, komm schon, nimm ab. Ich brauche dich. Du musst sofort herkommen. Nimm ab, Nia. Doch Tess erreichte nur die Mailbox. Ihre Knie gaben nach, und sie sank auf den Fußboden. Aber sie konnte ihrem Schmerz jetzt nicht nachgeben. Robbie. Sie musste zu ihrem Kind und ihm sagen, was passiert war. Dass ihr Leben nie wieder dasselbe wäre. Wie sollte sie ihm erklären, wofür sie selbst keine Worte hatte?

Ohne Mantel stürzte sie aus der Wohnung, rannte auf die Straße und fuchtelte wild mit den Armen, um ein Taxi anzuhalten. Robbie, ihr armer kleiner Sohn.

Tess war völlig außer Atem, doch als sie der Schulleiterin entgegentrat, riss sie sich mit aller Kraft zusammen. Der uniformierte Wachmann stand neben ihr, er war ihr durch den Flur gefolgt. Sie konnte es verstehen. Sie musste wie eine Verrückte gewirkt haben, völlig durcheinander, und er hatte bloß seine Arbeit getan, aber sie musste Robbie finden und ihn mit nach Hause nehmen.

»Ich muss zu Robbie. Ich muss ihn abholen. Sofort«, brachte sie mit krächzender Stimme hervor.

»Robbie?«

»Robbie Harding. Ich bin seine Mutter.«

»Ich bin Claire Hadley, die Schulleiterin. Ich glaube, wir kennen uns noch gar nicht.«

»Natürlich kennen wir uns. Ich habe Sie gesehen bei … wann auch immer das war. Ich habe Sie schon mal gesehen. Ich kenne die Schulleiterin meines Sohnes.«

»Sie sind ziemlich aufgebracht, Mrs. Harding. Tut mir leid. Natürlich weiß ich, wer Sie sind. Ich bin es nur gewohnt, bei schulischen Anlässen Ihren Ehemann zu sehen. Wieso kommen Sie nicht in mein Büro und sagen mir, was los ist?«

Die Schulleiterin hielt Tess die Tür zu ihrem Büro auf, ging um ihren Schreibtisch und setzte sich, aber Tess konnte jetzt nicht einfach vor ihr Platz nehmen. Panik und Angst rauschten ihr durch die Adern. Sie wischte sich den Schweiß mit dem Ärmel ihrer Bluse von der Stirn.

»Setzen Sie sich doch.«

Sie fuhr sich mit den Händen durchs Haar. Biss sich auf die Lippe, die sofort zu bluten begann.

»Mrs. Harding, was ist los?«

»Mein Mann … Ihm ist etwas zugestoßen. Er ist tot. Ich muss es Robbie sagen, bevor er es von irgendjemand anderem erfährt.«

»Was? Ich habe ihn doch erst heute Morgen gesehen.«

»Er wurde ermordet … erschossen.«

»Das kann ich nicht glauben!«

»Meinen Sie, ich denke mir das aus?«, fragte Tess bitter.

Die Schulleiterin kam zu Tess hinüber, fasste sie am Arm und führte sie zum Stuhl.

»Entschuldigung, so war das nicht gemeint. Es tut mir so leid. Was für ein Schock.«

»Ich muss zu Robbie und ihm sagen, was passiert ist. Ich will nicht, dass er es aus dem Internet oder von Facebook erfährt, heutzutage …«

»Darüber brauchen Sie sich keine Gedanken zu machen. Die Kinder dürfen keine Telefone mit ins Klassenzimmer nehmen. Darauf achten wir hier. Wir haben strikte Regeln.«

»Wie sagt man einem Neunjährigen, dass seinem Vater in den Kopf geschossen wurde? Am helllichten Tage, ohne jeden Grund? Wie soll er das verstehen?« Tess hatte Angst vor dem, was ihr bevorstand. Sie wusste nicht, wie sie diese Aufgabe bewältigen sollte.

»Bleiben Sie ruhig. Er ist zu jung, um alles zu verstehen, was mit einem Mord zusammenhängt, und braucht nicht alles darüber zu wissen. Wir wollen ihm keine Angst einjagen.«

»Ich kann ihn doch nicht anlügen. Er wird die Wahrheit so oder so herausfinden, und er muss sie von mir erfahren«, rief Tess.

»Mrs. Harding, Sie müssen sich beruhigen.«

»Es tut mir leid. Ich weiß bloß nicht mehr weiter.« Sie schluchzte.

»Ich denke, wir sollten die Schulpsychologin Mrs. Williams dazubitten, bevor wir Robbie aus seiner Klasse holen. Gemeinsam können wir besprechen, wie wir es ihm am besten beibringen. Sie ist sehr kompetent und kennt alle Schüler.

Robbie wird sofort spüren, dass etwas nicht stimmt, wenn er Sie sieht. Und wenn Sie so aufgebracht sind, wird er es auch werden. Man muss es ihm auf die einfachste Weise mitteilen. Ohne zu viele Emotionen.«

»*Deinem Vater wurde in den Kopf geschossen* klingt brutal, auf welche Weise man es auch sagt.«

»Wir wollen ihm aber nicht noch mehr Angst einjagen, als er ohnehin haben wird«, beharrte die Schulleiterin.

»Es wird in den Nachrichten sein. All seine Freunde, die Nachbarn, jeder wird wissen, was passiert ist.«

»Aber Sie können kontrollieren, wie Sie ihm die Nachricht übermitteln. Sie müssen sich beherrschen. Für Robbie wird es am wichtigsten sein, wie Sie sich verhalten und was Sie tun. Wie das Geschehene Sie fühlen und handeln lässt. Sie werden sein ... wie soll ich es sagen ... Leuchtturm sein. Sie werden ihn durch dieses Trauma leiten.«

»Ich werde nicht vor ihm zusammenbrechen, falls Sie das meinen. Ich werde stark sein. Aber vielleicht sollten wir die Psychologin rufen.«

Als Tess ihren Sohn auf Mrs. Hadleys Büro zukommen sah, wusste sie gleich, dass er annahm, in Schwierigkeiten zu sein. Er hatte die Stirn gerunzelt und den Kopf gesenkt. Aber als er aufblickte und sie sah, lächelte er überrascht.

»Was machst du denn hier, Mom?«, fragte er. Seine Stimme klang noch so kindlich.

»Komm her, Robbie.«

Die Psychologin Mrs. Williams schob die Stühle näher zueinander, und die Erwachsenen bildeten einen Kreis um ihn.

»Setzen wir uns doch alle hin«, schlug sie freundlich vor.

»Was ist los? Ich habe nichts getan«, sagte er.

»Nein, Robbie, das hast du nicht«, beruhigte ihn die Schulleiterin.

Tess nahm Robbies Hand in ihre und suchte seinen Blick.

»Du bist so komisch!« Er entzog sich ihr. »Was stimmt hier nicht? Wo ist Dad?«

»Robbie, deine Mutter ist hier, weil deinem Vater etwas zugestoßen ist«, erklärte Mrs. Williams sanft.

»Wie meinen Sie das?«, fragte er.

»Robbie, ich muss dir etwas sagen. Dein Vater … er ist tot«, sagte Tess. Wie konnte es sein, dass sie diesen Satz sagen musste?

»Er war eben noch hier. Er hat mich gerade erst hergebracht. Das ist nicht wahr.«

»Robbie, manchmal gibt es böse Menschen, die anderen Menschen weh tun. Ohne dass diese daran Schuld haben. Weißt du noch, als wir in eurer Klasse über Waffen gesprochen haben und die schlimmen Dinge, die passieren können?«, fragte Mrs. Williams.

»Meinem Dad ist nichts passiert!« Seine Augen weiteten sich vor Entsetzen.

»Ein böser Mann mit einer Waffe hat deinen Dad erschossen, Robbie. Aber der Mann ist jetzt im Gefängnis und kann niemandem mehr etwas tun. Du bist vollkommen sicher, und deine Mutter auch. Und wir sind alle hier, um dir zu helfen«, fuhr die Psychologin in beinahe monotonem Tonfall fort.

»Es tut mir so leid, Robbie. Daddy ist nicht mehr da.« Tess umarmte ihn. »Es tut mir so leid.«

Er entriss sich ihr. »Das ist so eine Lüge!«, schrie er.

»Robbie, atme tief durch«, redete Mrs. Williams ihm gut zu. »Versuch, dich zu beruhigen.«

»Ich bin für dich da, Robbie«, sagte Tess und unterdrückte das Beben in ihrer Stimme. »Wir schaffen das. Alles wird wieder gut.«

»Ich glaube dir nicht! Ich gehe jetzt nach Hause, zu ihm!«, brüllte Robbie und rannte aus dem Büro den Korridor hinunter bis zur Eingangstür. Tess sprintete ihm hinterher und versuchte, ihn zu erwischen, bevor er über die Straße rannte, aber sie kam zu spät. Entsetzt sah sie zu, wie sich ihr Sohn durch den entgegenkommenden Verkehr schlängelte und dann inmitten all der Autos wie erstarrt stehen blieb. Sie eilte zu ihm und wurde fast von einem Taxi gestreift. Um ein Haar wäre sie überfahren worden, das Quietschen der Bremsen stellte ihr die Nackenhaare auf. Der Fahrer beschimpfte sie aus seinem Fenster heraus. Auch die Wagen hinter ihm kamen abrupt zum Stehen, und überall um sie herum brach Gehupe und Gebrüll aus. Tess schnappte sich Robbie und zog ihn mit sich auf den Bürgersteig, wo sie ihn eng an sich presste.

»Alles wird wieder gut. Lass uns nach Hause gehen«, flüsterte sie.

Tess tröstete Robbie, soweit dieser es zuließ. Sie nannte ihm so wenige Details wie möglich, ohne ihn anzulügen. Und als sie seine Fragen beantwortet hatte und er ihr schließlich glaubte, dass Adam an diesem Abend nicht und auch danach nie wieder nach Hause kommen würde, verschloss er sich vor ihr und allem, was sie ihm noch sagen wollte. Er wollte nicht reden, zog sich von ihr zurück. Sie bestellte für ihn Hamburger und Pommes und einen Schokoladen-Milchshake, all seine Leibspeisen. Doch natürlich rührte er nichts an und ging ins Bett. Sie deckte ihn zu und umarmte ihn, aber er lag so steif da wie eine Statue. Tess versicherte ihrem Sohn, dass sie immer für ihn da wäre und dass sie ihn sehr liebte. Sie würden das hier gemeinsam durchstehen. Sie würden es schaffen.

Tess fand keinen Schlaf. Wie ein Geist wanderte sie von

der Küche ins Wohnzimmer, ins Arbeitszimmer, in ihr Schlafzimmer und zurück. Die ganze Nacht hindurch sah sie immer wieder nach Robbie, der reglos zu schlafen schien. Wo war Nia? Weshalb hatte sie keinen ihrer Anrufe beantwortet? Wieso war sie Tess nicht zu Hilfe geeilt? Tess hatte überall Nachrichten für sie hinterlassen. Sie verstand Nias Verhalten nicht. War ihr etwas zugestoßen? Früh am nächsten Morgen klingelte es dann, und ihr wurde ein riesiger Korb voller Delikatessen geliefert. Er war so schwer, dass sie ihn nicht tragen konnte, und sie musste den Boten bitten, ihn in die Küche zu bringen. Überrascht las sie die Karte, der Korb war von Nia. Sie und Suzie waren zu einem Familienfest nach Griechenland geflogen, aber sie bedauere Tess' und Robbies Verlust so sehr. Tess fühlte sich wie vor den Kopf geschlagen. Sie musste sich setzen, um nicht das Gleichgewicht zu verlieren.

Tränen strömten ihr aus den Augen. O nein, Robbie durfte sie nicht weinen sehen, er konnte jeden Moment aufwachen. Sie musste sich für ihn zusammenreißen. Sie rannte ins Bad und flüchtete sich unter den starken Wasserdruck einer heißen Dusche. Sie weinte, bis keine Tränen mehr übrig waren.

Nia hatte ihr schon öfter geholfen, als Tess an beiden Händen abzählen konnte. Die Cupcakes, die sie für Robbies gesamte Klasse mitgeben sollte, hatte Nia gebacken. Das Geburtstagsgeschenk für Adam, das sie letztes Jahr zu kaufen vergessen hatte, Nia hatte es besorgt. Die Tickets für »König der Löwen«, die Tess zu besorgen versprochen hatte und die ihr völlig entfallen waren – Nia hatte es fertiggebracht, noch am Abend vor der Aufführung Plätze zu bekommen, und Tess davor bewahrt, die Kinder zu enttäuschen, die seit Monaten von der Show gesprochen hatten. Nia war so eine gute Freundin. Tess wusste, wie nahe sie ihrer Familie stand. Sie würde sie in so einem Moment nicht im Stich lassen, wenn es nicht absolut notwendig war. Tess fühlte sich schuldig, weil sie wütend war oder auch nur verletzt vom Verhalten ihrer Freundin. Sie hatte kein Recht, Nia zu verurteilen. Dennoch fühlte sie sich schrecklich allein.

Immerhin war ihr Onkel Ike sogleich zur Seite gesprungen. Obwohl sie ihn nicht mehr gesehen hatte, seit Robbie drei Jahre alt war. Doch noch in dieser Minute verließ er Montauk und würde in ein paar Stunden in der Stadt sein. Als sie seine tiefe, raue Stimme am Telefon vernommen hatte, hatte ein Meer von wunderbaren und auch schmerzhaften Erinnerungen in ihr aufgewogt. Sie hatte beinahe vergessen gehabt, wie er sich anhörte. Warum hatte sie ihn all die Jahre nicht besucht? Sie fühlte sich schuldig, was sie ihm auch sagte. Aber in seiner schroffen, liebevollen Art teilte er ihr unmissverständlich mit, dass sie sich ihre Schuldgefühle sonstwo hinstecken sollte. In einer Familie war man nun einmal füreinander da. Tess war so dankbar, ihn zu haben. Schon immer hatte er sich um sie gekümmert, als sie klein gewesen war und auch ihr ganzes späteres Leben.

Am Tag von Adams Beerdigung war es viel zu warm für die Jahreszeit. Sie spürte, wie ihr in ihrem dicken Wollmantel der Schweiß am Körper herunterrann. Die Luft war dicht und feucht, scheußliches Wetter. So grau und neblig, dass sie nicht einmal die Skyline der Stadt erkennen konnte, die nur wenige Meilen entfernt war. Von Adams letzter Ruhestätte überblickte man das Manhattan, das er so geliebt hatte. Deshalb hatte sie den fast zweihundert Jahre alten Calvary-Friedhof ausgewählt. Zwischen Gangstern und Politikern, Schauspielern und Schriftstellern, Stahlarbeitern und Immigranten, die über Ellis Island angekommen waren, wurde nun ihr Mann begraben. Er war immer so stolz darauf gewesen, ein waschechter New Yorker zu sein, in der Stadt geboren und aufgewachsen. Robbie würde fortan an einen wunderschönen historischen Ort kommen können, um das Grab seines Vaters aufzusuchen und sich an ihn zu erinnern.

Als hätte sie ihr Inneres auf Autopilot gestellt, hatte Tess alle Vorkehrungen getroffen und ihren Freunden und Bekannten Bescheid gegeben. Erfüllt von Schmerz und Bitterkeit, hatte sie ein schönes Foto von Adam herausgesucht, eine Todesanzeige geschaltet, die sie ausgeschnitten zwischen die Seiten des letzten Buches legte, das Adam gelesen hatte und das noch auf seinem Nachttisch lag. All diese Dinge würde sie für Robbie aufbewahren, für später, wenn er die Kraft fände, der Erinnerung an seinen Vater nachzugehen.

Nachdem die Polizei Adams Leichnam freigegeben hatte, konnte die Beerdigung geplant werden. Ike war in Anzug und Krawatte kaum wiederzuerkennen, er hatte das Haar zurückgebunden und wirkte düster. Ohne das übliche breite Lächeln auf dem Gesicht sah er wie jemand ganz anderes aus. Sie starrte auf den einfachen ungebleichten Eichensarg und das offene Grab. Den frischen Hügel aus pechschwarzer Erde. Die Totengräber warteten abseits darauf, ihre Arbeit zu vollenden. Der Anblick der beiden Männer, die an einen Baum gelehnt eine Zigarette genossen, verstörte sie. Sie nahm sie aus dem Augenwinkel wahr, bemerkte ihre schmutzigen Stiefel. Da lag Adam in dieser Kiste vor ihnen. Wie konnten sie hier ganz entspannt eine Zigarette rauchen?

Nach einem kurzen Gottesdienst wurde Adam in die Erde hinuntergelassen, einer nach dem anderen warfen die Trauergäste eine Handvoll Erde auf den Sarg. Die Schulleiterin und die Psychologin waren gekommen und hatten mit Robbie gesprochen, der jedoch ihre Gegenwart ebenso wenig wahrzunehmen schien wie die von irgendjemand anderem. Die Menge verstreute sich rasch, der Schock zeichnete viele Gesichter. Dieser so sinnlose, brutale Mord in ihrer Mitte ließ die Menschen, die Adam gekannt hatten, beunruhigt und sprachlos zurück. Tess sah, wie sie die Köpfe schüttelten. Nias Abwesenheit war spürbar. An der Stelle, an der ihre Freundin hätte stehen sollen, blieb eine Lücke. Tess, Robbie und Ike sahen zu, wie die Totengräber das Loch in der Erde auffüllten, dann gingen auch sie. Sie fuhren zurück in die Stadt, zu ihrem Leben ohne Adam. Das Schweigen im Wagen war kaum zu ertragen, weder Tess noch Ike wussten, was sie zu diesem Neunjährigen sagen sollten, der gerade seinen Vater begraben hatte. Tess rückte an Robbies Seite, um ihn in den Arm zu nehmen, aber er widersetzte sich ihrer Berührung und rutschte näher ans Fenster. Ihr fiel auf, dass sein Anzug um ihn schlackerte, er schien geschrumpft zu sein. Sie fragte sich, was bloß in ihrem Kind vorging. Er starrte ausdruckslos aus dem Fenster und hatte noch keine einzige Träne vergossen.

Der graue Schleier der Traurigkeit sank Tag für Tag schwerer auf sie herab. Sie riss das Blatt für den November vom Kalender in der Küche. Sollte tatsächlich schon ein Monat seit Adams Tod verstrichen sein? Seitdem hatten weder sie noch Robbie gelacht oder ein unbefangenes Wort ausgetauscht. Kein einziges Mal hatte er sein Frühkonzert beim Frühstück gegeben, kaum einmal die Tuba in die Hand genommen. Ihr Sohn, dieses aufgeregte Energiebündel, war verstummt. Wenn sie ihn anblickte, glaubte sie, einen alten Mann vor sich zu sehen. Als wäre auch Robbie gegangen.

Tess nippte an ihrem Kaffee und griff nach einem Buch von dem Stapel auf einem Regalbrett neben ihr, *Wie Kinder trauern*. Sie öffnete das Buch an der von ihr markierten Stelle. So viele Ratgeber hatte sie schon gelesen, und alle Experten sagten mehr oder weniger dasselbe. Normalität aufrechterhalten. Mit den Routinen des Kindes fortfahren, radikale Veränderungen vermeiden. Konsistenz, Bestätigung, Liebe, Verständnis und Sicherheit waren das, was Kinder in diesem Alter nach der Ermordung eines Elternteils am dringendsten benötigten. Tess gab sich alle Mühe. Sie sagte alles ab, was ihre Arbeit betraf, und blieb die ganze Zeit bei Robbie, widmete ihm ihre volle Aufmerksamkeit. Sie brachte ihn jeden Morgen zur Schule und holte ihn jeden Nachmittag ab. Er war nie allein. Es war wirklich eine Schande, dass Nia und Suzie immer noch in Griechenland waren. Robbie vermisste seine kleine beste Freundin, sie wäre das wirksamste Gegengift für seinen Kummer gewesen.

Er wollte nicht mehr am Weihnachtskonzert teilnehmen, aber Tess drängte ihn, seiner Verpflichtung nachzukommen und sein Solo weiter vorzubereiten. Er liebte seine Tuba und seine Musik, und sie glaubte, es könne nur heilsam für ihn sein, auch wenn er im Augenblick noch zu niedergeschlagen war, um es so zu empfinden. Schließlich gab er nach. Gerade als sie das Haus verlassen wollte, um zu Robbies Konzert zu fahren, klingelte es an der Tür. Weshalb hatte der Portier nicht angerufen, um mitzuteilen, dass jemand hochkam? Verwundert ging sie zur Tür. Ein Polizist stand davor, und sofort brach sich das Entsetzen in ihr Bahn.

»O nein! Geht es meinem Sohn gut? Ist ihm etwas zugestoßen?«, rief sie.

»Nein, ganz und gar nicht. Ich will Ihnen nur etwas bringen, Mrs. Harding. Tut mir leid, wenn ich Sie erschreckt habe«, sagte er und reichte ihr eine braune Tüte. »Es ist uns gelungen, den Rest der Habseligkeiten Ihres Mannes aufzufinden.«

»Gott sei Dank. Ich meine … ich danke Ihnen. Ich dachte …«

»Verständlich. Entschuldigen Sie bitte.«

Sie nahm die Tüte entgegen, schloss die Tür und ging ins Wohnzimmer. Ein brennender Schmerz strahlte von ihrer Brust aus, und sie hatte das Gefühl, ein schreckliches Déjàvu zu erleben. Sie musste sich setzen. Dann holte sie bedächtig die einzelnen Gegenstände aus der Tüte und legte sie auf den Couchtisch. Adams Armbanduhr, seine Brieftasche, sein Rucksack und sein Mobiltelefon. Unglaublich, dass die Polizei all seine Sachen gefunden hatte. Sie hatte sie für verloren gehalten. Sie begutachtete die Armbanduhr, die unbeschädigt wirkte, und versuchte, das Telefon einzuschalten. Das Display flackerte kurz auf, doch der Akku war leer, weshalb es sich sofort wieder verdunkelte. Sie schnappte sich das Ladegerät, schloss das Telefon an und legte es auf den Kamin.

Kapitel
DREI

Als Tess in der Schule ankam, hatten die anderen Eltern schon in der großen Aula Platz genommen. Sie flüsterten, lächelten und fotografierten ihre Kinder mit ihren Smartphones. Ein paar Mütter drehten sich um, um zu schauen, wer da unpünktlich kam, und als sie Tess sahen, meinte diese, Mitleid in ihren Blicken zu erkennen.

Niemand bat sie, sich neben sie zu setzen. Sie fühlte sich wie eine Ausgestoßene. Als verkörperte sie alles Unglück, an das niemand denken wollte. Sie suchte sich einen Stuhl in der letzten Reihe, wühlte in ihrer Tasche, zog Adams Armbanduhr hervor und hielt sie fest in der Hand. Die Uhr war da, die Brieftasche, die Haustürschlüssel … Was fehlte nur? Da fiel es ihr ein. Der Ehering war nicht dabei gewesen.

Sie blickte auf und suchte die Reihen der Kinder auf der Bühne nach ihrem Sohn ab. Schließlich entdeckte sie ihn. Ihr Herz schmerzte beim Anblick ihres kleinen blonden Jungen, der hinter seinem riesigen Instrument viel zu schmächtig wirkte. Das Strahlen, das sonst immer von ihm ausgegangen war, war aus seinem Gesicht verschwunden. Sie winkte ihm zu, aber er nahm keine Notiz von ihr.

Die Musiklehrerin kündigte Robbies Solo an und stellte ihn vor, erklärte, wie erschüttert die ganze Schule von seinem Verlust sei und wie sehr alle seine Tapferkeit bewunderten, heute hier zu sein. Dann ging sie ab, und alle erwarteten, dass er zu spielen begann. Gemeinsam mit Adam hatte er ein Stück des Tubisten Øystein Baadsvik ausgewählt, *It Will Be Alright*. Doch statt der Klänge des Orchesters vernahm Tess plötzlich Brüllen und Krachen von der Bühne. Entsetzt sah sie zu, wie ihr Sohn seine Tuba über die Bühne schleuderte und dann schreiend auf die anderen Schüler losging. Der Dirigent und zwei Mütter erwischten ihn, bevor er jemandem weh tun konnte.

Robbies Klagelaute hallten durch die ganze Aula und ließen jeden darin aufschrecken. Die anderen Kinder schrien und rannten zu ihren Eltern. Tess sprang auf die Bühne und hastete durch die Reihen aus Stühlen und Notenständern. Geigen und Trompeten, Celli, Flöten, Bratschen und Trommeln waren auf der ganzen Bühne verstreut, während die verängstigten Kinder aus der Aula hinausdrängten. Erschöpft von seinem Gefühlsausbruch, war Robbie zusammengesunken. Tess umschlang ihn, hielt ihn so fest sie konnte und spürte ihn schluchzen, dass es ihr das Herz zerriss.

Zu Hause angekommen, deckte Tess ihn zu, murmelte dabei unablässig Worte des Trostes, aber als sie ihm einen Kuss geben wollte, vergrub er seinen Kopf im Kissen. Sie verließ sein Zimmer, löschte das Licht, ließ jedoch die Tür offen. Dann schenkte sie sich einen dreifachen Scotch ein, leerte ihn in einem Zug und füllte ihr Glas von neuem. Sie betrat Adams Arbeitszimmer, setzte sich in seinen großen Ledersessel hinter dem Mahagonischreibtisch und ließ den Kopf auf ihre Arme sinken. Er fehlte ihr so. Adam hätte gewusst, wie er seinen Sohn hätte beruhigen, ihn hätte trösten können. Wie sollte sie ihm nur helfen? Was taugte sie als Mutter, wenn sie nicht wusste, was ihr Kind in dieser Situation brauchte? Sie wünschte, sie hätte in diesem Moment mit Adam reden, ihre Sorgen mit ihm teilen können. Hilf mir, Adam, hilf unserem Sohn. Ihr Blick fiel auf die gerahmten Platinalben aus vergangenen Jahrzehnten, jener Zeit, als er ganz oben war. Und selbst nach dem Niedergang des Plattengeschäfts war Adam noch jung genug gewesen, um sich etwas Neues aufzubauen. Auf seinem Schreibtisch stapelten sich Musikzeitschriften und Zeitungen, CDs und ausgedruckte E-Mails. Er stand doch mitten im Leben. Er war noch nicht bereit gewesen, zu sterben. Ihr Mann und Robbies Vater war ihnen einfach genommen, aus ihrem Leben gerissen worden. Sie wollte Adam wiedersehen, ihn küssen, ihn lieben, ihn halten, ihre Liebe erneut aufflammen lassen.

Plötzlich fiel Tess das Handy ein. Es musste längst aufgeladen sein. Sie ging ins Wohnzimmer, stöpselte es ab und schaltete es ein. Zum Entsperren gab sie Robbies Geburtsdatum ein, derselbe Code wie bei ihr. Im Hintergrund erschien ein Foto von Robbie, auf dem er lächelnd eine große Zahnlücke zeigte, Adams Lieblingsbild von seinem Sohn, der damals sechs Jahre alt gewesen war. Es zerriss ihr das Herz, wie sehr sich Vater und Sohn ähnelten. Sie warf einen Blick auf den Kaminsims, wo all ihre Familienfotos in Silberrahmen aufgereiht standen. Sie wirkten so glücklich und vor Gesundheit strotzend wie in einer Ralph-Lauren-Werbung. Adam schien auf den Bildern stets stark und unerschütterlich. Es war schwer zu glauben, dass er tatsächlich fort war.

Schließlich nahm sie all ihren Mut zusammen und drückte einen Knopf, um Adams Mailboxansage abzuspielen. Die Luft wurde erfüllt von seiner tiefen Stimme, die einen immer ein bisschen aufzuziehen schien. Sie trank noch mehr Scotch und berührte dann sanft das Display, um Adams Fotos anzusehen und seine letzten E-Mails und SMS zu lesen. So qualvoll es auch war, zwang Tess sich dazu, hatte sie doch das Gefühl, die letzten Dinge, die ihn bewegt hatten, kennen zu müssen.

Darling, ich warte im Café Trieste. Wo bist du?, hörte sie mit einem Mal eine wohlbekannte Frauenstimme hauchen.

Wer war das? Tess spielte die Nachricht wieder ab. War das etwa Nia? Warum sollte sie auf Adam warten? Und warum klang ihre Stimme so … anders?

Sie öffnete seinen SMS-Ordner und traute ihren Augen nicht. Nachricht um Nachricht von Nia, ihrer besten Freundin. Adams Antworten darauf, in denen es um ihr romantisches Rendezvous in Griechenland ging. Dann ein ganzer Nachrichtenhagel, in denen sie ihn besorgt fragte, wo er stecke, und ihn darauf hinwies, wie spät es bereits sei. Dass der Film, die Originalversion, gleich anfange. Er sei in Griechenland gefilmt worden. Sie wolle so gern, dass er den Anfang sah. Ob er noch komme? Und dann die Worte, die sie nie vergessen würde.

Hast du es ihr schon gesagt? Ich weiß, dass es schwer für dich ist, es ihr zu sagen, aber es geht einfach nicht anders. Ich liebe dich so sehr. Bis bald.

Ihr was gesagt?

Hast du es ihr gesagt? Wir waren uns doch einig, dass wir nicht so weitermachen können, wir können es einfach nicht mehr geheim halten. Ich warte auf dich, Adam. Agapi mou, meine Liebe.

Das war die allerletzte Nachricht auf seinem Telefon. Tess wich alles Blut aus dem Gesicht, und ihr wurde schwindlig. Ihre Sicht verschwamm. Durch Tränen, die ihr über die Wangen strömten, las sie die Nachrichten wieder und wieder. Dann hörte sie sich noch einmal Nias Botschaft auf der Mailbox an, bis ihr der Kopf zu platzen drohte. Diese Korrespondenz zwischen ihrem Ehemann und ihrer besten Freundin war unmissverständlich. All ihre Gefühle der Liebe und

Trauer, des Kummers und der Sehnsucht wurden aus ihrem Körper gezogen, als würde jemand mit dem Staubsauger über sie hinweggehen. Und dann füllte sich jeder einzelne Zentimeter ihrer Seele mit einer Wut, die so machtvoll war, wie sie es noch nie zuvor erlebt hatte, einem neuen Gefühl, das in ihren Adern aufstieg und sich von ihrem Magen in ihre Brust und ihre Lungen ausbreitete. Ihr war schlecht, als würde sie jeden Augenblick zusammenbrechen. Sie meinte, keine Luft zu bekommen, rannte ans Fenster, doch ihre Hände waren so zittrig, dass sie es erst nicht zu öffnen vermochte. Endlich streckte sie den Kopf in die eisige Luft hinaus und atmete ein, als wäre sie unter Wasser getaucht und kurz vorm Ertrinken gewesen. Dann öffnete sie alle Fenster und ließ die kalte Luft in den Raum strömen.

Im Bruchteil einer Sekunde hatte sich ihr wunderschönes, mit Liebe erfülltes Heim in den Schauplatz eines schäbigen Verrats verwandelt. Sie schämte sich so, fühlte sich als erbärmliches Klischee einer in die Jahre gekommenen Frau, die vor lauter Konzentration auf ihre Karriere nicht mitbekam, was ihr Ehemann und ihre Freundin hinter ihrem Rücken trieben. Sie ging zum Kamin und betrachtete die Familienfotos. Wie lange gab es diese nette kleine Familie, die da so glücklich in die Kamera lächelte, schon nicht mehr?

Eine Aufnahme, auf der auch Nia zu sehen war, stach ihr ins Auge, von einem Grillfest in der Schule im letzten Sommer. Nia mit ihrem vollen schwarzen Haar und ihren sinnlichen Kurven. Daneben wirkte sie selbst wie ein langweiliger Hungerhaken. Allmählich fügten sich all die hässlichen kleinen Puzzlestücke des Betrugs zusammen. Mit einem Schlag fegte sie alle Bilder zu Boden, wo die gerahmten Gläser in Hunderte von Scherben zersprangen. Sie griff nach einem Porträt Adams, wobei sie sich am Handgelenk schnitt, und riss es in winzige Stücke. Sie zerfetzte alle Fotos, bis ihr Blut auf den weißen Teppich tropfte und ihre Kleider befleckte.

In dem riesigen antiken Spiegel erhaschte sie einen Blick auf sich. Sie sah erschreckend aus, die schwarze Wimperntusche rann ihr übers Gesicht, und ihr kurzes Haar stand wild ab, eine Verrückte in den Trümmern ihrer Ehe. Ihr Hemd war zerrissen, der Rock hatte sich bis zu ihrer Taille hochgeschoben. Zu ihrem Entsetzen bemerkte Tess in einem Winkel des Spiegels den armen Robbie, der barfuß in der Tür stand und sich die Augen rieb. Sie drehte sich zu ihm um. Sein verwirrter, ängstlicher Gesichtsausdruck ließ sie augenblicklich zur Besinnung kommen. Sie eilte zu ihm und brachte ihn zurück in sein Zimmer.

»Ist schon in Ordnung, Robbie. Mommy war bloß traurig wegen Daddy. Das ist alles. Und es ist vorbei. Alles ist gut.«

Tess bettete ihn sanft, zog die Decke über ihn, gab ihm einen Gutenachtkuss und betete, er möge sich am nächsten Tag nicht mehr daran erinnern, mitten in der Nacht aufgewacht zu sein. Wieder bei klarem Verstand, eilte sie in die Küche, um ihren Schnitt mit Wasser abzuspülen. Dann stolperte sie zurück ins Wohnzimmer, um das Chaos zu beseitigen.

Sie war eine Mutter. Sie trug Verantwortung. Ihrem Kind zuliebe musste sie sich zusammenreißen, musste es beschützen. Tess hob das einzige Bild auf, das unversehrt geblieben war. Eine wunderschöne Aufnahme, die Adam von ihnen gemacht hatte. Darauf hielt sie Robbie an den Fußgelenken in die Luft, und sie sah die ausgelassene Freude in den Augen ihres Jungen, der damals zwei Jahre alt gewesen war. Neben ihnen waren Ike und die Labradore zu sehen. Sie standen vor dem Leuchtturm, und im Hintergrund glänzte das Meer. War es so lange her, dass sie in Montauk gewesen war? Onkel Ike. Montauk. Es war beinahe elf Uhr, aber das wäre ihrem Onkel egal. Das wusste sie. Er hatte ihr gesagt, sie solle zu ihm kommen, wann immer sie wolle. Sie wählte seine Nummer, und nach kurzem Klingeln hörte Tess schon seine mürrische tiefe Stimme am anderen Ende der Leitung.

»Ich bin's«, schluchzte Tess.

»Komm her, Tessie, komm einfach.«

Kapitel VIER

Das Taxi hielt am Bordstein, und Tess stieg aus. Ihr schwerer, bodenlanger Wollmantel und ihre hochhackigen Stiefel erschwerten es ihr, nach Robbies Rucksack zu greifen, den Fahrer zu bezahlen und die Hand ihres Sohnes zu nehmen, um ihn aus dem Wagen zu ziehen. Der Fahrer rührte keinen Finger, um ihr dabei zu helfen, die beiden großen Koffer aus dem Kofferraum zu holen.

»Bleib da stehen, Robbie«, rief sie ihm zu und wies ihn mit einer Geste an, dass er direkt neben ihr auf dem Bürgersteig warten sollte, während sie sich mit den beiden Koffern abmühte, die aussahen, als würden sie mehr wiegen als sie selbst. Wenn irgendjemand durch ihre übergroße dunkle Sonnenbrille hätte hindurchblicken können, hätte er erkannt, dass Tess über Nacht um zehn Jahre gealtert war. Mit dem letzten Rest Energie, den sie aufbringen konnte, wuchtete sie die überfüllten Koffer an den Straßenrand. Das Taxi jagte über die leere Avenue davon.

Der Morgen war dunkel und trüb, und die Dezemberluft war bitterkalt und grau, passend zur Farbe der hohen Gebäude. An der Ecke ragte ein einzelner blattloser Baum, in dem kaum noch Leben steckte, aus seinem Betonflecken von einem Garten. Tess zitterte, ihre Hände waren rot und eiskalt. Sie fand Robbies Handschuhe in ihrer Manteltasche und gab sie ihm. Ungeduldig beobachtete sie, wie er sich abmühte, seine Finger hineinzubekommen.

»Komm, ich helfe dir. Es ist schrecklich kalt.«

Sie schob vorsichtig die Finger ihres Sohnes in die engen Handschuhe, zog ihm die Mütze über die Ohren und band ihm die Kapuze um den Hals fest. Robbie sah in seiner bauschigen Daunenjacke aus wie eine steife Riesenpuppe. Sein Gesicht war unter der überdimensionalen Kapuze kaum zu erkennen. Tess hielt ihn eng an sich gepresst, als müsste sie ihn vor einer Gefahr beschützen. Ihr Blick wanderte immer wieder zur Ecke des langen Häuserblocks, um Ausschau nach dem Bus zu halten, als könnte sie ihn so dazu bringen, früher zu erscheinen. Sie hatte das Gefühl, schon eine Ewigkeit zu warten. Unmöglich hätte Tess mit dem Auto hinaus nach Montauk fahren können, dafür fehlten ihr sowohl die Energie als auch die Konzentration, und die Long-Island-Bahn fuhr im Winter nur einmal am Tag. Zum Glück gab es den exklusiven Busservice Hampton Jitney. Im Winter fuhren nur wenige Busse von Manhattan nach Montauk, anders als im Sommer. Ab Ende Mai begaben sich Zehntausende New Yorker auf ihre wöchentlichen Pilgerreisen in die Hamptons, doch kaum jemand fuhr mitten im Winter gen Osten. Tess betrachtete angewidert die Straße, in der Müll vom Wind herumgewirbelt wurde. Die inzwischen nicht mehr beleuchtete Weihnachtsdekoration wirkte billig.

Der morgendliche Berufsverkehr setzte ein, und ein paar Fahrradfahrer schlängelten sich durch die Autoketten. Taxis hupten einander zu. Ein einzelner Verkehrspolizist nahm seinen Platz inmitten des Fahrzeugstroms ein und wedelte wild mit den Armen. Tess drückte Robbie fest an sich. Die Stille der Straße hatte sich in Lärm und Hektik verwandelt, was sie noch unruhiger werden ließ, aber gerade, als sie nach ihrem Telefon greifen wollte, sah sie das gigantische Fahrzeug mit einem breiten Schlenker um die Ecke biegen und auf sie zufahren. Der Bus hielt an, seine riesigen Türen gingen auf, und ein dickbäuchiger Fahrer trat heraus und zündete sich eine eilige Zigarette an.

Sie wies Robbie an, ihnen einen Platz zu suchen, während sie sich vergewisserte, dass ihr Gepäck eingeladen wurde. Als sie ihrem Sohn folgte und sich erleichtert neben ihn fallen ließ, sah sie, dass sie die einzigen Passagiere waren. Der Bus fuhr an und fädelte sich wieder in den Verkehr ein. Allein zwischen den zahllosen Sitzreihen hatte sie das Gefühl, sie beide wären die zwei einsamsten Menschen auf dem Planeten. Wer fuhr schon am Weihnachtsmorgen nach Montauk hinaus? Robbie hätte gemütlich im Bett liegen und davon träumen sollen, was für ihn wohl unter dem Weihnachtsbaum liegen würde, und Tess hätte wie immer früh aufgestanden sein sollen, um den großen Truthahn mit ihrer besonderen Austernfüllung vorzubereiten, Cranberry-Sauce anzurühren und ihre Ofenkartoffeln mit Pilzen und Käse zu machen. Doch dieses Bilderbuchweihnachten war nur eine Täuschung gewesen. Offensichtlich hatte sie sich Illusionen darüber hingegeben, was um sie herum passierte. Warum? War sie so dumm, dass sie nicht sehen konnte, was sich die ganze Zeit direkt vor ihrer Nase abspielte? Ja, sie war so dumm. Wie erbärmlich sie war. Kein Wunder, dass Adam sie hatte verlassen wollen. Und sie hatte gedacht, sie hätten einander geliebt. Eben diese Gewissheit, dieses Vertrauen in sie beide war das Fundament ihrer Ehe gewesen. War es mit Nia einfach nur guter Sex gewesen? Nein … er wollte Tess verlassen und mit Nia ein neues Leben beginnen. Das wusste sie, seit sie ihre Nachrichten gelesen hatte. Sie wusste einfach nicht mit diesem Gedanken umzugehen, er passte doch gar nicht zu allem, was sie empfunden, was sie gelebt hatte. Diesen Verrat würde sie Nia niemals vergeben können, was dieser jedoch vermutlich gleichgültig war. Ihre beste Freundin – noch so eine dämliche Vorstellung, der Tess vertraut hatte. Alles, woran sie geglaubt hatte, ihr Ehemann, ihre beste Freundin, ihre Welt, ihre Liebe, war eine Täuschung. Sie fühlte sich wie seekrank, ihr innerer Sturm ließ sie ins Wanken geraten.

Sie sah zur Seite, wo Robbie aus dem Fenster starrte. Seit seinem Wutausbruch am vorigen Tag hatte er kein Wort gesagt. Während sich der Bus langsam durch den morgendlichen Verkehr quälte, schloss Tess die Augen. Mit einem Mal verspürte sie Abscheu vor der Stadt, die sie ihr ganzes Leben lang geliebt hatte.

Sie musste eingenickt sein. Sie öffnete die Augen und sah zu Robbie hinüber, der eingeschlafen war, die Wange an die Scheibe gepresst. Sie hob sanft seinen Kopf an und lehnte ihn an ihre Schulter. Er zuckte zusammen, wachte jedoch nicht auf. Gut, dass er den fehlenden Schlaf nachholte. Sie betete, er möge von schönen Dingen träumen.

Der Bus fuhr weiter downtown. Presslufthämmer dröhnten und Bauarbeiter zogen ein Gerüst um ein altes Gebäude hoch. In New York City wurde andauernd gebaut, abgerissen, neu aufgebaut, restauriert, renoviert, gesprengt, zugemauert und wiederhergestellt, wieder und wieder und wieder. Einst hatte die Stadt sie fasziniert, sie verzaubert und ihr lauter neue Möglichkeiten geboten. Doch nun wollte sie nur noch fort von hier.

Schweißtropfen sammelten sich auf ihrer Stirn. Sie wand sich aus ihrem Mantel und deckte Robbie damit zu. Der Bus fuhr für seinen letzten Halt in der Stadt rechts ran. Ein paar Passagiere stiegen zu und verstreuten sich auf die Sitze. Kurz darauf fuhr der Bus wieder los und bog links auf die Zufahrt zum Midtown Tunnel ein, der die Stadt mit Queens und dahinter Long Island verband. Tess warf einen letzten Blick auf die Wolkenkratzer im strahlenden Morgenlicht, bevor sie in die Unterführung abtauchten. Seit ihrer Kindheit hatte Tess in dem zwei Kilometer langen Tunnel jedes Mal Herzklopfen bekommen. Sie hielt den Atem an, bis auf der anderen Seite Licht zu sehen war.

Nach zwei Stunden wechselte der Bus vom Freeway auf den Montauk Highway, die einzige Straße, über die man die Hamptons und Montauk erreichte. Im Sommer staute sich der Verkehr hier stundenlang, da Autos, Lastwagen, Busse, Traktoren und Pferdeanhänger gezwungen waren, sich dieselbe winzige Straße zu teilen. So sehr die Anzahl der Sommergäste über die Jahre auch angestiegen war, die Gemeinden vor Ort hatten die ursprüngliche Straße nie verbreitern lassen, so dass man mitunter über zehn Stunden brauchen konnte, um ein paar Meilen zurückzulegen. Aber im Winter, und vor allem am Morgen des ersten Weihnachtsfeiertags, war der Montauk Highway leer. Ihr erster Halt war Southampton, wo der Bus zwei seiner Passagiere absetzte, wobei Robbie aufwachte.

»Wir sind schon in Southampton. In weniger als einer Stunde sollten wir Montauk erreicht haben. Möchtest du etwas essen?«

Robbie nickte und schob Tess' Mantel von sich. Sie reichte ihm ein Sandwich mit Erdnussbutter und Marmelade zusammen mit einem Karton Schokomilch, und er schlang alles innerhalb kürzester Zeit hinunter. Sie gab ihm das nächste Sandwich, von dem er etwas kleinere Bissen nahm.

»Sieh mal, Robbie, eine Windmühle. Sie sieht noch genauso aus wie im siebzehnten Jahrhundert. Etwas ganz Besonderes, findest du nicht?«

Robbie tat, als hätte er sie nicht gehört, und seine fehlende Reaktion ließ Tess schlucken. Es war lange her, seit sie zum letzten Mal hier draußen im Osten gewesen war, und sie hatte vergessen, was für eine Idylle dieser Landstrich war. Water Mill, Bridgehampton, Wainscott, East Hampton, Amagansett, schließlich Montauk. Die Orte der Hamptons waren so pittoresk und perfekt erhalten, dass sie beinahe unwirklich schienen. Jedes winzige Dorf im Neuengland-Stil hatte seine eigene blütenweiße Kirche mit spitzem Turm aus dem achtzehnten Jahrhundert, eine Feuerwache aus Backstein, ein klitzekleines Postamt und eine graue Bibliothek mit dem für die Gegend typischen asymmetrischen Saltbox-Dach. In Amagansett stand eine weitere hübsche Windmühle direkt neben einem Ententeich, auf dem trotz der dünnen Eisschicht zwei riesige Schwäne über das Wasser trieben. Es war eine eigene Welt.

»Sieh mal, Robbie, Schwäne.«

Immer wieder bemühte sich Tess, seine Aufmerksamkeit auf etwas zu lenken, während sie East Hampton verließen, wo der Rest der anderen Passagiere ausgestiegen war. Auf einen Schlag verwandelte sich nun die Natur, und auch Tess verstummte und bewunderte nur noch die seltsame Landschaft. Die Straße führte jetzt nicht mehr an gepflegten Rasen oder Formschnitthecken vorbei. Sie fuhren durch ein bizarres Wunderland, einen Tunnel aus kahlen Bäumen, durch deren Äste das Sonnenlicht fiel und den Asphalt in filigranen Mustern sprenkelte. Der Old Montauk Highway, ein schmaler asphaltierter Streifen, konnte den riesigen Bus kaum fassen, und seine dicken Reifen rollten über den ungeteerten Sand am Straßenrand. Die Bäume sahen aus wie riesige Vogelnester, so krumm und verflochten waren ihre Äste, aber Tess fand sie bezaubernd. Sie zeigten alle möglichen Braunschattierungen und sahen so verdorrt aus, als würden sie bei Berührung auseinanderfallen. Es war das erste Mal, dass sie Montauk in seiner winterlichen Rohheit erlebte. Das Montauk vor ihrem

Fenster war vollkommen neu für Tess und stimmte überhaupt nicht mit ihren Erinnerungen überein, und doch gefiel es ihr auf Anhieb.

Die Straße führte in langen Bögen um den grünblauen Ozean herum, auf dem sich die Wellen in leuchtend weißen Schaumkronen brachen und dabei so laut krachten und tosten, dass man sie selbst durch die geschlossenen Fenster hören konnte. Der Anblick der riesigen, mit Strandhafer bedeckten Sanddünen wirkte beruhigend auf sie. Das Städtchen Montauk lag auf einem schmalen Landstreifen zwischen dem Atlantischen Ozean und der Fort Pond Bay, durchzogen von kleinen Teichen, Zuflüssen und Wasserwegen, die sich auf seinen großen Wald- und Grünflächen ausbreiteten. Montauk, so benannt von den Algonkin, die vor hunderten Jahren dort gelebt hatten, lag auf dem entferntesten Zipfel von Long Island zwar nur dreieinhalb Stunden von Manhattan entfernt, doch hier endete das Land, und die meiste Zeit des Jahres war es ein verlassener, abgeschiedener Ort wilder Schönheit. Endlich hielt der Bus in der Mitte der menschenleeren kleinen Stadt. Eine einsame Möwe erhob sich in den bedeckten Himmel. Tess und Robbie stiegen aus, und der Fahrer zog ihr Gepäck aus dem Laderaum. Tess konnte es kaum erwarten, ihren Onkel Ike zu sehen. Robbie sah indes verloren dem Bus hinterher, der auf der einspurigen Landstraße immer kleiner wurde, bis er verschwunden war, auf dem Weg zurück nach Manhattan.

Dann endlich sagte er etwas. Es lag stille Verzweiflung in seiner Stimme: »Hier gibt es nichts. Ich will wieder nach Hause.«

Kapitel FÜNF

Robbie wünschte sich, er könnte in der Zeit zurückreisen, um wieder bei seinem Dad zu sein. Er sehnte sich danach, seine Stimme zu hören und ihn zu sehen. Doch sein Vater befand sich nun in der Dunkelheit. So zumindest stellte er es sich vor. Er musste verängstigt und einsam sein. Robbie an seiner Stelle wäre es gewiss. Könnte er doch nur seine Hand ergreifen und seinen Vater ins Leben zurückziehen. Es war alles seine Schuld. Hätte er sich nicht gefürchtet, allein mit der U-Bahn zur Schule zu fahren, hätte sein Dad früher zu seiner Verabredung gehen können, wie er es gewollt hatte. Wenn Robbie nicht so ein Angsthase gewesen wäre, wäre sein Dad noch am Leben. Er hasste sich dafür. Er zog die Postkarten, die er aus Griechenland bekommen hatte, aus seinem Rucksack. Ihr Anblick tat ihm gut.

Montauk wirkte auf ihn wie eine Geisterstadt. Der Himmel war dunkelgrau und schien so undurchdringlich wie Lehm. Über die einstöckigen Holzhäuser zogen dichte weiße Nebelschwaden, und die Luft war eisig und feucht. Von der Main Street aus, auf der sie standen, konnte er das Meer sehen, dessen wütende Wellen auf den Strand donnerten, alles andere war praktisch im dichten Dunst verborgen. Die Geräuschkulisse beunruhigte ihn: Die Möwen, die einander zukreischten und aus dem Nichts herabschossen und ins Wasser eintauchten, die Wellen klangen schroff und krachend. Wind wirbelte um seine

Ohren und zerrte an den Bäumen. Trotz seiner dicken Daunenjacke zitterte er und steckte seine Hände in die Taschen.

Er warf einen Blick auf seine Mutter, und Tränen stiegen ihm in die Augen. Wie gern hätte er seinen Vater gesehen. Der Gedanke an ihn tat so weh.

»Schau mal, Onkel Ike«, sagte seine Mutter und wies in Richtung eines ramponierten alten Pick-ups, der durch den Nebel auf sie zukam. Von der Ladefläche lugten zwei große schwarze Hunde herunter, deren Schlappohren im Wind wehten. Sie sahen aus wie Wölfe. Der Truck kam mit quietschenden Bremsen zum Stehen, und Onkel Ike sprang vom Fahrersitz. Auf Robbie wirkte er wie ein stämmiger Riese, gefolgt von seinen Hunden, die sie bellend umkreisten, als wollten sie einander in den Schwanz beißen.

Robbie hatte keine Erinnerung mehr an seinen Onkel aus der Zeit, als er ihm damals im Alter von drei Jahren begegnet war, und bei der Beerdigung hatte er zumindest normale Kleidung getragen, Anzug und Krawatte, und seine Haare waren gekämmt gewesen. Jetzt trug der alte Mann zerrissene Jeans, und sein riesiger Fischerpullover war voller Flecken und bedeckte seinen dicken Bauch gerade eben. Der grauweiße Schatten seines Bartes ließ das Gesicht seines Onkels schmutzig wirken. Und erst sein Haar. Robbie konnte nicht glauben, dass ein so alter Mann einen strähnigen Pferdeschwanz trug. Irgendwie sah er aus wie ein Penner. Wie konnte dieser Mann mit ihm verwandt sein?

Mit einem eifersüchtigen Stechen sah Robbie zu, wie seine Mutter diesen riesigen fremden Mann umarmte und küsste. Zu seinem Entsetzen fing sie noch zu weinen an, die Tränen rollten ihr nur so übers Gesicht.

»So sehr kannst du dich doch gar nicht freuen, mich zu sehen. Frohe Weihnachten euch beiden«, sagte Ike.

»Für mich gibt es kein Weihnachten mehr«, verkündete Robbie.

»Tut mir leid, dass du das so siehst. Aber ich freue mich, dass du hier bist. Montauk ist der beste Ort der Welt.«

Als Ike ihm schließlich die große Hand zum Schütteln hinhielt, mochte Robbie ihn kaum anfassen, war jedoch zu höflich, um es nicht zu tun. Und tatsächlich schien Ikes schwielige raue Pranke seine Hand geradezu zu zerkratzen. Die Hunde bellten laut.

»Das hier sind Lindy und Diesel. Labradore, die besten Hunde, die man sich vorstellen kann.«

Robbie machte einen Satz von ihnen fort und wurde knallrot, als Ike ihn deswegen auslachte. Diese riesigen Tiere jagten ihm Angst ein.

»Zum Teufel, die tun dir nichts, Junge. Keine Sorge.«

Onkel Ike wies die Hunde an, sich zu setzen, und sie gehorchten sofort. Lindy und Diesel wedelten noch nicht einmal leicht mit dem Schwanz. Sie saßen nur reglos und aufmerksam da.

»Siehst du, das sind schlaue Hunde. Ganz freundlich.«

»Ich … ich habe keine Angst«, stammelte Robbie, obwohl es gelogen war.

Er wünschte, der Bus käme zurück, und er könnte einfach aufspringen und davonfahren. Seine Mutter machte alles noch schlimmer, als sie ihre Arme um sie beide schlang und sie aneinanderdrückte. Er fand, dass sein Onkel auch noch schlecht roch.

»Unsere kleine Familie …«, sagte sie und fing erneut an zu weinen.

»Na gut, bringen wir dich nach Hause. Du brauchst einen ordentlichen Drink und etwas zu essen«, erklärte Onkel Ike ihr.

Robbie erstaunte die Kraft des alten Mannes, als dieser das schwere Gepäck auf den Truck warf, als wäre es federleicht. Und die Hunde waren tatsächlich gehorsam und sprangen auf Ikes Kommando auf die Ladefläche. Sein Onkel öffnete die Beifahrertür für ihn, aber Robbie wartete ab, damit seine Mutter zuerst einstieg. Dann folgte er ihr, kurbelte die Fensterscheibe hinunter und streckte seinen Kopf hinaus, um so weit wie möglich von ihnen entfernt zu sein. Der bitterkalte Wind betäubte ihn, trieb ihm Tränen in die Augen, aber das war ihm egal. Er warf einen Blick zu seiner Mutter hinüber, die sich an diesen Riesen gekuschelt und ihren Arm durch seinen geschlungen hatte. Robbie hatte sich noch nie so einsam gefühlt.

»Los geht's«, sagte Onkel Ike, ließ den Truck mit einem Ruck anfahren, raste um den Kreisverkehr im Zentrum der kleinen Stadt und hielt auf die Klippen zu, die den Strand überragten. Robbie sah ein Restaurant, eine kleine Bank, einen Schnapsladen, das war es.

»Wie wär's, wenn wir die Straße mit der schönen Aussicht nehmen?«, fragte seine Mutter. »Es ist so lange her. Ich würde Robbie gern wenigstens den Leuchtturm von Montauk und den Hafen zeigen.«

»Lasst es ruhig. Ich muss gar nichts sehen«, warf Robbie ein.

»Aber ich möchte, dass du siehst, wie großartig es hier ist. Lass uns rasch einen Blick darauf werfen«, erwiderte seine Mutter.

»Du meinst, dass du es sehen willst«, sagte Robbie.

»Was immer du möchtest, Tessie«, antwortete Onkel Ike.

Im Handumdrehen hatten sie Montauk durchquert. Mehr gab es hier tatsächlich nicht – es war eine Stadt mit nur einer Straße. Am Strand entdeckte er ein paar zugenagelte Hotels und winzige Läden. In allen Fenstern hingen *Freie-Zimmer-*

oder *Geschlossen*-Schilder, kein bisschen Weihnachtsschmuck. Die verlassene sandige Straße wand sich einen kleinen Hügel hinauf. Dann fuhren sie in einen dichten Wald aus windgepeitschten Bäumen, der sich ewig auszudehnen schien. Die Landschaft hatte etwas Unheilvolles. Es gab weder Straßenschilder noch Beleuchtung. Was würde geschehen, wenn sie eine Panne hätten? Wer würde sie finden?

»Pass auf! Mom!«, schrie Robbie, so laut er konnte, und kniff vor Angst die Augen zusammen. Aus dem Nichts war ein Reh aufgetaucht, und der Truck war kurz davor, dagegenzukrachen. Robbie glaubte, sie würden alle sterben, doch Onkel Ike riss in Windeseile das Lenkrad herum. Die Bremsen quietschten, Robbie wurde nach vorn in den Gurt geschleudert, aber sie trafen nicht das Tier. Als Robbie die Augen erneut aufschlug, sah er das Reh gerade noch im Wald verschwinden.

»Gut aufgepasst, Junge. Letztes Jahr hat mir eins beide Scheinwerfer zerstört. Und es war kein schöner Anblick. Vielen Dank.«

»Gott sei Dank«, fügte seine Mutter hinzu.

Robbie versuchte, sich zu beruhigen. Sein Herz klopfte heftig in seiner Brust, und er blickte wie erstarrt nach vorn, ohne ein weiteres Wort zu sagen. Endlich erreichten sie das Ende des Waldes, und Robbie seufzte erleichtert auf. Die Bäume lagen nun hinter ihnen, und sie fuhren über eine weite offene Fläche. Das Ende der Halbinsel lag vor ihnen. Riesige zerklüftete Klippen hoch über gelben, felsigen Stränden. Ein Leuchtturm ragte buntstiftrot und -weiß auf und überblickte die raue See. Beinahe meinte er, seinen Vater sehen zu können, wie er ihm von ganz oben zuwinkte und rief, er solle rasch zu ihm hochkommen. »Hier ist man der König der Welt, Robbie.«

Onkel Ike fuhr an einem Aussichtspunkt rechts ran.

»Montauks Stolz seit siebzehnhundertzweiundneunzig«, erklärte Onkel Ike ihm. »Bietet seitdem Schiffen Orientierung.«

»Es ist so herrlich hier, Ike. Genauso, wie ich es in Erinnerung habe«, fügte Tess hinzu.

»Kommt, wir fahren zum Hafen. Bevor es dunkel wird«, erwiderte Ike.

Sie nahmen denselben Weg zurück, den sie gekommen waren, über die leere Straße durch den Wald. Diesmal hielt Robbie auf der Straße Ausschau nach Rehen oder anderen Tieren, die ihnen in den Weg laufen könnten.

»Es ist alles gut, Robbie. Hier passt man auf uns auf«, versicherte ihm seine Mutter.

Er glaubte ihr kein Wort.

Die Straße schlängelte sich zurück zu ihrem Ausgangspunkt, und die Gegend wurde flach wie eine Flunder. Sie fuhren am Wasser entlang auf den Hafen zu. Die Straße wurde schmaler, und wieder veränderte sich die Landschaft. Nun umgab sie eine Wasserwelt, aus der nur ein schmaler Streifen Land in die Bucht hinausragte. Wo Robbie auch hinsah, waren winzige Teiche und kleine Seen. Was wohl geschehen würde, wenn es einmal stark regnete oder wenn es einen Hurrikan gäbe? Der ganze Ort könnte überschwemmt werden wie beim Hurrikan Sandy. Heftige Stürme gab es ständig, und dies schien ein gefährlicher Ort zum Leben zu sein. Es gab Häuser, so klein, dass sie ihn an Puppenhäuser erinnerten. Direkt am Ufer bemerkte Robbie ein Gebäude, das auf Stelzen errichtet war. Diese Bewohner waren immerhin auf ein Steigen des Wasserspiegels vorbereitet, dachte er. Zumindest einer hatte hier Verstand bewiesen, aber weshalb wollte überhaupt jemand an einem Ort leben, der bei einem Sturm überflutet werden konnte? Er sah Bahngleise und einen winzigen Bahnhof, der geschlossen zu sein schien. Das musste die letzte Station der Long Island Rail

Road sein, die von New York City herführte. Er prägte sich genau ein, wo sie sich befand.

Onkel Ike fuhr weiter in Richtung des Hafens von Montauk und machte einen Schlenker auf einen Parkplatz, dessen Asphalt aufgerissen war. Er stellte den Wagen ab, stieg aus, worauf ihm die Hunde sofort folgten, und bedeutete ihnen, sich anzuschließen. Seine Mutter gab Robbie einen Schubs, der die Tür öffnete und ebenfalls ausstieg. Er wäre lieber einfach zurück zum Bahnhof gefahren und hätte den ersten Zug in Richtung Stadt genommen. Es war kalt, und er hatte Hunger. Er beobachtete, wie seine Mutter zu Onkel Ike aufschloss, der bereits auf dem alten Holzpier stand. Sie gab Robbie ein Zeichen, und er schlurfte ihnen widerwillig hinterher.

Sobald er den alten Pier betrat, spürte er die verwitterten, knarrenden Holzbretter unter seinen Füßen nachgeben. Ob er einbrechen würde? Vorsichtig trat er über die Lücken zwischen den durchgeweichten Holzlatten. Seine Mutter und Onkel Ike waren längst weit vor ihm, doch er hatte keine Eile, sie einzuholen. Mehrere dieser hölzernen Piers ragten ins Wasser hinaus, jeder mit seinem eigenen Zugang und Stegen, die zu den daran festgebundenen Fischerbooten führten. Auf handgemalten Holzschildern an den Booten las er Namen wie *Captain Paul, Lady M, Lazybones* und *Shark Hunter*. Er ließ den Blick von einem Ende des Hafens zum anderen und wieder zurück schweifen. Kein einziger Fischer war zu sehen und nur wenige Boote. Sie schaukelten sanft im ruhigen Wasser. Ihm wurde ein wenig schwindelig, und er fragte sich, ob es sich so anfühlte, wenn man seekrank war. Er war noch nie auf einem Boot gewesen.

»Schau mal, Robbie«, rief seine Mutter und wies auf das sechs Meter lange Plastikmodell eines menschenfressenden Hais, das kopfüber über dem Pier hing.

»Der weiße Hai ist noch da. Komm schon«, sagte Tess.

Onkel Ike zog sein Portemonnaie hervor und klappte es auf, um Robbie ein Foto zu zeigen.

»Sieh mal hier, Junge. Schau dir das an!«

Robbie warf einen Blick auf das alte rissige Bild von Tess, die den kleinen Robbie auf dem Arm trug. Sie standen neben dem großen Plastikhai.

»Oh, sieh nur, wie süß Robbie war. Erinnerst du dich, mein Schatz?«, fragte Tess, doch natürlich konnte er sich nicht daran erinnern. »Schon mit drei Jahren hattest du keine Angst vor dem Hai! Machen wir doch ein Foto von mir und Robbie genau hier, an derselben Stelle. Hier, du kannst mein Telefon benutzen, Ike.«

»Auf keinen Fall«, wehrte Robbie ab.

»Tu es deiner Mom zuliebe. Der ganze Pier ist verkauft worden. Nächstes Jahr wird der Hai nicht mehr da sein«, meinte Ike.

»Wie meinst du das? Der Pier ist verkauft worden? Das ist nicht dein Ernst?«, fragte seine Mutter erschrocken.

»Doch, so ist es, Tessie. Der ganze Hafen wird abgerissen und für große Yachten neu aufgebaut. Siehst du Gino's da drüben?«

»Das hat doch nur über den Winter geschlossen, oder?«

»Leider nicht. Molinaro hat schließlich aufgegeben. Er hat das Restaurant und seinen Teil des Piers verkauft. Dort sind ein Edelrestaurant und ein Hotel geplant.«

»Was ist mit den Fischern?«

»Hier gibt es nicht mehr viele Fische. Die meisten angeln nur noch in ihrer Freizeit. Montauk hat sich verändert, seit du ein kleines Mädchen warst. Auch ich habe ein großzügiges Angebot bekommen, aber ich würde meinen Laden niemals verkaufen.«

»Bist du sicher?«

»Mich wird man hier begraben, ich werde Montauk nie verlassen. Für kein Geld der Welt verkaufe ich. Obwohl es für uns Einheimische jedes Jahr härter wird.«

Robbie fragte sich, wer Interesse daran haben sollte, einen heruntergekommenen Pier zu kaufen. Das alte Ding war so wackelig, dass es jeden Augenblick zusammenzubrechen drohte.

»Wieso das?«, wollte Tess von ihrem Onkel wissen.

»Es hat sich eben alles verändert, Tessie. Du wirst es noch sehen.«

»Robbie, lass uns ein Bild mit dem Hai machen. Bald wird er Geschichte sein«, sagte seine Mutter.

Doch er weigerte sich hartnäckig. Nein zu sagen fühlte sich gut an. Also stellte seine Mutter sich allein neben den Hai, und Ike bekam eine kurze Einführung in den Gebrauch eines iPhones. Robbie bezweifelte, dass es an diesem Ort irgendetwas gäbe, was ihn interessieren könnte. Er blickte hinaus auf die beleuchteten Bojen, die sich im Wasser auf und ab bewegten, und fragte sich, wozu sie wohl gut waren. Ein paar Möwen zogen über den Himmel. Wenn er doch nur mit ihnen davonfliegen könnte. Er ließ seinen Blick schweifen und sah etwas Großes, Schimmerndes. War das etwa ein Wal? Es lag am Strand und erinnerte ihn an einen der riesigen aufblasbaren Ballons, die jedes Jahr bei Macy's Thanksgiving-Parade durch die Luft schwebten. Er sprang vom Pier, lief über den Strand darauf zu und ignorierte die Aufforderung seiner Mutter, zurückzukommen. Der Wal war tatsächlich eine gewaltige Metallskulptur, die auf einem modernen Glasgebäude thronte und deren Schwanz sich freudig in den Himmel erhob. Es war das coolste Haus, das er je gesehen hatte. Daneben stand ein Mann und blickte aufs Meer hinaus. Er schien auf irgendetwas zu warten. Robbie beobachtete ihn eine Weile, aber er bewegte sich nicht, und schließlich wurde Robbie kalt, so dass er zum Pier zurückrannte.

Die Fahrt vom Hafen bis zu der holprigen, ungepflasterten Straße, die zu Onkel Ikes Haus führte, dauerte nicht lang. Der schmale Weg wurde gesäumt von winzigen Holzhütten, die allesamt in leuchtenden Farben bemalt und mit handgemachtem Schmuck aus Fischernetzen und anderen Seefahrtsmemorabilien verziert waren. In vielen Vorgärten standen aufgerichtete Surfbretter, über die Lichterketten gehängt waren.

Diese besondere Art des Weihnachtsschmucks ließ Robbie einen Kloß im Hals spüren. Nie wieder würde er Weihnachten mit seinem Vater feiern. Er würde es überhaupt nie wieder feiern, niemals. Er sollte in Griechenland sein, mit seinem Dad und Suzie und Nia und all ihren Cousins und Cousinen. Wenn er doch nur allein mit der U-Bahn gefahren wäre, dann wäre sein Vater nicht tot. Wenn er seine Tuba einfach am Tag vorher in der Schule gelassen hätte. Er war alt genug, um allein zu fahren. Seine Mutter hätte ihn lassen sollen. Es war auch ihre Schuld. Sein Dad wäre noch am Leben, wenn sie nicht gewesen wären.

Endlich bog Onkel Ike auf den großen Schotterparkplatz vor seiner Bar ein.

»Trautes Heim, Glück allein«, sagte er. »Mahogany Reef, so heißt diese Bucht. Siehst du, dort drüben, die Klippen entlang und den Strand hinunter? Da liegen die alten Grabstätten der Montauket-Indianer. Als ich das Haus kaufte, sagte man mir, es würde hier spuken. Aber ich hatte nie Angst. Ich komme mit jedem gut aus. Wenn du willst, kann ich dir gern ein paar Geschichten erzählen, Junge.«

»Jag ihm keine Angst ein, Ike. Er macht nur Spaß, Robbie«, sagte seine Mutter lachend.

Nicht einmal ein Geist würde in diesem Schrottladen abhängen wollen. Was für ein Spinner sein Großonkel war. Robbie hatte keine Angst, er war wütend. Das verwitterte, mit grauen Schindeln gedeckte Haus stand schief und so nahe am Rand der Klippe, dass es aussah, als würde es beim nächsten Sturm hinunter ins Meer fallen. Der umliegende Rasen war nahezu braun und voller Moos. Neben einer Scheune auf dem Hügel parkten ein alter Jeep und ein Motorrad. Ein rissiger, von tot wirkenden Büschen gesäumter Betonweg führte vom Parkplatz zur Eingangstür. Seitlich schloss an das zweistöckige Gebäude ein schmales, L-förmiges Motel an. Es sah alt und schmutzig aus und so unwirklich wie eine verlassene Filmkulisse.

»Ich gebe euch die besten Zimmer des Hauses«, verkündete Ike, reichte Robbie einen Schlüssel und öffnete die Tür. »Ich hoffe, deins gefällt dir, Junge.«

»Natürlich wird es ihm gefallen, Ike. Es ist so nett von dir, uns einzuladen«, beeilte sich seine Mutter zu sagen. »Stimmt's, Robbie?«

Sie musste den Verstand verloren haben. Von innen ähnelte das Gebäude so sehr einem Spukhaus wie von außen. Große Panoramafenster mit verblichenen Vorhängen gaben dem Raum direkte Aussicht aufs Meer, aber das war auch das einzig Gute daran. Mit einer kleinen Holzkommode, einem verschlissenen Teppich, einem Doppelbett, ein paar alten Lampen und einem Metallschreibtisch war es ein schwacher Abglanz von Robbies Zimmer in Manhattan. Es gab noch nicht einmal einen Fernseher. Onkel Ike stöpselte einen alten Heizstrahler ein, wie Robbie ihn noch nie gesehen hatte.

»Schalt ihn ein, wenn du im Zimmer bist, aber mach ihn aus, wenn du rausgehst. Willst schließlich nicht, dass ein Feuer ausbricht und uns alle verbrennt.«

Sein Onkel lachte. Als hätte Robbie nicht schon genügend Sorgen. Jetzt musste er sich auch noch wegen eines Feuers Gedanken machen. Als die beiden das Zimmer verließen, riss er den Stecker aus der Steckdose. Dann würde er lieber frieren. Er ließ seinen Mantel an und machte keine Anstalten, auszupacken oder zu schauen, ob sein Computer ins Netz kam. Es lohnte die Mühe nicht, da war er sich sicher, hier gab es ohnehin kein WLAN. Er legte sich auf die kleine Pritsche, schloss die Augen und überlegte, wie er seine Mutter dazu bringen könnte, diesen schrecklichen Ort zu verlassen. Und das lieber heute als morgen. Früher hätte er einfach seinen Dad gerufen, wenn er sich über seine Mutter ärgerte, aber der würde nicht kommen, um Robbie zu helfen, nie wieder. Er fühlte sich so allein. Nie zuvor hatte er daran gedacht, dass er einmal ganz allein auf der Welt sein könnte.

Seine beste Freundin Suzie hätte ihn verstanden. Er wünschte, er könnte bei ihr wohnen. Ihre Mutter wäre sicher damit einverstanden. Suzie machte es nichts aus, dass er taub war. Obwohl er so gut sprach und hören konnte und alles, schien er in den Augen der anderen Kinder ein Außerirdischer zu sein. Wenn die Lehrerin es nicht mitbekam, nannten sie ihn *Robot Boy*. Manchmal starrten sie auf seinen Kopf und auf die Beulen, unter denen sich Teile seiner Implantate abzeichneten. Einmal hatte Suzie Ethan, den beliebtesten Jungen der Klasse, verhauen, weil er Robbie seine Hörgeräte weggenommen hatte. Suzie hatte sie ihm zurückgeholt. Sie scherte sich nicht darum, was irgendjemand anderes sagte oder tat. Sie hatte sogar Gebärdensprache gelernt. Sein Dad hatte sie Suzie und ihrer Mom beigebracht.

Robbie stand auf und starrte aus dem Fenster, als könnte dort draußen irgendjemand oder irgendetwas erscheinen, um ihm zu helfen. Stattdessen war dort nur vollkommene Leere, so weit das Auge reichte. Allerdings hatte der Ozean etwas Hypnotisches und hielt seinen Blick gefangen. Doch an diesem Ort würde er auf keinen Fall bleiben, er würde nach Manhattan zurücklaufen, wenn es nötig wäre. Und dort würde er Hilfe bei Suzie und Nia finden. Dessen war er sich sicher.

Kapitel SECHS

Tess öffnete ihren Koffer, zog ein Paar Stiefel heraus und ließ sie mit einem dumpfen Geräusch fallen. Jeder von ihnen schien so schwer wie ein Ziegelstein. Ohne sich darum zu kümmern, wie zerknittert ihre Klamotten waren, die sie zu Hause hastig in den Koffer gestopft hatte, packte sie alles aus. Sie war nur froh, weit weg von New York City zu sein. Das gerahmte Foto von Robbie stellte sie auf den Nachttisch, nachdem sie kurz ihre Lippen darauf gedrückt hatte. Dann verstaute sie die kleine, in Geschenkpapier eingeschlagene Schachtel, Robbies Weihnachtsgeschenk. Es war Adams Armbanduhr, deren Band sie hatte verkleinern lassen. Die Uhr war natürlich viel zu erwachsen für einen Jungen wie Robbie, aber sie war sich sicher, dass sie ihm viel bedeuten würde. Sie musste sich setzen und tief durchatmen.

Vielleicht würde ihr eine kurze Dusche etwas Energie spenden. Tess zog sich aus und starrte in dem kleinen Badezimmerspiegel auf ihren knochigen Körper. Wie hatte sie so schnell alt werden können? Dunkle Ringe lagen unter ihren müden Augen. Sie erkannte sich kaum wieder. Sie drehte an den matten Silbergriffen, und aus dem alten Duschkopf tröpfelte kühles Wasser auf sie nieder. Das winzige Stück billige Motelseife schäumte nicht. Während sie noch am Hahn für das heiße Wasser drehte und sich fragte, ob es im Winter überhaupt welches gäbe, ergoss sich plötzlich ein Schwall kochenden Wassers über ihren Rücken. Sie sprang aus der Dusche, ohne den Hahn anfassen zu können, so dass sich das kleine Badezimmer augenblicklich in ein Dampfbad verwandelte. Tess schnappte sich einen Waschlappen, wickelte ihn sich um die Hand, griff beherzt in die Duschkabine und brachte es fertig, das Wasser wieder abzudrehen.

In das kleine Motelhandtuch gehüllt, das sie gerade einmal von der Brust bis knapp zu den Oberschenkeln bedeckte, stand sie in dem kalten Raum und blickte aus dem Fenster. Sie zählte die Abstände zwischen den heranrollenden Riesenwellen. »Eins, zwei, drei, vier, fünf«, und mit einem gewaltigen Krachen schlug eine auf dem Strand auf. Dann kam eine neue heran. Und noch eine und noch eine und noch eine. Die Wellen wuchsen immer weiter an, die kleineren halfen den anderen, Schwung zu holen, bis die Mutter aller Wellen erschien und an Land explodierte. Das Meer war überwältigend und zugleich erbarmungslos.

Beim Ankleiden merkte sie, dass sie sich Zeit lassen und sich sogar setzen musste, um Jeans und Stiefel anzuziehen. Sie war so erschöpft, dennoch machte sie sich auf den Weg durch den kleinen Flur, der das Motel mit der Bar verband. Sie zitterte, denn hier gab es keine Heizung, und die Kälte kroch ihr in die Glieder. Die Fenster waren so schmutzig, dass man kaum hindurchsehen konnte. Der Wind pfiff ums Haus und klang wie ein kreischender Vogel. Aber sie hatte es nach Montauk geschafft. Aus Manhattan fortzukommen und Robbie zum Mitkommen zu überreden, hatte ihr den letzten Rest Energie geraubt. Wenn sie nur für eine Weile schlafen und nichts tun könnte, würde es ihr bald wieder besser gehen. Sie hoffte, Robbie würde bald Vertrauen zu Ike fassen, ihn womöglich so sehr lieben, wie sie es tat. Ihr Onkel könnte für ihn jene Männerfigur werden, die Robbie nun in seinem Leben fehlte.

Erst jetzt fiel ihr im Gang zur Bar auf, dass die einst leuchtenden und bauschigen, mit Bananenblättern gefüllten Kissen der übergroßen Bambussessel nun plattgedrückt, verblichen und fadenscheinig waren. Vom Sofatisch, auf dem sie als kleines Kind ihre Malbücher und Buntstifte ausgebreitet hatte, blätterte die Farbe ab. Die wenigen kleinen Schwarzweißbilder an den Wänden hingen allesamt schief, sie schob sie zurecht und erkannte durch den Dunstschleier aus Staub und Schmutz, den jahrelange Vernachlässigung hinterlassen hatte, dass es sich um Bilder von ihr und ihren Eltern handelte. Sie konnte nicht älter als drei oder vier Jahre gewesen sein, als sie aufgenommen worden waren, einfache Schnappschüsse bei einem Barbecue im Garten. Sie war so pummelig gewesen, trug jedoch stolz einen Bikini, der zu dem ihrer Mom passte. Ihre kleinen Füßchen verschwanden in einem Paar Highheels ihrer Mutter, und sie sah so zufrieden aus. Unbändiges Glück leuchtete aus ihrem Blick, wie es nur kleine Kinder empfinden, bevor sie feststellen müssen, was für ein enttäuschender, trauriger Ort die Welt ist.

Es war unheimlich, wie ähnlich sie ihrer Mutter mittlerweile sah. Als Erwachsene wirkte sie wie ihre Zwillingsschwester. Auf einem Bild schlug ihr Vater mit albernem Grinsen im Gesicht ein Rad. Ihr wurde warm ums Herz. Sie schloss die Augen und atmete tief ein. Wie sehr sie ihre Eltern vermisste. Sie nahm alle Bilder von der Wand und brachte sie mit in die Bar. Sie würde sie sauber machen und in schöne neue Rahmen stecken. Sie sollten an frisch gestrichenen Wänden hängen, und der Raum sollte so freundlich und einladend sein, wie er es einst gewesen war. Sofort kamen ihr Ideen, was man daraus machen könnte. Die Wände könnte sie streichen und die Möbel ausbessern oder neue kaufen und Vintage-Stoffe für die Kissen suchen. Tisch und Boden könnte sie abschleifen und aufarbeiten, die Fensterrahmen und -scheiben schrubben. Mit ein wenig Muskelkraft und Durchhaltevermögen ließe sich der frühere Charme wieder zum Leben erwecken. Ein kleines Projekt, das sie ablenken würde von ihrem Schmerz und der ganzen verfahrenen Situation, in der sie steckte. Sie würde es für Ike tun. Im Grunde könnte sie das ganze Haus aufmöbeln. Sie könnte so lange hier draußen bleiben, wie sie wollte. Robbie würde sicher auch hier zur Schule gehen können. Warum eigentlich nicht?

Der achteckige Raum mit seinen schmuddeligen Wänden und den Fenstern mit Meerblick wirkte ebenso trostlos wie der Rest des Motels. Jim Morrisons gefühlvolle Stimme erfüllte die Luft mit seinem verzweifelten Flehen. Ike wischte gerade die Schnapsflaschen ab, während Robbie über der Jukebox kauerte. Sie war lange nicht hier gewesen, und auch die Kneipe zeigte unübersehbare Verschleißerscheinungen. Verschwunden waren die prächtige glänzende Bar aus Zink, die für Tess immer ausgesehen hatte, als stamme sie von einem luxuriösen Ozeandampfer, und die dazugehörigen französisch aussehenden Barhocker aus rotem Leder mit Rückenlehne. Sie erinnerte sich noch, wie ihr Onkel sie daraufgesetzt hatte und ihre kurzen Beinchen hinunterbaumelten. Die Gäste hatten gelacht, und sie hatte alle unterhalten. Ein hübsches kleines Mädchen in einem Rüschenkleid und Mary Janes, das mit den alten Fischern plauderte, die ihren Scotch tranken. Das Einzige, was sie aus jenen glorreichen Tagen der Sunset Bar noch entdecken konnte, war die antike silberne Registrierkasse, die noch immer hinter der Theke thronte wie ein dicker fetter Buddha, aber allen Glanz verloren hatte, die Elfenbeintasten bedeckt vom Staub und Schmutz der Jahre.

Die Hunde hatten sich auf dem Parkett vor dem Kamin zusammengerollt, über dem eine große vergilbte Karte von

Montauk hing, genau, wie sie es in Erinnerung hatte. Tief über dem Billardtisch, der seit Jahren unbenutzt schien, hing eine nachgeahmte Tiffany-Lampe. Wo waren die hübschen weißen Perkalvorhänge mit den bogenförmig verzierten Rändern geblieben? Und die rotweiß karierten Tischdecken? Immer mehr Erinnerungen strömten auf sie ein. Ihre Mutter hatte stets Schürzen aus einem Stoff getragen, der zu den Tischdecken passte, ihr langes lockiges Haar zu einem Pferdeschwanz zurückgebunden. Sie hatte dasselbe Lachen wie Ike gehabt, tief und laut. Tess legte die Bilder behutsam auf den Tresen. Ike hörte auf zu polieren und trat zu ihr.

»Sieh mal, was ich gefunden habe.«

»Ach ja, das waren noch Zeiten.«

»Ich war kugelrund.«

»Du warst wunderschön, Kleine.«

Ike nahm die Fotos eins nach dem anderen zur Hand.

»Du bist ihr wie aus dem Gesicht geschnitten.«

»Ich vermisse sie«, gab Tess zu.

»Ja, es ist schlimm, dass sie so früh gehen musste. Tessie, weißt du noch, dass du dir ihre Highheels geschnappt hast, sobald du deine ersten Schritte getan hattest? Du warst so ein lustiges Kind.«

»Ich habe sie geliebt.«

»Deshalb hast du wahrscheinlich angefangen, dein Geld mit dem Entwerfen von Schuhen zu verdienen. Du warst immer versessen auf ihre Schuhe.«

»Vermutlich hast du recht.«

»Tessie, was tut der Junge da?«

Robbie umarmte die Jukebox und klopfte mit seinen Füßen zum Rhythmus der Musik. Er hing an dem großen Kasten, als wäre es ein Mensch. Tess wünschte sich, er würde sie so umarmen.

»Was genau macht er da?«, flüsterte Ike.

»Er hört Musik. Durch die Vibrationen. Auf diese Weise hört er, auch ohne seine Implantate. Er macht sogar selbst Musik.«

»Ehrlich? So etwas habe ich ja noch nie gesehen.«

»Er ist ein ziemlich besonderes Kind.«

»Macht ganz den Eindruck.«

Tess starrte ihren Sohn an, wartete ab, ob er ihre Anwesenheit spürte, aber er drehte sich nicht einmal um, nachdem der Song beendet war. Sie ging zu ihm und tippte ihm leicht auf die Schulter, als sie bemerkte, dass er seine Hörgeräte nicht trug. Sie gebärdete und fragte, ob er sie verloren habe.

Er griff in seine Hosentasche und ließ sie vor ihrem Gesicht baumeln. Dann wandte er Tess erneut den Rücken zu und blatterte nach weiteren Songs. Sie tippte ihn noch einmal an, worauf er seine Hörgeräte aufsetzte.

»Robbie, vielleicht solltest du sie immer anbehalten, bis du dich hier besser auskennst. Die Bar und das Motel sind nicht für Gehörlose eingerichtet. Ich möchte, dass du immer weißt, was gerade los ist.«

Er sah seiner Mutter direkt in die Augen und zog die Hörgeräte demonstrativ wieder ab. Diskussion beendet. Sie konnte gehen. Er gab ihr zu verstehen, dass er nichts mit ihr zu tun haben wollte, blendete sie aus, als wäre sie gar nicht da. Sie sah zu, wie er vor und zurück durch die Titelkarten blätterte, und hörte seinen Atem schneller werden. Je länger sie neben ihm verharrte, desto angespannter spürte sie ihn werden, bis er so schnell durch die Karten raste, dass sie fürchtete, er könnte die alte Maschine kaputt machen.

»Robbie, Schatz, mach langsam.«

»Warum kannst du mich nicht einfach in Ruhe lassen?«

Sein Blick war so missbilligend, geradezu anklagend, als wäre alles, selbst Adams Tod, allein ihre Schuld. Sie hielt es nicht aus, von ihm so angesehen zu werden. Wie gern hätte sie ihn von seinem Schmerz erlöst. Adam hatte ihm alles bedeutet, war ihm nicht nur Vater, sondern auch bester Freund, musikalisches Vorbild und Seelenverwandter gewesen. Er war immer für ihn da gewesen, während sie nicht mehr als eine unwillkommene Fremde zu sein schien. Sie ging hinaus in den Garten und atmete tief durch. Die kalte Luft tat ihr in den Lungen weh.

Sie versuchte, die wundervollen Tage ihrer Jugend vor ihrem inneren Auge heraufzubeschwören. Zum Sonnenuntergang hatten sich Touristen wie Einheimische mit einem Drink in der Hand in diesem Garten gedrängt, um mit angehaltenem Atem darauf zu warten, dass die gigantische orangefarbene Kugel langsam im Ozean verschwand. Dann wurde gejubelt und geklatscht. Heute war der Himmel fast schwarz, und Nebelschwaden zogen über den Strand und das Wasser.

Im Garten herrschte fürchterliches Chaos. Der Lack des Picknicktischs aus Rotholz war so abgeblättert, dass er mittlerweile grau geworden war. Der vor Asche und Dreck überquellende Grillplatz sah aus, als wäre dort seit Jahren kein Hotdog oder Hamburger mehr gebraten worden. Und der Wetterhahn war blockiert und bewegte sich trotz des starken Windes nicht. Die Farbe des weißen Lattenzauns war abgeplatzt. Dieser Garten war nicht nur verwittert, er war heruntergekommen und verfallen.

Mit einem Mal drängten unheilvolle Wolken aufs Ufer zu. Sie hörte Donner krachen wie einen Gewehrschuss, das Heulen des Windes. Ihre Brust verengte sich, und sie eilte in die Bar zurück. Mochte Montauk nun ein Fehler gewesen sein oder nicht, keine zehn Pferde würden sie in die Stadt zurückbringen.

Tess drückte die schweren Schwingtüren zum Küchenraum auf. Ike zerhackte gerade eine Lammhälfte und warf ein paar gräuliche Stücke den Hunden zu, die vor Erwartung geiferten.

»Du bist knallrot im Gesicht. Siehst halb erfroren aus. Du brauchst was Heißes zu trinken.«

»Ich setze Wasser auf.«

»Mach es dir bequem und ruh dich aus.« Ike stellte den Kessel auf den Herd. »Aus Neuseeland eingeflogen. Was Besseres bekommt man nicht.«

»Lammkoteletts sind Robbies Lieblingsessen.«

»Ein Liebhaber von Hausmannskost also. Ganz nach meinem Geschmack.«

Tess durchstöberte die braunen Papiertüten voller Lebensmittel und schnappte sich ein langes italienisches Brot und etwas Butter.

»Sollen wir Knoblauchbrot machen?«

»Können dem Jungen sein erstes Abendessen hier ja wohl nicht ohne unser berühmtes Knoblauchbrot servieren, oder? Ich wusste nicht, was ich ihm zu Weihnachten schenken soll, also hab ich mir überlegt, dass ich ihm meinen Traumfänger geben werde. Den habe ich seit fünfzig Jahren und habe damit keine einzige Nacht schlecht geschlafen. Sie werden mit dem Alter immer besser. Denkst du, das ist in Ordnung?«

Tess nahm ihren Onkel fest in den Arm.

»Das ist wahnsinnig lieb von dir.«

»Mittlerweile ist er eine richtige Antiquität.«

»Er ist ein Familienandenken.«

»Es ist ein beschissenes Weihnachten für ihn, aber irgendwie müssen wir ja weitermachen, oder?«

Das schrille Pfeifen des Teekessels ließ Tess aufschrecken. Ike füllte einen großen Becher mit dem kochenden Wasser und gab zwei Löffel Honig sowie ein paar Tropfen irischen Whiskey dazu.

»Das wird dich aufwärmen.«

Sie nippte an dem Getränk, und die Wärme und das Kribbeln des Alkohols zogen sofort durch ihren gesamten Körper. Sie begann, sich zu entspannen.

»Ich werde ihm Adams Armbanduhr geben. Alles andere würde ihm dieses Jahr sowieso keine Freude machen«, sagte sie.

»Welcher Junge würde sich nicht über die Uhr seines Vaters freuen? Er wird sie lieben.«

»Eigentlich hat er gesagt, er wolle Weihnachten nicht feiern. Ich bin froh, dass du das Haus nicht geschmückt hast.«

»Die paar alten Kerle, die hier rumhängen, scheren sich ohnehin nicht um Mistelzweige und den ganzen anderen Kram. Ich hab hier schon lange nicht mehr geschmückt«, sagte Ike.

Tess holte den kleinen Hocker aus der Ecke und setzte sich, um das Brot zu schneiden, zu buttern und in Folie einzuwickeln, so müde war sie. Sie bemerkte den besorgten Blick ihres Onkels.

»Tessie, du siehst furchtbar aus. Und so dünn wie ein alter Klepper. Du hast dich nicht um dich gekümmert. Geht es dir gut?«

»Alles in Ordnung.«

»Sicher?«

Sie reichte ihm das Brot und sah zu, wie er es in den gusseisernen Herd schob und sich dabei mit einer Energie durch die Küche bewegte, dass man hätte meinen können, er sei Jahrzehnte jünger als Tess und nicht umgekehrt.

»Ike, hast du wirklich ein Kaufangebot für das Haus bekommen?«

»Ja. Irgend so ein Typ, der ein verdammtes Vermögen damit gemacht hat, gefärbtes Wasser zu verkaufen, will es abreißen und sich selbst eins bauen.«

»Die Sunset Bar soll weg?«

»Es war eine horrende Summe, aber ich habe nein gesagt. Der Typ meinte, allein das Land sei es wert. Er hatte kein Interesse an der Bar und dem Motel. Stell dir nur vor, das Ganze nach all den Jahren einfach abzureißen? Nur über meine Leiche. Hätte er mir eine Partnerschaft angeboten und das Haus renovieren wollen, darüber hätte ich nachdenken können. Aber verkaufen würde ich es niemals. Wohin sollte ich auch gehen? Dieses Haus ist mein Ein und Alles. Hier ist mein Leben. Und hier werde ich sterben.«

»Ich könnte dir helfen, es zu renovieren. Ich würde dich gern unterstützen.«

»Das wird teuer, Liebes. Ich habe kaum genug … Vergiss es. Keine Probleme heute Abend. Versuchen wir, es für den Jungen schön zu machen.«

Tess umarmte ihren Onkel. »Ich werde dir helfen, Ike. Wir lassen das Haus in neuem Glanz erstrahlen.«

»Zerbrich dir darüber nicht deinen hübschen Kopf.«

»Aber ich möchte es. Jetzt, wo ich wieder hier bin. Diese wunderbaren Bilder sehe, wie es damals war. Die Familien haben es geliebt, die Kinder haben es geliebt, ich habe es geliebt.« Tess sah ihren Onkel an. »Es muss so schwer gewesen sein, den Laden am Laufen zu halten nach dem Tod meiner Eltern. Sie waren deine Partner, und mit einem Mal warst du ganz allein.«

»Man muss sich aufrappeln und weitermachen. Ich habe nie darüber nachgedacht, Tessie. Ich hatte einen Betrieb zu führen und eine Lieblingsnichte aufzuziehen.«

»Du hast mich immer wie eine Tochter behandelt.«

»Du bist alles, was ich habe, und ich liebe dich über alles. Ich habe getan, was ich für das Beste hielt. Das einzig Gute war das viele Geld von der Versicherung.«

»Du hättest es für das Motel verwenden sollen.«

»Niemals, Tess. Es war für dich. Und du solltest auf die allerbesten Schulen des Landes gehen. Zumindest das habe ich hinbekommen.«

»Ich habe ein schlechtes Gewissen, Onkel Ike. Es tut mir leid, dass ich nicht früher hier rausgekommen bin. Dich nie gefragt habe, ob du Hilfe brauchst.«

»Das ist auch nicht deine Aufgabe. Denk so was nicht einmal. Deine Eltern wären stolz auf dich, wenn sie sehen könnten, was du erreicht hast.«

»Wenn du wüsstest. Alles, was in meinem Leben von Bedeutung war, ist zerstört.«

Ike küsste sie auf den Scheitel. »Das wird schon wieder, Tessie. Alles wird wieder gut.«

Sie trank den Tee aus, und der Whiskey zeigte seine Wirkung. Das Feuer loderte und hüllte den Raum in einen goldenen Glanz, seine Glut ließ selbst diese schmuddelige Umgebung romantisch wirken. Sie legte ein verblichenes, fadenscheiniges rotweiß kariertes Tischtuch auf einen Tisch und deckte ihn. Es schien ihr unvorstellbar, dass diese Bar abgerissen werden könnte. Sie war wie der Leuchtturm von Montauk, errichtet für die Ewigkeit. Für Tess war es einer der wichtigsten Orte auf der Welt, das wurde ihr immer mehr bewusst, seit sie hier war.

Schließlich kam auch Robbie herbeigeschlendert, nahm ihre Anwesenheit jedoch kaum zur Kenntnis. Der Graben zwischen ihnen wurde immer tiefer. Ike schenkte Wein ein und erhob sein Glas.

»Frohe Weihnachten.« Er reichte Robbie ein kleines, in braunes Papier eingeschlagenes Päckchen. »Hatte nicht groß Zeit, etwas für dich zu besorgen, aber das hier ist was ganz Besonderes.«

Robbie nahm das Geschenk entgegen und packte es aus. Er hielt das runde Objekt mit spitzen Fingern hoch, als wäre es radioaktiv verstrahlt. Die langen türkisfarbenen Federn waren ausgeblichen, die weißen Perlen vergilbt. Robbie war seine Verwirrung anzusehen.

»Was ist das?«

»Das ist ein Traumfänger. Hier in Montauk von einem einheimischen Indianerstamm gefertigt. Den hängst du dir übers Bett, dann fängt er all deine bösen Träume ein, und du wirst immer friedlich schlafen. Er ist wirklich alt, hat nämlich mir gehört. Ich hatte ihn fast fünfzig Jahre lang, und ich dachte, jetzt könnte er dir helfen, mal zur Ruhe zu kommen.«

Robbie gab ihn zurück. »Nein, danke.«

»Robbie«, ermahnte Tess ihn.

»Ich brauche das nicht«, sagte er und legte den Traumfänger auf den Tisch.

»Es ist ein Geschenk von deinem Onkel.«

»Keine Sorge. Ich werde ihn für dich aufbewahren, mein Junge. Wann immer du ihn haben willst, wird er hinter der Theke in der Schublade sein. Dann nimmst du ihn dir einfach. Vielleicht erfährst du hier ein bisschen über die Indianer und stellst irgendwann fest, dass dieser alte Traumfänger dir doch nützlich sein könnte.«

Tess reichte Robbie die kleine Schmuckschachtel.

»Ich will Weihnachten nicht feiern, das habe ich dir doch gesagt!«, rief er.

»Trotzdem möchte ich, dass du das hier bekommst. Du kannst es aufmachen, wann immer du willst.«

Er steckte sich die Schachtel in die Hosentasche und setzte sich an den Tisch.

»Na schön, dann lasst uns essen«, sagte Ike und verschwand in der Küche, aus der er, die Koteletts und Pommes auf einer riesigen Servierplatte balancierend, wieder auftauchte und alles vorsichtig auf einem kleinen Tisch neben ihnen abstellte.

Tess blickte auf das Essen, das so perfekt aussah, dass es für ein Kochmagazin hätte fotografiert werden können. Dennoch verspürte sie nicht den geringsten Appetit. Als sie ins Fleisch schnitt, rann leuchtend rotes Blut heraus. Von dem Anblick wurde ihr schlecht. Sie nahm noch einen Schluck Wein, riss ein Stück Brot entzwei und schlang es in der Hoffnung herunter, es würde den Alkohol aufsaugen, der ihr immer stärker zu Kopf stieg. Sie bekam ein paar Pommes hinunter, und immerhin aß Robbie etwas.

»Iss, Tessie. Komm schon!«, forderte Ike sie auf.

Tess musste das Abendessen durchstehen und so tun, als wäre alles in Ordnung. Sie durfte Weihnachten nicht noch mehr ruinieren. Es kostete sie alle Kraft, aufrecht sitzenzubleiben, während sie sich eigentlich nur ins Bett legen und schlafen wollte. Aber stattdessen schnitt sie ihr Lamm, steckte sich ein kleines Stück in den Mund und lächelte höflich. Sie schmeckte das Fleisch und schluckte es hastig hinunter, ohne zu kauen. Gott sei Dank waren Ike und Robbie so mit Essen beschäftigt, dass sie in einem unbeobachteten Moment ihr Kotelett und ein paar Pommes in ihre Serviette fallen lassen und diese in ihrem Schoß zusammenwickeln konnte. Sie brachte es einfach nicht fertig, mehr zu essen, aber das würde ihr Onkel nicht akzeptieren. Zum Glück war die Mahlzeit bald vorbei, und Ike räumte die Teller ab. Es hatte kein höfliches Geplauder bei Tisch gegeben. Niemand hatte auch nur ein Wort gesagt.

»Bereit für den Schokoladenkuchen? Deine Mom hat mir verraten, dass das dein Lieblingsnachtisch ist. Ich habe ihn extra für dich gemacht«, sagte Ike. »Hoffe, er schmeckt dir. Ich habe auch ein bisschen Vanilleeis und Streusel.«

Tess fühlte sich schlecht, weil sie nicht in der Lage war, Ike beim Abräumen zu helfen, aber sie konnte einfach nicht. Und Robbie rührte sich genauso wenig, aber sie hatte auch nicht die Kraft, ihn zu ermahnen. Morgen würde sie das ganze Geschirr spülen und mit anpacken. Schon kam Ike mit einem großen Schokoladenkuchen mit dicker Glasur und einer Packung Vanilleeis zurück.

»Lass mich den Kuchen verteilen«, bat Tess.

Sie stand auf, stolperte jedoch und fiel fast mit dem scharfen Messer in der Hand hin. Robbie blickte sie vorwurfsvoll an.

»Mir geht es gut. Ein bisschen zu viel Wein.«

»Kann dir nicht schaden, Tessie.«

Sie hielt sich am Tisch fest, schnitt ein riesiges Stück Kuchen für Robbie ab und schaufelte einen Berg Vanilleeis darauf. Als sie ihm den Teller entgegenschob, rutschte der Kuchen hinunter auf die Tischplatte.

»Das will ich nicht.«

Er stand auf und wollte gehen.

»Du liebst Schokoladenkuchen. Ich schneide dir ein neues Stück ab. Bleib hier.«

»Ich möchte ins Bett.«

»Nachdem Onkel Ike all das für uns vorbereitet hat? Es ist unhöflich, zu gehen, bevor alle ihren Nachtisch gegessen haben.«

Robbie war noch jung genug, um auf sie zu hören, aber er sah so unglücklich aus, als litte er unter Schmerzen. So sehr Tess sich auch konzentrierte, bekam sie ihre Hand doch nicht ruhig genug, um den Kuchen zu schneiden, selbst als sie ein Auge schloss, um besser fokussieren zu können. Sie richtete eine Riesenschweinerei an, gab Robbie aber trotzdem ein weiteres Stück. Und Ike ebenfalls eins.

»Komm schon! Ich weiß, dass du Schokoladenkuchen liebst. Das hier ist der beste!«

Tess nahm eine Gabel voll in den Mund, spülte damit hin und her, als wäre es Mundwasser, schluckte und grinste wie ein Zirkusclown mit über dem ganzen Gesicht verschmiertem Schokoladenlippenstift. Kuchen klebte in all ihren Zahnzwischenräumen. Als Ike vor Lachen brüllte, dämmerte es ihr plötzlich. Robbie blickte sie angewidert an und rannte hinaus. Tess eilte ihm nach, obwohl sie kaum noch aufrecht gehen konnte, doch als sie bei seinem Zimmer ankam, hatte er die Tür abgeschlossen und ließ sie nicht hinein.

»Robbie, komm, mach auf.«

»Lass mich in Ruhe«, stöhnte er.

Sie hörte ihn hinter der Tür schluchzen, konnte jedoch nichts tun, um seinen Schmerz zu lindern. Ike, der ihr gefolgt war, ergriff ihre Hand.

»Komm mit. Er ist übermüdet. Er braucht seine Ruhe und wird es über Nacht vergessen. Und du brauchst eine Tasse Kaffee, um ein bisschen nüchterner zu werden, damit du auch ins Bett gehen kannst, Tessie.«

Sie widersprach nicht. Ike ging in die Küche, während Tess die Hintertür öffnete und sah, dass es angefangen hatte zu schneien.

»Weiße Weihnachten, Ike«, rief sie ihm zu.

»Habe ich extra für dich bestellt, mein Mädchen«, antwortete dieser.

Die Temperatur war stark gesunken, und die Kälte ließ ihren Kopf klarer werden. Eine zarte Decke aus Schneeflocken wogte auf dem Meer. Alles war weiß, die ganze Welt sah gefroren aus. Immer dickere Flocken fielen vom Himmel. Dichte Wolken bauschten sich zusammen. Sie fragte sich, ob eine einzelne Wolke oder gleich ein ganzer Wolkenberg wohl so schwer werden könnte, dass er hinunterfiel, und was dann wohl geschähe. Sie lachte bitter. Es war bereits geschehen.

Kapitel
SIEBEN

Ike lag unter der Patchworkdecke in seinem breiten Doppelbett aus Messing und hatte schlecht geschlafen. In letzter Zeit hatten ihn seine finanziellen Sorgen und die Gedanken an all die Instandhaltungs- und Renovierungsarbeiten, die er in der Sunset Bar dringend ausführen müsste, wach gehalten. Was er brauchte, war ein neuer Traumfänger. Er musste daran denken, im Reservat vorbeizuschauen und einen zu besorgen. Vielleicht würde der Junge ihn ja begleiten und hätte Lust, etwas über den Stamm zu lernen.

Er jonglierte mit den Zahlen in seinem Kopf, doch es half nichts, und so begann er von neuem über jenes großzügige Angebot nachzugrübeln, das Rita immer wieder auf den Tisch brachte. Sie, die Frau, die spät in sein Leben getreten war und die sich als Immobilienmaklerin etwas dazuverdiente, wollte, dass er sein Haus verkaufte und mit ihr nach Florida zog. Das würde all seine Probleme lösen. Wenn man davon absah, dass er dabei seine Heimat und alles, woran sein Herz hing, verlöre. Und so betonte er gegenüber Rita, an der sein Herz inzwischen ebenfalls hing, zwar dauernd, dass er Montauk niemals verlassen werde, doch sie hielt ihm das Angebot so hartnäckig unter die Nase, bis es zum Teufelchen auf seiner Schulter geworden war. Er musste einen Weg finden, sein Geschäft wieder auf Vordermann zu bringen. Auch wenn er es niemals zugeben würde, beschäftigte ihn auch sein Alter immer mehr. Er hätte gedacht, mit fünfundsiebzig einen Gang runterschalten zu können, aber bei all den Neuankömmlingen und dem großen Geld, das nach Montauk gespült wurde, würde er in Kürze pleitegehen, wenn er nicht bald ein paar Dinge veränderte.

Sein großes Schlafzimmer lag über der Bar, am oberen Ende einer winzigen Holztreppe, die schmal wie ein Geheimgang war. Von hier aus hatte man den idealen Blick über die felsige Küste. Auf dem kleinen Tisch neben den Jalousientüren, die auf den Balkon hinausführten, stand ein Amateurfunkgerät. Ein weiteres war unten in der Bar. Ike war Teil einer Gruppe von Freiwilligen, die nach Schiffen in Seenot Ausschau hielt. Das Gerät, das Ike stets angeschaltet ließ, falls jemand mitten in der Nacht um Hilfe rief oder auch nur plaudern wollte, was schon mehr als ein paarmal vorgekommen war, gab andauernd ein leises knisterndes Summen von sich.

Mehrere kleine Farbfotografien in Silberrahmen standen auf der mit Zierdeckchen geschmückten Mahagonikommode, die dem ansonsten kargen, männlichen Zimmer eine fast weibliche Note verlieh. Auf den Bildern waren Ike und seine Schwester als Kinder und Tessie im Alter von fünf Jahren zu sehen. Tess' Highschool-Abschluss, ein Foto von ihrer Hochzeit und eines von Robbies Taufe. An den Wänden hingen Fotografien in Sepia, Bilder von Montauk vor hundert Jahren. Amerikanische Ureinwohner, Landschaftsaufnahmen, die Montauk-Ranch. Cowboys wie aus einem alten John-Wayne-Film. Vor einer der Wände lehnten gestapelt weitere gerahmte Bilder, die Ike über die Jahre angesammelt hatte. Noch ein nicht abgeschlossenes Projekt: die Bilder neu zu rahmen und sie im Motel und in der Bar aufzuhängen.

Entfernt hörte er das Trippeln von Lindys und Diesels Krallen auf dem Parkettboden, dann fuhr ihm eine große Zunge übers Gesicht. Er musste ein paarmal blinzeln, dann sah er die zwei Labradore vor sich, die ihn anstarrten und offensichtlich ihr Frühstück wollten. Er schwang seine gealterten, aber noch immer starken Beine aus dem Bett und setzte sich auf. Die Hunde bellten.

»Euch auch einen guten Morgen.«

Ike schlüpfte in seine Winteruniform: lange Thermo-Unterhosen, Jeans, Timberland's und einen irischen Fischerpulli. Sein Badezimmer war komfortabel, groß genug für die auf Löwentatzen stehende Porzellanwanne, das Waschbecken und den Spiegel, die allesamt Antiquitäten waren. Er spritzte sich kaltes Wasser ins Gesicht und rieb sich über den Dreitagebart, beschloss aber, sich heute nicht zu rasieren. Er fuhr sich durch das schulterlange dicke weiße Haar und band es zu einem ordentlichen Pferdeschwanz zusammen.

Ike ging in die Bar hinunter, fütterte die Hunde und ließ sie nach draußen. Er nahm einen Schluck schwarzen Kaffee, der himmlisch schmeckte. Montauk ähnelte mittlerweile einer umgedrehten Schneekugel. Die Schneeflocken fielen so dicht, dass sie das Meer praktisch verdeckten. Die Sanddünen hatten sich in Schneeverwehungen verwandelt, aus denen ein paar Halme Strandhafer wie dünne Haarsträhnen auf dem Kopf eines alten Mannes hervorlugten. Über den grauen Himmel zogen schwere weiße Wolken. Ike fragte sich besorgt, wie schlimm der Schneefall wohl werden und ob er der Bar Schaden zufügen würde. Teure Reparaturen würden ihn in ernsthafte Bedrängnis bringen. Die letzten paar Winter hatte er Glück gehabt mit dem Wetter. Und Hurrikan Sandy hatte zwar viele Gebäude auf Block Island komplett zerstört, Montauk jedoch verschont. Einen Neuaufbau könnte Ike sich zurzeit nicht leisten. Er betete, es möge nur die übliche Schneemenge fallen, die ihm nicht viel mehr abverlangte, als die Auffahrt freizuschaufeln. Ein zerzauster Robbie, der sich den Schlaf aus den Augen rieb, riss ihn aus seinen Gedanken. Für einen Moment hatte Ike vergessen, dass sein Neffe zu Besuch war.

»Was ist das WLAN-Passwort?«, fragte Robbie. »Seitdem ich hier bin, hatte ich nie genügend Netz, um ins Internet zu gehen.«

»Ich befürchte, ich kann dir höchstens mein Funkgerät zur Verfügung stellen«, sagte Ike.

»Was soll ich denn damit anfangen?«, fragte Robbie verwirrt.

Eine Stimme schnarrte laut aus dem Amateurfunkgerät auf dem Tresen. »Montauket-dreiundfünfzig, hier ist Schwertfisch, hörst du mich? Montauket-dreiundfünfzig, bist du wach?«

Ike schnappte sich den Empfänger: »Zehn-vier, verstanden. Montauket-dreiundfünfzig hier. Natürlich bin ich wach. Lindy und Diesel wecken mich jeden Morgen um fünf.«

»Heftiger Schneefall. Sturmwarnung bis morgen Nachmittag um vier. Wird ein mordsmäßiger Feiertag werden. Kannst du mich hören?«

»Verstanden. Wir bleiben wohl besser an Land. Irgendwelche Boote unterwegs?«

»Positiv. Eins. Aber auf dem Weg zurück. Verstanden? Ein Fischerboot fährt jetzt ein.«

»Verstanden. Pass auf dich auf. Kommen und Ende. Schöne Feiertage!« Er wandte sich an Robbie: »Hier, Junge, willst du mal probieren?«

»Wie kann man kein WLAN haben?« Robbie konnte es nicht fassen. Diese Leute gingen ihm auf die Nerven.

»In dieser Gegend gibt es eben viele Amateurfunker. Ist manchmal zuverlässiger als das Internet«, erklärte Ike, ohne sich aus der Ruhe bringen zu lassen. »Ich bin Mitglied der

Ocean Safety Watch. Wir behalten Boote im Auge, die in Not geraten könnten. Du solltest lernen, mit dem Gerät umzugehen, während du hier bist. Falls es einen Notfall gibt und ich nicht da bin. Dann könntest du einen Hilferuf entgegennehmen und damit vielleicht jemandem das Leben retten.«

»Wo ist meine Mutter?«

»Schläft noch.«

Robbie wandte sich ab, um sich auf den Weg zu den Zimmern des Motels zu machen, und Ike hastete ihm nach, um ihn aufzuhalten, ehe er Tess aufweckte. Sie musste sich ausruhen, und der Junge machte es ihr nicht gerade leichter. Doch er kam zu spät. Ike wollte Robbie gerade zurechtweisen, der Anblick seiner Nichte ließ ihn jedoch verstummen. Sie trug noch immer die zerknitterten Kleider vom Vorabend, lag einfach nur da und sah so dünn aus, als würde sie gleich in die Matratze schmelzen. Robbie saß neben ihr, ihre Hand in seiner. In den Augen des Jungen stand blankes Entsetzen.

»Irgendwas stimmt mit ihr nicht!«

»Mir geht's gut. Mir geht's gut. Ich muss nur schlafen«, flüsterte Tess. »Hey, Ike. Du guckst, als hättest du ein Gespenst gesehen.«

»Du siehst gar nicht gut aus, Tessie. Was ist los?«, fragte er sanft und trat ans Bett.

»Wir sollten einfach zurück in die Stadt fahren. Jetzt sofort!«, rief Robbie. »Steh auf, Mom!« Er zerrte mit beiden Armen an seiner Mutter und versuchte, sie aufzusetzen, aber sie blieb schlaff und reglos.

»Ich brauche einfach noch ein bisschen mehr Schlaf. Könnt ihr mich nicht bloß einen Tag lang in Ruhe lassen?«, bat Tess die beiden.

»Mom, lass uns nach Hause fahren. Wir müssen zusehen, dass wir hier wegkommen, und dann gehen wir zu Dr. Gilroy. Er wird sich um dich kümmern«, bettelte Robbie. »Du brauchst Hilfe!«

»Du hast recht, Junge. Sie braucht einen Arzt. Aber wir bringen sie hier ins Krankenhaus. Hol deine Jacke«, wies Ike den Jungen an, der augenblicklich in sein Zimmer stürmte. Ike zog Tess hoch. Sie fühlte sich an, als könnte er sie mit einem Flüstern umpusten. Behutsam steckte er ihre Füße in die Stiefel und blinzelte ihr zu. »Der Schuh passt, Prinzessin.«

»Prinzessin, schön wär's.«

Er gab ihr einen Kuss auf den Scheitel und half ihr in den Mantel. Dann hob er sie hoch und trug sie zum Pick-up hinaus. Tess' Körper hing wie ein Stück Stoff über seinen breiten Armen, und Robbie folgte ihnen mechanisch. Die eisige Luft machte dem großen alten Bären von einem Mann nichts aus.

»Steig zuerst ein und halt sie fest, Junge.«

»Okay.«

Tess legte den Kopf auf den Schoß ihres Sohnes und schloss die Augen. Ike konnte erkennen, dass der Junge wie versteinert war. In freudiger Erwartung einer Spritztour waren die Hunde bereits auf die offene Ladefläche gesprungen, als Ike die steinige Straße hinunterzukurven begann, ohne mehr als ein paar Zentimeter vor sich sehen zu können. Das Meer unter ihnen toste und brüllte. Der Pick-up hüpfte wie ein Flummi auf und ab, weshalb Ike im Schneckentempo fuhr.

»Mach dir keine Sorgen, Robbie. Sie kommt wieder auf die Beine«, sagte Ike im Versuch, den Jungen, aber auch sich selbst zu beruhigen.

Er weigerte sich, weiter als bis zur Ankunft am Krankenhaus zu denken, und konzentrierte sich auf die Straße. Schnee war in Montauk so selten, dass er es nicht gewohnt war, bei solch einem Unwetter zu fahren. Er schaffte es den steinigen Hügel hinunter, aber als sie auf der Hauptstraße angelangt waren, kam der Pick-up auf einer großen Fläche Blitzeis ins Schleudern. Ikes geschwollene und mit Altersflecken übersäte Finger schlossen sich fester um das Lenkrad. Er fühlte sich, als wäre er wieder zehn Jahre alt und würde im Vergnügungspark von Coney Island eine Fahrt mit den herumwirbelnden Wagen von »The Whip« unternehmen.

»Halt dich fest, Junge!«, rief er noch, dann geriet der Wagen vollends außer Kontrolle. Weder Autos noch Gebäude waren ihnen im Weg, aber diese Telefonmasten kamen beunruhigend nahe. Der schwere Pick-up drehte sich wie ein wirbelnder Kreisel und konnte jeden Augenblick umkippen. Im Zeitraffer wurde Ikes Leben vor seinem inneren Auge abgespult, während er das Lenkrad von links nach rechts riss und verzweifelt versuchte, die Kontrolle über den Wagen zurückzuerlangen. All seine Instinkte riefen ihm zu, er solle auf die Bremse treten, aber er wusste, dass das tödlich ausgehen konnte. Wenn der Pick-up bei dieser Geschwindigkeit umkippte, wäre das ihr Ende. Stumm flehte er um Hilfe, und es war, als würde er im selben Augenblick erhört werden, denn der Wagen wurde langsamer und kam schließlich zum Stehen. Ike bekreuzigte sich, schüttelte den Kopf, gab ein aufrichtiges »Danke« von sich und fuhr vorsichtig weiter. Sein fünfundsiebzigjähriges Herz hämmerte in seiner Brust, und von seinen Brauen tropfte der Schweiß. Vor seinen müden roten Augen verschwamm alles, bis er kaum noch etwas erkennen konnte. Er fuhr sich mit dem Ärmel seines alten Pullovers übers Gesicht, und die raue irische Wolle kratzte an seinen Lidern. Der Old Montauk Highway war in dieser Gegend die letzte Straße, die geräumt wurde, so dass der Schnee darauf bestimmt sechzig Zentimeter hoch lag, aber Ike bahnte ihnen langsam einen Weg hindurch.

Sie durchquerten den kleinen Ort und hielten auf den Hafen zu. Der Pier war unter dem Schnee verschwunden, und die Boote trieben in dem mit einer Eisdecke überzogenen Wasser. Das Montauk Maritime Center war kaum zu erkennen. Dann kam Old St. Peter's Montauk Hospital in Sicht. Die Fahrt dorthin hatte keine halbe Stunde gedauert, auch wenn es ihnen wie eine Ewigkeit erschienen war.

Ein einzelner Krankenwagen, der aussah, als sollte man ihn vielleicht lieber in den Ruhestand versetzen, wartete vor dem Eingang neben ein paar unter einer dicken Schneeschicht begrabenen Autos. Ike schwenkte auf den Parkplatz, schaltete den Motor aus und trug Tess auf das Gebäude zu. Er stürmte voran wie ein Büffel, pflügte durch die Pendeltüren und den Rezeptionsbereich bis zur Notaufnahme. Robbie und die Hunde folgten ihm auf dem Fuße. Der leuchtend weiß gekachelte Raum war so still, dass man in seinem leeren Aufnahmebereich eine Stecknadel hätte fallen hören können.

»Ist da jemand?«, brüllte Ike und bettete Tess auf eine fahrbare Krankenliege.

Irgendwoher erschien eine junge Krankenschwester, die sofort zu ihnen eilte. Dann streckte ein noch jünger aussehender Arzt seinen Kopf aus einer Tür und gesellte sich zu ihnen.

»Ist das hier ein Krankenhaus oder ein Kindergarten? Wir haben eine Patientin!«, schrie Ike den Arzt und die Krankenschwester an und rasselte ihre Symptome herunter.

»Ich bin bloß müde und ein bisschen erschöpft, das ist alles.« Tess klang völlig erledigt.

»Wir werden ein paar Tests durchführen und ein Blutbild erstellen, um uns zu vergewissern, was los ist. Einverstanden? Sie sehen tatsächlich ziemlich blass aus. Und warum setzen Sie beide sich solange nicht ins Wartezimmer?«

»Ich will bei dir bleiben, Mom«, bettelte Robbie.

»Geh mit Onkel Ike, nur für einen Moment. Alles wird gut. Geh schon.«

»Wir kümmern uns gut um deine Mutter«, versicherte der Arzt und schob Tess dann durch eine Reihe von Türen, hinter denen sich Familienangehörige und Besucher nicht aufhalten durften.

»Und, Sir … wissen Sie, Hunde sind im Krankenhaus eigentlich nicht erlaubt, aber wegen des Unwetters werden wir eine Ausnahme machen«, belehrte die junge Krankenschwester Ike, wobei sie schulmeisterlich mit dem Finger vor seiner Nase herumfuchtelte. »Aber Sie müssen sie bei sich behalten.«

Ike achtete gar nicht weiter auf sie. »Komm, Junge, holen wir uns einen Kaffee zum Warten. Verdammt, nach dieser Fahrt brauche ich einen ordentlichen Schluck. Du hast echt Nerven wie Drahtseile.«

Der Junge hatte Ike wirklich beeindruckt. Er war so tapfer gewesen. Wenn er einmal aus seinem Schneckenhaus käme, würde aus ihm ein guter Kerl werden. Doch nun sorgten sie beide sich um Tess und liefen bedrückt den düsteren Flur hinunter zum Wartezimmer, das mit seinen verschlissenen Möbeln und den uralten Automaten verwahrlost wirkte. An den Fenstern baumelte armseliger Weihnachtsschmuck, und auf einem Tisch stand, inmitten von veralteten Zeitschriften, ein winziger Plastikbaum. An der Wand hing eine große runde Uhr mit schlichten schwarzen Zahlen und dicken Zeigern, die auf Punkt sieben wiesen. Ike beobachtete, wie Robbie sich setzte und sich dabei so positionierte, dass er sowohl die Uhr als auch die Tür im Auge behalten konnte. Ike holte sich einen Kaffee und trank ihn gierig.

»Herrje, was für eine Schlammbrühe. Wahrscheinlich würde heißer Schlamm sogar noch besser schmecken. Willst du irgendwas, Junge?«

»Nein, danke.«

»Du musst doch hungrig sein. Es gab ja noch nicht mal Frühstück. Wir könnten kurz rüber zu Ritas Diner gehen. Ich wette, du magst gern Pfannkuchen, oder?« Ike lächelte den Jungen auffordernd an.

»Ich gehe hier nicht weg.« Robbie regte sich nicht.

»In Ordnung … Aber in dem Automat da drüben gibt es Oreos. Wie wäre es damit?«

»Ich will nichts«, beharrte Robbie.

»Okay, alles klar, Junge.« Ike hob besänftigend die Hände. »Sag Bescheid, wenn sich das ändert.«

Ike trat an das große Fenster, das aufs Meer hinausging. Robbie rührte sich nicht, er blieb wie festgeklebt neben der Tür sitzen. Ike wünschte, er könnte dem Jungen helfen, doch der war offensichtlich eine harte Nuss. Und er fand einfach keinen Weg, zu ihm durchzudringen und sich mit ihm anzufreunden. Ohnehin war dieser Junge nicht gerade ein durchschnittliches sorgloses Kind, und nun musste er auch noch ohne seinen Vater aufwachsen. Es tat ihm so leid um den Jungen. Was musste das Kind alles aushalten? Genau wie Tess damals. Ike war alles andere als abergläubisch, aber er fragte sich doch, was in dieser Familie los war. Auch Tess hatte ihre Eltern in diesem Alter verloren, nun war Adam gestorben. Die Montaukets würden sagen, dass ein Fluch auf dieser Familie lastete.

»Es ist schon zwölf Uhr«, sagte Robbie. »Warum hören wir denn gar nichts? Denkst du, meiner Mutter ist etwas passiert?«

»Denk noch nicht einmal daran! Natürlich nicht.«

Ike ging in die Knie, mochten sie auch noch so sehr knacken und schmerzen, blickte Robbie in die Augen und nahm seine kleinen Hände in die eigenen. Der Junge zog sie nicht zurück, sondern saß einfach nur da.

»Ich weiß, dass du viel durchgemacht hast, Robbie. Und dass du Angst hast. Die habe ich auch. Aber Tessie braucht nur ein wenig Ruhe. Ich verspreche dir, dass ihr nichts Schlimmes zustoßen wird. Sieh mich an.« In den Augen seines Neffen sah Ike nichts als Kummer und Leere. »Glaubst du mir das? Alles in Ordnung?«

»Wenn meine Mutter stirbt, bin ich Waise.«

Robbie stand auf, da in diesem Moment der Arzt auf sie zukam.

»Wie geht es ihr? Wie geht es meiner Nichte?«, platzte es aus Ike heraus.

»Sie wird sich erholen. Wir haben ein Blutbild erstellt, und ihr Eisenwert ist extrem niedrig, deshalb war sie so erschöpft. Wir sind noch nicht ganz fertig, aber Sie können gleich zu ihr. Mrs. Harding leidet unter starker Anämie, und sie wird nach den Feiertagen zu weiteren Untersuchungen erscheinen müssen, aber jetzt darf sie erst einmal nach Hause. Wir wollen sie an einem Feiertag nicht unnötig hier behalten. Folgen Sie mir.«

Ike und Robbie sahen sich an, und jeder von ihnen erkannte im Blick des anderen, wie groß ihrer beider Angst gewesen war.

Als sie in Tess' Zimmer traten, fand Ike, dass Tess schon tausendmal besser aussah, auch wenn sie ein Krankenhaushemd trug und über einen Tropf an einen Beutel mit Blut angeschlossen war. Robbie wirkte zu Tode erschrocken, als er sah, wie die leuchtend rote Flüssigkeit in den Arm seiner Mutter tröpfelte.

»Sieht aus, als hätte Graf Dracula mich erwischt«, versuchte Tess zu scherzen. »Stellt euch bloß vor … ich brauche nur ein bisschen Blut, und bald bin ich wieder wie neu.«

»Tessie, du hast uns einen gehörigen Schrecken eingejagt.«

Ike beugte sich hinunter und gab ihr einen Kuss auf die Stirn.

»Wirst du sterben, Mom?«

»Nein. Komm her, Robbie.«

Er verharrte wie erstarrt in der Tür.

»Ich gehe nirgendwohin. Ich muss bloß täglich Eisentabletten schlucken … Das ist etwas ganz Normales, viele nehmen das. Du brauchst dir keine Sorgen zu machen. Der Eisenspiegel in meinem Blut war nur sehr niedrig. Deshalb bekomme ich eine Transfusion. Als würde ich Benzin in meinen leeren Tank bekommen, das ist alles. Blutarmut ist weit verbreitet, genauso häufig wie Schnupfen. Mach dir keine Sorgen. Komm, setz dich zu mir«, sagte Tess mit mehr Bestimmtheit und Kraft in der Stimme, als Robbie seit Wochen von ihr gehört hatte.

»Okay.« Endlich ging Robbie zu ihr und setzte sich auf den Stuhl neben ihrem Bett.

Tess streckte die Hand aus und drückte ihrem Sohn den Arm.

»Mir geht es wirklich, wirklich gut. Das verspreche ich. Onkel Ike, ich danke dir so sehr dafür, dass du dich um mich und Robbie kümmerst.«

»Kein Dank nötig. Ich bringe dich jetzt nach Hause, und du ruhst dich ein paar Tage aus, und wenn du dich danach fühlst, können wir alle zusammen auf die Silvesterparty im Rita's gehen. Einfach mal was Schönes, auf das man sich freuen kann.«

»Ich weiß nicht, ob ich es auf eine Party schaffe, Ike. Ich sehe furchtbar aus.«

»Nicht heute, Tessie. Außerdem ist die Party im Rita's keiner von euren New Yorker Exzessen. Bloß ein paar Einheimische und Fischer. Ganz ungezwungen. Der Laden gehört meiner Freundin Rita, und sie gibt dort ein wirklich schönes Fest. Ich würde mich freuen, wenn ihr sie kennenlernt. Sie hat schon viel von dir und dem Jungen gehört.«

»Hört sich super an. Solange ich mich nicht zurechtmachen und schick anziehen muss.«

»Das Schickste, worin sich irgendjemand dort zeigen wird, wird eine neue Jeans sein.«

»Perfekt«, lachte Tess.

Ike war unglaublich erleichtert, aber plötzlich dämmerte ihm, dass er wirklich alle Hände voll zu tun hatte. Tess und Robbie litten, und ihr Kummer drohte die beiden zu zerbrechen. Und er wollte ihnen alles geben, was sie brauchten, sie von ihrem Schmerz heilen, wenn das irgend möglich war. Selbstverständlich würde er sich für seine geliebte Nichte und seinen Großneffen jederzeit allen Herausforderungen stellen. Er machte sich bloß Sorgen. Mit dieser neuen Familie, die aus dem Nichts erschienen war, bewegte er sich auf vollkommen unbekanntem Terrain. Dann sagte er sich jedoch, dass er all das, was er noch nicht wusste, eben herausfinden müsste. Er war alles, was diese beiden noch hatten, und er würde sie niemals im Stich lassen. Und Rita Wilson würde dafür sorgen, dass es ihnen allen besser ging, vor allem ihm selbst.

Am späten Nachmittag waren sie wieder zu Hause. Es war stockdunkel. Erst weigerte sich Tess, anzunehmen, dass er sein Schlafzimmer für sie räumte. Doch es war der komfortabelste Raum im Haus, und schließlich konnte sie nicht anders, als einzuwilligen. Er bezog das Bett mit den neuen Flanelllaken, die Rita ihm zu Weihnachten geschenkt hatte, räumte auf und machte Feuer im Kamin. Unter den dicken Decken wirkte seine Nichte verloren wie ein kleines Mädchen. Der Junge strich unentwegt um sie herum und machte ihn ganz nervös, weil er kein Wort sagte, sondern nur jede seiner Bewegungen mit seinen riesigen blauen Augen verfolgte. Als Ike die Decken um Tess festgestopft hatte, wie damals, als sie ein Kind war, versuchte er, Robbie zu überreden, ihm beim Vorbereiten des Essens in der Küche zu helfen, doch vergebens.

In den nächsten Tagen war Ike ganz damit beschäftigt, Tess zu versorgen und ein Auge auf Robbie zu haben. Nach ein paar Tagen voller herzhafter Mahlzeiten, viel Ruhe und nicht zuletzt Eisentabletten konnte man ihr buchstäblich dabei zuschauen, wie sie sich erholte. Es machte ihn froh, zu sehen, wie sie jeden Tag am frühen Morgen an den Strand ging, die Hunde stets dicht auf ihren Fersen. Sie bestand darauf, wieder die Zimmer zu tauschen, und begann unablässig zu räumen. Ganz anders der Junge: Er verbrachte den Großteil der Tage in seinem Zimmer und weigerte sich schlicht, herauszukommen. Ike an seiner Stelle wäre verrückt geworden, aber Robbie blieb standhaft. Er grenzte sich ab, wo er nur konnte, und hielt sich von ihnen fern, soweit es möglich war. Allein zu den Mahlzeiten konnte Tess ihn überreden, das Zimmer zu verlassen. Es war schmerzhaft für Ike, zu sehen, wie sich seine Nichte bemühte, der Junge sich aber einfach verweigerte. Schüttelte immer nur den Kopf, ließ keine Gefühlsregung erkennen und schon gar keine Nähe zu.

Ein paar Abende später parkte Ike den Pick-up vor Ritas Diner, in das ihm Robbie, Tess und die Hunde folgten. In der ansonsten leeren Straße war es das einzige Haus, an dem die Weihnachtsdekoration leuchtete. Es hatte aufgehört zu schneien, und der sanfte Schein der altmodischen gusseisernen Straßenlaternen erhellte den Ort. Alle Zweige an den Bäumen waren blütenweiß, die über einen Meter hohen Schneeverwehungen erinnerten an geschlagene Sahne. Der Pavillon auf dem Platz war mit Eiszapfen behängt, die im Wind wie ein Glockenspiel klimperten, und glich einem winzigen Eispalast. Darüber leuchtete der Vollmond.

»Tessie, erinnerst du dich an die Pfannkuchen? Siebenunddreißig verschiedene Sorten? Hummerpfannkuchen, und die mit Shrimps?«

»An Hummerpfannkuchen habe ich seit ungefähr dreißig Jahren nicht mehr gedacht.«

»Der alte Besitzer hat sich zur Ruhe gesetzt. War einer der Ersten, der gegangen ist. Ist vor ein paar Jahren runter nach Florida gezogen und hat den Laden an Rita verkauft, die einfach die besten Steaks und die beste Muschelsuppe auf ganz Long Island macht. Ihr werdet den Laden lieben. Kommt.«

Sie betraten das Restaurant. Über der Bar hing ein riesiger Schwertfisch, der großzügig mit Lametta geschmückt war, ebenso wie der winzige Weihnachtsbaum in der Ecke. Der vordere Raum war schon zum Bersten gefüllt, alle amüsierten sich, lachten und riefen laut durcheinander, um sich über den Lärm hinweg verständlich zu machen. Silberne und goldene Luftballons schwebten unter der Decke. An den holzvertäfelten Wänden glimmten altmodische Wandleuchter, und jeder freie Fleck an der Wand war mit gerahmten Fotografien behängt. Aufnahmen von Gästen der Bar wechselten sich mit Landschaftsbildern der Umgebung ab. Ausgestopfte Fische und allerlei Seefahrtsequipment hingen in dem Flur zwischen der Bar und dem Restaurant. Zwei Barmänner schenkten Getränke aus, so schnell sie konnten, während Frank Sinatra *Fly Me To The Moon* sang.

Ike bahnte ihnen einen Weg durch die Menge hinüber ins Restaurant, wo alle Tische besetzt waren. Rita war gerade dabei, eine Bestellung aufzunehmen. Ihre üppigen roten Haare trug sie hochgesteckt, dazu einen paillettenbesetzten Haarreifen, und er lächelte bei ihrem Anblick. Wie sie mit vorgeschobener Hüfte und schräg geneigtem Kopf da stand, eine große schöne Frau. Irgendwann fing sie seinen Blick auf und zwinkerte ihm zu. Sie war keine fünfundzwanzig mehr – und auch keine fünfunddreißig oder fünfundvierzig –, aber sie schaffte es, dass er sich mit seinen fünfundsiebzig Jahren in ihrer Nähe wie ein Teenager fühlte. Er hätte nicht gedacht, sich in diesem Leben noch einmal zu verlieben.

Als Rita bei ihren Gästen fertig war, kam sie zu ihnen herüber.

»Sie müssen Tess sein«, sagte sie und reichte ihr die Hand. »Und du Robbie. Wie schön, euch hier zu sehen. Aber es tut mir so leid, was euch hertreibt.«

»Danke, Rita. Freut mich, Sie kennenzulernen«, sagte Tess.

»Der Tisch da drüben wird gleich frei. Dort ist es etwas ruhiger, auch wenn hier heute die Hölle los ist. Ich hoffe, du bist hungrig, Robbie?«, fragte sie über den Lärm hinweg.

»Also, ich könnte einen Haufen Steaks vertragen«, meinte Ike.

»Typisch«, sagte Rita und warf ihm einen strengen Blick zu. »Er würde sich ins Grab futtern, wenn ich nicht auf ihn achtgeben würde«, erklärte sie Tess.

Ike sah, wie sich Robbies Miene bei Ritas Worten verdüsterte, doch sie hatte seine Reaktion offensichtlich nicht bemerkt.

»Wartet kurz«, sagte Rita und verschwand hinter der Bar, um gleich darauf mit bunten Hüten und übergroßen Plastikbrillen, wie sie einige der Gäste trugen, zurückzukehren. »Nun seid ihr gewappnet für den Jahreswechsel.«

Tess und Ike setzten sich die albernen Hütchen auf, was Robbie ablehnte.

»Erzähl dem Jungen von den Dudelsackspielern, Rita«, sagte Ike. »Die werden dir bestimmt gefallen, Robbie.«

»Oh, sie brechen auf. Lasst mich kurz den Tisch fertig machen, dann könnt ihr euch setzen«, sagte Rita, die sich ein paar

Speisekarten griff und einem Hilfskellner ein Zeichen gab, den Tisch abzuräumen.

Gleich darauf wurden sie in die gemütliche Bank in der Ecke geschoben und lasen die Feiertagskarte, die Ikes Augen immer größer werden ließ. Truthahnbraten mit Kartoffelbrei, Rindersteaks mit gerösteten Kartoffeln, überbackener Hummer, Rotbarsch mit Oliven und Pfefferkörnern – es klang zu verlockend.

»Robbie, du magst doch Steak«, meinte Tess.

»Mir egal«, nuschelte Robbie.

»Sprich lauter, Junge. Na komm. Was möchtest du essen?«, hakte Ike nach.

»Steak klingt super. Für mich auch eins. Und ein paar Pommes für Robbie«, entschied Tess.

»Ike, was darf ich dir bringen?«

»Ich möchte auch ein großes Steak, blutig.«

»Für dich gibt es Rotbarsch, mein Lieber«, antwortete Rita und schlang Ike die Arme um die Schultern. »Wir wollen doch, dass du noch lange gesund bleibst. Ich lass euch noch ein paar Vorspeisen bringen.«

»Komm schon, es ist Silvester«, beschwerte er sich, doch Rita nahm einfach die Speisekarten wieder an sich und verschwand durch die Schwingtüren in die Küche. »Ist nicht leicht, gegen sie anzukommen«, sagte Ike und blickte den Kellnern hinterher, die große Platten voller Köstlichkeiten zu den Tischen trugen.

»Sie sorgt sich um dich«, sagte Tess. »Und sie scheint nett zu sein.«

Rita kehrte mit einer Flasche Rotwein zurück. Sie entkorkte sie, schenkte Ike einen Probierschluck ins Glas und sah ihn an. »Sag mir, woher der kommt.«

Ike schloss die Augen, roch das Bukett des feinen Weines

und nippte dann langsam daran. Alle Gedanken an die Sorgen der letzten Tage verblassten, als ihm der dunkle, samtige Geschmack des spanischen Rioja die Kehle hinunterrann und ihm sofort ein bisschen zu Kopf stieg.

»Zu einfach. Tempranillo aus Nordspanien. Natürlich.«

»Ich wusste gar nicht, dass du ein Weinkenner bist«, staunte Tess.

»Es gibt vieles, was Sie über Ihren Onkel nicht wissen«, erwiderte Rita. »Sie waren lange nicht mehr hier.«

»Das holen wir jetzt nach, nicht wahr?«, meinte Ike. »Und sie werden so lange bleiben, wie sie möchten, von mir aus für immer.«

»Nur wir alten Käuze halten es in dieser Gegend im Winter aus. Es ist um diese Jahreszeit nicht gerade ein Ort für junge Menschen«, sagte Rita und sah zu Robbie hinüber.

»Wir reisen ohnehin in ein paar Tagen wieder ab«, stammelte der daraufhin.

»Ich habe hier länger gelebt, als ich ein Kind war«, sagte Tess. »Ike hat bestimmt davon erzählt. Ich hatte ganz vergessen, wie schön es hier ist.«

»Im Winter? Das klingt ganz nach dem Onkel.« Rita lächelte Robbie an. »Du findest bestimmt, dass das hier eine Geisterstadt ist, oder? Ich wette, du vermisst deine Freunde und die Stadt.«

»Allerdings. Ich kann es kaum erwarten, nach Hause zu kommen«, sagte Robbie.

»Im Sommer wird Robbie es hier lieben. Dann ist Montauk der beste Ort, den man sich für Kinder wünschen kann«, beharrte Tess.

»Selbst dann ist es hier nicht mehr wie früher. Viele Alteingesessene haben ihre Häuser und Grundstücke verkauft – und die meisten haben dabei ein Vermögen gemacht. Auch ich habe gerade verkauft. Und ich sage immer wieder zu Ihrem Onkel, dass er es ebenfalls tun sollte. Und dann ab nach Florida, wo man das ganze Jahr Margaritas trinken und unter Palmen sitzen kann.«

Rita schenkte ihnen Wein ein, während zwei Kellner Tintenfischringe und geröstete Zucchinistreifen, frisch gebackene Brötchen mit Butter und Salat servierten.

»Ihr Onkel könnte ohne Sorgen leben, wenn er nur wollte. Denken Sie nicht auch, dass das eine gute Sache wäre, Tess?«, fragte Rita.

»Wenn es wirklich das ist, was er will«, brachte Tess mühsam hervor.

»Die Sunset Bar muss ein bisschen renoviert werden, aber es ist mein Zuhause, und ich habe dir schon eine Million Mal gesagt, dass ich nicht verkaufe. Und Tessie wird so lange hier bleiben, wie sie möchte. Wenn sie will, für immer«, wiederholte Ike.

»Werden Sie hierherziehen und bei Ike leben?«, fragte Rita.

»Das werden wir auf keinen Fall!«, schrie Robbie.

»Beruhige dich, Robbie«, fuhr Tess ihn an.

»Du hast gesagt, wir bleiben hier nur über Weihnachten. Wann fahren wir wieder nach Hause?«, brüllte Robbie.

»Darüber unterhalten wir uns später«, beharrte Tess. »Lass uns jetzt dieses herrliche Essen genießen.«

»Also, ich reise jedenfalls bald ab. Ich hasse es hier«, sagte Robbie. Tränen standen ihm in den Augen.

»Ich kann es dir nicht verübeln, Robbie. Für einen Jungen wie dich ist es hier ziemlich langweilig. Aber heute ist der einzige lustige Abend des ganzen Winters. Ich wette, du warst noch nie bei einem Dudelsackwettkampf«, meinte Rita.

»Was ist das?«, fragte Robbie.

»Eine Tradition dieser Gegend. Eine Gruppe Dudelsackspieler beginnt um sechs mit einer Runde von Haus zu Haus, und zwar bis Mitternacht. Bald werden sie hier auftauchen, das ist wirklich etwas Besonderes. Und weil es aufgehört hat, zu schneien, kann das Feuerwerk losgehen. Drüben auf dem Rasen. Das wird dir sicher gefallen«, erklärte Rita.

»Ich habe schon mal Dudelsackmusik gehört«, sagte Robbie, der sich allmählich beruhigte. Lautstark zog er die Nase hoch. »Die war zwar total schräg, aber ich mochte sie eigentlich ganz gern.«

»Robbie liebt Musik. Er spielt Tuba«, sagte Tess.

»Wie schön. Dann wirst du sicher auf deine Kosten kommen«, erwiderte Rita.

Glücklicherweise brachte die Kellnerin in diesem Moment die Hauptgerichte.

»Ich wünsche euch guten Appetit. Robbie, was hältst du davon, wenn wir um Mitternacht rausgehen, um das Feuerwerk auf der Straße zu beobachten? Deine Mutter sollte sich vielleicht noch etwas ausruhen, und Ike ist ohnehin ein alter Sturkopf, der sich für nichts interessiert. Würdest du mich begleiten? Ich würde mich freuen.«

Ike seufzte erleichtert. Immerhin machte es den Anschein, als wüsste wenigstens Rita, wie mit dem Jungen zu reden war. Zumindest sprach er mit ihr. Aber er wünschte, sie hätte nicht schon wieder das leidige Thema des Motels angesprochen. Jetzt ging es nicht mehr nur um ihn, jetzt ging es auch um seine Nichte, die in diesem Moment nichts dringender brauchte als die Gewissheit, an einen sicheren und geborgenen Ort heimkehren zu können. Außerdem war es schon immer sein Wunsch gewesen, ihr das, was er aufgebaut hatte, zu hinterlassen, es an die nächste Generation weiterzugeben, damit das, was ihm dieser Ort bedeutete, weiterleben, sich weiterentwickeln könnte. Sogar sein Testament hatte er schon gemacht.

Wie oft hatte er Tess davon schon erzählen wollen. Er hatte immer gehofft, dass es ihr etwas bedeuten würde.

Der Rest des Essens verlief ohne Zwischenfälle, sogar Robbies Miene hellte sich auf. Bewundernd sah Ike dabei zu, wie Rita ihre Runden drehte, um alle Gäste an allen Tischen zu begrüßen und zu versorgen. Allerdings hätte er sich gewünscht, dass sie sich zu ihnen setzen könnte und er sie an diesem Abend nicht mit dem gesamten Restaurant teilen müsste. Tess wirkte gar nicht müde. Sie bestand darauf, dass sie nicht vor dem Feuerwerk aufbrachen. Ike hoffte, sie überforderte sich nicht dem Jungen zuliebe. Rita servierte ihnen große Stücke Schokoladenkuchen, in denen Wunderkerzen steckten. Und diesmal aß Robbie mit ungebremstem Appetit und fragte sogar nach einem zweiten Stück. Von den Wunderkerzen war er so angetan, dass Rita ihm noch welche gab, die er um Mitternacht draußen anzünden könnte. Kurz vor Mitternacht setzte sie sich schließlich neben Ike und nahm sich ebenfalls ein Glas Wein.

»Viel los heute. Aber es ist gut fürs Geschäft«, seufzte sie.

»Seht mal! Da draußen kommen die Dudelsackspieler!«, rief Robbie.

Und tatsächlich erschienen nun zehn Dudelsackspieler in voller Montur: grün karierte Schottenröcke und glänzende schwarze Jacken, fesche Fliegen, glitzernde Silberbroschen und Kiltnadeln, wollene Kniestrümpfe und schwarze Schuhe, die um die Waden geschnürt wurden. Jeder von ihnen hatte einen vollen Satz Highland Pipes geschultert, und sie betraten das Restaurant zu den Klängen von *Amazing Grace*. Alle Gäste standen auf und jubelten. Auch Robbie wurde ganz aufgeregt, die Musik begeisterte ihn offensichtlich. Mit großen Augen hüpfte er auf und ab. Ike beobachtete, wie sich sein ganzer Körper im Rhythmus wiegte. Die Dudelsackspieler schlängelten sich in einer Reihe durch das Restaurant und blieben hier und dort vor einem der Tische stehen. Als sie ihr Lied beendet hatten, versammelten sie sich vorn an der Kasse und spielten »Auld Lang Syne«. Dann schlug die Uhr Mitternacht, und Rita warf sich ihren Mantel über und griff nach Robbies Hand.

»Komm mit!«

Sie ließ ihm keine Chance, abzulehnen, schnappte sich einfach seinen Mantel, zog ihn mit sich und rannte mit ihm zur Grünfläche in der Ortsmitte, auf der sich eine kleine Menschenmenge zusammengefunden hatte. Im wunderschönen Nachthimmel explodierten Feuerwerkskörper. Tess und Ike standen an der Glasfront des Restaurants und sahen zu, wie Rita dem Jungen seine Wunderkerzen anzündete. Es war eine Freude, dem Jungen zuzusehen, wie er damit durch die Luft wedelte und dabei lachend umhersprang.

»Sie kann gut mit Kindern umgehen«, stellte Tess fest.

»Sie kann mit allen gut umgehen, außer mit mir. Dazu übernimmt sie zu gern das Ruder.«

Der gefühlvolle Klang der Dudelsäcke ließ Tess Tränen in die Augen treten.

»Es ist wunderschön, Onkel Ike. Und so traurig.«

»Ich weiß, Tessie.«

»Ich habe das Gefühl, dass ich dich und diesen Ort nie wieder verlassen möchte«, sagte sie seufzend.

»Ich muss dir etwas sagen. Lange Zeit habe ich mich gefragt, wann der richtige Zeitpunkt gekommen ist, mit dir darüber zu sprechen, und ich denke, jetzt ist es so weit.« Er holte tief Luft. »Die Sunset Bar – sie soll dir gehören. Ich habe mein Testament gemacht und werde dir alles hinterlassen.«

»Ike, geht es dir gut?«, fragte sie erschrocken. »Warum sagst du mir das? Bist du etwa krank?«

Tess standen Tränen in den Augen, und Ike begriff, dass er ihr Angst einjagte, was das Letzte war, was er vorgehabt hatte.

»Mach dir keine Sorgen, Tess, ich werde mindestens hundert. Ich dachte nur, dass es in dieser Situation gut für dich wäre, zu wissen, welche Möglichkeiten dir für einen Neuanfang offenstehen. Als du klein warst, haben wir uns immer ausgemalt, dass du alles einmal übernehmen würdest. Dein Leben hat dich in eine ganz andere Richtung geführt, und du bist jetzt eine erfolgreiche Designerin, aber dieser Ort soll dir immer ein Zuhause bleiben. Er soll dir gehören, und das habe ich eben jetzt geregelt. Ich dachte, das würde dir Freude machen. Der Küstenabschnitt, auf dem die Bar und das Motel liegen, ist mittlerweile einiges wert, und du kannst damit anfangen, was du willst. Aber ich hoffe natürlich, dass du den Betrieb am Laufen hältst – oder von jemand anderem leiten lässt.«

So lange Ike auch darüber nachgedacht hatte, wie dieses Gespräch verlaufen könnte, auf die Reaktion seiner Nichte war er nicht vorbereitet. Sie umarmte ihn stürmisch, warf ihn dabei beinahe um und küsste ihn auf die Wange.

»O Ike, du wirst zweihundert Jahre alt werden. Und du machst mir das schönste Geschenk auf Erden. Niemals würde ich es verkaufen.«

»Alles, was ich möchte, Tess, ist, dass du irgendwann wieder glücklich wirst.«

Kapitel
ACHT

Tess rührte sich, hob den Kopf zwar nicht vom Kissen, spähte jedoch zu ihrem Reisewecker auf dem Nachttisch. Es war zehn Uhr morgens. Schon wieder. Seit fast zwei Wochen schlief sie nun so lang. Das würde sich bald wieder ändern müssen, spätestens, wenn Robbie seinen ersten Schultag hatte. Wie lange sie am Ende auch in Montauk bleiben würden, er musste zur Schule gehen, sonst bekämen sie Ärger mit den Behörden. Und sie war auf keinen Fall in der Lage, ihn zu Hause zu unterrichten. Das würde er ohnehin nicht zulassen. Er ahnte noch nichts, und sie scheute sich vor dem Gespräch mit ihm. Sie wusste, dass es feige von ihr war, ihm ihre Pläne so lange vorzuenthalten, hatte jedoch noch nicht die Energie gehabt, sich seiner Wut zu stellen. Doch nun war es so weit. Tess hatte endgültig beschlossen, dass sie diese Woche nicht in die Stadt zurückkehren würden, auch nicht nächste oder übernächste. Mit Ike hatte sie vereinbart, dass sie bis nach dem Sommer bleiben würden. Sie fühlte sich hier draußen bei ihrem Onkel so sicher und gut aufgehoben. Dieses kleine ruhige Städtchen war ein gutes Umfeld für Robbie und würde ihm helfen, sich wieder geborgen zu fühlen. Und das Meer und der Strand wirkten beruhigend auf sie. Hier konnte sie Luft holen und wurde nicht von Gedanken an Adam oder Nia verzehrt. Die Umgebung und die Fürsorge ihres Onkels spendeten ihr Trost, hier fühlte sie sich behütet. Der Gedanke an all den Beton, Stahl und Lärm, all die Menschen und Autos, die Wut, Grobheit und Gewalt, an die Angst und den Druck, der in der Stadt und bei ihrer Arbeit stets auf ihr lastete, ließ sie indes erschaudern.

Sie musste Robbie klarmachen, dass er von nun an hier zur Schule gehen würde, und sich für seinen Zorn wappnen. Natürlich würde sie versuchen, es ihm möglichst schmackhaft zu machen – wir schlagen ein neues Kapitel in unserem Leben auf, Robbie, und die Montauk Day School hat ein phantastisches Musikprogramm, ein gutes Orchester. Es wird dir gefallen. Ich habe deine Tuba herschicken lassen, sie kommt morgen an. Du wirst neue Freunde finden. Es wird ein Abenteuer. Kannst du dir eine Schule mit Meerblick vorstellen? Sie halten sogar Unterrichtsstunden in dem neuen Aquarium ab. Dieses wunderschöne Gebäude, das wie ein Wal aussieht. Was sagst du dazu, Robbie? Er würde wütend sein, wenn er erführe, dass sie die Schule besucht und schon die notwendigen Vorbereitungen getroffen hatte.

Sie würde auch viel zu tun haben, denn sie wollte Ike helfen, das Motel zu renovieren. Tess überraschte sich selbst damit, dass sie ihre Arbeit kein bisschen vermisste. Sie hatte gar nicht bemerkt, wie stark der Druck all der Deadlines und Lieferanten auf ihr gelastet hatte, der Fabriken, Käufer, Models und Kunden, die auf jede neue Kollektion warteten. Sich davon loszusagen war so befreiend und eine Erleichterung, wie sie sie im Moment dringend nötig hatte. Für alle anderen war ihre Abwesenheit ein Schock. Sie hatte in fünfzehn Jahren nie eine Kollektion, einen wichtigen Termin oder auch nur einen Arbeitstag ausfallen lassen, nicht ein einziges Mal. Sie hatte sogar an dem Tag gearbeitet, an dem sie Robbie zur Welt brachte, und sich erst ins Krankenhaus begeben, nachdem die Skizzen für ihre neue Kollektion mit einem Sonderkurier auf dem

Weg nach Italien waren. Erst nach Adams Beerdigung hatte sie darauf bestanden, eine kurze Auszeit zu brauchen, um seinen Tod zu verarbeiten und Robbie beizustehen. Diese dauerte nun schon deutlich länger an, als sie ursprünglich gedacht hatte. Ihre Kunden und Kollegen rangen ihr das Versprechen ab, bis September zurück in ihrem Atelier zu sein. Auch wenn sie den Sog der Verantwortung spürte, wollte Tess bis dahin auf keinen Fall in die Stadt zurückkehren. Hier und jetzt in Montauk schien sie Millionen Meilen entfernt von Unglück, Trauer und Schmerz. Montauk war ihre Zuflucht.

Sie schloss die Augen, um sich ein paar weitere Augenblicke Schlaf zu gönnen. In ihrem Zimmer war es dank der beiden kleinen Heizstrahler, die Ike für sie aufgestellt hatte, herrlich warm. Sie glitt in einen leichten Schlaf und träumte, zu Hause in ihrem breiten Ehebett unter der edlen Kaschmirdecke zu liegen. Die Bettlaken fühlten sich auf ihrer nackten Haut so gut an, sie liebte die Beschaffenheit des feinen Stoffes. Wie ein Seestern reckte sie die Glieder von sich. Es war, als würde sie auf dem Wasser treiben. Ihr war warm. Dann spürte sie, wie jemand ihr mit starken Händen über die Füße und Beine strich, sie massierte, ihre Brust berührte und mit ihr sprach. Es war Adam. »O Adam.« – »Ich liebe dich, Tess.«

Ich liebe dich auch. Du hast mir so gefehlt.

Als sie erwachte, tastete sie nach Adam an ihrer Seite. Aber natürlich lag sie nicht in ihrem opulenten Kingsize-Bett in Manhattan, sondern in einem heruntergekommenen Motelbett mit durchgelegener Matratze. Und ihren Mann würde sie nie wiedersehen. Selbst wenn ihr Traum so real gewesen war, sie Adams Stimme gehört und seinen Körper gespürt hatte, war er für immer fort und würde sie nie wieder so berühren. Sie musste daran denken, wie es am Anfang zwischen ihnen gewesen war. Als sie sich verliebten. Damals hatte sie daran geglaubt, dass ihre Leidenschaft, ihre Gefühle füreinander bis in alle Ewigkeit anhalten würden. Erst hatte sich die Sinnlichkeit aus ihrem Leben verabschiedet. Und dann war aus ihrer Liebe der schlimmste Betrug erwachsen.

Mit einem Satz sprang Tess aus dem Bett und nahm eine lange heiße Dusche, um die peinvollen Gedanken an Adam und Nia abzuschütteln.

Sie schlüpfte in warme Strumpfhosen, Jeans und einen übergroßen Pullover. Die bequemsten Schuhe, die sie besaß, waren ein Paar Cowboystiefel aus Echsen- und Rohleder, die gut genug sein würden, bis sie sich ein Paar Uggs oder robuste Turnschuhe besorgt hätte. Ihre Stadtgarderobe taugte für diese Umgebung nichts, aber sie konnte hier draußen alles kaufen, was sie benötigte. Sie stiefelte in die Bar, wo sie Robbie antraf, den Blick auf den Schwarzweißfernseher geheftet, den Ike aus seinem Schlafzimmer heruntergebracht hatte. Ihr Kind musste dringend zum Friseur und trug dasselbe T-Shirt, das er schon die ganze Woche anhatte. Um zehn Uhr morgens trank er Cola und aß Kartoffelchips. Wenn eine der Mütter aus seiner Schule in Manhattan ihn in diesem Augenblick sehen könnte, wäre sie entsetzt. Was für eine ungeeignete Umgebung für Ihren Sohn, Tess Harding. Weshalb ist er nicht in der Schule? Was macht er an einem Wochentag morgens in einer schäbigen Bar, was tut er überhaupt in einer Bar? Was sind Sie für eine Mutter?

Tess klaute sich ein paar Chips von Robbie.

»Da hast du dir ja ein ziemlich gesundes Frühstück gesucht«, sagte sie lächelnd.

»Da ist Paprika drin. Gemüse«, antwortete er trocken.

»Kluger Junge.« Sie musste lachen. »Hey, ich habe eine Idee. Was hältst du davon, wenn ich dir die Bibliothek zeige? Ich war früher ständig dort. Es gab eine Bibliothekarin, die ich nie vergessen werde. Wie hieß sie doch bloß? Ich frage mich, ob sie vielleicht sogar noch dort arbeiten könnte?«

»Langweilig«, war alles, was er dazu zu sagen hatte.

»Ach komm, Robbie, lass uns hinfahren. Du wirst sehen, es wird dir gefallen. Und danach lade ich dich auf einen Burger und Pommes ein.«

»Hier ist doch eh alles geschlossen in diesem verlassenen Kaff.«

»Wir können zu Rita gehen. Ihr Laden hat bestimmt offen.«

Robbie blickte auf. »Sie ist nett«, sagte er.

»Das ist sie«, stimmte Tess zu. »Also los. Das wird schön.«

»Ich will nicht.«

»Robbie, bitte. In New York liebst du es, in die Bibliothek zu gehen, in den Büchern zu stöbern. Das kannst du hier genauso tun. Lass uns mal raus aus dem Motel gehen. Du bekommst ausnahmsweise auch einen Schokoladen-Milchshake. Oder was du eben willst. Komm schon.«

Und auf einmal zeigten ihre Worte Wirkung.

»Okay, wenn's sein muss«, sagte er und erhob sich langsam.

Sie atmete auf.

Tess war gerührt, als sie vor der Montauk Library parkte und sah, dass diese sich überhaupt nicht verändert hatte. Das winzige, zweistöckige graue Schindelhaus mit den leuchtend weißen Fensterrahmen hieß sie noch genauso willkommen wie damals, als sie sechs Jahre alt gewesen war. Sie erinnerte sich an die Vorlesestunden und wie sie zum ersten Mal die Geschichte von Peter Pan gehört hatte. Verzaubert hatte sie inmitten eines Kreises aus Kindern gesessen und der Bibliothekarin gelauscht, die sich zum Vorlesen immer mit altmodischen Klamotten verkleidet hatte. Nun fiel ihr auch der Name wieder ein – Miss Wonderland. Ihr Vortrag ließ die Geschichten so lebendig werden, dass Tess tatsächlich dachte, sie würde Peter in der Bibliothek herumfliegen und sich herabstürzen sehen. Jede Woche trug Miss Wonderland ein neues Kostüm und erweckte für die Kinder ein neues Buch zum Leben. Wie alt mochte sie heute sein?

Eine Frau unbestimmbaren Alters saß über den Empfangstisch gebeugt. Sie hatte das krause schwarze Haar zu einem hohen Bienenkorb gesteckt, aus dem zwei Bleistifte herausragten. In ihrem molligen, weiß gepuderten Gesicht war keine einzige Falte zu sehen, auf ihren geschwungenen Lippen glänzte leuchtend roter Lippenstift. Die schmalen, in hohen Bögen über ihren Augen nachgezogenen Brauen verliehen ihr das fröhliche Aussehen eines Clowns. Sie nahm ihre rote Schmetterlingsbrille ab, die an einer dicken, glitzernden Goldkette baumelte, und blickte zu ihnen auf. Auf einem Namensschild auf ihrem Schreibtisch las Tess *Miss Alison Wonderland*.

»Miss Wonderland, Sie sind noch hier!«

»Wo sollte ich denn sonst sein?«

»Es ist so lange her.«

»Tessie Bauer, wo ist ›Rebecca‹?«, fragte die Frau mit einer nasalen Piepsstimme.

»Sie erinnern sich noch an mich, Miss Wonderland? Ich kann es kaum glauben.«

»Natürlich, und wenn mich nicht alles täuscht, hast du Daphne du Maurier immer noch nicht zurückgegeben.«

»Habe ich nicht?«

»Nichts ärgert mich mehr als ein nicht zurückgegebenes Buch.«

»Ich weiß nicht, was ich sagen soll.«

»Du schuldest der Bücherei einen Penny pro Tag.«

»Das sind ja hunderte von Dollar«, meinte Robbie.

»Hunderte wohl nicht ganz, junger Mann«, entgegnete die Bibliothekarin.

»Miss Wonderland, darf ich Ihnen meinen Sohn vorstellen, Robbie. Wir wollten ihm einen Bibliotheksausweis machen lassen, denn wir bleiben jetzt für eine Weile hier draußen.«

»Ich hoffe, du gibst Bücher pünktlicher zurück als deine Mutter.«

»Keine Sorge, ich bin ganz anders als sie.«

»Es tut mir so leid, Miss Wonderland. Ich werde ein neues Exemplar für die Bücherei beschaffen. Ich kann mich wirklich nicht mehr daran erinnern.«

»Ich denke, es gibt so etwas wie eine Verjährungsfrist, Tess Bauer. Aber in Zukunft …«

»Ich verspreche es«, erwiderte Tess lächelnd.

Als Miss Wonderland sich von ihrem Stuhl erhob, war sie viel kleiner als erwartet und beinahe so breit wie hoch, aber an ihren Füßen entdeckte Tess ein zartes Paar Mary Janes aus rotem Lackleder. In ihrem roten Kleid mit weißen Polkadots, über dem sie eine flauschige weiße Angora-Strickjacke mit leuchtend roten Knöpfen trug, trippelte sie wie eine Geisha voran. Tess beobachtete, wie sie sich durch den Raum auf einen Schrank zubewegte und mit ein paar Papieren in den zierlichen Händen zurückkehrte, einem Anmeldeformular für Robbie und einem für sie.

»Ihr könnt sie an dem Tisch dort drüben ausfüllen und dann wieder zu mir zurückkommen. Bei uns kann man pro Person fünf Bücher auf einmal ausleihen. Für jeweils vierzehn Tage.«

Sie füllten die Bögen aus und gaben sie ab. Miss Wonderland tauchte ihren Füllfederhalter in ein kleines Tintenfässchen und schrieb ihre Namen auf die Karten, blies sachte auf die Tinte und reichte sie ihnen dann.

»Zögert nicht, mich zu fragen, wenn ihr Hilfe braucht, aber

schaut euch erst einmal selbst um. Wir haben hier Bücher, die man nirgendwo anders findet, das versichere ich dir, junger Mann.«

Tess hatte das Gefühl, mit einer Zeitmaschine gereist und vor dreißig Jahren in der Vergangenheit gelandet zu sein. Sogar das Rumpeln der alten Heizungen war noch zu hören. In der Bibliothek war es herrlich warm. Es gab keine Computerbildschirme, keine Regale mit Werbung für E-Books oder Kindles, keine Tablets oder iPads weit und breit. Die gesamte Rückseite des vorderen Raums wurde von Zettelkästen eingenommen, kleinen Schubfächern aus glattem Mahagoni mit Metallgriffen, in denen sich Karteikarten befanden. Die großen alten Polstersessel aus Leder mit den niedrigen Leselampen daneben machten einen wunderbar gemütlichen Eindruck. Tess erinnerte sich daran, wie üppig grün belaubt die nackten Bäume vor den Fenstern im Sommer sein würden.

»Was möchtest du lesen, Robbie?«, fragte Tess und ging zur Katalogschublade mit dem Buchstaben *R*, zog sie heraus und legte sie auf den Tisch. Robbie setzte sich neben sie. »Sieh mal, hier gibt es alle Bücher von J. K. Rowling. Diese Kombination aus Ziffern und Buchstaben verrät uns, wo wir das jeweilige Buch suchen müssen.« Sie nahm sich einen Miniatur-Bleistift und einen kleinen Zettel und reichte ihm beides.

»Wir können alle Einträge durchsehen und die Titel aufschreiben, die du dir anschauen willst.«

»Ich könnte auch einfach online gehen und in fünf Sekunden alles finden, was ich brauche.«

»Zum Recherchieren musst du deinen Hirnmuskel anstrengen und nicht nur auf eine Taste drücken.«

»Das ist blöd.«

Robbie seufzte genervt, machte sich jedoch daran, die Karten sorgfältig zu studieren und die Bücher auszuwählen, die er sich ansehen wollte. Seine Finger umklammerten den winzigen Bleistift. Tess hatte diese Miniatur-Dinger seit Jahren nicht mehr gesehen, und der Anblick ihres Sohnes damit erinnerte sie an sich selbst damals.

»Ich weiß nicht«, sagte er. »Das ist doch total öde.«

»Komm mal mit, junger Mann«, sagte Miss Wonderland und führte ihn die schmale knarrende Treppe in den zweiten Stock hinauf, wo noch genau wie damals in drei schwach beleuchteten Räumen Reihen von Bücherregalen standen, die vom Fußboden bis zur Decke reichten.

Von Befestigungen an der Wand hingen altmodische hölzerne Zeitschriftenhalter. Tess nahm sich eine Taschenlampe, die von einem Haken im Flur baumelte, und reichte sie Robbie, der sie sogleich einschaltete. Sie betraten einen der düsteren Räume. Robbie strahlte sich das Gesicht von unten an, streckte die Zunge aus und schielte in einer bedrohlichen Grimasse. Tess spielte mit, aber dann erschraken sie beide tatsächlich, als Miss Wonderland sich umdrehte und sie tadelnd ansah.

»Hier oben im Magazin wird nicht herumgealbert. Wir dimmen hier die Lampen, und in diesen dunklen, verwinkelten Gängen kann man sich schnell mal weh tun. Verstanden?«, fragte sie.

»Das hier ist keine normale Bücherei«, stellte Robbie fest. »Aber das gefällt mir.«

»Freut mich, das zu hören«, sagte Miss Wonderland.

Tess ließ die beiden allein und machte den Bereich mit Belletristik für Erwachsene ausfindig. Da war sie, eine alte gebundene Ausgabe von *Stolz und Vorurteil*, ihrem Lieblingsbuch von Jane Austen. Sie nahm das Buch aus dem Regal und holte die Rückgabekarte aus der Klappe hinten. Darauf stand ihr eigener Name neben einem Datum von neunzehnhundertneunundachtzig. Es kam ihr vor wie das Wiedersehen mit einem lange verschollenen Freund. Mit dem Buch in der Hand kehrte sie zu Robbie und Miss Wonderland zurück, als diese ihm gerade einen ziemlich alt und abgenutzt aussehenden Band überreichte.

»Robbie, das hier ist ein sehr seltenes Buch. Man muss ganz vorsichtig damit umgehen. Aber ich denke, es wird dir gut gefallen. Es ist das Tagebuch des berühmten Captain Williamson. Er stammte aus Montauk. Das Buch wurde achtzehnhundertfünfundvierzig veröffentlicht.«

»Das ist ja so alt, dass es in einem Museum stehen könnte«, sagte Robbie.

»Ja, aber ich bin der Meinung, dass Bücher gelesen werden und nicht unter Glasvitrinen verstauben sollten.«

»Ich werde sehr gut darauf aufpassen, das verspreche ich.«

»Williamson war nicht nur Schiffsjunge, sondern auch ein scharfsinniger Beobachter und der erste Chronist der Giganten des Meeres. Als er das erste Mal zur See fuhr, war er höchstens ein paar Jahre älter als du. Dies sind die Aufzeichnungen seiner Reisen und Beobachtungen auf dem Meer – die ersten Berichte über Wale, die jemals veröffentlicht wurden, Jahre bevor Herman Melville *Moby Dick* verfasste. Manche behaupten sogar, Melvilles Roman basiere auf Williamsons Abenteuern.«

»*Moby Dick* kenne ich«, sagte Robbie.

»Natürlich kennst du ihn«, sagte Miss Wonderland. »Aber Johnny Williamson war der Erste, der sich so intensiv mit Walen beschäftigt hat. Er liebte das Meer, und er stammte von hier. Ich bin mir sicher, dass dir dieses Buch gefallen wird.«

»Cool«, sagte Robbie. »Vielen Dank!«

»Wenn du damit fertig bist, habe ich noch eine andere Abenteuergeschichte für dich. Jungs in deinem Alter sollten von Abenteuern lesen – und selbst welche erleben. Schreibst du eigentlich Tagebuch?«, fragte sie.

Als er verneinte, meinte Tess: »Aber was für eine schöne Idee. Hättest du vielleicht Lust, das mal auszuprobieren? Wir könnten zu Green's fahren und dir eins besorgen.«

»Okay«, sagte Robbie.

Tess war so erleichtert, dass er sich endlich etwas öffnete. Womöglich würde ihm das Tagebuch sogar helfen, seinen Gefühlen Ausdruck zu verleihen, seinen Ängsten und all den Erlebnissen der letzten Zeit, die er verarbeiten musste. Und zugleich würde er dabei schreiben üben. Auf einmal schien ihr das eine gute Gelegenheit, das Thema Schule anzusprechen. Lesen, schreiben – Schule. So könnte sie es angehen. Hoffentlich ließe er sich darauf ein, es hier an der Schule zumindest zu versuchen. Wenn er überhaupt nicht zurechtkäme, bliebe ihr kaum eine andere Wahl, als in die Stadt zurückzukehren. Schließlich musste nicht nur sie, sondern auch ihr Sohn wieder einen Weg zurück ins Leben finden. Aber einen Versuch war es immerhin wert.

Green's lag nur einen kurzen Fußmarsch von der Bibliothek entfernt. Die riesigen Schaufenster des Ladens waren mit Surfbrettern und Schaufensterpuppen in Bikinis dekoriert. Das solide Steingebäude mit der traditionellen Neuengland-Fassade und dem wunderschönen handbemalten Holzschild über dem Eingang führte alles, was man sich nur vorstellen konnte, vom Pyjama bis zum Insektenspray. Sie betraten das Geschäft, und Tess steuerte in die Heimwerkerabteilung, während Robbie in der entgegengesetzten Ecke verschwand.

Direkt hinter dem Eingang wurde in Glasvitrinen Modeschmuck ausgestellt. An kleinen künstlichen Bäumen hingen

Ohrringe und alle möglichen Ketten, Armreife und Ringe im Muscheldesign und sogar Verlobungsringe aus Zirkonium. Ein Gang war gefüllt mit Backutensilien, Pfannen, Teigrollen und allem, was man in der Küche sonst noch so brauchen könnte, direkt neben den Gartenartikeln, wo sich Regal an Regal voller Gemüse- und Blumensamen, gedüngter Erde, Blumentöpfe, Schaufeln, Gartenhandschuhe, Gießkannen und Imkerhüte reihte. Es war eine wunderbare kunterbunte Mischung, die Tess stundenlang hätte durchstöbern können. Sie griff nach ein paar Päckchen Tomaten- und Petuniensamen und warf sie in ihren Korb.

»Robbie, schau mal, ein Stachelschwein-Rasensprenger.«

Er sah sich nach dem bunten Plastikmonster um, das sie ihm entgegenhielt, und lächelte. Tess holte tief Luft. Wie schön es war, ein Lächeln auf seinem Gesicht zu sehen.

»Ich glaube, Schreibwaren und Schulhefte sind in dieser Richtung«, sagte sie und ging mit ihm ans Ende des Ganges. Klebestifte, Schnellhefter, allerlei Arten Stifte, Rucksäcke, Mappen und Hefte in allen Farben und Ausführungen und alles, was Schüler sonst noch brauchten. Tess fand ein kleines Tagebuch mit einem Schloss und zeigte es Robbie. »Wie findest du dieses hier?«

»Warum hat es ein Schloss?«, fragte er.

»Weil das, was du hineinschreibst, nur für deine Augen bestimmt ist«, erklärte sie.

»Das ist gut.«

»Okay, lass es uns nehmen«, sagte sie. Dann holte sie Luft. »Robbie, wir müssen uns Gedanken darüber machen, wo du zukünftig zur Schule gehen wirst. Die Ferien sind vorbei, und irgendwann muss es damit weitergehen. Weißt du, Eltern haben die Pflicht, ihre Kinder zur Schule zu schicken. Sonst können sie sogar ins Gefängnis kommen.«

»Das glaube ich nicht«, sagte er und versteifte sich merklich.

»Es stimmt wirklich«, sagte sie. »Deshalb habe ich dich hier in Montauk an der Schule angemeldet. Das ist eine gute Schule, und sie freuen sich, wenn du dorthin kommst. Morgen könnte es losgehen. Wollen wir sie uns mal ansehen?«

»Ich gehe hier nicht zur Schule«, fuhr er sie an. »Ich will hier sowieso nicht mehr bleiben. Wann fahren wir nach Hause?«

»Ich glaube, dass es im Moment das Beste für uns wäre, noch eine Weile hierzubleiben«, versuchte sie ihn zu beruhigen. »Nur für ein paar Monate. Weißt du, hier kümmert man sich um uns. Und Onkel Ike braucht meine Hilfe dabei, das Motel zu renovieren. Ich habe es ihm versprochen, und du könntest auch mithelfen. Das wird toll, wenn wir es alle gemeinsam machen. Du wirst sehen.«

Robbie schleuderte das Tagebuch zu Boden. »Du hast mich angelogen!«, schrie er. »Du hast gesagt, wir bleiben hier nur ein paar Tage. Jetzt sind es schon Monate, und du willst in diesem Motel arbeiten. Dieser Scheißkasten wird nie mein Zuhause sein!«

»Robbie, rede nicht so!« Tess wusste nicht, wie sie ihn beruhigen sollte.

Er wandte sich ab und stürmte aus dem Laden. Sie hob das Tagebuch vom Boden, sammelte noch schnell ein paar Schulsachen und einen Rucksack zusammen, bezahlte und lief ihm hinterher.

Sie fand ihn schließlich neben dem Wagen, der noch vor der Bibliothek geparkt war. Mit hängendem Kopf stand er da. Seine Augen waren rotgeweint. Sein Anblick brach ihr das Herz.

Wortlos stiegen sie in das Auto und fuhren zurück zum Motel. Als sie auf den Parkplatz einbogen, kam ihnen der Wagen einer Umzugsfirma entgegen, die Tess beauftragt hatte, einen

Teil ihrer Sachen aus der Stadt herzubringen. Die Männer hatten die großen Umzugskisten vor und in der Bar gestapelt.

»Du hast einfach meine Sachen herbringen lassen?«, schrie Robbie. »Wie kannst du entscheiden, hierherzuziehen, ohne es mir zu sagen? Ich hasse dich!«

»Robbie, es ist doch nicht für immer«, redete Tess beruhigend auf ihn ein. »Nur für den Anfang, bis es uns besser geht. Hier können wir uns wieder erholen, glaube mir. Und dann werden wir sehen, wie es weitergeht. Sobald du erst einmal mit der Schule angefangen und andere Kinder kennengelernt hast, wirst du es hier mögen.«

»Ich wünschte, du wärst tot – und nicht Dad!«, rief er. Dann rannte er hoch in sein Zimmer.

Kapitel NEUN

Die kleinen Gebäude im Stadtzentrum wirkten wie die Spielsteine eines Brettspiels. Robbie sah zu, wie sein Onkel mit seiner mächtigen Pranke die Gangschaltung betätigte und den Pick-up den Hügel hinunterrollen ließ. Keine zwei Sekunden später waren sie in der Stadt, auf die sie gerade noch hinuntergeblickt hatten. An der einzigen Tankstelle des Ortes winkte ihnen ein Typ in einem albernen Overall zu. Ike winkte zurück.

»Vom Stadtzentrum aus brauchst du überallhin nur fünf Minuten. Du wirst dich schnell zurechtfinden.«

Weil es hier nichts gibt, dachte Robbie. Die reinste Geisterstadt.

»Sieh mal, das hier ist das Stadtzentrum, der Orchesterpavillon. Den kannst du nicht übersehen. Zur Linken haben wir die Post, die Bücherei, die Gärtnerei und die Bank. Von hier aus ist alles zu Fuß erreichbar. Und da haben wir natürlich das Rita's.«

Das pinkfarbene Schild von Ritas Restaurant war selbst am frühen Morgen schon hell erleuchtet. Ike fuhr daran vorbei und drehte eine Runde im Kreisverkehr, in dessen Mitte verlassen der Orchesterpavillon stand. Der ihn umgebende Rasen war kahl und braun. Robbie konnte sich diesen Ort unmöglich fröhlich und voller Menschen vorstellen, auch wenn alle immer sagten, dass es hier im Sommer ganz anders sei. Es war wieder einmal ein kalter, düsterer, bedeckter Tag. Jeden Tag dasselbe. Öde, grau und traurig. Robbie schüttelte ungläubig den Kopf. Es war noch schlimmer, als er es sich vorgestellt hatte. Es gab hier wirklich rein gar nichts. Sie fuhren weiter die leere, mit kahlen Bäumen gesäumte Straße entlang, und Robbie schaute links auf die Tümpel und die kleinen Hütten am Ufer. Plötzlich bemerkte er den Bahnhof. Bei seinem Anblick richtete er sich auf – ein Weg hier raus.

»Fährt von dort der Zug zurück in die Stadt?«, fragte er und hielt dabei den Blick auf die Lippen seines Onkels gerichtet, um von ihnen abzulesen.

»Im Winter kommt er einmal am Tag nachmittags an und fährt dann wieder ab. Im Sommer fährt alle zwei Stunden ein Zug«, antwortete Ike.

Robbie behielt den Bahnhof im Rückspiegel im Auge. Mann, er wünschte wirklich, er säße jetzt in einem Zug zurück nach Hause. Immerhin fuhren im Winter überhaupt Züge, dieser Gedanke besänftigte ihn. Er könnte allein zurückfahren und Suzie besuchen. Irgendwann musste seine Mutter ihn zu ihr lassen, schließlich konnte sie ihn nicht für immer hier gefangen halten. Sie ließen den Hafen hinter sich, und Ike hielt auf das Krankenhaus zu. Da entdeckte er die Straße zur Schule hinauf. Was für ein hässliches altes Backsteingebäude. Es sah aus wie eine Irrenanstalt aus einem Horrorfilm.

»Was für ein schönes altes Gebäude, so robust. Ich wette, das hält jedem Sturm stand«, bemerkte Tess.

»Allerdings. Einmal gab es Tornado-Alarm. Wir konnten es hier draußen kaum glauben. Der Großteil der Stadt hat Stunden in der Turnhalle der Schule verbracht.«

Auf dem Schulgelände wurde Ike langsamer. Er parkte vor dem Haupteingang, und sie stiegen alle aus. Robbie schlurfte hinter seiner Mutter und seinem Onkel her die Betonstufen hinauf und folgte ihnen den langen Korridor entlang, der von hässlichen gelben Neonröhren an der Decke erleuchtet wurde. Sie machten das Rektorat ausfindig, wo sie von einer älteren Sekretärin begrüßt wurden, die bläulich gefärbtes Haar hatte und schielte. Sie sah wirklich schräg aus.

»Oh, du musst der neue Schüler aus New York sein. Wir freuen uns riesig, dass du bei uns zur Schule gehen wirst. Hier sind alle nötigen Papiere. Rektor Evans erwartet dich. Komm mit! Ich bin Miss Betty. Wenn du irgendetwas brauchst, bist du bei mir richtig.«

Seine Mutter und Ike schüttelten ihr die Hand und lächelten so breit, dass sie wie Zirkusclowns aussahen, als wären ihre Münder auf ihre Gesichter geklebt.

»Miss Betty, schön, Sie kennenzulernen. Das hier ist Robbie Harding, ich bin seine Mutter Tess, und darf ich seinen Onkel Ike Bauer vorstellen?«

Die Erwachsenen führten sich auf, als wären sie die besten Freunde. Ein großer, übergewichtiger Mann mit rotem Haarschopf und dazu passendem Bart trat nun aus seinem Büro. Robbie fand, dass er wie ein Riese aussah. In Montauk gab es die seltsamsten Leute. War denn niemand hier normal? Der Rektor überragte selbst Ike.

»Ich bin Mr. Evans. Wir nehmen dich gern auf, solange du hier draußen bist. Kommen Sie, treten Sie ein und lassen Sie uns ein wenig plaudern, bevor ich Robbie seiner Klasse vorstelle.«

Sie folgten ihm in sein beengtes Büro und setzten sich in einem Halbkreis um den einfachen Holzschreibtisch, der viel zu klein für den Mann wirkte. Als er sich niederließ, fragte Robbie sich, ob er jemals wieder aus seinem Stuhl würde aufstehen können, er sah aus wie hineingestopft. In einer Ecke des Raumes standen ein großer Kontrabass und eine Trompete auf einem Ständer. Ein großes Panoramafenster gab den Blick auf ein Baseballfeld frei, und in weiter Ferne konnte er das Meer sehen.

»Wir freuen uns sehr, dich in der Montauk Public School willkommen heißen zu dürfen, Robbie. Wir hoffen, du wirst deine Zeit bei uns genießen. Wie ich es verstanden habe, wirst du nur ein paar Monate bei uns verbringen, aber das ist völlig in Ordnung. Du bist ein sehr guter Schüler, nach dem, was ich gesehen habe, und solltest keine Probleme haben, dich hier schnell einzufinden. Und da du aus der Stadt kommst, könnten dir ein paar der Fächer und außerschulischen Aktivitäten gefallen, die es bei euch wahrscheinlich nicht gibt. Ich leite zum Beispiel die Marschkapelle der Schule. Spielst du ein Instrument, Robbie?«

»Robbie spielt Tuba. Sie ist gerade aus der Stadt geliefert worden«, sagte Tess.

»Na, das ist doch großartig. Ein Tubist fehlt uns noch in der Kapelle. Wir marschieren bei allen Paraden in der Stadt mit.«

»Robbies Vater war Musikproduzent. Er liebt Musik. Nicht wahr, Robbie?«, fragte Tess.

»Ich werde niemals in Ihrem blöden Orchester mitspielen«, gebärdete Robbie.

Tess warf Robbie einen strengen Blick zu. »Der Rektor weiß nicht, was du gesagt hast, zum Glück«, gebärdete sie zurück. »Wo sind deine Hörgeräte? Hast du sie nicht mitgenommen?«, fragte Tess.

»Habe sie verloren«, gebärdete Robbie.

»Gestern Abend hattest du sie noch. Wieso hast du nichts gesagt, bevor wir losgefahren sind?«, gebärdete Tess, und Robbie wusste, dass sie vor Wut schäumte.

»Ich fahre zurück und suche sie«, erklärte sie.

»Nein, du wirst sie nicht finden«, antwortete Robbie.

Der Rektor beugte sich zu Robbie hinunter, damit dieser einfacher von seinen Lippen ablesen konnte.

»Deine Mutter hat uns erzählt, dass du hervorragend von den Lippen lesen kannst, Robbie. Tut mir leid, aber ich weiß noch nicht, wie man Gebärdensprache spricht. Ich würde es allerdings gern lernen. Wir werden schon eine Lösung finden, mach dir keine Sorgen. Würde es dir etwas ausmachen, einen Moment draußen bei Miss Betty zu warten?«

Er öffnete die Tür, ließ Robbie hinaus und nickte seiner Sekretärin zu. Robbie setzte sich auf einen Holzstuhl neben ihrem Schreibtisch und starrte aus dem Fenster. Hinter ihm schloss sich die Tür.

Gut. Jetzt müssen sie mich zurück in die Stadt schicken. Sie haben hier keine Ahnung, wie man gehörlose Kinder unterrichtet. Ich werde nicht sprechen. Und nicht zuhören. Ich werde kein Wort mehr sagen, bis ich nach Hause darf. Bei diesen Gedanken fühlte Robbie sich schon besser. Sie konnten ihn weder zum Sprechen noch zum Zuhören zwingen. Der Rektor trat aus seinem Zimmer und flüsterte Miss Betty etwas zu, die sich sofort zurückzog. Dann tippte er Robbie auf die Schulter und bedeutete ihm, zurück in sein Büro zu kommen und sich wieder zu setzen. Einen Augenblick später tauchte eine hübsche junge Frau auf. Ihre dunklen Augen funkelten fröhlich, und ihr schwarzes Haar war stark gelockt, wie ganz viele kleine Korkenzieher. Robbie fand, dass sie wie ein Teenager aussah.

»Miss Gibson, danke, dass Sie heruntergekommen sind. Das hier ist Ihr neuer Schüler aus der Stadt, Robbie Harding.«

Die junge Lehrerin lächelte. »Guten Morgen, Robbie. Ich freue mich, dich in meiner Klasse zu haben. Deine Mutter hat mir erzählt, dass du gut von den Lippen ablesen kannst. Also verstehst du mich, oder?«

Sie sprach so deutlich und langsam, als würde sie ihn für einen Idioten halten. Ihre übertriebene Aussprache und das Zeitlupentempo, in dem sie redete, erschwerten ihm das Lippenlesen allerdings eher. Sie wusste rein gar nichts über Taubheit und hatte keine Ahnung, dass sie lieber normal sprechen sollte.

Sie reichte ihm die Hand, aber Robbie ergriff sie nicht. Stattdessen schüttelte sie Tess und Ike die Hände. Seine Mutter mochte sie, das konnte er ihr vom Gesicht ablesen. Sie begannen, sich zu unterhalten, und wandten ihm den Rücken zu, was ihn noch wütender machte. Schließlich drehten sie sich wieder zu ihm um.

»Robbie, Miss Gibson hat einen wunderbaren Vorschlag. Ich werde mit dir in die Klasse kommen und für dich gebärden, damit du nichts verpasst. Deine Hörgeräte können wir dann später suchen, wenn wir nach Hause kommen.«

Robbie warf seinen Stuhl um und rannte den langen Korridor entlang bis zum Eingang. Auf keinen Fall würde er zulassen, dass seine Mutter mit ihm in die Klasse kam. Er trat nach draußen. Vor ihm lag das von Schnee und Eis bedeckte Baseballfeld, und es war eiskalt. Er konnte nirgends hin. Von seinem Platz aus sah er das Meer und ein Segelboot in der Ferne. Er erkannte die bunte Flagge, die oben am Mast wehte. Es sah so heiter und fröhlich aus. Er wünschte sich auf dieses Boot, weit weg von dieser schrecklichen Schule und seiner schrecklichen Mutter und diesem schrecklichen Ort. Er zitterte und bekam Gänsehaut auf den Armen. Seine Ohren taten weh, und schließlich ging er schlotternd zurück ins Schulgebäude. Er wühlte in seiner Hosentasche, zog seine Hörgeräte heraus und brachte sie am Ohr an. Er war geschlagen, ihm blieb keine andere Wahl, also schlurfte er den Flur hinunter zurück ins Büro.

»Ich habe sie im Pick-up gefunden«, behauptete er.

»Wunderbar. Wie deine Mutter sagt, kannst du damit sehr gut hören und hast immer reguläre Klassen besucht. Sollen wir hochgehen und deine Mitschüler kennenlernen? Ich dachte mir, dass wir in diesem Halbjahr Gebärdensprache als besonderes Projekt wählen könnten, dann könnte die ganze Klasse Gebärdensprache lernen. Möchtest du uns helfen? Was hältst du davon?«, fragte Miss Gibson gut gelaunt.

»Ich würde gern helfen«, verkündete Tess.

»Die Idee ist total blöd. Ich kann hören. Und niemand sonst ist gehörlos.«

»Robbie, sprich nicht so mit Miss Gibson«, fuhr Tess ihn an.

»Es war bloß eine Idee, Robbie. Gehen wir. Der Unterricht endet um drei Uhr«, sagte die Lehrerin noch zu Tess.

Robbie folgte ihr aus dem Büro, ohne seine Mutter auch nur eines Blickes zu würdigen. Sie stiegen drei Etagen höher und gingen den Flur hinunter bis zum Klassenzimmer. Miss Gibson führte ihn an einen kleinen Holzschreibtisch, der zwischen allen anderen Schülern stand. Es waren insgesamt nur zehn Kinder in der Klasse, ganz anders als in seiner Klasse in der Stadt, die viel größer war. Dort konnte man leicht abtauchen, aber hier war so viel Platz zwischen den einzelnen Schreibtischen, dass er sich wie auf dem Präsentierteller fühlte, als würden ihn alle anstarren. Er konnte sich nirgends verstecken. Miss Gibson legte drei Bücher auf seinen Schreibtisch und reichte ihm ein Schulheft und ein paar Bleistifte.

»Also, das hier ist Robbie Harding. Er wird dieses Halbjahr bei uns verbringen, und wir können ihn später alle besser kennenlernen, aber jetzt wollen wir mit unserer Geschichtsstunde fortfahren. Robbie, schlag das Buch auf Seite fünfundzwanzig auf. Wir lernen gerade etwas über die Geschichte des Leuchtturms von Montauk und den Unabhängigkeitskrieg.«

Miss Gibson zog eine große Karte von Montauk unter der Tafel hervor. Sie sah uralt aus. Die Lehrerin wies mit einem Zeigestock darauf.

»Das ist eine Karte von siebzehnhundertzehn, aus der Zeit, bevor der Leuchtturm erbaut wurde. Eleanor, würdest du anfangen vorzulesen?«

»Der Bau des Leuchtturms wurde siebzehnhundertsechsundneunzig abgeschlossen. Er ist der viertälteste Leuchtturm des Landes und warnte Schiffe, sich von der gefährlichen Felsküste fernzuhalten.«

»Aber manche haben nicht darauf achtgegeben, und deshalb gibt es da draußen im Meer einen Haufen Wracks. Sogar direkt vorm Strand sind Piratenschiffe untergegangen. Hier gibt es versunkene Schätze«, rief ein kleiner Junge.

»Eddy, ich weiß, dass es unglaublich aufregend ist, etwas über versunkene Schätze zu erfahren, aber bitte heb deine Hand und warte, bis du an der Reihe bist«, sagte Miss Gibson.

»Es ist aber viel spannender, etwas über Piraten und versunkene Schätze zu lernen«, beharrte der Junge.

»Miss Gibson, wann kommen wir zu Captain Kidd?«, fragte jemand anderes.

»Ich finde es ja toll, dass ihr Geschichte so interessant findet. Aber eins nach dem anderen.«

Robbie fiel auf, wie lange er nicht mehr die Stimmen anderer Kinder gehört hatte. Er verbrachte seine Zeit ausschließlich mit Erwachsenen, die ihn ohnehin nicht verstanden. Doch hier in der Klasse zu sitzen ließ ihn seine Freunde und seine eigene Schule nur noch mehr vermissen.

»Stephen Pharoah, auch bekannt als Stephen Talkhouse, war das Oberhaupt der Montaukets. Er war Walfänger und kämpfte im Bürgerkrieg«, las ein anderes Kind vor.

Robbie interessierte sich nicht für diesen ganzen alten Kram.

Es war so langweilig. Er wollte einfach nur zurück in die Stadt, zu den Wolkenkratzern, in deren Mitte er sich zu Hause fühlte. Seine Gedanken schweiften ab, und er rannte mit hunderten anderen Kindern aus seiner Schule. Alle schrien und lachten. Es war ein heller, sonniger Tag. Am Straßenrand wartete sein Dad auf ihn. Lust auf ein Eiscreme-Soda? Er hörte die Stimme seines Dads ganz deutlich in seinem Ohr. Sie machten auf dem Nachhauseweg oft einen Zwischenstopp beim Imbiss an der Ecke und holten sich Eiscreme-Sodas und Marmor-Cookies. Dann beobachteten sie die Leute in der U-Bahn und lauschten den Straßenmusikern in der Nähe des Central Parks. Er liebte es, den Breakdancern zuzusehen, die synchron Rückwärtssalti machten und Unglaubliches mit ihren Körpern anstellten. Sie waren besser als die Artisten im Zirkus, und sein Dad gab ihnen immer großzügig etwas Geld. *Ich liebe dich, Dad. – Ich liebe dich, Robbie.*

»Robbie, kannst du uns sagen, bei welcher Temperatur Wasser gefriert?«

Die Lehrerin war direkt vor ihn getreten und riss ihn aus seinen Tagträumen. Er schüttelte den Kopf.

»Versuch bitte, dem Unterricht zu folgen, Robbie.«

»Zweiunddreißig Grad Fahrenheit und null Grad Celsius«, platzte Eleanor heraus.

»Sehr gut. Ich möchte, dass ihr heute nach der Schule Seite fünfunddreißig bis fünfundvierzig in eurem Naturkundebuch lest. Wir werden uns dieses Halbjahr mit Meereslebewesen beschäftigen. Es ist der ideale Zeitpunkt, als Beginn der Vorbereitungen auf unseren Besuch bei der Riverhead Foundation für die Erforschung und den Schutz der Meere, der in ein paar Wochen ansteht.«

»O bitte, können wir dieses Jahr ein Seehundbaby adoptieren, Miss Gibson?«, fragte Eleanor.

»Das werden wir gemeinsam entscheiden. Entweder einen Seehund oder eine Schildkröte. Ich finde, darüber sollte die gesamte Klasse entscheiden, nachdem wir die geretteten Tiere besucht haben.«

Die Klasse brach in Klatschen und Rufen aus, manche Kinder verlangten nach einem Seehund, andere nach einer Schildkröte. Robbie konnte nicht fassen, dass Kinder in seinem Alter wegen so etwas ausrasteten. Sie führten sich auf, als wären sie erst fünf. Um keinen Preis würde Robbie mit ihnen irgendeinen Ausflug unternehmen. Er zerriss die Einverständniserklärung unter seinem Schreibtisch und steckte sich die Fetzen in die Tasche. Er würde stattdessen seinen eigenen Ausflug zurück nach New York machen, in den Central Park gehen und mit seinen eigenen Freunden Basketball spielen und danach im Shake Shack Hamburger und Pommes essen. All seine Freunde freuten sich auf Lady Gaga, die im Madison Square Garden auftreten würde. Sein Dad hatte ihm versprochen, dass er mit seinen Freunden hingehen könne, wenn Nia sie begleitete. Er könnte bei Suzie übernachten. Vielleicht könnte er tatsächlich eine Zeitlang bei ihr und ihrer Mutter einziehen, er wünschte es sich so sehr.

»Genug, alle miteinander. Der Unterricht ist beendet. Wir sehen uns morgen wieder. Robbie, kannst du einen Moment nach vorn kommen?«

Ihm blieb nichts anderes übrig, als zu ihr zu gehen.

»Wie ist es für dich gelaufen? Am ersten Tag könnte alles ein bisschen viel für dich sein.«

»Ist doch egal. Ich werde nicht lange hierbleiben.«

»Nun, solange du hier bist, sollten wir das Beste daraus machen und dafür sorgen, dass du etwas lernst, in Ordnung? Dann bis morgen.«

Er schlurfte hinter den anderen Kindern aus dem Klassenzimmer und die Treppen hinunter, ohne mit irgendjemandem Blickkontakt aufzunehmen. Draußen stellte er überrascht fest, dass anstelle seiner Mutter Ike auf ihn wartete. Er hätte gedacht, dass sie kommen und ihm eine Million Fragen zur Schule stellen würde. Die zurückgehaltenen Tränen der Wut und Frustration drohten ihn zu übermannen. Er wollte nicht vor seinem Onkel weinen, niemals.

»Wir kaufen auf dem Nachhauseweg noch etwas Fisch. Deine Mutter kocht daheim. Wart's nur ab, bis du euer neues Auto siehst. Ein richtig schöner Jeep.«

Robbie starrte aus dem Fenster.

»Hör mal, Junge, deine Mutter macht langsam Fortschritte. Sei ein bisschen nachsichtig mit ihr. Sie hatte heute einen wirklich guten Tag. Sie freut sich, dass du wieder zur Schule gehst. Und sie ist einkaufen gegangen. Hat dir ein paar neue Turnschuhe als Geschenk gekauft. Nimm sie und bedank dich. Du bist jetzt der Mann im Haus. Du musst dich um sie kümmern. Verstanden? Sie hat einen echten Schock erlitten. Ihren Mann zu verlieren und alles. Sie hat deinen Vater sehr geliebt. Eines Tages wirst du das verstehen.«

Robbie konnte sich nicht um Tess kümmern, und er wollte es auch nicht. Weshalb bürdete sein Onkel ihm das auf, als wäre es seine Aufgabe? Es ging nur um seine Mutter. Sie litt. Sie war traurig. Sie hatte ihren Mann verloren. Sie, sie, sie. Es ging nur um Tess und darum, wie sehr sie seinen Vater liebte. Er sah das ganz anders. Wieso hatte sie dann so viel gearbeitet und nie Zeit mit ihm verbracht? Seiner Mutter war ihre Arbeit wichtiger gewesen als ihr Mann. Und es war ihr egal, dass sein Vater den Babysitter hatte spielen müssen, seinen Job verloren hatte und sich deswegen schlecht fühlte. Robbie hatte sie ständig streiten hören, wenn sie dachten, er würde schlafen. Sein Dad tat ihm leid. Seine Mutter jedoch nicht. Sie hatte sich nicht genug um seinen Vater gekümmert, und sie kümmerte sich auch nicht genug um ihn. Anders als Suzies Mutter. Die war immer zu Hause. Und sie war immer so nett zu seinem Vater gewesen. Robbie wünschte sich, nicht Tess, sondern Nia wäre seine Mutter.

Sie fuhren schweigend zum Hafen, dessen Parkplatz fast leer war. Wo waren all die Fischer? Der Himmel war voller Möwen, die kreischten, von einem Boot sprangen, untertauchten und um die Überreste der weggeworfenen Fische kämpften.

»Du hättest diesen Hafen vor ein paar Jahren sehen sollen, Robbie. Es gab so viele Fischerboote und täglich tausende Kilo Fisch, die aus dem Meer geholt wurden. Millionen Austern, Millionen. Montauk war einst der größte Fischereihafen an der Ostküste. Heute fahren nur noch wenige Boote pro Tag raus. Komm.«

Sie gingen über den alten Pier auf die *Flying Dutchman* zu. Ike schritt voran und winkte seinen Freunden zu, Lindy und Diesel rannten ihm bellend hinterher. Robbie ließ sich Zeit. Er spürte sein Gewicht auf den verrottenden, verwitterten Brettern. Vorsichtig trat er über die Lücken zwischen den Planken. Er fürchtete, jeden Augenblick ins Wasser zu fallen. Der Pier war nahezu leer, nur ein paar Fischerboote waren festgebunden, und er sah aus wie das aus dem Wasser ragende Skelett eines riesigen Dinosauriers.

Sein Onkel scherzte mit einem alten Fischer, der Gummistiefel trug, die ihm bis zur Taille reichten. Die anderen schlitzten Fische auf und warfen die Innereien hinten vom Boot. Das Wasser wirbelte rot vor Blut. Beim Anblick des knallroten Bluts und der im Wasser treibenden Eingeweide wurde Robbie schlecht. Möwen kreischten und stritten sich um das, was die Fischer wegwarfen. Er sah einen Vogel ein riesiges

Stück Fisch im Flug fangen. Es war ein ekelhafter Anblick, der Schnabel der Möwe vollgestopft mit dem rohen Fleisch. Er begrüßte die Fischer nicht, sondern lief an ihnen vorbei zum Hafen hinunter, wo niemand war.

Es war ein eiskalter, grauer Spätnachmittag mit tief hängenden dichten Wolken am blauen Himmel, aber Robbie beobachtete, wie die Strahlen der Sonne beim Untergehen allmählich durch die Wolken drangen. Und dann leuchtete plötzlich das Walgebäude, das Aquarium, auf. Kräftiges gelbes Sonnenlicht legte sich auf alles, so stark, dass es Robbie blendete. O Mann, sein Onkel hatte recht. Das Wetter konnte hier von einer Sekunde auf die andere umschlagen.

Robbie kniff die Augen zusammen, als er an Deck eines Bootes am Rande des Piers einen großen Mann stehen sah. Hinten am Boot war eine bunte Flagge befestigt, und er konnte sehen, dass es sich nicht um die amerikanische Flagge handelte. Der Mann trug keine Fischerkleidung, sondern einen dicken Pullover und Jeans, und er lächelte Robbie zu. Jetzt erkannte er ihn. Es war der Mann, den er schon vor dem Aquarium gesehen hatte. Er war jünger, als Robbie gedacht hatte, und wirkte freundlich. Sein blondes Haar war so kurz wie das seines Dads. Robbie winkte ihm zu, und der Mann grüßte zurück. Er war segeln gewesen, Robbie hatte sein Boot von der Schule aus auf dem Meer gesehen. Er wollte ihn ansprechen, wurde jedoch von der dröhnenden Stimme seines Onkels abgelenkt. Er drehte sich um und antwortete Ike, aber als er sich wieder dem freundlichen Mann zuwandte, war dieser verschwunden. Immerhin konnte Robbie den Namen seines Bootes entziffern. Es hieß *The Kipper*. Er fragte sich, was das wohl bedeutete.

»Wir müssen los, Junge. Komm.«

»Okay, okay.«

Auf der Rückfahrt sah Robbie zu, wie die riesige, strahlend weiße Wintersonne im dunklen Ozean versank, und dachte an den Mann und sein Boot. Er fragte sich, was er in dieser Gegend zu tun hatte. Er war nicht fischen gewesen, sah auch nicht aus wie die anderen Fischer und hatte sein Boot weit entfernt von ihnen angelegt. In diesem Moment bogen sie in die Auffahrt ein, und Robbie bemerkte den Jeep.

»Das ist eurer«, erklärte Ike. »Deine Mutter hat ihn heute abgeholt. Komm schon. Sie bereitet dir etwas Besonderes zu.«

Tess kam in einer großen Schürze und mit einer riesigen Schüssel voll Teig in den Händen aus der Küche. Sie war von oben bis unten mit Mehl bekleckert, sogar im Gesicht.

»Chocolate Chip Cookies. Deine Lieblingssorte, Robbie. Um deinen ersten Schultag zu feiern«, erklärte Tess.

»Wir werden nie wieder zurückgehen, oder?«, fragte Robbie.

»Es ist doch nicht für immer, Robbie«, seufzte sie. »Ich glaube einfach, dass es besser für uns ist, noch eine Weile gemeinsam hier zu verbringen. Vielleicht bis nach dem Sommer.«

»Du hast mich nicht einmal gefragt. Du hast mich von Anfang an belogen.«

»Ich muss für uns beide entscheiden, was für uns am besten ist.«

»Du hast doch keine Ahnung.«

Robbie rannte zurück nach draußen. Es war inzwischen stockfinster und bitterkalt. Er saß in der Falle. Was sollte er nur tun? Er konnte sich nicht vorstellen, auch nur noch einen weiteren Tag in Montauk zu verbringen. Er raste wieder ins Haus und trat gegen die Barhocker, die zu Boden krachten. Dann schleuderte er die Billardkugeln mit so viel Wucht auf den Tisch, dass er beinahe das darauf aufgezogene Billardtuch zerriss. Robbie schnappte sich einen großen Stapel Papierservietten von der Bar, zerpflückte sie eine nach der anderen und warf sie ins lodernde Feuer. Die aufflammende Glut zischte und versengte ihm beinahe das Gesicht.

»Robbie! Was machst du da? Du verbrennst dich noch«, rief Tess.

»Lass mich in Ruhe«, fuhr er sie an, verschwand in der Telefonzelle und knallte die Tür so fest zu, dass die ganze Kabine schaukelte und das Glas beinahe zersprang. »Lass mich in Ruhe. Lass mich in Ruhe!«

Robbie sah, wie Onkel Ike neben Tess trat und ihr etwas ins Ohr flüsterte, woraufhin sie gemeinsam in der Küche verschwanden. Tränen rannen ihm unkontrollierbar die Wangen hinunter. Er knallte den Kopf gegen die Rückwand der Telefonzelle, bis er einen stechenden Schmerz verspürte. Er fasste sich an den Hinterkopf und spürte etwas Feuchtes. Als er auf seine Hand hinunterblickte, sah er einen Flecken Blut.

»Gut. Ich hoffe, ich sterbe. Dann wird es ihr wirklich leidtun.«

Er hob den Hörer ab und wählte Suzies Nummer, doch niemand antwortete. Er musste ihr erzählen, was hier gerade geschah. Vielleicht konnte ihre Mutter ihm helfen? Er fühlte sich so hoffnungslos, gefangen. Er rief seine Nummer zu Hause an. Auf dem Anrufbeantworter ertönte Adams Stimme, die beruhigend auf ihn wirkte und ihn tröstete. Robbie rief wieder und wieder an und lauschte seinem Vater, bis er ganz erschöpft war. All seine heftigen Gefühle waren verpufft, aber bevor er zurück in sein Zimmer ging, sprach er in den Hörer. Es war eine Nachricht, die niemals gehört werden würde. Er hinterließ sie trotzdem.

»Daddy, ich komme zurück in die Stadt. Ich bin's. Ich vermisse dich so, Dad. Ich komme nach Hause.«

Kapitel ZEHN

Seine Mutter war eine Lügnerin. Sie hatte gesagt, sie würden nur ein paar Tage in diesem Kaff bleiben, und dann waren es Wochen geworden. Und nun zwang sie ihn noch dazu, hier zur Schule zu gehen. Er stürmte aus der Bar in sein Zimmer und ließ sich auf sein Bett fallen, ohne die Tür zu schließen. Lindy folgte ihm, und er zuckte vor Schreck zusammen, als er sie sah. Doch sie hatte beinahe noch mehr Angst vor ihm und versuchte, sich hinter dem kleinen Stuhl in der Ecke zu verstecken. Die Ohren eng angelegt, mit zitterndem Schwanz, wagte Lindy nicht, ihren Kopf aus der Ecke zu strecken. Sie erinnerte ihn an ein kleines Kind, das von seinen Eltern ausgeschimpft worden war.

Nach einer Weile schlich sie, den Kopf immer noch gesenkt, in die Mitte des Raumes, wo sie sich, den Kopf auf den Vorderpfoten, lang hinlegte. Nur ihre riesigen, runden, schokoladenbraunen Augen blickten zu Robbie hinauf. Sie sah so traurig aus.

Er wusste, wie es sich anfühlte, wenn man traurig war und weinen musste. Und auf einmal tat ihm Lindy leid, und ihm wurde bewusst, dass er sie verängstigt hatte. Also kletterte er trotz seines Unbehagens vom Bett zu ihr herunter. Ihr buschiger Schwanz raschelte auf dem Boden, und ihre großen Schlappohren richteten sich auf. Robbie hielt tapfer die Hand etwa einen halben Meter über die Hündin und ließ sie nervös sinken, bis er das Tier beinahe berührte. Lindy hob den Kopf und setzte sich auf, worauf Robbie zurückschreckte. Die Hündin reagierte sofort, indem sie sich wieder hinlegte.

»Bleib so! Beweg dich nicht.«

Der Junge zitterte. Die Hündin blieb ruhig und wartete.

»Bleib da!«

Lindy gehorchte prompt.

»Lindy, kannst du meinen Turnschuh finden? Turnschuh, Lindy.«

Die Hündin sprang sofort auf und fing an, unter dem Bett herumzuschnüffeln, auf das Robbie sich erneut verkroch. Er beobachtete, wie sie sich langsam durch den Raum bewegte und dabei die Nase in jede Ecke steckte. Zu seinem großen Erstaunen legte sich Lindy eine Minute später vor der Kommode auf den Boden, streckte eine Pfote darunter und zog den Schuh hervor. Er konnte es nicht glauben. Sie hatte ihn verstanden und ihm gehorcht – was für ein schlauer Hund. Sie trottete zu ihm, ließ ihm den Turnschuh direkt vor die Füße fallen und setzte sich dann erwartungsvoll vor ihn. Er kam langsam vom Bett. Die Hündin blieb ganz ruhig.

»Braves Mädchen, Lindy. Braves Mädchen.«

Darauf drehte sie sich voller Freude auf den Rücken und streckte die Beine in die Luft. Sie sah so komisch aus. Ihr Kopf bewegte sich hin und her, ihr ganzer Körper wackelte, und ihr Schwanz wedelte. Robbie lächelte. Dann nahm er all seinen Mut zusammen, trat zu ihr und berührte den pelzigen Bauch der Hündin. Er war ganz weich. Sofort spürte Robbie, wie sich Lindys Energie und Wärme von ihrem Körper auf seinen übertrugen, ein wunderbares Gefühl. Und auch Lindy entspannte sich unter seiner Berührung. Ganz leicht tätschelte er sie wieder und wieder.

»Braves Mädchen, Lindy. Braver Hund.«

Die Hündin schien unter seinem Streicheln dahinzuschmelzen. Dann rollte sie sich zurück auf den Bauch und setzte sich auf. Diesmal sprang er nicht davon. Er hockte sich direkt neben sie, und sie kuschelte sich eng an ihn. Die von ihrem Körper ausströmende Hitze wärmte ihn. Er legte zuerst den einen, dann den anderen Arm um den Hund, bis er sie schließlich fest und noch fester an sich drückte. Sie stützte das Gewicht ihres starken Körpers auf ihn und fing an, ihn abzulecken. Dann streckte Lindy sich neben ihm aus und legte den Kopf auf seine Beine. Eine Weile saß Robbie so da und streichelte sie, schließlich vergrub er sein Gesicht in ihrem dichten Fell und verspürte einen Kloß im Hals. Er wischte sich die Tränen fort.

Mitten in der Nacht stahl er sich wie ein Dieb aus dem Motel. Der Wind heulte, ein Ast brach ab und fiel von dem unheimlichen Baum, der aussah, als würde er schreien. Fast wäre er davon getroffen worden. Zitternd rannte er, so schnell er konnte, ohne sich auch nur einmal umzudrehen. Er raste die ganze zerklüftete steinige Straße hinunter auf den Old Montauk Highway, während das Meer donnernd ans Ufer krachte. Es war eine stürmische Nacht. Der Himmel war vollkommen schwarz, kein Stern und kein bisschen Mondlicht leuchteten ihm den Weg, aber das war ihm egal. Er musste fort von hier, zurück in die Stadt. Er wollte in seinem eigenen Bett schlafen und im Stuhl seines Vaters sitzen. Er wollte durch seine Wohnung laufen und sich von der Liebe seines Dads umhüllt fühlen. Der Wind war so eisig, dass ihm das Gesicht weh tat, und auf seinen Wangen gefroren die Tränen. Aber er würde alles aushalten, wenn er nur nicht noch einen weiteren Tag in Montauk verbringen musste.

Die Stadt war ausgestorben. Nicht einmal eine einzige streunende Katze streifte durch die Straßen. Robbie war langsamer geworden, um wieder zu Atem zu kommen. Er verstellte die Träger seines schweren Rucksacks und lief weiter. Als er jemanden in Ritas Lokal gehen und die Lichter anzünden sah, fuhr er zusammen und rannte hinter das Gebäude. Wahrscheinlich war es ein Putzmann oder der Nachtwächter. Er durfte sich nicht erwischen lassen. Nicht jetzt, da er schon so nah am Bahnhof war. Er kauerte sich zwischen die Müllcontainer, bis er sich beruhigt hatte, dann beugte er sich tief hinunter und schlich gebückt vom Parkplatz von Rita's ins Stadtzentrum, überquerte die Straße und rannte in Richtung Bahnhof und Pier. Er war sich sicher, dass niemand ihn bemerkt hatte.

Am Bahnhofsgebäude zerrte er am Türgriff, bis seine Schultern schmerzten, doch es war zwecklos, der Warteraum war fest verschlossen. Ans Fenster war ein vergilbter Fahrplan geklebt, der kaum noch lesbar war. Im Dunkeln brauchte er eine Weile, um die winzigen Zahlen zu entziffern und festzustellen, dass der nächste Zug erst um drei Uhr nachmittags aus Montauk abfuhr. Er griff nach der Armbanduhr seines Vaters an seinem Handgelenk. Sie ihm zu schenken war das einzig Gute, was seine Mutter für ihn getan hatte. Bis heute hatte ihn ihr Anblick zu traurig gemacht, doch nun trug er sie zum ersten Mal, und er würde sie niemals mehr ablegen.

Es war erst vier Uhr dreißig morgens. Er musste sich verstecken, bis der Zug abfuhr. Die leeren Gleise, die in die Stadt führten, sahen aus, als würden sie kein Ende nehmen, und selbst wenn er es wollte, würde er kaum bis in die Stadt laufen können.

»Robbie, Ike!«, rief Tess genervt.

Verärgert hatte sie feststellen müssen, dass sie schon wieder verschlafen hatte. Es war schon halb neun, und sie hatte eigentlich lange vorher aufstehen wollen. Doch sie hatte so unruhig geschlafen, weil sie sich solche Sorgen wegen Robbie gemacht hatte, dass sie sich wie erschlagen fühlte. Sie wollte ihn wecken, doch in seinem Bett lag er nicht mehr. Also sah sie in der Bar nach, doch da war auch niemand. Vielleicht hatte Ike Robbie schon in die Schule gebracht? Aber als sie die Haustür öffnete, sah sie seinen Pick-up neben der Scheune parken, deren Tor weit aufgerissen war. Womöglich war er gefahren und schon wieder zurückgekehrt? Sie rannte über den Parkplatz, während das laute Kreischen einer Säge ihren schmerzenden Kopf beinahe zum Platzen brachte. Ike war ganz in seine Arbeit vertieft und bemerkte sie nicht einmal.

Tess tippte ihm auf die Schulter, worauf er erschrocken herumwirbelte.

»Herrgott noch mal!«

»Tut mir leid.«

»Du darfst dich nicht so anschleichen, wenn ich die Säge laufen habe. Ich hätte mir die Hand abschneiden können, Tessie.«

»Tut mir leid, Ike. Hast du Robbie zur Schule gebracht?«

»Nein, ich bin schon früh hier rausgegangen.«

»Hast du ihn gesehen?«

»Nein, ich dachte …«

»Aber wo ist er dann?«, fragte sie und wurde augenblicklich unruhig.

Sie eilte zurück ins Motel und rief ihn, während sie durch das ganze Haus lief. »Robbie, wo bist du? Du musst in die Schule. Robbie, wir müssen los«, fügte sie hinzu, während sie die Schwingtüren aufstieß.

Doch das einzige Geräusch in der Küche kam von einem tropfenden Wasserhahn. Sie drehte an den Griffen, um es zu stoppen. Tess sah in jedem Winkel der Bar nach, in der Telefonzelle, überprüfte jedes einzelne Zimmer des Motels, aber er war nirgends zu finden.

»Robbie, lass den Quatsch!«, rief sie. »Das ist nicht witzig.«

Das Ausbleiben einer Antwort machte sie wütend. Sie kehrte in die Bar zurück und sah erneut in der Küche nach, diesmal auch in jedem Schrank und jeder Kiste. Sie stürmte hinauf in Ikes Schlafzimmer, da sie schließlich darauf wettete, dass er sich womöglich an dem Ort versteckte, an dem sie als Letztes suchen würde.

»Robbie, du kommst jetzt sofort raus!«

Die Morgensonne ließ Ikes altes Messingbett in goldenem Glanz leuchten. Wie aufgeräumt das Zimmer war. Ihr Onkel mochte ab und an ein wenig nachlässig gekleidet sein, aber er war ausgesprochen ordentlich. Sie riss die Schrank- und die Badezimmertüren auf. Keine Spur von Robbie. Sie griff nach einem gerahmten Foto auf Ikes Kommode. Es stammte aus dem Jahr, in dem Adam und sie ihn mit Robbie als Kleinkind besucht hatten. Sie sahen so jung und glücklich aus. Diese Tage waren längst vergangen. Sie stellte das Bild zurück und warf einen Blick auf die anderen: ihre Mutter, jünger als Tess heute, Ike als Soldat. In einer anderen Zeit, an einem anderen Ort.

»Robbie!«, schrie sie aus vollem Hals.

Sie stieß die Türen zu Ikes kleiner Terrasse auf und blickte auf den Strand hinunter. Sie wusste keinen anderen Rat mehr und brüllte einfach nur noch seinen Namen, wieder und wieder. Die Hunde begannen zu bellen, und Lindy erschien heulend auf und ab springend im Zimmer. Tess rannte zurück in die Scheune, wo Ike gerade die Bretter, die er zurechtgeschnitten hatte, gegen eine Wand stapelte.

»Neue Regale fürs Motel«, erklärte er. »Ich versuche, die Zimmer ein bisschen aufzupeppen.«

»Ich kann Robbie nicht finden«, keuchte sie.

»Irgendwo muss er ja sein. Er war natürlich sauer wegen der Schule und weil du all seine Sachen hast herbringen lassen. Wenn du ihn einfach ignorierst, wird er schon auftauchen, sobald er Hunger kriegt.«

»Aber er muss in die Schule. Kannst du mir helfen, ihn zu finden?«

»Klar.« Ike legte ihr den Arm um die Schulter und führte sie zurück zur Bar. »So ist das mit Kindern, mit denen wird's einem nie langweilig.«

Sie suchten in allen Ecken und Winkeln, in denen Robbie sich verstecken könnte. Tess betrat erneut sein Zimmer, ging diesmal jedoch auf alle viere und spähte unters Bett. Seine neuen Schulbücher hatte er vollkommen zerfleddert daruntergestopft. Sie wurde wütend, zog sie hervor und legte sie auf die Kommode. Sie konnte nicht genau sagen, weshalb sie versuchte, das Fenster zu öffnen, aber es war vereist und ließ sich nicht bewegen. Er war nicht aus dem Fenster geklettert, so viel stand zumindest fest. In der Nacht hatten sie und Ike kein Geräusch vernommen, die Hunde hatten nicht gebellt, vielleicht war er also immer noch irgendwo im Motel. Als sie jedoch sah, dass all seine Pullover und Jeans, seine Socken und sogar seine Unterwäsche verschwunden waren, wusste sie, dass er davongelaufen war. All seine wichtigen Sachen waren fort, sein Telefon und seine Hörgeräte, sein iPad und sein Rucksack. Als sie den kleinen Plastikbecher auf dem Waschbecken im Badezimmer erblickte, durchfuhr es sie eiskalt. Sogar seine Zahnbürste hatte er mitgenommen.

»Ike«, schrie sie, »Robbie ist weggelaufen!«

Ihr Onkel betrat das Zimmer. »Wie kommst du darauf?«

»Alles ist weg, seine Klamotten, seine elektronischen Geräte. Er hat sogar seine Zahnbürste mitgenommen. Wir müssen die Polizei rufen.«

Tess schritt in der Bar auf und ab wie ein Soldat. Ike stand am Eingang Wache. Weil die Tür offen stand, fühlte sich die Temperatur im Raum arktisch an, dennoch schwitzte sie. Heftige Panik überkam sie bei dem Gedanken an Robbie draußen in der Eiseskälte, einsam und verirrt. Ihr Brustkorb bebte, und ihr Herz trommelte so schnell, als hätte sie einen Herzinfarkt. Um wie viel Uhr er wohl gegangen war, etwa mitten in der Nacht? O Gott. Wo war er nur?

»Beruhige dich, Tessie. Sie sind da. Keating und Jones, gute Kerle.«

Sie stellte sich neben Ike und sah zu, wie der Polizeiwagen parkte, zwei uniformierte Beamte ausstiegen und auf sie zukamen. Die Cops trugen beigefarbene Hosen und schwere Motorradlederjacken. Ihre kniehohen schwarzen Stiefel, die verspiegelten Fliegersonnenbrillen und die an ihren breiten schwarzen Gürteln befestigten Pistolen und Handschellen verliehen ihnen das Aussehen von Staatspolizisten oder Soldaten.

Sie schüttelten sich alle die Hände und stellten sich vor. Einer der Polizisten holte einen Laptop hervor und begann, ihre Angaben einzutippen. Er bombardierte Tess und Ike mit Fragen, um so viele Fakten wie möglich zu sammeln, die er in hoher Geschwindigkeit in seinen Computer hämmerte. Tess wiederholte alles, was sie wusste. Von Adams Tod und wie es in den letzten Monaten um Robbies seelische Verfassung bestellt gewesen war.

»Er hat alles mitgenommen, sogar seine Zahnbürste ist weg.

Wenn er sich bloß in der Nähe verstecken würde, wieso sollte er dann all seine Sachen mitnehmen?«, heulte Tess. »Und er ist gehörlos. Er hat Implantate und trägt Hörgeräte, mit denen er hören kann wie Sie und ich, aber was, wenn er sie verloren hat? Er ist so verletzlich. Er ist erst neun. Und er kennt sich hier in dieser verlassenen Gegend nicht aus«, fuhr sie fort.

Sie rang die Hände und fuhr sich durchs Haar. Robbie konnte von einem Auto überfahren worden, entführt oder erfroren sein. In ihrem Kopf drehte sich alles.

»Mrs. Harding, wir fahren jetzt hinunter zur Wache und geben eine Vermisstenanzeige auf, melden es den Medien und rufen die Küstenwache an. Officer Jones bleibt unterdessen hier und sucht noch einmal das ganze Grundstück ab. Je schneller wir die Meldung rausbringen, desto besser. Wir werden alles tun, um Ihren Jungen zu finden«, sagte Keating und klappte den Laptop zu.

»Und wenn er ertrunken ist?«, stöhnte sie und ließ sich endlich mit dem Kopf in den Händen auf einen Stuhl sinken.

»Aber wieso sollte er denn ins eiskalte Wasser gehen, Tess? Er ist doch nicht dumm. Ich sage dir, er versteckt sich wahrscheinlich direkt vor unserer Nase. Erlaubt sich einen Scherz, um es dir heimzuzahlen«, meinte Ike.

»Wir nehmen diese Situation sehr ernst und hoffen, dass er von allein zurückkommen wird, nachdem er ein wenig Dampf abgelassen hat. Es klingt, als wäre das nicht unwahrscheinlich. Aber so lange müssen wir der Sache höchste Aufmerksamkeit zollen«, erklärte Keating.

»Ich glaube nicht, dass er sehr weit gehen würde«, fuhr Ike fort.

»Wollen wir es hoffen«, erwiderte Keating. »Mrs. Harding, können Sie ein aktuelles Bild Ihres Sohnes und ein Kleidungsstück von ihm zur Verfügung stellen?«

Ihre Tränen kamen nun vollkommen unkontrolliert, und Ike drückte ihr den Arm.

»Komm, holen wir ihnen, was sie brauchen«, ermunterte er sie.

»Wir werden Spürhunde herbringen. Vielleicht können sie seine Spur aufnehmen.«

Vom Beifahrersitz des Wagens aus verrenkte Tess den Kopf in alle Richtungen. Auf ihrem Weg zur Polizeiwache suchte sie die Straße und den Strand ab und heftete den Blick an jede Stelle, an der sie Robbie vermutete.

»Halt an, Ike, das ist er!«, schrie sie. »Halt an, bitte.«

Er bog in den Parkplatz vor dem Supermarkt ein. Sie sprang aus dem Wagen und rannte auf den riesigen Müllcontainer in der hinteren Ecke zu.

»Robbie!«

Sie griff nach ihm. Aber statt ihres Sohnes drehte sich ein kleiner alter Mann in einem marineblauen Daunenanorak und Jeans um und sah sie erstaunt an. Er hatte gerade Kartons gestapelt und zusammengeschnürt.

»Tut mir leid. Ich suche meinen Sohn. Haben Sie heute Morgen hier irgendwo einen neunjährigen Jungen gesehen? Er ist verschwunden«, flehte sie.

Er schüttelte den Kopf und fuhr mit seiner Arbeit fort. Tess war zutiefst beschämt und stieg rasch wieder in den Pick-up.

»Wir sollten unbedingt die Strände und alle Straßen absuchen«, sagte sie. »Er könnte irgendwo verletzt liegen.«

»Liebes, du musst eine Vermisstenanzeige aufgeben und dann die Polizei ihren Job erledigen lassen«, beruhigte sie Ike.

Sie parkten vor einem winzigen grauen Holzgebäude hinter dem Pavillon auf dem Stadtplatz. An einem langen Mast flatterte eine amerikanische Flagge im Wind. Tess kletterte hastig aus dem Wagen und ging schnellen Schrittes auf die Wache zu, Ike im Schlepptau. Diese Miniaturwache hatte keinerlei Ähnlichkeit mit dem Polizeirevier in Manhattan. Dass es sich um eine Polizeiwache handelte, erkannte man lediglich an dem weißen Holzschild davor. Sie fragte sich, ob diese Polizisten es je mit einem schlimmeren Fall als einem betrunkenen Touristen oder einem Verkehrsunfall zu tun gehabt haben mochten.

Am Empfang saß ein ernst blickender junger Polizist, der für Tess aussah, als ginge er noch zur Highschool. Neben seinem Computer erkannte sie jedoch ein gerahmtes Bild von einem pausbäckigen Kleinkind im Arm einer lächelnden jungen Frau, und sie begriff, dass er älter sein musste, als er wirkte. Was für eine wunderschöne junge Familie, die noch das ganze Leben vor sich hat, dachte sie. Einst hatte sie solch romantische Vorstellungen von einer Bilderbuchfamilie gehabt, doch einer nach dem anderen hatten all ihre geliebten Menschen sie verlassen.

Mit nicht mehr als zwanzig Schritten waren Tess und Ike Officer Keating in den hinteren Teil der Wache gefolgt. Sie beobachtete, wie der andere Polizist Robbies Sachen entgegennahm und das T-Shirt in eine Plastiktüte steckte. Dann scannte er das Foto in seinen Computer ein und begann, ein *Vermisst*-Plakat mit Robbies lächelndem, unschuldigem Gesicht in der Mitte zu kreieren. Tess setzte sich neben Keatings Schreibtisch und war zumindest von den ihn umgebenden modernen Computern, Funkgeräten und anderen technischen Geräten beeindruckt. Ike stand schweigend daneben, in einer Haltung, die sie an seine Labradore erinnerte: loyal und unerschütterlich. Sie blieben stets an seiner Seite, so wie er immer an ihrer war.

Der Polizist schaltete seinen Computer ein, und eine Vermisstenanzeige mit dem Titel *ROBERT ELLIS HARDING* erschien auf dem überdimensionalen Bildschirm. Tess verspürte einen dicken Kloß im Hals, als sie das Bild sah. Eine schlichte runde Uhr an der Wand schlug elf Uhr dreißig. Schon ein paar Stunden waren vergangen, seit Tess aufgewacht war und festgestellt hatte, dass Robbie verschwunden war. Sie hatte genügend Artikel gelesen und Fernsehdokumentationen gesehen, um zu wissen, dass die ersten Stunden die wichtigsten waren. Ikes Handy klingelte, er ging rasch ans andere Ende des Raumes, um niemanden zu stören, und sprach leise hinein. Als er zu ihr zurückeilte, fragte sich Tess, weshalb auf seinem Gesicht ein Lächeln zu sehen war.

»Wir haben einen Anhaltspunkt. Der Nachtwächter vom Rita's hat auf dem Parkplatz ein Handy gefunden. Rita hat Robbies Namen auf der Hülle gelesen und bringt es jetzt her.«

»Vielleicht hat Ihr Sohn jemanden angerufen, und wir finden rasch heraus, wo er ist«, sagte der Polizist.

»Sie glauben nicht, dass jemand es ihm gestohlen und ihm weh getan hat? In der Stadt werden Leute wegen eines iPhones umgebracht«, sagte Tess.

»Also bitte, Tessie, zieh keine falschen Schlüsse. Warten wir einfach ab. Ich bin mir sicher, dass es dem Jungen gut geht«, beruhigte Ike sie.

Kurz darauf stürmte Rita in die Polizeiwache und reichte dem Polizisten das Telefon. »Bitte sehr.« Sie sah ebenso verwirrt und ängstlich aus, wie Tess sich fühlte.

»Geht's dir gut?«, fragte Ike sie. »Setz dich, Liebes.«

»Ich bin so schnell ich konnte hergekommen. Gibt es Neuigkeiten?«, fragte sie.

»Anscheinend ist Robbie mitten in der Nacht davongelaufen«, erklärte Tess. »Wir haben es erst heute Morgen bemerkt. Und jetzt ist er schon seit Stunden verschwunden.«

»Gibt es etwas, das ich tun kann?«, fragte Rita.

»Sie haben schon sein Telefon gefunden. Das ist der erste Hinweis, der uns helfen kann«, erwiderte Tess.

»Mein Bauchgefühl sagt mir, dass es dem Jungen gut geht. Ich glaube, dass er bloß wütend ist und es nicht mehr ausgehalten hat«, meinte Ike.

»Er war noch nicht bereit, sich damit abzufinden, hierzubleiben, oder?«, gab Rita zu bedenken.

»Sag so was nicht, Rita. Montauk ist jetzt genau der richtige Ort für sie und das Kid, und zwar bei mir. Er wird sich schon daran gewöhnen. Er erinnert mich an mich selbst als Kind. Ich war genauso stur wie er und bin auch ständig weggelaufen.«

»Du hast recht, Ike. Was weiß ich schon? Immerhin musste ich niemals an solch einem abgelegenen Ort ein Kind großziehen«, sagte Rita. »Sie sind auf jeden Fall mutig, Tess.«

»Nein, das bin ich nicht. Es ist allein meine Schuld, dass Robbie davongelaufen ist«, schluchzte Tess.

Sie ließ den Kopf in die Hände sinken und brach weinend zusammen, aber da tippte ihr der Polizist auf die Schulter.

»Wir brauchen Ihre Hilfe. Auf dem Telefon Ihres Sohnes befinden sich eine Menge Informationen. Zum Glück haben wir es gefunden, es wird uns bestimmt weiterhelfen.«

»Es muss ihm aus der Tasche gefallen sein, ohne dass er es gemerkt hat, oder? Ich hoffe nur, dass ihm niemand den Rucksack gestohlen oder ihn verletzt und dann das Telefon weggeworfen hat«, stöhnte Tess.

»Das ist ein ziemlich teures Gerät. Wenn ihm jemand etwas hätte stehlen wollen, dann wohl das. Ich nehme an, er hat es versehentlich fallenlassen, aber sollte es notwendig sein, werden wir die Fingerabdrücke darauf untersuchen«, entgegnete

Keating. »Kennen Sie sein Passwort? Dann können Sie nachschauen, wen er zuletzt angerufen hat.«

Tess griff nach dem Telefon. »Er hat Suzie angerufen. Seine beste Freundin. Ein kleines Mädchen in der Stadt.«

»Könnten Sie sie jetzt gleich anrufen?«

Tess wählte die Nummer, doch beim Klang von Nias Stimme stieg ihr augenblicklich die Hitze ins Gesicht. Hätte sie vor ihr gestanden, hätte sie Nia ins Gesicht geschlagen. Sie musste sich beruhigen. Tess schloss die Augen. Nichts anderes war wichtig für sie, als Robbie zu finden. Nias überschwänglicher Tonfall löste Übelkeit in ihr aus, sie hätte nicht gedacht, dass sie ihn noch einmal würde ertragen müssen. Nia klang vollkommen sorglos. Sie war nicht betrogen, ihr Leben war nicht zerstört worden. Wahrscheinlich war sie bereits hinter dem Ehemann der nächsten Frau her, dachte Tess verbittert.

»Hier ist Tess. Ich rufe dich aus Montauk an, und ich muss sofort mit Suzie sprechen. Robbie ist verschwunden. Suzie ist die letzte Person, die er angerufen hat. Ich muss wissen, ob Robbie bei euch in der Stadt ist oder ob du oder deine Tochter wisst, wo mein Sohn ist«, sagte sie so ausdrucklos wie möglich.

Am anderen Ende der Leitung herrschte Schweigen. Dann lauschte Tess aufmerksam Nias Stimme, die nun zittrig geworden war. Sie schien genauso bestürzt über Tess' Anruf wie sie selbst. Robbie war nicht bei ihnen. Mehr musste Tess nicht wissen und hängte gleich auf, nachdem sie Nia noch aufgetragen hatte, sie sofort anzurufen, sollte ihr Sohn das Mädchen erneut kontaktieren. Tess blieb ganz ruhig und ließ keine Emotion durchklingen. Niemand würde ahnen, was ihr wirklich durch den Kopf ging. Sie wandte sich dem Polizisten zu.

»Dort ist er nicht. Er hat gestern Nachmittag angerufen, aber seitdem hat sie nichts mehr von ihm gehört.«

»Da fällt mir was ein: Robbie hat sich doch neulich so für den Bahnhof interessiert. Ich wette, er will den Nachmittagszug nehmen«, platzte Ike plötzlich heraus.

»Hat er Geld?«, fragte der Polizist.

»Er bekommt Taschengeld«, sagte Tess. »Er hätte etwas ansparen können. Für ein Ticket in die Stadt würde es wahrscheinlich reichen.«

»Okay, das überprüfen wir später. Der Zug fährt erst um drei Uhr. Mrs. Harding, so schwer es Ihnen auch fallen mag, jetzt müssen Sie zurück zum Motel gehen und dort warten.«

»Warten? Ich muss nach ihm suchen, in der Schule nachsehen, alle Strände abklappern.«

»Die Schule ist wohl der letzte Ort, an den er gehen würde, Tessie«, sagte Ike.

»Es ist beinahe Mittag, und wir haben mittlerweile genügend Informationen beisammen, um alle lokalen Polizeiwachen der Umgebung zu verständigen, Robbies Foto zu veröffentlichen und eine offizielle Suche einzuleiten. Ihre Aufgabe besteht nun darin, zurück ins Motel zu gehen und jeden auf dem Telefon ihres Sohnes zu kontaktieren. Womöglich versucht er, Sie anzurufen oder ein R-Gespräch zu führen. Denken Sie daran, er hat sein Telefon nicht bei sich. Sie müssen da sein, falls er zurückkommt.«

Kapitel ELF

Robbie wachte auf, als er unter dem Bett hin und her geschleudert wurde. Das Boot schwankte heftig. Die Wogen des Meeres, die von außen gegen den Schiffsrumpf schlugen, jagten ihm Angst ein. Ihm war schlecht, und er meinte, sich jeden Augenblick übergeben zu müssen. Kalter Schweiß lag auf seiner Haut, gleichzeitig war ihm heiß. Er glitt unter dem Bett hervor. Da er kaum aufrecht sitzen konnte, lehnte er sich einfach gegen die Wand der Kajüte und streckte die Beine aus. Robbie musste sich ganz darauf konzentrieren, zu atmen und nicht zu erbrechen. Als er schließlich aufstand, drehte sich der ganze Raum. Wasser spritzte gegen die Bullaugen. Er verlor den Halt und fiel zu Boden. Alles wirkte verschwommen.

Robbie wusste, dass er frische Luft brauchte. Er raffte sich auf und stolperte hinauf an Deck, wo er ein paar tiefe Atemzüge nahm. Erschrocken sah er einen Mann, der sich über den Rand des Bootes beugte. Er rieb sich die geröteten, geschwollenen Augen. Die breiten Schultern und der kräftige Nacken, das kurz geschorene blonde Haar und der dicke Pullover mit Zopfmuster kamen ihm bekannt vor.

»Dad? Dad! Bist du das?«

Der Mann trug Kopfhörer. Robbie tippte ihm auf die Schulter. »Dad!«

Der Mann wirbelte herum, und Robbie stellte fest, dass er

seinem Vater überhaupt nicht ähnelte. Und dass er ausgesprochen erschrocken wirkte, ihn an Bord zu sehen.

»Was zum Teufel hast du auf meinem Boot zu suchen?«, brüllte der Mann.

Robbie war durcheinander und hatte keine Orientierung, sie befanden sich offenbar mitten auf dem Ozean. Kein Land weit und breit. Wohin er auch blickte, überall nur glitzerndes Wasser und ein knallblauer Himmel, an dem die Sonne strahlte.

»Ich bin gehörlos. Mein Name ist Robert Ellis Harding, genannt Robbie. Mir ist schwindlig. Ich glaube, ich muss mich gleich übergeben«, murmelte Robbie.

Darauf rief der Mann: »Himmel. Komm, ich helfe dir, bevor du dich noch verletzt.«

Er riss sich die Kopfhörer von den Ohren und stützte Robbie, um ihn am Ausrutschen und Stürzen zu hindern. Robbie schaffte es kaum bis zum Rand des Bootes. Der Mann hielt ihn behutsam fest, damit er nicht über Bord fiel.

»Mach schon«, drängte der Mann ihn.

Robbie streckte den Kopf über die Reling und erbrach alles, was sich noch vom Vorabend in seinem Magen befunden hatte. Dann würgte er noch ein paarmal, bis nichts mehr kam. Sein Hals war wund und schmerzte. Alles drehte sich. Ihm war unglaublich schwindlig. In seinem ganzen Leben war ihm noch nie so schlecht gewesen.

»Zum ersten Mal auf offener See?«, erkundigte sich der Mann.

Robbie nickte.

»Hier, setz dich neben mich in die Mitte des Bootes, entspann dich einfach und sieh hinaus. Du brauchst dich nicht auf einen Punkt zu konzentrieren, schau dich einfach um. Merkst du das, die Bewegung ist hier oben nicht so extrem wie da unten. Geht es dir langsam ein bisschen besser?«

»Ja.«

Robbie war überrascht, dass der Mann Gebärdensprache beherrschte. Nicht viele Menschen konnten gebärden.

»Gut. Unser Boot gleitet über die Wellen, und du musst dieser Bewegung folgen. Versuch, deinen Nacken locker zu lassen und den Kopf ganz entspannt zu halten. Sieh zu und mach mir nach. Balanciere deinen Körper über deine Hüften aus, spür die Bewegungen des Bootes und folge ihnen. Das ist wie Reiten auf einem Pferd, nur einfacher. Spür einfach den Rhythmus der Wellen und gehe mit ihm mit. Entspann dich. Du wirst dich besser fühlen. Ich verspreche es dir. Versuch nicht, dich der natürlichen Bewegung der Wellen zu widersetzen, werde stattdessen eins mit ihnen. Blick auf das Meer um dich herum und auf den Himmel und atme tief ein und aus wie ich. Von ganz unten in deinem Bauch. Nimm tiefe, volle Atemzüge.«

Robbie beobachtete den Mann und ahmte seine Bewegungen nach. Nach ein paar Sekunden wurde sein Atem gleichmäßiger, und auf wundersame Weise fühlte er sich besser. Ihm war nicht mehr so schlecht.

»Du wirkst langsam wieder lebendig. Atme weiter, ganz tief. Ich bin übrigens Kip Young«, gebärdete er.

Robbie war endlich in der Lage, seine Hörgeräte wieder anzubringen.

»Jetzt kann ich hören«, erklärte er. »Das sind die Hörgeräte, die zu meinen Implantaten gehören. Aber Sie gebärden wirklich gut.«

»Ein Verwandter von mir war ebenfalls gehörlos. Daher habe ich es schon als Kind gelernt.«

Kip streckte ihm die Hand entgegen, und Robbie schüttelte sie. Kip hatte einen festen, warmen Griff und ein angenehmes Lächeln. Robbie bemerkte, dass der Mann so sonnengebräunt war, als hätte er lange Zeit am Strand verbracht, und seine leuchtend türkisfarbenen Augen hatten dieselbe Farbe wie das Wasser. Sie waren groß mit einem tiefgründigen Funkeln darin und von kleinen Knitterfältchen und dichten dunkelblonden Wimpern gesäumt, die wie kleine Pinsel aussahen. Auf seinem Gesicht zeigte sich ein Bartschatten, der jedoch nicht ungepflegt wirkte wie bei seinem Onkel, weil er kurzes Haar hatte und ordentliche, neu wirkende Kleidung trug.

»Geht es dir besser?«

»Viel besser.«

»Gut. Aber das hast du auch davon, dass du mich zu Tode erschreckst und von meiner Arbeit abhältst. Ich hole dir eine Schwimmweste. Bin gleich wieder da. Bleib, wo du bist. Versuch noch nicht, an Deck zu laufen. Halt dich an deinem Sitz fest. Verstanden?«

»Ich gehe nirgendwohin.«

»Du kannst auch nirgendwohin gehen«, stellte Kip lachend fest.

Robbie sah zu, wie Kip drei Stufen auf einmal hinunterstieg und im Nu wieder auftauchte, in den Händen seinen Mantel, eine Schwimmweste, eine Packung Cracker und eine Flasche Wasser.

»Bitte schön«, sagte Kip und reichte Robbie einen Cracker. »Das wird deinen Magen beruhigen.«

Robbie aß ein paar Cracker und fühlte sich gleich viel besser.

»Ich werde auch manchmal seekrank, Robbie. Das passiert jedem. Lass dir von niemandem etwas anderes weismachen.«

»Sind Sie sauer, weil ich mich auf Ihrem Boot versteckt habe? Das tut mir leid.«

»Darauf kannst du Gift nehmen. Nach stundenlanger Suche hatte ich Benny gerade eben gehört.«

»Wer ist Benny?«

»Einer der seltensten Wale der Welt. Ich habe ihn nach Benny Goodman benannt.«

»Wer ist Benny Goodman?«

»Der größte Trompeter aller Zeiten.«

»Wieso haben Sie einen Wal nach einem Musiker benannt?«

»Wirst du schon noch rausfinden.«

»Es tut mir wirklich leid.«

»Das sollte es auch, immerhin habe ich stundenlang hier draußen darauf gewartet, Benny zu hören. Und dann bist du auf einmal aufgetaucht.«

»Hier schwimmt ein echter Wal herum?«

»Klar. Wobei er mittlerweile schon wieder zehn Meilen entfernt sein könnte.«

»Tut mir leid.«

»Ich wette, deine Mutter und dein Vater sind krank vor Sorge. Wir sollten besser zurück nach Montauk fahren, bevor sie in den Nachrichten nach dir suchen lassen und Helikopter hier rausschicken. Zum Glück sind wir nur etwa eine Stunde vom Ufer entfernt. Ich werde der Küstenwache direkt über Funk Bescheid geben. Bin gleich wieder da.«

Robbie fühlte sich gut genug, um Kip in die Kajüte zu folgen. Er sah zu, wie dieser das Amateurfunkgerät einschaltete. Es sah genauso aus wie das von Onkel Ike.

»Mein Onkel hat auch so eins. Ich wette, er hört Sie. Er gehört zu so einer Küstenwachentruppe.«

»Das Mistding hier scheint leider immer noch nicht zu funktionieren. Die Küstenwache wird in höchster Alarmbereitschaft sein, Robbie. Wann bist du an Bord gekommen?«

»Mitten in der Nacht.«

»Und ich war gestern in Southampton, um das Funkgerät reparieren zu lassen, und bin erst gegen Morgen wieder zurückgekommen.«

»Ich habe mich unter dem Bett versteckt und muss dann eingeschlafen sein.«

»Aha.« Kip fummelte an Kabeln und Steckern herum, aber das Funkgerät blieb weiter stumm. »Hast du ein Handy, Robbie?«

Robbie wollte weder zurückkehren noch mit seiner Mutter sprechen, also starrte er auf seine Füße.

»Gib es mir«, verlangte Kip.

Robbie zog seinen Rucksack hervor und öffnete den Reißverschluss, konnte sein Telefon jedoch nicht finden. Er schüttete all seine Habseligkeiten auf dem Fußboden aus, aber es war nicht darunter.

»Ich weiß nicht, was passiert ist. Ich hatte es dabei. Haben Sie denn keins?«

»Das Funkgerät genügt mir als Kommunikationsmittel … normalerweise. Wenn es nicht gerade kaputt ist. Die Reparatur hätte ich mir sparen können. Dann werden wir wohl versuchen müssen, so schnell wie möglich an Land zurückzukehren, und hoffen, dass noch keine Suchtrupps entsandt wurden.«

Sie gingen an Deck zurück, wo Kip ein langes, dickes Gummikabel mit einer merkwürdigen Vorrichtung am Ende aus dem Wasser zog, es abtropfen ließ, aufrollte und in eine große Kiste legte. Dann holte er den Anker ein und entrollte die Segel, indem er an ein paar Leinen zog. Der Wind war stark. Fasziniert beobachtete Robbie, wie Kip das Boot manövrierte. Die Brise in seinem Gesicht fühlte sich herrlich an. Als sie davonsegelten, war ihm, als würde er fliegen. Kip ergriff das große hölzerne Steuer und hielt es fest. Robbie klammerte sich an die Reling, da er auf dem schwankenden Boot noch immer keinen sicheren Stand hatte. Er blickte gen Horizont. Auf den winzigen Wellen glitzerte das Sonnenlicht, und er erkannte die wirbelnden Strömungen. Das Ganze hatte etwas

Hypnotisierendes, und er fand es wunderschön hier draußen auf dem Meer, mitten im Nirgendwo. Das grüne Wasser und die grelle Sonne wirkten wie gemalt, die Farben und das Licht waren so intensiv, dass das Meer nicht einmal echt aussah. Ihm traten Tränen in die Augen. Er wollte jedoch nicht, dass Kip ihn weinen sah und wandte sich ab. Aber auf einmal hatte er das Gefühl, dass er anfangen musste zu reden über das, was geschehen war. Er rang um Worte, bisher war es ihm zu schwer gefallen, mit irgendjemandem über Adams Tod zu sprechen.

»Mein Vater ist gestorben. Er wurde umgebracht.«

»Das tut mir sehr leid, Robbie«, sagte Kip mitfühlend.

»Ihm wurde an einem Geldautomaten in der Stadt von einer Gang in den Kopf geschossen. Kurz vor Weihnachten.«

Endlich drehte Robbie sich zu Kip um. Nun sprudelte die Tragödie seiner Familie mit Wucht aus ihm heraus. Kip hörte dem Jungen geduldig zu, er unterbrach ihn kein einziges Mal. Nachdem Robbie vom Mord an seinem Vater und seiner Sehnsucht nach ihm berichtet hatte, von seinem Onkel Ike, von den Ausbrüchen und dem Zusammenbruch seiner Mutter und seiner riesigen Angst davor, dass auch sie sterben würde, war er vollkommen erschöpft. Mit hängendem Kopf starrte er aufs Schiffsdeck und konnte den Strom seiner Tränen einfach nicht stoppen. Es war, als käme sein ganzer Kummer mit einem Mal an die Oberfläche.

Kip reichte ihm ein Taschentuch, mit dem Robbie seine Augen trocknete.

»Komm mal rüber, ich brauche kurz deine Hilfe. Würdest du das Steuerrad nehmen?«, fragte Kip.

Robbie griff nach dem glatt polierten Steuer. Er spürte den Zug der Wellen daran und ließ sich zeigen, wie Kip es schaffte, es ruhig zu halten. Eine Weile segelten sie schweigend zusammen, dann vernahm Robbie plötzlich ein dunkles, dröhnendes Geräusch. Es hatte fast etwas von einer Tuba. Ja, er erkannte den Klang seines Lieblingsinstruments, es hörte sich genauso an. Doch sie waren mitten auf dem offenen Meer. Hier draußen gab es keine Tubas. Das Dröhnen wurde lauter. Vielleicht war es ein anderes Schiff, aber er sah nirgendwo eines. Das Geräusch war wunderschön, voller Gefühl. Es klang wie eine Tuba, und dann auch wieder nicht. Er glaubte, so ein Geräusch noch nie zuvor gehört zu haben.

»Das ist Benny«, sagte Kip, der sofort anfing, den Horizont abzusuchen.

Robbie meinte, in weiter Ferne etwas Dunkles zu erkennen, das sich vom Meer abhob. Kip reichte ihm ein Fernglas.

»Schau mal da drüben. Siehst du ihn?«

Robbie blickte in die Richtung, in die Kip wies. Tatsächlich. »Das ist ein Wal?«

Es fiel Robbie nicht leicht, seine Augen an das Fernglas zu gewöhnen und auf den Wal scharfzustellen. Er benötigte ein paar Sekunden, aber dann sah er durch das Okular hindurch etwas. Eine riesige Fontäne, die hoch in den Himmel hinaufspritzte. Dann erkannte er den Kopf des Wals. Er war gigantisch, so groß, dass er die gesamte Linse einnahm. Das Segelboot trug sie schnell über die Wellen, und je näher sie dem Wal kamen, desto deutlicher sah er ihn. Schließlich ließ Robbie das Fernglas sinken. Ein echter Wal, direkt vor ihm. Um das riesige Tier herum wirbelte und sprudelte das Wasser, der Ozean glich einer riesigen Waschmaschine. Überall ballte sich das Wasser zu weißem Schaum wie Seifenlauge. Der Wal schwamm direkt unter der Wasseroberfläche, ehe er sich mit verblüffender Geschwindigkeit gen Himmel erhob. Er verdrehte seinen gewaltigen Körper, wobei er sein Maul aufriss, das so riesig war, dass er das ganze Boot damit hätte verschlucken können. Robbie war überwältigt und vollkommen in seinen Bann gezogen.

Und dann war es vorbei. Plötzlich tauchte der Wal in die Tiefe ab, und seine riesige, im Sonnenlicht glitzernde Schwanzflosse, von der Wasser strömte wie bei einem Wasserfall, ragte aufrecht aus dem Meer heraus. Für ein paar Sekunden verharrte sie reglos, als wäre sie eingefroren. Mitten auf der tiefschwarzen Flosse erkannte Robbie einen kleinen hellen Fleck in Form eines Herzens. Dann ließ sich der Wal endgültig in die Tiefe sinken, und die Schwanzflosse verschwand in einem mächtigen Strudel, der sich auf der Meeresoberfläche gebildet hatte. Kurz darauf war das Meer wieder so glatt wie eine Glasscheibe, als wäre Benny nie dagewesen.

»Wow!«, schrie Robbie.

»Jetzt weißt du, weshalb ich ihn Benny genannt habe.«

»Aber er klingt nicht wie eine Trompete, sondern wie eine Tuba!«

»Meinst du?«

»Ja, ich spiele selbst Tuba. Mein Vater hat immer mit mir Musik gemacht, er war Plattenproduzent. Mit Musik kenne ich mich aus.«

»Dummerweise kenne ich keine Namen von berühmten Tubisten. Vielleicht bleiben wir einfach bei Benny?«

»Ja, klar. Aber da gibt es zum Beispiel Red Callender. Er hat bei B. Bumble and the Stingers mitgespielt.«

»Du weißt wirklich Bescheid, oder?«

»Und Øystein Baadsvik ist zur Zeit der berühmteste Tubist der Welt. Beim Schulkonzert hätte ich ein Lied von ihm spielen sollen. Aber ich … ich habe es vermasselt.«

»Robbie, so ist das nun einmal, wenn man trauert. Da musst du durch. Dein Leben wird nie wieder so sein wie früher, bevor dein Vater gestorben ist. Aber alles wird mit der Zeit in Ordnung kommen. Das Leben geht weiter, und irgendwann ist es auch wieder gut. Du musst es nur zulassen.«

»Glauben Sie das wirklich?«

»Es mag jetzt nicht danach aussehen, aber ich verspreche dir, irgendwann wird dieser Schmerz aufhören. Und du wirst deinen Vater immer in Erinnerung behalten, aber der Gedanke an ihn wird nicht mehr so weh tun.«

Robbie hatte Kip bei seinen Worten genau beobachtet, als wollte er sich vergewissern, ob dieser selbst an das glaubte, was er sagte. Schweigend blickte er nun aufs Meer hinaus.

»Ich mag den Namen Benny«, sagte er schließlich. »Woher wissen Sie, dass er es war?«

»Hast du die kleine Herzform auf seiner Schwanzflosse gesehen? Jedes Tier hat eine einzigartige Schwanzflosse. Wie bei unseren Fingerabdrücken gibt es keine zwei, die sich gleichen. Und natürlich erkenne ich ihn an seinem Klang. Das war ganz sicher Benny.«

»Was haben Sie mit diesem Teil gemacht, das Sie aus dem Wasser gezogen haben?«

»Ich habe Schallsignale im Wasser ausgesendet. Das war ein Hydrophon. Es nimmt hohe Frequenzen wahr und kann unter Wasser Tonsignale aussenden. Ich nehme damit Bennys Gesänge auf oder sende ihm, wie eben gerade, Signale, um zu sehen, ob er darauf antwortet und zu mir kommt. Es ist ein Versuch, mit ihm zu kommunizieren. Benny ist ein ganz besonderer Wal. Er ist einzigartig.«

»Wie meinen Sie das?«

»Hast du jemals etwas vom einsamsten Wal der Welt gehört? Hertz zweiundfünfzig?«

»Nein. Wieso nennt man ihn den einsamsten Wal der Welt?«

»Weil er allein schwimmt. Tatsächlich wissen wir nicht, ob es ein Männchen oder ein Weibchen ist. Hertz zweiundfünfzig erscheint so selten, dass ihn bislang kaum jemand zu Gesicht bekommen hat. Wissenschaftler waren lediglich in der Lage, seine Gesänge aufzunehmen. Hertz zweiundfünfzig singt auf einer anderen Frequenz als alle anderen bekannten Wale, und so wurde er von der Marine entdeckt, die das Wasser mit Sonargeräten abgehört und dabei diese ganz spezielle Frequenz aufgenommen hat. Dann sind die Wissenschaftler in die Suche nach ihm mit eingestiegen, und sie suchen bis heute nach ihm. Jetzt versucht außerdem eine Gruppe Filmemacher gemeinsam mit einem Hollywoodschauspieler, Hertz zweiundfünfzig zu finden, und sie drehen einen Film darüber. Ich stehe mit ihnen in Verbindung, und wir tauschen Informationen aus.«

»Cool. Klingt aufregend.«

»Meine Vermutung ist, dass Benny wie Hertz zweiundfünfzig ist. Auch Benny singt auf einer anderen Frequenz als die anderen Wale, und ich will beweisen, dass es sich um dieselbe Art Tier handelt wie bei Hertz zweiundfünfzig. Deshalb muss ich so viel Material wie möglich von ihm aufnehmen und seine Gesänge mit denen von Hertz zweiundfünfzig vergleichen.«

»Glauben Sie also, dass Benny der Bruder oder die Schwester von Hertz zweiundfünfzig ist?«, fragte Robbie, der sichtlich beeindruckt war.

»Nun, es könnte sein. Oder vielleicht gehören sie einer sehr seltenen, aber eigenständigen Walart an. Vielleicht gibt es nur zwei von ihnen, vielleicht schwimmen auch noch mehr allein durch die Meere, kommunizieren jedoch miteinander. Wale kommunizieren mit anderen Walen, wenn sie ihre Frequenzen wahrnehmen können, aber ich kann noch nicht beurteilen, ob Benny mit Hertz zweiundfünfzig kommunizieren könnte. Das möchte ich herausfinden, und dazu sammele ich Datenmaterial. Es ist ein langwieriger Prozess, aber es wäre eine kleine Sensation, wenn diese beiden Wale miteinander in Verbindung treten könnten.«

»Seit wann versuchen Sie es?«

»Seit etwa fünf Jahren.«

»Das ist eine lange Zeit.«

»Es ist eine ziemlich komplexe Angelegenheit, die Existenz einer neuen Walart zu beweisen. Und einer der Wale, die ich studiere, wurde noch nie nachweislich gesichtet. Eine Zeitlang hat mir meine Frau bei diesem Projekt geholfen, aber im Moment kann sie nicht mitsegeln. Deshalb arbeite ich allein. Und für die Suche nach einem Wal muss man Geduld mitbringen.«

»Als würden Sie einen Geist fangen wollen«, sagte Robbie.

»Ein Geist ist er ganz sicher nicht. Seine Geräusche sind laut und deutlich, du hast es gerade gehört. Sein Gesang ist sehr auffällig. Es gibt viele Aufnahmen von Hertz zweiundfünfzig. Ich habe hunderte. Möchtest du sie dir irgendwann einmal anhören?«

»Auf jeden Fall.«

»Ich muss mit dem Material arbeiten, das ich untersuchen kann, also den Gesängen von Hertz zweiundfünfzig und denen von Benny, den ich wenigstens auch sehen und eingehender studieren kann. In der nächsten Phase werde ich mich auf Hertz zweiundfünfzig konzentrieren, falls dieser tatsächlich aufgespürt wird. Ich hoffe, die Filmemacher werden erfolgreich sein und Aufnahmen machen können. Das wäre von unschätzbarem Wert für meine Recherche. Und wenn ich beweisen könnte, dass Benny zur selben Art gehört, können wir gemeinsam suchen.«

»Und dann folgen Sie ihm, wo auch immer er ist? Wo vermuten Sie ihn?«

»Hertz zweiundfünfzig schwimmt im Pazifischen Ozean.«

»Schwimmt Benny auch in diese Richtung?«, fragte Robbie.

»Theoretisch können Wale um die ganze Welt schwimmen. Allerdings wurde er bisher nur in diesem Gebiet gesichtet.«

»Das ist echt aufregend.«

»Ist es wirklich, Robbie. Und ich glaube fest daran, dass es eine Verbindung zwischen Benny und Hertz zweiundfünfzig gibt. Ich bin überzeugt, dass sie miteinander kommunizieren können.«

»Und dann wäre Hertz zweiundfünfzig nicht mehr der einsamste Wal der Welt, oder? Und Benny wäre auch nicht mehr allein.«

»Ganz genau«, sagte Kip.

Die Sonne stand hoch am Himmel, und der Wind war stark genug, die schneeweißen Segel des Bootes auszufüllen, obwohl das glitzernde Meer ganz ruhig wirkte. Robbie sah zu, wie Kip das Boot steuerte. Bei ihm schien es ganz einfach. Robbie beobachtete ein paar Vögel, die über sie hinwegflogen, und fragte sich, wie sie solch eine lange Strecke fliegen konnten, ohne müde zu werden. Plötzlich meinte er, in der Ferne etwas im Wasser zu erkennen. Es war eine große, dunkle Flosse! Dann sah er noch ein paar weitere und bekam Angst.

»Kip! Sind das Haie?«

»Das sind Delphine«, erwiderte Kip lachend. »Keine Sorge, die wollen nur spielen.«

Robbie sah zu, wie die Tiere aus dem Wasser sprangen und einer dabei in der Luft wie ein Kreisel herumwirbelte. Ihnen folgten fünf bis sechs weitere, die sich so hoch aus dem Wasser schraubten, dass Robbie ihre glatten, glänzend grauen Körper sehen konnte. Sie machten schnatternde Laute, die wie Gelächter klangen. Dann tauchten sie unter, sprangen immer wieder aus dem Wasser und wieder hinein und wurden ihres Spiels nicht müde. Die Delphine schwammen davon, und Robbie konzentrierte sich wieder darauf, Kip beim Steuern des Bootes zu beobachten.

»Glaubst du, ich könnte auch irgendwann segeln lernen?«

»Na klar. Komm her, wir üben noch mal das Steuern.«

Als er erneut das Steuer ergriff und die Kraft der Wogen unter seinen Händen spürte, leuchteten Robbies Augen auf. Die *Kipper* war ein imposantes Boot, ganz aus poliertem Holz und von außen weiß gestrichen. Ihre leuchtenden Segel blähten sich vor dem blauen Himmel, und sie durchschnitt das Wasser wie ein Flugzeug die Luft, so stark und mächtig trieb sie übers Meer. Robbie liebte das Gefühl des Windes in seinem Gesicht und den Geschmack von Salzwasser auf der Zunge.

»Vielleicht lässt deine Mutter dich ja noch einmal bei mir mitfahren? Aber diesmal bitte mit Erlaubnis. Oder du bringst sie gleich mit. Dann kann ich euch beide hinaus aufs Meer fahren, um Wale zu beobachten.«

»Wahrscheinlich bekomme ich jetzt erst mal ein Jahr lang Hausarrest.«

»Jeder baut ab und zu Mist, Robbie. Ich verstehe, warum du glaubtest, du müsstest weglaufen. Aber du hast nicht bedacht, wie viele Menschen nach dir suchen und sich um dich sorgen würden. Jemandem könnte etwas zustoßen, während er draußen auf dem Meer nach dir Ausschau hält. Dir selbst hätte etwas passieren können. Es ist eine ernste Angelegenheit, wenn jemand vermisst wird, besonders bei jemandem, der so jung ist wie du. Ich bin überrascht, dass noch keine Hubschrauber über uns kreisen. Aber ich kann mir vorstellen, dass deiner Mutter eine ernst gemeinte Entschuldigung und die Gewissheit, dass es dir gut geht, ausreichen werden. Und dein Versprechen, dass du nie wieder davonlaufen wirst.«

»Das verspreche ich.«

»Dann wird bestimmt alles gut«, sagte Kip. »Mach dir nicht zu viele Sorgen.«

»Sie verbringt nicht gern Zeit mit mir. Für das, was ich mag, interessiert sie sich sowieso nicht«, sagte Robbie. »Eigentlich mag sie bloß ihre Schuhe.«

Kip lachte. »Schuhe?«

»Ja, sie entwirft sie. Das war ihr Job. Bei ihr dreht sich alles um Stöckelschuhe.«

»Auf dem Boot könnte sie ihre Highheels nicht tragen.«

»Sie würde ausrutschen wie auf Bananenschalen.«

Bei der Vorstellung, wie seine Mutter in einem Paar Stilettos versuchte, an Deck die Balance zu halten, musste Robbie grinsen.

»Meine Mutter ist total kritisch, was ihre Klamotten angeht. Sie arbeitet in der Modebranche. Also, früher zumindest. Aber seit mein Vater tot ist, macht sie eigentlich gar nichts mehr.«

»Klingt, als könnte sie einen Tag auf dem Meer gut gebrauchen. Ein bisschen frische Seeluft atmen und Wale beobachten. Wale singen zu hören ist für jeden etwas Besonderes. Da kommt man auf andere Gedanken.«

Kip war anders als alle Erwachsenen, die Robbie kannte. Jemand wie er, der ihm zuhörte und das, was er sagte, ernst nahm, war ihm noch nie begegnet. Die düsteren Gedanken, die Robbie mit sich herumtrug, lichteten sich ein wenig. Immerhin lebte Kip in diesem blöden Kaff, und er war auf jeden Fall cool. Vielleicht hatte er gerade einen neuen Freund gefunden. Und vielleicht kannten seine Mutter und Onkel Ike einfach nur nicht die guten Orte, die für jemanden seines Alters interessant waren. Auf jeden Fall kannten sie Kip nicht. Und von Benny oder Hertz zweifundfünfzig hatten sie wahrscheinlich noch nie gehört. Auf der langen Fahrt zurück an die Küste entschied Robbie für sich, dass er mehr über diese Sache und die beiden Wale herausfinden wollte. In einen Zug nach Manhattan könnte er später immer noch verschwinden.

»Robbie, ich kann direkt rüber zur Mahogany Bay beim Sunset Motel segeln. Dort gibt es einen kleinen Anlegesteg, und das liegt für uns näher, als wenn ich bis in den Hafen steuere.«

»Du kannst genau dahin segeln, wo ich wohne? Cool. Das haut meine Mutter sicher um.«

»Dann bereiten wir deiner Mutter doch eine Überraschung, die sie nicht so schnell wieder vergessen wird.«

Kapitel ZWÖLF

Als Tess und Ike das Motel erreichten, war es Mittag, und die Sonne stand hoch am Himmel. Ihr Onkel bestand darauf, den Hafen und den Bahnhof abzusuchen, und sie versicherte ihm, dass sie allein zurechtkäme. Ihre Nägel hatte sie komplett abgeknabbert und ihre Lippen blutig gebissen. Sie zählte die wenigen verbleibenden Stunden, in denen es noch hell sein würde. Bei dem Gedanken, wie es Robbie allein dort draußen in der Dunkelheit und Kälte erginge, erschauderte sie, doch sie versuchte, diese Vorstellung zu verdrängen. Lindy zwängte sich durch die Haustür, um sie zu begrüßen, und trug dabei etwas im Maul, was sie ihr vor die Füße fallen ließ. Es war einer von Robbies Fäustlingen. Tess hob ihn hoch, drückte ihn sich an die Brust und beugte sich hinunter, um den Hund zu umarmen.

»O Gott, bitte, möge Robbie doch nur heil zu mir zurückkommen.«

Und dann begann Tess zum ersten Mal in ihrem Leben zu beten. Sie hatte nie an Gebete geglaubt, hatte keine Versprechen abgegeben, nie wieder Schokolade zu essen oder jeden Tag fünf Meilen zu joggen. Doch nun bat sie auf ihre ganz eigene Weise aufrichtig, einfach und aus tiefstem Herzen um Vergebung und flehte um die sichere Heimkehr ihres Sohnes. Es war alles, was sie noch tun konnte.

Sie betrat die leere Bar, setzte sich auf einen Hocker mit Blick aufs Meer und begann, nach und nach alle Kontakte auf

Robbies Telefon anzurufen. Jedes Mal, wenn sie in einer Warteschleife landete oder die Ansage eines Anrufbeantworters hörte, biss sie die Zähne zusammen. Die Spannung in ihrem Kiefer tat weh, half ihr aber, sich abzulenken. Immer wieder fragte sie sich, wie es sein konnte, dass sie dies hier tatsächlich erleben musste, und weshalb. War sie ein so schlechter Mensch, dass sie nichts anderes verdient hatte? Sie dachte an all die Momente in Robbies Leben, die sie verpasst hatte, wie ihr Tatendrang, ihr Ehrgeiz und ihre Zielstrebigkeit sie zwar zum Erfolg geführt hatten, aber zu Lasten ihrer Familie, vor allem ihres Sohnes gegangen waren. Es war einfach unverzeihlich.

Tess sah das Segelboot zuerst nur aus dem Augenwinkel. Es schien aus dem Nichts aufgetaucht zu sein, doch sie beachtete es kaum. Die Gewässer rund um Montauk waren voller Schiffe, die kamen und gingen. Als sie nach kurzer Zeit jedoch wieder aus dem Fenster sah, schien das Boot dem Ufer nähergekommen zu sein. Segelte es etwa auf das Motel zu? Selbst von weitem war zu sehen, dass es ein wunderschönes Boot war, das mit vollen Segeln fuhr, es war weder ein Fischerboot noch ein gewöhnlicher Trawler. Sie fragte sich, wer wohl mitten im Winter in Montauk segeln ging.

Tess kramte Ikes Fernglas hinter der Theke hervor und trat hinaus auf den Hof, um bessere Sicht zu haben. Sie ging bis an den Rand der Klippe, stellte das Fernglas scharf und suchte die See ab, bis sie das Boot gefunden hatte. Es segelte direkt auf sie zu und wurde immer größer. Und dann fand ihr Blick plötzlich ein Gesicht, und sie erkannte Robbie, der lächelnd neben einem ihr fremden Mann am Steuer stand. Halluzinierte sie etwa? Verlor sie jetzt den Verstand? Vom kräftigen Wind in Richtung Land getrieben, glitt das Boot elegant durchs Wasser, und auch wenn ein Teil von ihr sich selbst für verrückt erklärte, eilte sie über die lange Holztreppe die Klippe hinunter und über den Strand auf den Steg zu, wo das Boot gerade anlandete.

»Robbie!«

Tess schrie sich die Seele aus dem Leib. All das Glück und die Erleichterung, unmittelbar gefolgt von Wut und Angst vor dem, was passiert sein könnte, die sie beim Anblick ihres Sohnes übermannten, ließen sie beinahe die Kontrolle verlieren. Sie wollte ihn für den Rest seines Lebens bestrafen und zugleich für immer im Arm halten. Ihre Gefühle schlugen Purzelbäume. Und wer war der Fremde an der Seite ihres Sohnes? Er lenkte das Boot direkt neben den Steg, sprang von Deck und band es fest.

»Wo bist du gewesen? Ich war außer mir vor Sorge«, schrie Tess mit sich überschlagender Stimme. »Und entschuldigen Sie, aber wer sind Sie?« Tränen strömten ihr über das Gesicht, die Hände hatte sie in die Hüften gestemmt.

»Das ist Kip. Es ist sein Boot. Er ist Walforscher, und wir haben Benny gesehen.«

»Komm sofort runter von diesem Boot«, fuhr sie ihn an. »Weißt du, dass die Küstenwache und mehrere Hubschrauber nach dir suchen? Die Polizei ist mit Spürhunden auf dem Weg hierher. Ich dachte, dir wäre etwas zugestoßen. Wie konntest du nur weglaufen? Du hättest tot sein können. Wir müssen sofort bei der Polizei anrufen.« Sie streckte die Arme aus, um mit beiden Händen nach ihm zu greifen.

»Hör auf zu schreien. Es geht mir gut«, sagte Robbie und trat vom Rand des Bootes zurück.

Kip gab Robbie einen leichten Schubs, worauf dieser vom Boot stieg.

»Darf ich mich kurz vorstellen? Mein Name ist Kip Young. Ihr Sohn hat offensichtlich sein Handy verloren, sonst hätten wir Sie schon eher verständigt. Er hatte sich auf meinem Boot versteckt. Als ich ihn gefunden habe, haben wir uns so schnell wie möglich auf den Rückweg gemacht. Ich glaube, Robbie tut es sehr leid, dass er Ihnen solche Sorgen bereitet hat, nicht wahr, Kumpel?«

»Wie können Sie ein Kind ohne Erlaubnis seiner Mutter auf Ihrem Boot mitnehmen? Das ist verantwortungslos.«

Tess schnappte sich Robbie und zerrte ihn vom Steg hinunter auf den Strand.

»Er kann nichts dafür. Rede nicht so mit ihm!«, schrie Robbie. »Ich habe Ihnen doch gesagt, dass sie schrecklich ist«, wandte er sich an Kip.

»Robbie, deine Mutter hat sich entsetzliche Sorgen um dich gemacht. Nun beruhigen sich bitte alle. Ich denke, sie hat eine Erklärung und eine Entschuldigung verdient, meinst du nicht?«

»Ich bin weggelaufen, weil ich es hier zum Kotzen finde. Du hattest kein Recht, mich zu zwingen, in diesem schrecklichen Motel zu wohnen. Ich habe auf den Zug zurück in die Stadt gewartet, bin dann aber auf Kips Boot eingeschlafen, und als ich aufgewacht bin, waren wir mitten auf dem Meer. Erst bin ich seekrank geworden, und dann habe ich Benny verjagt und Kips Untersuchungen ruiniert. Aber Kip hat mir geholfen. Und er hat mich so schnell er konnte zurückgebracht. Es ist nicht seine Schuld!«

»Wer zum Teufel ist Benny?«

»Er ist ein Wal.«

»Tatsächlich? Na großartig«, schnaufte sie. »Du bekommst mindestens sechs Monate Hausarrest. Wie konntest du mir das antun? Und deinem Onkel Ike. Am liebsten würde ich euch beide bei der Polizei anzeigen, Robbie. Wegen all des Ärgers, den du verursacht hast. Vielleicht würdest du nach ein paar Nächten im Gefängnis deine Lektion lernen. Und Sie, wie konnten Sie ein Kind ohne Erlaubnis eines Elternteils auf Ihr Boot lassen? Wer zum Teufel sind Sie? Wie können Sie es wagen, meinen Sohn einfach mitzunehmen?«

»Ich versichere Ihnen, ich habe Robbie nicht an Bord gebeten. Wie ich schon sagte, er hatte sich auf meinem Boot versteckt, und ich hatte keinen blassen Schimmer davon. Mitten auf dem Meer tippte mir Ihr Sohn plötzlich auf die Schulter – und hat mich damit fast zu Tode erschreckt. Besser, Sie sagen der Polizei sofort Bescheid, dass es Robbie gut geht. Ich kann mir vorstellen, dass Sie außer sich vor Sorge gewesen sein müssen, und es tut mir sehr leid, dass wir Sie nicht früher verständigen konnten. Ich bin selbst Vater – ich verstehe, wie es Ihnen ergangen sein muss.«

»Sie rühren sich so lange nicht vom Fleck, bis ich wieder zurück bin.«

»Sei nicht albern, Mom. Er ist Wissenschaftler. Ich war derjenige, der sich einfach so auf seinem Boot versteckt hat. Er hat nichts Falsches getan. Außer, dass er mir geholfen hat.«

»Wenn Sie möchten, dass ich hierbleibe, tue ich das gern. Ich wollte zwar vor Einbruch der Dunkelheit zurück im Hafen sein, aber ich warte gern auf die Polizei und erkläre, was passiert ist, wenn Sie sich dann besser fühlen.«

Tess blickte Kip ins Gesicht. Er hatte klare, feine Züge. Er sah nicht aus wie ein Perverser oder ein Mörder, doch sie hatte gelesen, dass die Menschen, die am gewöhnlichsten aussahen, manchmal die gefährlichsten waren. Dennoch hatte sie womöglich überreagiert. Vielleicht war es wirklich nicht seine Schuld.

»Wieso sollte er mich entführen und dann wieder nach Hause bringen?«, fragte Robbie.

»Da ist was dran«, gab Tess zu.

»Mrs. Harding, normalerweise lege ich in Pirate's Landing

an. Wann immer Sie wollen, können Sie die Truppen entsenden, um mich dort in Empfang zu nehmen.«

»Nun gut. Komm, Robbie. Du hast eine Menge zu erklären. Wir fahren runter zur Polizeiwache, und dann wirst du dich bei jedem persönlich entschuldigen.«

Sie schob ihn vor sich her über den Strand, dann kletterten sie die steile Holztreppe hinauf zur Bar. Robbie drehte sich um und winkte Kip noch einmal zu.

»Danke, Kip. Grüßen Sie Benny von mir, wenn Sie ihn wiedersehen.«

»Das werde ich.«

Dann sprang er zurück auf sein Boot, band die Leine los und segelte davon.

Als Tess mit Robbie wie mit einem Gefangenen auf dem Rücksitz zur Polizeiwache fuhr, stand die Sonne bereits tief am sich verdunkelnden Himmel. Robbie weigerte sich, mit ihr zu sprechen, aber er würde sich in jedem Fall bei der Polizei entschuldigen. Dafür würde sie sorgen. Sie hatte auf der Wache und bei Ike angerufen, damit sie ihre Suche beendeten. Bislang war weder eine Vermisstenmeldung an die Presse gegangen, noch hatte die Küstenwache einen Hubschrauber zum Einsatz gebracht. Robbie war zurückgekehrt, ehe größere Suchanstrengungen unternommen worden waren, die Hunde eingeschlossen. Zum Glück. Sie fühlte sich beschämt, wütend und gedemütigt, aber zugleich auch unendlich dankbar.

»Du warst also unterwegs und hast Wale beobachtet, während ich vor Sorge fast umgekommen bin«, sagte Tess. »Weißt du, was für eine Angst ich hatte?«

Sein Schweigen brachte sie zur Weißglut.

»Wie konntest du mir das antun?«

Sie schäumte noch immer vor Wut, als sie vor der Polizeiwache parkte und ihn hineinführte, aber als sie Robbie mit gesenktem Kopf und niedergeschlagenen Augen dastehen sah, brach es ihr das Herz. Wie hatte es bloß so weit kommen können? Was war nur aus ihnen beiden geworden?

Robbie sah gebeutelt aus. Die Polizisten hielten ihm eine ordentliche Standpauke über die Konsequenzen seines Verhaltens und erklärten ihm, was für ein Glück er gehabt habe, dass der Segler so hilfsbereit und wohlmeinend war.

»Mir tut alles, was ich getan habe, sehr leid, Sir«, flüsterte Robbie mit gesenktem Kopf. Er zitterte buchstäblich. »Werden Sie mich ins Gefängnis stecken?«

»Diesmal nicht, mein Junge«, erwiderte der Polizist.

Tess begann sich langsam zu beruhigen und bereute ihr Verhalten diesem Kip Young gegenüber. Sie hätte dankbar dafür sein sollen, dass er Robbie sicher nach Hause zurückgebracht hatte, statt ihn einer Entführung zu bezichtigen. Robbie sah nur noch erschöpft aus. Tess bedankte sich noch einmal bei allen auf der Wache und führte ihn zurück zum Wagen. In all ihrer Sorge und Wut hatte sie ganz vergessen, was für ein Tag es für ihren Sohn gewesen war: Immerhin war er mitten in der Nacht aufgestanden und in der Kälte und Dunkelheit den ganzen Weg bis zum Hafen hinuntergelaufen. Dann war er zum ersten Mal in seinem Leben auf dem Meer gesegelt und hatte sich schließlich ihrem Zorn sowie der gesamten Polizeiwache von Montauk stellen müssen. Er hatte gezeigt, dass er das Ausmaß seines Fehlers verstanden hatte, und Tess hatte das Gefühl, er sei nun genug gestraft. Sie ließ den Motor an und fuhr los.

»Hast du Hunger?«, fragte sie und wandte sich ihm zu.

»Nicht so richtig. Und ich habe meinen Rucksack auf der *Kipper* vergessen«, antwortete er leise.

»Dann suchen wir besser nach Mr. Young und holen ihn. Und bedanken uns bei ihm, dass er dir geholfen hat.«

Sie machte eine Kehrtwende und fuhr auf den Hafen zu. Die Sonne versank gerade am Horizont, und am Winterhimmel entfaltete sich ein dramatisches Farbschauspiel. Grelles Orange, durchzogen von dichten schwarzen Wolken, die wie mit Öl gemalt wirkten. Der Hafen war menschenleer.

»Er hat am hinteren Ende des Hafens angelegt. Da drüben«, sagte Robbie.

Sie stellte den Wagen am Rand des Parkplatzes ab, gemeinsam gingen sie und Robbie auf die in der Ebbe schaukelnden leeren Boote zu. Das Wasser reflektierte den Himmel und sah aus wie Quecksilber, silbrig glänzend und glatt. Ein paar Möwen saßen wie Statuen auf den Dammbalken. Das Wasser schwappte gegen die Boote, und der Wind fuhr durch die Taue und Segel. Tess konnte kaum glauben, dass ihr Sohn letzte Nacht hergekommen und allein auf ein Boot geklettert war. Für sie hatte dieser Ort mit all seinen fremden Geräuschen etwas Beunruhigendes. Auch wenn sie Robbie immer noch den Hals hätte umdrehen können für das, was er getan hatte, kam sie nicht umhin, sich einzugestehen, dass sie sich in seinem Alter etwas Derartiges niemals getraut hätte. Er war ziemlich wagemutig gewesen.

Tess wollte nicht, dass der Graben zwischen ihnen so tief wurde, dass er nicht mehr zu überbrücken wäre. Nicht in dieser bedeutenden Phase seines Lebens, und auch in keiner anderen. Ihr Sohn hatte Leid kennengelernt und war aus dieser Begegnung als ein anderer hervorgegangen. Und je mehr er sich von ihr zurückzog, desto stärker fürchtete sie, er würde ihr fremd werden.

»Siehst du, da ist seine Fahne. Es ist die britische Flagge.« Robbies Tonfall wurde fröhlicher. »Kip!«, rief er.

Er hüpfte auf das Boot zu. Kip stand an Bord im Schatten, aber als Tess näherkam, fiel ihr auf, dass seine Augen von einem durchsichtigen hellen Blau waren wie das Meer an den sonnigsten Tagen. Sein offenes Lächeln hob ihre Stimmung.

»Robbie, Mrs. Harding. Was verschafft mir die Ehre?«

»Ich habe meinen Rucksack auf Ihrem Boot liegen lassen.«

»Bitte nennen Sie mich Tess, Mr. Young. Ich muss mich bei Ihnen entschuldigen. Ich war so aufgebracht.«

»Fangen wir noch einmal neu an. Ich bin Kip. Schön, Sie kennenzulernen, Tess«, sagte er.

»Ich freue mich auch, Sie kennenzulernen, und danke Ihnen dafür, dass Sie meinen Sohn sicher nach Hause gebracht haben. Robbie?«

»Tut mir leid, dass ich mich auf Ihrem Boot versteckt und Ihre Arbeit gestört habe. Ich komme nie wieder ungebeten an Bord, das verspreche ich.«

»Nun gut. Dann werde ich mal deinen Rucksack holen.«

Mit einem eleganten Satz sprang er hinunter in die Kajüte. Tess bemerkte, wie athletisch er war und dass er sich auf dem Boot bewegte, als wäre er darauf geboren. Er kehrte mit einem Rucksack und ein paar CDs zurück, die er Robbie reichte.

»Ich dachte, du magst dir vielleicht ein paar meiner Aufnahmen von Benny und Hertz zweiundfünfzig anhören.«

»Total gern.«

»Behalte sie.«

»Ehrlich?«

»Klar.«

»Diesen Benny gibt es also wirklich?«, fragte Tess.

»Segeln Sie mal mit raus und sehen Sie selbst«, schlug Kip vor.

»Wann können wir mitfahren?«, platzte Robbie heraus.

»Sehr nett von Ihnen, dass Sie uns einladen, aber ich denke, wir wollen Sie nicht weiter belästigen.«

»Robbie war ein ausgesprochen angenehmer Mitfahrer. Wenn ich darauf warte, dass Benny auftaucht, verbringe ich manchmal sehr lange Zeit allein auf dem Meer. Ich hätte nichts gegen ein wenig Gesellschaft einzuwenden.«

»Wann? Wann können wir los?«, rief Robbie.

»Das überlegen wir uns noch«, erwiderte Tess.

»Wie wäre es mit nächstem Sonntag? Kommen Sie einfach gleich am Morgen hierher«, schlug Kip vor. »Sie müssten sich allerdings warm einpacken, mit mehreren Schichten Kleidung, Mützen und Handschuhen. Und Neoprenanzügen, wenn Sie welche haben, das wäre am praktischsten. Auf dem offenen Meer ist es um diese Jahreszeit ziemlich kalt, aber es soll ein herrlich sonniger Tag werden. Außerdem gibt es nichts Besseres als ein herzhaftes Mittagessen auf dem Wasser. Schon mal an einem frischen Winternachmittag auf einem Boot Muschelsuppe gegessen? So gut schmeckt sie niemals sonst.«

»Aus Ihrem Mund klingt es wirklich unwiderstehlich«, meinte Tess.

»Das ist es auch«, erwiderte Kip lächelnd.

Der Wind hatte zugelegt, und es war bitterkalt. Tess zitterte, ihre Hände fühlten sich erfroren an. Die Sonne war inzwischen untergegangen, der Himmel war dunkel. Sie sehnte sich danach, bei Ike zu sein und sich vor dem Kamin aufzuwärmen, Robbie mit einer Mahlzeit zu versorgen, ihn ins Bett zu stecken und sich nach dem harten Tag zu entspannen. Ein gutes Glas Rioja würde ihr helfen, runterzukommen.

»Bitte«, bettelte Robbie, »sag ja.«

»Wenn es Ihnen nichts ausmacht. Aber ich kümmere mich ums Mittagessen«, antwortete Tess.

»Prima. Bis dann also.«

»Ja!«, rief Robbie.

Die ganze Last der letzten Wochen und all seine Sorgen schienen von seinen Schultern genommen. Fröhlich sprudelte er geradezu über vor Aufregung. Und zum ersten Mal seit langem funkelten seine Augen wieder wie Sterne.

Tess stellte sich nun jeden Morgen den Wecker, um früh genug aufzustehen, Robbie ein warmes Frühstück zuzubereiten, ihn zur Schule zu fahren, ihn abzuholen und mit ihm Hausaufgaben zu machen. Sie hatten nicht mehr darüber gesprochen, dass er weggelaufen war. Lass es gut sein, dachte sie sich, er braucht Zeit, das alles zu verarbeiten. Robbies Wut auf sie war vorerst abgeklungen, und es schien ihm besser, wenn auch noch nicht richtig gut zu gehen. Zumindest war er seitdem nicht mehr ausgerastet.

Tess wurde bewusst, dass sie einen angemessenen Ort zum Wohnen für sie beide finden musste, denn sie konnten nicht länger im Motel bleiben. Es war alles andere als eine behagliche, heimische Umgebung für ihr Kind. Als sie hierhergekommen waren, hatte sie nicht geplant, so lange zu bleiben, aber nun, da sie spürte, dass Montauk genau das Richtige für sie und Robbie war, wollte sie ein Haus mieten. Mit Ike hatte sie schon gesprochen, und er freute sich über ihre Entscheidung. Der Gedanke an die Stadt deprimierte sie immer noch. Irgendwann würde sie sich ihrem alten Leben stellen und zurückkehren müssen, aber erst, wenn sie dafür bereit war. Auch sie brauchte Zeit, das alles zu verarbeiten – und über ihre Zukunft nachzudenken.

Nachdem sie Robbie an der Schule abgesetzt hatte, lag der ganze Tag vor ihr, und sie stellte fest, dass sie wie von selbst in Richtung Montauk Stables fuhr. Als sie klein war, war sie für ihr Leben gern dort gewesen, um sich um die Ponys zu kümmern. Immer hatte sie davon geträumt, alt genug zu sein, um auf den großen Pferden zu reiten. Doch dazu war es nie gekommen. Als ihre Eltern gestorben waren, hatte sie mit dem Reiten aufgehört. Und später nie mehr damit angefangen. Vielleicht sollte sie wieder einmal Reitstunden nehmen? Dann fragte sie sich, ob die Pferdeställe im Winter überhaupt geöffnet hatten, bislang war sie immer nur im Sommer dort gewesen. Sie würde es darauf ankommen lassen. Der Schnee war fast vollständig geschmolzen, und auch wenn der Tag kaum als sonnig zu bezeichnen war, war der Himmel zumindest heller geworden.

Sie fuhr durch den Ort und am Hafen entlang. Tess hatte ihre Orientierung mittlerweile wiedergefunden, sie wusste wieder, wo sie die Schauplätze ihrer Vergangenheit zu suchen hatte, die ihr einst so vertraut gewesen waren. Sie bog in die Straße Richtung Leuchtturm ein, hielt auf dem Parkplatz an und schaute eine Weile aufs Meer. Dann fuhr sie zurück auf die leere einspurige Asphaltstraße in Richtung der Höfe. Sie bog links auf eine unbefestigte Straße ein, der sie ein paar Meilen folgte. Um sie herum nichts als Ackerland. Endloses karges Ackerland, so weit das Auge reichte. Im Sommer würde das Getreide hoch auf den Feldern stehen, aber nun war dort nichts als Leere.

Sie wusste noch, wo sie abbiegen musste, und kam schließlich auf der Ranch an. Zu ihrem Entsetzen schien diese jedoch verlassen und war fürchterlich heruntergekommen. Es war die reinste Ruine mit einem riesigen *ZU-VERKAUFEN*-Schild im Vorgarten, über dem in großen roten Buchstaben *VERKAUFT durch Rita Wilson Real Estate* prangte. Tess runzelte die Stirn. Rita verkaufte tatsächlich Stück für Stück dieses Ortes. Tiefe Traurigkeit überkam sie.

Sie schaltete den Motor aus, sprang aus dem Jeep und lief zum Vorbau dessen, was noch vom Bürogebäude übrig war. Steppenläufer flogen umher, und um den verfallenen Stall huschten die Ratten. Die kaputten Fensterscheiben des hölzernen Bürohauses waren zugenagelt. Die Glanzzeiten des Hofes, an die sich Tess erinnerte, lagen längst hinter ihm. Sie schloss die Augen und konnte beinahe das Wiehern der Pferde und das Geräusch ihrer galoppierenden Hufe vernehmen. Als sie klein war, hatten all die Pferde so riesig auf sie gewirkt. Ihre langen Mähnen wehten vor und zurück, während die Wochenendreiter hintereinander aufgereiht den Reitplatz verließen und für einen morgendlichen Ausritt zum Strand aufbrachen.

Nun waren die Ställe vollkommen ausgestorben, weit und breit kein Pferd und auch sonst nichts. Der Hof sah aus, als wäre er seit einer Ewigkeit verlassen. Nirgendwo ein Lebenszeichen, bloß Staub und verrostete landwirtschaftliche Geräte in einem halb abgerissenen Schuppen. Die gesamte Seitenwand des Stalls fehlte. Wie konnten die Besitzer Montauk Stables einfach aufgeben und verrotten lassen? Es war der reinste Hohn. Sie schritt über das Grundstück und entdeckte schließlich eine riesige Reklametafel mit Bildern einer exklusiven Wohnsiedlung, die den Platz der Ranch einnehmen sollte. Rita musste ein kleines Vermögen machen, was Tess ihr nicht missgönnte, aber um welchen Preis für den Ort selbst? Wie konnte Rita dabei helfen, die älteste Rinderfarm in den Vereinigten Staaten zu verscherbeln? Hier war schließlich die Wiege der Cowboys gewesen, in den Montauk Stables hatte Ende des siebzehnten Jahrhunderts eine lange Tradition ihren Anfang genommen. Und nun würde das Land aufgegeben werden, umgegraben, erschlossen, zubetoniert und unkenntlich gemacht.

Tess musste unweigerlich an die Sunset Bar und das Motel denken und spürte, wie ihr die Tränen kamen. Dass auch dieser alte, legendäre, einzigartige Ort verschwinden sollte, war zu schrecklich, um es auch nur in Erwägung zu ziehen. Würde Rita ihren Onkel doch noch zum Verkauf überreden können? Er könnte ein Vermögen für das Grundstück bekommen. Es war ein großes Stück Land direkt am Meer. Ike gehörten auch die Klippen und der ganze Strandabschnitt. Rita betonte immer wieder, wie gut es Ike täte, ausgesorgt zu haben und sein Leben genießen zu können. War es anmaßend von Tess, Ritas Pläne zu verurteilen? Womöglich wäre es das Beste für ihren Onkel, zu verkaufen. Alle anderen schienen es jedenfalls zu tun.

Allerdings hatte Tess seit dem Tag ihrer Ankunft beobachtet, wie Ike tapfer daran arbeitete, das Haus zu renovieren. Sie hatte versprochen, ihm zu helfen, bislang jedoch noch nichts Brauchbares getan. Das sollte sich ändern. Sollte Ike ihre Hilfe noch wollen, würde sie sich voll und ganz seiner Sache verschreiben. Sie hatte alle Zeit der Welt, und sie spürte, dass ihre Energie zurückkehrte. Wozu war sie denn eine Designerin, wenn nicht, um dieses Haus zu verschönern? Sie sprudelte geradezu über vor Ideen. Vielleicht könnte sie den Charme der Sunset Bar von früher wieder zum Leben erwecken, einen Ort schaffen, an dem sich Familien wohlfühlten und der auf die Bedürfnisse von Eltern und Kindern ausgerichtet war. Sie könnte neue Schaukeln und eine Rutsche für den Garten besorgen. Und Kindergerichte anbieten. Das gesamte Motel müsste umdekoriert und neu gestaltet werden.

Tess betrat den Stall und fuhr mit den Fingern über einen alten Sattel und Zaumzeug an der Wand. Ein paar Fotografien mit Wasserflecken waren so verblichen, dass auf ihnen nichts mehr zu erkennen war. Sie warf einen Blick in jede Box und versuchte, sich an das Aussehen der Pferde zu erinnern, als sie die kleinen festgenagelten Namensschilder entdeckte. Mit dem Ärmelaufschlag ihres Mantels rieb sie den Schmutz ab. *Zeus, Clover, Honey, Rebel, Peaches, Beachcomber, Dasher* – und *Hilde*! Sie polierte das Schild, spähte in die Box und versuchte, ihr liebes zimtfarbenes Pony Hilde, auf dem sie damals geritten war, vor ihrem inneren Auge erscheinen zu lassen. Und direkt gegenüber stand Geronimo, das wusste sie noch. Sie rieb auch sein Namensschild ab, und tatsächlich tauchte der Schriftzug *Geronimo* auf. Ein großer schwarzer Hengst, auf den Tess sich niemals getraut hatte. Was für ein prachtvolles Tier. Sie betrat den Stall und versuchte, sich an ihn zu erinnern, an seinen hoch erhobenen Kopf, seine geblähten Nüstern, sein lautes Wiehern, seine herrliche Mähne und Schweif, glänzend und schwarz wie ein Stück Kohle.

Alles war verfallen und heruntergekommen. Sie blickte sich in dem verlassenen Stall um. Es roch nach Schimmel und Fäulnis, und sie hielt es keine weitere Sekunde dort aus. Beim Hinauseilen stieß Tess mit dem Zeh schmerzhaft gegen ein aus dem festgestampften Boden ragendes Stück Metall. Es war ein halb vergrabenes Hufeisen. Sie lockerte den Boden ein wenig auf und befreite das rostige alte Ding, drückte es fest an sich und nahm es mit zum Jeep. Sie würde es aufpolieren und über die Tür zur Bar hängen, nachdem sie diese neu gestrichen hätte. Es würde Ike Glück bringen.

Während ihrer Rückfahrt in die Stadt dachte sie darüber nach, wie sie das Motel einrichten könnte. Wenn sie nur zwei Farben verwendete und sie in jedem Raum abwechselte, könnte das Motel mit geringem Budget sehr ansehnlich werden. Sand und Hellblau für Wände und Decke: Sie würde das Draußen nach drinnen holen und die Räume ganz harmonisch und natürlich gestalten. Sand und Blau waren die

Grundfarben, dazu würde sie Akzente in Weiß setzen. Sie würde die Wände in einem Zimmer sandfarben und die Kanten blau streichen, im nächsten die Wände in Blau und die Kanten in Sand. Alle Fensterrahmen und Details bekämen einen weißen Anstrich, eine hochglänzende Farbe würde klar und sauber wirken. Man müsste die Fußböden nicht einmal erneuern, es würde weniger kosten, wenn man sie aufarbeitete und strich. Mit nur etwas Aufwand könnten die abgenutzten Holzböden bald wieder schön aussehen. Sie würde das ganze Haus renovieren, und alles würde wieder frisch und neu wirken, ohne dass es Unmengen von Geld kostete.

Tess fuhr durch die Stadt zurück und bemerkte in einer kleinen Seitenstraße ein leuchtend gelbblaues Holzschild mit der Aufschrift *C. Charles Fishing and Boat Market.* Vielleicht fände sie hier ein paar Inspirationen für die Innenausstattung. Sie trat auf die Bremsen und parkte vor dem Laden. Beim Eintreten hatte sie das Gefühl, in ein fremdes Land zu kommen. Der Raum war erfüllt von Bob Marleys sanfter Stimme. Die Wände waren in leuchtendem Blau und Grün mit gelben Kanten gestrichen, in der Ecke stand eine große Plastikpalme neben Regalen voller Strohhüte, Perlen und Flaschen mit weißem Rum und Campari. Sie hatte plötzlich schreckliche Lust auf einen kühlen Drink.

Auf drehbaren Auslagen häuften sich Angelhaken, Angelrollen und Köder. Angelruten in allen Größen und Formen hingen an der Rückwand. Der Laden war buchstäblich bis zum Bersten gefüllt mit Angelzubehör und jedem nur erdenklichen Artikel für Sand und Sonne. Von einem wunderschönen Pfauensessel aus Rattan baumelte ein Preisschild, vielleicht könnte Tess ihn für das Motel erwerben. Bei einem Blick auf die Summe erschrak sie jedoch. Auf den ersten Blick wirkte der kleine Laden so preisgünstig, aber der Schein trog. Stirnrunzelnd prüfte sie das Schild an einer handgefertigten Schüssel, die aussah wie aus Pappmaché und schon eher ihre Preisklasse war. In einem Wandregal fand sie Schnorchel, Tauchermasken und Taucheranzüge.

Sie blickte sich im Laden um, in dem es tatsächlich alles zu geben schien. In Rahmen aus Treibholz steckten bezaubernde Fotos von einem karibischen Sandstrand. Selbst die Abfahrtspläne für die Tagesausflüge der nächsten Saison hingen hier schon in Plastikboxen aus. Sie nahm sich ein Blatt heraus, auf dem stand, dass die C. Charles Fishing Charter Boats direkt nach dem Memorial Day Ende Mai rauszufahren begannen. Vielleicht würde Robbie gern einmal angeln gehen?

»Wie kann ich Ihnen helfen?«

Als Tess sich umdrehte, sah sie einen großen gutaussehenden Mann in einem pinkfarbenen T-Shirt, der einen stattlichen Papagei auf der Schulter trug. Das samtig glatte Federkleid des Vogels zeigte zwischen seinem weißen Kopf und seinen leuchtend roten Schwanzfedern alle Schattierungen von Grau.

»*Wie kann ich Ihnen helfen? Wie kann ich Ihnen helfen?*«, ahmte der Papagei seinen Besitzer perfekt nach.

»Darf ich Ihnen Petra vorstellen? Und ich bin Christopher Charles«, sagte der Mann und streckte ihr die Hand entgegen. »Willkommen in meinem Laden«, sagte er.

»*Willkommen in meinem Laden. Willkommen in meinem Laden.*«

»Ich bin Tess Harding. Ihr Vogel gefällt mir – und Ihr Laden auch.«

»Sie ist ein Kongo-Graupapagei. Sehr schlau. Und mein bestes Verkaufsinstrument, so viel steht fest«, lachte Christopher.

»Großartig. Mein Sohn Robbie wäre begeistert.«

»Bringen Sie ihn gern mal vorbei. Die gute Petra kann jeden Menschen und jedes beliebige Geräusch nachahmen. Sogar laufendes Wasser. Kinder lieben sie.«

»Wie macht der Vogel das?«, fragte Tess.

»Kongo-Graupapageien sind die besten Imitatoren im Tierreich. Und ich kann Ihnen sagen, sie hat mich schon ein paarmal in große Schwierigkeiten gebracht. Sie hört alles und jeden, und manchmal kommen schockierende Dinge aus ihrem Schnabel. Sie kennt keine Scham«, erklärte Christopher.

»Freut mich jedenfalls, Sie kennenzulernen. Ich wohne bei meinem Onkel Ike, ihm gehört die Sunset Bar. Mein Sohn und ich bleiben eine Weile hier.«

»Ike kenne ich gut«, erwiderte Christopher.

»Ich dachte erst, Sie würden nur Köder und Anglerbedarf verkaufen, aber Ihr Laden hält wirklich einige Überraschungen bereit«, meinte Tess.

»Wenn man in dieser Gegend im Geschäft bleiben will, muss man ein bisschen von allem anbieten. Aber ich kann mich nicht beklagen«, sagte Christopher und setzte den Papagei in einen prächtigen großen Käfig in der hinteren Ecke des Ladens.

»Ich war lange nicht mehr hier«, sagte Tess. »Es hat sich viel verändert.«

»Ich lebe seit fast dreißig Jahren hier. Bin auf einem Fischerboot angekommen und nie wieder fortgegangen. Suchen Sie etwas Bestimmtes?«, fragte er.

»Ich möchte das Sunset Motel für meinen Onkel neu gestalten und sehe mich bloß ein wenig um. Ich brauche irgendetwas Besonderes, eine gute Idee, die wenig kostet und womit ich die Zimmernummern oder die Lampen dekorieren kann«, sagte sie. »Sie haben hier im Laden jedenfalls gute Arbeit geleistet. Mir gefallen Ihre Farben und Ihre Auslagen wirklich sehr.«

Christopher trat vor eine Glasvitrine mit Modeschmuck aus Muscheln und Federn und anderen kleinen Gegenständen, die

Tess nicht identifizieren konnte. Er holte ein paar Stücke mit Federn heraus und legte sie auf die Ladentheke.

»Was glauben Sie, was das hier ist?«

Tess nahm eins in die Hand und studierte das Metallteil mit einem Haken an einem Ende. »Ich habe ganz ehrlich keinen blassen Schimmer.«

»Fischköder.«

»Machen Sie Witze? Die sind so hübsch, dass man sie als Schmuck tragen könnte.«

»So locken sie die Fische an. Ich bekomme hundert Stück für neunundneunzig Cent, aber letztes Jahr wurden sie auf einmal bei den Teenies angesagt, und ich habe hunderte davon für zwanzig Dollar das Stück verkauft.«

»Was haben die Leute damit gemacht?«

»Sie haben daraus Haarklammern gebastelt. Möchten Sie ein paar? Vielleicht können Sie daraus etwas Neues machen. Vom letzten Sommer habe ich noch ein paar Kisten davon. Jetzt kann ich sie nicht mehr verkaufen. Im Sommer wollen alle etwas Neues. Ike gehört zur Familie, ich schenke sie Ihnen.«

»Das ist sehr nett, aber ich bestehe darauf, sie zu bezahlen«, sagte Tess. »Ich habe gesehen, dass Sie hinten Taucheranzüge haben. Ich bräuchte welche für mich und meinen Sohn, also eine kleine Erwachsenen- und eine große Kindergröße.«

»Das dürfte im Grunde dasselbe sein«, sagte Christopher, ging nach hinten und kehrte mit zwei Anzügen zurück. »Die kann man in dieser Gegend wirklich gut gebrauchen. Das Meer ist hier bitterkalt, selbst im Sommer noch. Außer in einer Woche im August vielleicht.«

»Die letzten Tage im August, ich erinnere mich«, sagte Tess. »Dann ist das Wasser endlich warm und glasklar wie in den Tropen.«

Sie bezahlte und versprach, bald wiederzukommen. Beim Verlassen des Ladens fiel ihr Blick auf das Meer, das trotz des kühlen Wetters in all seiner Schönheit vor ihr lag. Ruhig und unbeirrbar schlugen die Wellen an die Küste, in ihrem ewigen Rhythmus und dabei doch immer wieder neu und einzigartig. Bei dieser Aussicht fühlte sie zum ersten Mal seit Adams Tod Hoffnung in sich aufkeimen. Vielleicht verliefe irgendwann auch ihr und Robbies Leben wieder in normalen Bahnen. Was auch immer das bedeuten mochte.

Kapitel DREIZEHN

Als sie zurück zur Bar kam, erblickte sie zu ihrer Überraschung am anderen Ende des Hofs einen Landvermesser mit seiner Ausrüstung. Ike und Rita standen neben ihm und schienen zu streiten, doch Tess konnte nicht hören, was sie sagten.

»Hallo ihr beiden«, rief sie zu ihnen hinüber. »Was ist los?«

»Ich lasse das Grundstück vermessen«, erklärte Rita.

»Und ich habe ihr gesagt, dass sie ihre Zeit und ihr Geld verschwendet, Tessie«, brüllte Ike. Er klang verärgert.

Tess ging zu ihm, umarmte ihn und gab ihm einen Kuss.

»Ich tue dir bloß einen Gefallen, weil du mir wichtig bist, Ike«, sagte Rita. »Ich möchte, dass du alle Fakten schwarz auf weiß vorliegen hast. Du solltest den Wert deines Lands kennen und nicht darüber mutmaßen müssen. Und wenn du dann immer noch ein Vermögen ablehnen willst, ist das deine Sache, aber zumindest wirst du wissen, wie viel genau du ausschlägst. Hört sich das etwa nicht vernünftig an, Tess?«

»Sicher. Aber hat Ike Ihnen nicht erzählt, dass ich ihm helfen werde, das Haus zu renovieren und alles wieder in Ordnung zu bringen? Es wird wieder genauso sein wie früher«, sagte Tess.

»Nichts kann wieder so sein wie früher, meine Liebe. Und ich kann mir nicht vorstellen, dass Sie versuchen würden, Ihrem Onkel ein echtes Vermögen auszureden, sollte das Grundstück so viel wert sein, wie ich annehme.«

»Rita, wenn das Land so viel wert ist, wie du behauptest, werde ich eben eine zweite Hypothek aufnehmen und mehr Geld in die Renovierung stecken«, sagte Ike. »Wie oft muss ich es dir noch sagen? Ich werde das alles hier nicht verkaufen.«

»Das sagst du, weil du die Zahlen nicht kennst. Ich werde nicht aufgeben. Ich finde, dass wir nach Fort Lauderdale ziehen, Margaritas schlürfen und Tangounterricht nehmen sollten. Das ist mein Plan. Sobald ich das Restaurant verkauft habe, mache ich mich auf den Weg dorthin. Und ich werde nicht ewig auf dich warten«, warnte Rita ihn.

»Tanzen werde ich höchstens in meinen Träumen«, sagte Ike trocken. »Ich würde wahnsinnig werden in der Hitze dort, zwischen all den alten Knackern, die in albernen Bermudashorts rumlaufen, in ihren überteuerten Turnschuhen im Einkaufszentrum spazieren gehen und Seniorenteller bestellen. Leute, die keinen Grund haben, morgens aufzustehen. Dort sitzt man bloß seine Zeit ab, bis man ins Gras beißt. Rita, verstehst du nicht, dass ich mich noch bereit für einen Neuanfang fühle? Und zwar hier in Montauk.«

Ike umschlang Rita, die sich aus seinen Armen herauszuwinden versuchte, aber Tess konnte sehen, wie sehr sie in ihn vernarrt war.

»Also, Rita. Sei doch einfach so nett und zeig Tess ein paar Häuser, die zu vermieten sind, wie ich dich gebeten habe«, sagte Ike und machte klar, dass das Thema für ihn beendet war.

»Ich habe dir doch gesagt, dass die meisten Häuser schon vergeben sind. Die Mietverträge für die Ferienhäuser werden mittlerweile noch vor Ende des laufenden Sommers fürs nächste Jahr unterschrieben. Montauk gehört jetzt zu den allerersten Adressen«, erklärte Rita bestimmt.

»Aber irgendetwas wirst du doch für meine Nichte finden

können«, beharrte er. »Du könntest selbst ein Kaninchen aus dem Hut zaubern, wenn dir danach wäre.«

»Wirklich, Rita«, bat nun auch Tess. »Robbie und ich können nicht im Motel bleiben. Ich brauche nur irgendetwas Bescheidenes für sechs Monate, gar nichts Schickes.«

»Nun gut.« Rita gab vorerst auf. »Machen wir uns auf den Weg.«

»Großartig«, sagte Tess. »Ich hole nur noch schnell Robbie.«

Rita wartete in ihrem Wagen und öffnete die Tür von innen, wo es dank der laufenden Heizung angenehm warm war. Als Tess und Robbie einstiegen, klappte sie den Sitz nach vorne, so dass der Junge, der mit seinen aufgesetzten Kopfhörern nicht ansprechbar schien, hineinschlüpfen konnte.

»Ich habe Robbie gebeten, mitzukommen, weil ich möchte, dass ihm das Haus auch gefällt. Allerdings ist er zurzeit nicht gerade ein Charmebolzen«, erklärte Tess.

Seit Kip ihm die Walgesänge gegeben hatte, hörte er sie andauernd. Ganz und gar in die Aufnahme versunken, saß er nun auf dem Rücksitz, so dass Tess ihn zumindest nicht bei Laune halten musste. Sie fuhren vom Parkplatz und die holprige Straße entlang bis zum Old Montauk Highway.

»Meine Liebe, ich weiß, wie sehr Ike an dem Haus hängt, aber die letzten Jahre waren für ihn wirklich hart. Die Steuern und die Kosten für die Instandhaltung und den laufenden Betrieb hätten ihm fast das Genick gebrochen. Vor Ihnen würde er das nie zugeben, dafür ist er zu stolz. Es ist wirklich lieb, dass Sie ihm helfen wollen, das Haus zu renovieren, aber die Urlauber, die jetzt hierherkommen, verlangen mehr als einen frischen Anstrich und neue Jalousien. Denen reicht es nicht, die Sonne über dem Meer untergehen zu sehen, sie wollen auch eine Gourmetküche, erlesene Weine und Luxuszimmer mit Wasserfalldusche und eigenem Jacuzzi, Flachbildfernseher, Internet und chemische Reinigung in Ökoqualität, wie auch immer das gehen soll. Sie stehen auf fruchtige Wodka-Cocktails und nicht auf Bourbon-Shots zum Barbecue.«

»Aber wenn wir es wieder so gestalten, wie es früher war, werden die Leute begeistert sein, das weiß ich. Wir werden Familien ansprechen und darauf achten, dass bei uns alle ihren Spaß haben können. An den meisten Orten hier wird nicht mehr an die Kinder gedacht. Das machen wir anders. Und ich wette, die Leute werden über den ganzen Hof und bis zum Strand hinunter Schlange stehen für ein kaltes Bier und ein echtes hausgemachtes Hummerbrötchen. Ike hat immer nur mit frischen Produkten gearbeitet. Er war schon bio, bevor irgendjemand wusste, was das bedeutet. Er hat immer nur das beste Obst und Gemüse aus der Region und frisch gefangenen Fisch verwendet, und sein Motel war wahrhaftig ein Ort mit einem einmaligen Charme, der den Leuten etwas bedeutet hat. Unten am Strand könnten wir eine Surfschule aufmachen. Es wird großartig, da bin ich mir sicher.«

»Sie sind wirklich naiv, Tess, wenn ich das so sagen darf. Sie haben keine Ahnung vom Hotel- und Gaststättenwesen. Ihr beide vergeudet eure Zeit, wenn ihr versucht, die Vergangenheit wiederauferstehen zu lassen. Ich habe Bilder von damals gesehen. Ausgesprochen hübsch mit den rotkarierten Tischtüchern und allem, aber so etwas ist völlig passé. Ike ist weder jung genug, um noch einmal von vorn anzufangen, noch hat er genügend Geld, um den Laden wieder auf Vordermann zu bringen. Er müsste alles abreißen und neu aufbauen, was ihm jedoch nichts mehr zum Leben übrig ließe. Ihr Onkel bekommt keine Rente. Selbst wenn er einen noch so großen Kredit aufnimmt, die Investoren, die gerade hierherkommen, spielen in einer ganz anderen Liga, da kann er nicht mithalten. Ich kenne das Geschäft hier, ich weiß, wovon ich spreche.«

»Das bezweifle ich nicht, aber Ike liebt Montauk. Er könnte es nicht ertragen, von hier fortzugehen. Und ich bin jetzt hier, um ihm zu helfen«, beharrte Tess.

»Ja, Sie sind jetzt hier, aber für wie lange? Jahrelang waren Sie nicht da, und Sie haben einen kleinen Sohn. Im Moment finden Sie hier den Zufluchtsort, den Sie gerade brauchen, aber glauben Sie wirklich, Sie werden Ihre tolle Karriere, Ihre Wohnung in Manhattan, Ihre Privatschule und New York aufgeben, um den Rest Ihres Lebens in der tiefsten Provinz zu verbringen? Warum sollten Sie? Ich würde das jedenfalls ganz sicher nicht tun«, sagte Rita lachend.

»Mein Onkel und ich haben eine besondere Verbindung zueinander. Ich würde alles für ihn tun. Alles«, betonte Tess.

»Das bestreite ich ja gar nicht, Süße. Aber Sie waren lange Zeit nicht hier. Sie haben nicht bemerkt, wie er gealtert ist. Seine Knie werden alt, seine Füße sind müde, sein Rücken schmerzt. Egal, was er mit der Sunset Bar und dem Motel auch anstellt, er wird niemals mithalten können mit diesem prachtvollen neuen Wellness- und Tagungszentrum, das gerade gebaut wird, mit den schicken Bistros und Gastropubs der Neureichen. Und weshalb sollte er das auch? Ike könnte sich als wohlhabender Mann zur Ruhe setzen. Ich wäre auf jeden Fall bereit dafür. Ich verhandle gerade über den Preis für mein Lokal. Ich habe genug eisige Winter überstanden, jetzt wünsche ich mir tropische Leichtigkeit. Wir haben beide unser ganzes Leben lang hart gearbeitet, haben unsere Schuldigkeit getan. Wir könnten ein wunderbares neues Leben genießen. Was ist falsch daran?«, fragte Rita eindringlich.

»Ich verstehe, warum mein Onkel Sie so mag. Sie haben viel Erfahrung, Rita, und ich glaube Ihnen, dass Sie das Beste für

Ike wollen. Aber das will ich auch. Ikes Herz hängt an diesem Ort. Das Land, auf dem er schon so lange lebt und wo er so viel erlebt hat, bedeutet ihm mehr als alles andere. Woanders würde er niemals glücklich werden. Ohne seine Wurzeln wäre er verloren. Ich weiß, dass er und ich es zusammen schaffen können. Bei allem Komfort und Luxus brauchen die Leute heutzutage auch den Charme des Schlichten, Authentischen – einfach einen guten Ort, an den man mit der ganzen Familie fahren kann. Wo sich Eltern keine Sorgen um ihre Kinder machen müssen. Und wo Kinder sich nicht langweilen.«

»Tess, Ike könnte sich sehr wohl an fünfundzwanzig Grad täglich und Margaritas am Pool gewöhnen. Wer würde das nicht? Ich wünschte wirklich, Sie würden mit ihm reden, Tess.«

Tess konnte sich Ike an keinem anderen Ort als in Montauk vorstellen. Und sie brauchte ihn. Bei der Vorstellung, er könnte so weit fortziehen, spürte sie Panik in ihrer Brust aufflackern. Ihr Blick wanderte hinaus aufs Meer. Der Wellengang war kräftig, der strahlend weiße Schaum kräuselte sich wie ein Reifrock. Die Sonne schien und tauchte die Landschaft in warmes Licht. Der Old Montauk Highway hatte sich immer wie Dorothys Straße aus gelben Steinen aus dem *Zauberer von Oz* angefühlt, und Montauk war ihre persönliche Version der magischen Smaragdstadt. Konnte der Zauber dieses Ortes jemals verfliegen? Würde es sich in einen überfüllten, verbauten Alptraum verwandeln? Was für ein unglaublich deprimierender Gedanke. Aber vielleicht hatte Rita am Ende recht, und es war schon zu spät?

Tess war ein bisschen, als wäre ihr der Boden unter den Füßen weggezogen worden. Sie fuhren durch den Ort, wo heute auffallend viele Menschen zu Fuß unterwegs waren. Es war mehr los, als Tess es seit ihrer Ankunft erlebt hatte. Der Sonnenschein lockte alle nach draußen. Plötzlich fielen ihr überall die *Zu-Verkaufen*-Schilder auf. Vor Häusern, Geschäften, sogar vor dem Kino steckten sie in den Vorgärten. So gut wie alles schien zum Verkauf zu stehen. Tess warf einen Blick auf die Gärtnerei, auf deren Gelände zwar keine Bäume und Büsche zu sehen waren, wo jedoch zwei junge Männer Blumenbeete umgruben und Unkraut jäteten. Autos und Trucks fuhren die Main Street entlang, das schlafende Städtchen schien zu erwachen. Auf einem Gebäude sah sie ein paar Zimmermänner das Dach reparieren, dann blickte sie die mit kleinen Hotels übersäte Uferstraße hinunter. Auch dort waren Arbeiter zugange, besserten aus und strichen an. Sie fragte sich, ob alle ihre Häuser auf Vordermann brachten, um sie verkaufen zu können. Würde sich die Main Street in eine Madison Avenue verwandeln? Würde bald ein Starbucks aufmachen?

»Rita, gab es nicht ein Gesetz, das es großen Ketten verbietet, hier ihre Filialen zu eröffnen?«

»Doch. Aber wissen Sie, irgendwann durfte ein 7-Eleven aufmachen, und viele Einwohner wissen es mittlerweile zu schätzen, dass sie um Mitternacht noch eine Packung Milch kaufen können, ohne dafür dreißig Meilen fahren zu müssen. Wer weiß also, was die Zukunft bringt. Wenn sich die Geschäfte und der ganze Ort nicht modernisieren, wird Montauk untergehen, Tess. Wie Darwin schon sagte, überleben nicht die Stärksten, sondern diejenigen, die sich am besten anpassen können.«

Rita umrundete den Kreisverkehr, kehrte wieder zurück auf den Old Montauk Highway und fuhr dann bis weit auf die andere Seite des Ortes, von wo aus die Straße zurück nach Amagansett führte. Sie waren nun mitten im Nirgendwo und eindeutig nicht mehr in Laufweite zum Stadtzentrum. Rita fuhr weiter einen Hügel hinauf, bis sie ganz oben in eine schmale Kiesauffahrt einbog. Das Haus war von der Straße aus kaum zu sehen.

»Da wären wir.« Rita griff nach ihrem großen Schlüsselbund und ging durch einen engen Torbogen aus Nadelbäumen. Tess gab Robbie einen Schubs, und sie stiegen aus, um ihr zu folgen. Der Eingang wurde von hohen Büschen verdeckt. Wer viel Wert auf Privatsphäre legte, für den wäre es definitiv das richtige Haus, dachte Tess. Die zum Teil von Efeu bedeckte Vorderseite des braun geschindelten Gebäudes wirkte auf den ersten Blick ziemlich bescheiden. Erst beim Eintreten klappten ihnen vor Erstaunen die Unterkiefer herunter. Sie standen in einem großen dreieckigen Wohnzimmer mit vom Boden bis zur Decke reichenden Glasfenstern. Man hatte das Gefühl, direkt über der Klippe zu stehen. Zu ihren Füßen war kein Land mehr zu sehen, man schwebte regelrecht über dem Meer. Auch die frei hängende Treppe in der Mitte des Raumes schien in der Luft zu schweben.

»Das ist ja wie in einem Boot«, rief Robbie mit weit aufgerissenen Augen.

»Wie konnte man das überhaupt so bauen? Es muss ein Vermögen kosten. Das dürfte unsere Preisklasse deutlich überschreiten«, sagte Tess.

»Sehen Sie sich erst mal um. Wieso gleich den Spaß verderben?«

Oben boten alle vier Schlafzimmer spektakuläre Ausblicke aufs Meer und hatten geräumige Badezimmer aus weißem Carrara-Marmor mit Jacuzzis. Das Haus war wie ein kleines Luxushotel mit dazugehörigem Spa, es war vollkommen übertrieben, aber grandios. Tess war sich des Wertes der modernen europäischen Designermöbel bewusst, mit denen es eingerichtet war. In diesem Refugium für Reiche und Berühmte hatte man an nichts gespart. Selbst die Türknäufe mussten ein

Vermögen gekostet haben. Und erst die Betriebskosten – man bräuchte einen ganzen Stab an Putzkräften, um alles sauber zu halten. Sie kehrten zurück ins Erdgeschoss und gingen dann in den Keller, der in einen Unterhaltungsbereich und einen Fitnessraum aufgeteilt war. Robbie fiel fast in Ohnmacht, als er die riesige Filmleinwand sah.

»Hier will ich wohnen«, sagte Robbie. »Dad fände das Haus toll!«

Und als wäre das alles noch nicht genug, führte Rita sie, nachdem sie die Treppe wieder hinaufgestiegen waren, in den Garten hinter dem Haus, in dem sich ein Infinity Pool unter einem Glaspavillon befand, in dem man das ganze Jahr über schwimmen konnte.

»Die Wände lassen sich im Sommer herunterfahren, dann ist der Pool komplett unter freiem Himmel. Und seht ihr, da drüben sind die Freiluftdusche und der Jacuzzi.«

Dieses Anwesen war absolut jenseits von allem.

»Was für Leute können es sich leisten, solch ein Haus zu mieten?«, fragte Tess.

»Hollywoodleute, Russen, Ausländer.«

»Aber wie sollen es sich die ganz normalen Einheimischen noch leisten können, hier zu leben?«

»Die Einheimischen nehmen das Vermögen, das sie gemacht haben, und ziehen nach Süden. Wie ich bereits versucht habe, Ihnen zu erklären.«

»Aber dabei verscherbeln sie ihre Lebensart.«

»Montauk ist angesagt. Der letzte Ort auf dem Festland und der letzte auf Long Island, in dem Ralph Lauren noch ein neues Geschäft aufmachen kann. Weiter weg kommt man nicht. Also wollen alle unbedingt hierher. Die Alteingesessenen verkaufen und ziehen fort. Was ist so schlimm daran? Warum sollten wir kein Kapital aus der Situation schlagen? Schluss mit den eiskalten Wintern, den Schneestürmen, den vermodernden Kellern und schimmelnden Teppichen. Das Leben hier ist nicht leicht.«

»Na ja, ich kann mir so ein Haus jedenfalls nicht leisten«, klagte Tess. »Völlig ausgeschlossen.«

»Ich will aber hier wohnen!«, wiederholte Robbie.

»Junger Mann, du hast einen exzellenten Geschmack, aber lass uns weiterfahren. Ich möchte dir und deiner Mom noch ein paar andere Angebote zeigen.«

Sie fuhren durch die Stadt zurück auf den Hafen zu, statt jedoch in dieser Richtung weiterzufahren, bog Rita vor der Küste und dem Leuchtturm ab in den verlassensten Teil von Montauk. O mein Gott. Tess erkannte den hässlichen Betonbunker und den verrosteten Stacheldrahtzaun wieder. Das war das berüchtigte Camp Hero. Sie hätte erwartet, dass es mittlerweile abgerissen worden wäre. Davor standen ein paar Transporter, und eine Gruppe mit Kameraausrüstung bewaffneter Männer in Daunenjacken lief herum und fotografierte.

»Was machen die? Was ist das hier?«, wollte Robbie wissen.

»Das ist Camp Hero. Im Frühling wird hier eine Fernsehserie gedreht«, sagte Rita. »Hollywood hat Montauk als Drehort entdeckt. Und den Leuten gefällt es hier.«

»Was ist denn das Besondere an Camp Hero?«, fragte Robbie.

»Es war ein geheimer Militärstützpunkt. Die Einheimischen waren überzeugt davon, dass es hier spukte.«

»Das klingt unheimlich«, sagte Robbie.

»Schon mal was vom Montauk-Monster gehört, Robbie?«, fragte Rita.

»Nein.«

»Mittlerweile ist es eine große Touristenattraktion. Vor ein paar Jahren wurde an einem Strand hier in der Nähe eine seltsame Kreatur angeschwemmt. Sie sah aus wie eine Mischung aus einem Seehund und einem Vogel, vielleicht sogar einem Menschen. Ein Foto davon hat sich viral im Netz verbreitet. Google es mal. Das Montauk-Monster ist so etwas wie unser Monster von Loch Ness. Seitdem kommen Touristen hierher, um nach einem weiteren Exemplar Ausschau zu halten.«

»Robbie, das war nicht mehr als ein Waschbär, der aufgedunsen war, weil er zu lange im Wasser getrieben war«, widersprach Tess. »Die Leute haben bloß Geschichten dazu erfunden. Hier gibt es nichts Gefährliches oder Seltsames.«

»Können wir aussteigen und uns umsehen?«, bat Robbie.

»Dafür haben wie leider keine Zeit, Robbie. Aber ich bringe euch zu einer Wohnsiedlung, in der die Soldaten mit ihren Familien gelebt haben. Sie wurde an die Stadt verkauft, die die Häuser vermietet oder weiterverkauft«, sagte Rita.

Sie fuhren an dem alten Militärstützpunkt vorbei und landeten in einer Enklave aus Häuschen, die inmitten eines Wäldchens mit kahlen Bäumen verstreut standen. Es war eine kleine abgeschiedene Fertigbausiedlung. Rita parkte vor einem kleinen Haus, das mit seiner schäbigen Fassade auf Tess ziemlich traurig wirkte. Sich nach dem Multi-Millionen-Dollar-Traumhaus auf diese barackenartige Hütte einzustellen, fiel ihr nicht ganz leicht. Aber nach dem, was Rita ihr erzählt hatte, kostete dieses Haus womöglich auch ein Vermögen.

»Ich dachte mir, das wäre eine gute Straße«, sagte Rita. »Hier ist es sehr ruhig, außer den Anwohnern fährt hier niemand mit dem Auto entlang. Mit Kind ist das ein Vorteil.«

Tess trat über die Schwelle und sagte sich, sie würde dem Haus eine Chance geben. Aber die niedrigen Decken und das winzige Wohnzimmer mit den kleinen Fenstern wirkten zu abschreckend. Robbie rannte die schmale Treppe hinauf.

»Hier oben sind die Schlafzimmer und ein kleines Badezimmer«, rief er und sah sie dann von oben an.

Tess folgte ihm in den ersten Stock, wo die Decken sogar noch niedriger waren und die Fenster die Größe von Briefmarken hatten. Die alte verblichene Tapete und die verschlissenen, vermodert riechenden Teppiche waren indiskutabel. Das Haus war unglaublich deprimierend, wie ein trauriges Puppenhaus. Sie fragte sich, ob Rita ihr überhaupt helfen wollte oder ihr bloß die unmöglichsten Häuser zeigte. Und plötzlich ging Tess ein Licht auf, warum sie all diese merkwürdigen Immobilien zu sehen bekamen: Rita wollte nicht, dass sie nach Montauk zog.

»Kommen Sie, dann zeige ich Ihnen die Küche«, rief Rita die Treppe hinauf.

Tess hatte sich bereits entschieden, bevor sie die lila angestrichene Küche betrat. Sie würde auf gar keinen Fall hier einziehen. Das Haus war furchtbar klaustrophobisch und absolut hässlich.

Nachdem sie Rita davon überzeugt hatte, so schnell wie möglich aufzubrechen, verbrachten sie den Rest des Vormittags damit, vom See ans Meer und aus der Stadt in den Wald zu fahren. Sie passierten die staatlichen Parks Hither Hills und Montauk Point und den Leuchtturm. Ritas Handy klingelte ununterbrochen, und wenn sie gerade einmal nicht telefonierte, tippte sie Textnachrichten. Tess war frustriert und Robbie gelangweilt. Sie hatte gedacht, es würde kein großes Problem sein, ein Haus zu finden. Aber an jedem Objekt gab es einen Haken: In der Eigentumswohnung mit zwei Schlafzimmern im Stadtzentrum waren keine Hunde erlaubt, aber Lindy und Diesel würden sie auf jeden Fall besuchen, das viktorianische Puppenhaus am Lake Montauk war ganz reizend, aber unmöbliert, und in die hübsche Surferhütte in der Nähe des

Sunset Motel passte kaum das Gepäck von Tess und Robbie, von ihnen selbst ganz zu schweigen. Und alles war unerhört teuer. Vielleicht sollte sie einfach ihre Motelzimmer neu dekorieren und dort bleiben. Allerdings musste Ike diese Zimmer vermieten und damit Geld verdienen, und er würde Tess niemals erlauben, für Kost und Logis zu zahlen.

Sie hörte Robbies Magen knurren und bemerkte plötzlich, dass auch sie am Verhungern war. Es war an der Zeit, es gut sein zu lassen. Sie fuhren zurück in Richtung Motel, vorbei an den alten Bahngleisen die Industrial Road entlang. Das Licht der Sonnenstrahlen wurde golden in den Fenstern eines Hauses reflektiert, das verlassen an einer schmalen Straße stand, die in die Fort Pond Bay hineinführte. Wenn man mitten auf der Straße stand, meinte man, das Wasser zu beiden Seiten berühren zu können.

»Was ist mit dem Haus dort drüben?«, fragte Tess.

»Es steht nicht zum Verkauf«, erwiderte Rita.

»Aber es sieht so hübsch aus, und es ist ganz nah an der Stadt«, gab Tess nicht nach.

»Es liegt ziemlich abgeschieden. Dahinter kommt nur noch Pirate's Landing. Und der vorherige Mieter ist gerade erst ausgezogen. Es wurde dort noch nicht alles gereinigt und ausgebessert.«

»Aber wird es irgendwann zu mieten sein? Ich würde es mir gern ansehen, wo wir schon einmal hier sind«, sagte Tess.

»Ich habe Hunger«, brummte Robbie.

»Ihr Sohn braucht etwas zu essen. Wir können es ein andermal besichtigen«, sagte Rita.

»Das Haus sieht so hübsch aus. Und Sie haben gesagt, dass es leer steht. Bitte, ich würde es mir wirklich gern ansehen. Alle anderen Häuser waren zu teuer, zu weit weg oder einfach inakzeptabel«, beharrte Tess.

»Ich könnte wohl einmal nachsehen, ob die Schlüssel irgendwo zu finden sind«, gab Rita nach. »Ich kann jedoch für nichts garantieren, was den Zustand des Hauses angeht.«

Sie fuhren die schmale Straße hinunter und bogen in die bekieste Auffahrt ein. Der Vorgarten war nicht gepflegt, sondern ähnelte eher einer kleinen wilden Wiese, die von Strandhafer und hohem Schilf überwuchert wurde. Eine riesige Trauerweide war von kahlen Blumenbeeten umgeben, die darauf warteten, wieder zu erblühen. Ein Pfad aus großen glatten und runden weißen Steinen führte über das Gras bis zur Haustür. Tess bemerkte ein paar Kakteen, was nicht typisch für die Gegend war. Dieser Garten war auf jeden Fall von jemandem gestaltet worden, der sich Gedanken gemacht und viel Mühe darin investiert hatte. Er sah aus, als wäre er ökologisch autark und dennoch eins mit der ihn umgebenden Natur. Das gefiel ihr. Rita beugte sich hinunter und griff unter den Blumentöpfen nach dem Schlüssel, als wüsste sie mit Sicherheit, dass er sich dort befand. Tess war verwirrt. Wollte Rita etwa nicht, dass sie dieses Haus sah? Warum nur?

»Wie gesagt, es wurde noch nicht sauber gemacht«, sagte sie und öffnete die Tür.

Doch das Haus war makellos, und es war reizend. Von den Fußböden hätte man essen können. Im Flur erfüllte eine Vase mit frisch riechendem Lavendel die Luft mit einem lieblichen Duft. Die Größe war genau richtig für sie und Robbie, und das Haus wirkte robuster als die meisten Strandhäuser, die nur für den Sommer gebaut waren. Tess dachte, dass es mit Sicherheit einem Sturm standhalten würde. Seine weißen Schindeln und seine scheunenartige Form erinnerten an ein Farmhaus, und Tess gefiel, wie es in die umliegende Vegetation eingebettet lag. Die Bäume und Büsche waren nun kahl, würden aber im Frühling und Sommer in saftigem Grün erstrahlen, so dass das Haus wie auf seiner eigenen kleinen Insel mitten im Wasser zu stehen schien. Und als sie drinnen war, fühlte Tess sich sofort wie zu Hause.

Ein schmaler Flur öffnete sich zum Wohnzimmer, das hinter einem kleinen weißen Geländer ein paar Stufen niedriger lag. Der See, auf den sie von hier aus blickten, war ruhig und klar, nicht so dramatisch wie das Meer, aber auf seine eigene Weise schön. An einer Seite des Raumes befand sich ein stattlicher Kamin aus butterfarbenem Stein, und sie konnte sich gut vorstellen, in einem der abgenutzten braunen Ledersessel zu versinken und bis tief in die Nacht zu lesen. Dieses Haus verströmte für sie den Charme des Vertrauten, es war ein Zuhause.

In der Küche waren die Wände vom Fußboden bis zum Waschbecken mit Glaskacheln in einem hellen Grünton bedeckt, der gut zu dem altmodischen Kühlschrank passte. Die Wände und Holzschränke waren in einem etwas helleren Ton gestrichen, und der gelbe Linoleumfußboden und der Küchentisch ließen Tess an Fernsehsendungen aus den Fünfzigern denken. Dass es weder eine Mikrowelle noch einen Geschirrspüler gab, störte sie nicht. Vor dem großen Fenster über der Spüle stand ein langer Blumenkasten, der nur darauf wartete, bepflanzt zu werden. Neben der Küche befand sich der Eingangsbereich mit einer antiken geschnitzten Garderobe samt Spiegel.

»Die meisten bevorzugen etwas Moderneres und möchten nicht auf die fehlenden Geräte verzichten. Es gibt nämlich hier auch kein Internet, nicht einmal einen Fernseher.«

»Mir gefällt es«, erwiderte Tess.

»Es ist ein nettes Haus. Aber wir brauchen Internet«, sagte Robbie.

»Das können wir bestimmt einrichten lassen«, beruhigte Tess ihn.

»Da bin ich mir nicht so sicher. Der Eigentümer ist ziemlich speziell«, wandte Rita ein.

Robbie hatte eine kleine Tür unter der Treppe ausfindig gemacht und zeigte Tess aufgeregt seine Entdeckung. Er zog an der Schnur einer einzelnen Glühbirne und wies begeistert auf die Bücherregale und das dicke Kissen auf dem Fußboden.

»Eine geheime Leseecke. Wie cool ist das denn?«

Diese Entdeckung schien Robbie neue Energie zu verleihen, an ihrer Seite sprang er zwei Stufen auf einmal nehmend die schmale Holztreppe zum Obergeschoss hinauf. Dort fanden sie zwei ausreichend große Schlafzimmer, voneinander getrennt durch einen kleinen Flur und eine Sitzecke an einem Fenster, das ebenfalls Aussicht aufs Wasser bot. Tess verliebte sich auf den ersten Blick in das große Schlafzimmer, von dem aus sich Flügeltüren auf den Balkon öffneten und eine weitere Tür in ein großes Badezimmer mit Glaskacheln und einer einladenden antiken Badewanne auf vier riesigen Klauenfüßen führte. Das eiserne Bettgestell und die mit einer verschlissenen Patchworkdecke bedeckte Matratze schienen einem alten Western entsprungen zu sein. Auf die beigefarbene Jutedecke und die gusseisernen Lampen in Form von Delphinen auf den Nachttischen aus Treibholz könnte sie ebenfalls verzichten. Der handgefertigte Beistelltisch mit Glasplatte und Muschelsammlung war jedoch bezaubernd. Und wenn sie den dunklen Kordsessel in der Ecke unter einem hübschen weißen Überwurf verschwinden ließe, würde der Raum sofort aufgehellt scheinen. Mit wenig Aufwand würde Tess in diesem wunderschönen Haus viel bewirken können.

Auf einem Regalbrett entdeckte sie ein Gefäß voll türkisfarbenem, grünem und weißem Seeglas, das sie schon immer geliebt hatte. An einer Wand hing eine Gruppe beeindruckender Aquarelle, die meisterhaft gemalt waren, und sie fragte sich, wer wohl der Künstler war, denn sie waren unsigniert. Am besten gefiel ihr die positive Energie, die dieses Zimmer verströmte. Auch wenn es noch eine weibliche Note und etwas mehr Eleganz brauchte, um ihr mehr zu entsprechen, konnte sie hier sofort einziehen.

Auch das andere Zimmer war einzigartig, es war achteckig, wobei an der hinteren Seite ein paar Stufen in einen kleinen Erker hinaufführten, in dem ein Schreibtisch und ein Stuhl vor einem großen Panoramafenster standen. Ein perfekter Ort zum Lernen für Robbie. Das Holzbett mit hohem Kopf- und Fußende sah aus wie ein mit aufwendigen Schnitzereien versehenes kleines Schiff. Die hohe Matratze wurde von einem Überwurf mit nautischem Muster bedeckt, und von den vier Bettpfosten hingen dünne Leinenvorhänge. Robbie hüpfte aufs Bett und schloss die Vorhänge.

»Das ist wie in einem Zelt zu schlafen.« Fröhlich streckte er seinen Kopf heraus.

»Gefällt es dir?«

»Ja!«

Sie folgten Rita hinters Haus in den Garten mit seiner kleinen runden Terrasse und der riesigen Hängematte, die zwischen zwei mächtigen Eichen baumelte. Die schmiedeeisernen Gartenmöbel waren weiß gestrichen und sahen hübsch aus, Tess konnte sich vorstellen, wie sie draußen unter dem Sternenhimmel zu Abend essen würden, wenn das Wetter besser wäre. Sie könnte einen kleinen Grill kaufen. Der Garten war umgeben von Bäumen wie ein kleines, privates Stück Himmel. Sie hatte das Gefühl, mitten im Nirgendwo zu sein, dabei waren sie tatsächlich nur fünf Minuten vom Bahnhof und zwanzig Gehminuten vom Stadtzentrum entfernt. Weiter die Industrial Road hinunter waren die Anlegestelle Pirate's Landing und ein kleiner Sandstrand. Sie war hin und weg. In diesem Haus würden sie einander nicht verloren gehen, im Gegenteil, Tess erhoffte sich, dass es sie wieder näher zusammenbringen würde.

»Es ist perfekt. Wir lieben es. Wie viel kostet es?«

»Lassen Sie mich Ihnen in ein bis zwei Tagen Bescheid geben. Der Besitzer hat ziemlich klare Vorstellungen davon, wer in seinem Haus wohnen soll. Ihm geht es dabei nicht um Geld. Er möchte das Haus an jemanden vermieten, der es instand hält, und er hat viele Regeln aufgestellt.«

»Ist doch großartig, wenn ihm Geld nicht so wichtig ist. Ich bin mir sicher, dass er begeistert von uns wäre, wenn er uns kennenlernen würde«, sagte Tess. »Ich schicke Ihnen meine Referenzen und finanziellen Nachweise. Wir würden dieses Haus so gut behandeln, als wäre es unser eigenes.«

»Wie gesagt, er ist ausgesprochen wählerisch. Ich würde mir nicht allzu große Hoffnungen machen«, sagte Rita ernst.

»Aber, Rita, Sie können doch auf jeden Fall ein gutes Wort für uns einlegen. Ich bin mir sicher, dass er Ihnen vertraut. Es ist ja nicht so, als ob wir Fremde wären.«

»Sie haben noch nie etwas in Montauk gemietet. Sie sind hier nicht bekannt. Viele der Alteingesessenen sind von Stadtmenschen abgeschreckt«, gab Rita zu bedenken.

»Das verstehe ich nicht. Sie haben mir doch vorhin erst erzählt, für wie viel Geld die Grundstücke verkauft werden und dass gerade alle Alteingesessenen ihre Immobilien abgeben. Was wollen Sie mir sagen? Er muss doch auch Ike und die Sunset Bar kennen«, ließ Tess nicht locker. »Für mich klingt es, als wollten Sie gar nicht, dass ich es bekomme.«

»Ich kann nicht glauben, dass Sie so etwas sagen. Ich warne Sie lediglich vor, weil ich diesen Besitzer kenne. Er ist ausgesprochen schwierig und ändert ständig seine Meinung. Ich bin keine Maklerin, die ihren Kunden Honig ums Maul schmiert. Hängen Sie Ihr Herz nicht an dieses Haus. Tut mir leid, ich wollte es vor Robbie nicht sagen, aber er erlaubt keine Kinder. Okay? Setzen Sie nicht alles auf eine Karte, Liebes. Mehr verlange ich ja gar nicht«, sagte Rita.

Als sie losfuhren, streckte Tess den Hals, um sich noch einmal nach dem Haus umzusehen. Es war Liebe auf den ersten Blick, es war absolut perfekt für sie, und wenn Geld für den Besitzer keine Rolle spielte, wieso hatte Rita es Tess nicht als Erstes gezeigt? Wer erlaubte denn keine Kinder? Das glaubte Tess nicht. Dieses Haus war ganz offensichtlich die erste Wahl, aber Rita hatte es noch nicht einmal auf die Liste gesetzt.

Kapitel
VIERZEHN

Am Sonntagmorgen fuhren Tess und Robbie die Industrial Road hinunter und hielten noch einmal kurz vor dem Haus an, das sie als ihr zukünftiges Zuhause auserkoren hatten. Die Strahlen der Morgensonne glitzerten auf dem ruhigen Wasser des Sees. Die Fenster reflektierten das helle Licht. Sie hörte Vögel singen. Es wirkte alles so idyllisch. Sie sehnte sich danach, das Haus zu betreten und sich dort einzunisten, kletterte jedoch zurück in den Wagen und fuhr weiter in Richtung Hafen.

»Glaubst du, dass wir es bekommen werden, Robbie?«

Er zuckte die Achseln und fummelte an seinem CD-Player herum, während er sie mit seinen großen Kopfhörern aussperrte. Seit Kip ihm diese Walgesänge gegeben hatte, hatte er nicht aufgehört, sie sich anzuhören. Sie fragte sich, ob es gut für Robbie war, plötzlich ein so intensives Interesse an einem so speziellen Thema zu entwickeln, aber er hatte seitdem eindeutig bessere Laune, wenn er auch noch immer beängstigend schweigsam war. Seit seiner Flucht war er jedenfalls deutlich ausgeglichener und hatte keine Wutausbrüche mehr gehabt. Tess fragte sich, ob die Walgesänge bei ihm vielleicht wie eine Art von Meditation wirkten, was allerdings verwunderlich wäre, denn die meisten Kids in seinem Alter trieben ihre Eltern eher mit lauter Musik in den Wahnsinn. Zwar war sie dankbar dafür, dass Robbie noch nicht auf solche Sachen stand, aber er schien ganz in der Welt der Walgesänge zu versinken.

Tess hoffte, dass Rita beim Besitzer des Hauses ein gutes Wort für sie einlegen würde, wenngleich ihr klargeworden war, dass Ikes Freundin eigentlich kaum an ihrer Anwesenheit in Montauk gelegen sein konnte. Rita wollte, dass Ike seine Bar verkaufte und mit ihr nach Florida zog, und auf einmal war Tess wie aus dem Nichts mit ihrem Kind aufgetaucht und bei ihm eingezogen, was ihren Onkel noch fester an den Ort band. Sie verstand Ritas Sicht der Dinge und wusste viel zu wenig über die harten Zeiten, die Ike durchgemacht hatte, aber tief in ihrem Herzen hatte sie verstanden, dass Ike niemals fortziehen würde. Er liebte diesen Ort, und er gehörte hierher. Menschen konnte man nicht verändern, so sehr man es sich auch wünschte. Sie hätte gedacht, Rita müsste mittlerweile begriffen haben, dass Montauk Ike im Blut steckte und es nicht Tess allein wäre, die ihn hier hielte. Sie wollte auf keinen Fall, dass Rita in ihr einen Keil erkannte, der sich zwischen sie und Ike drängte. Schon allein ihrem Onkel zuliebe war ihr daran gelegen, dass Rita sie mochte, und der würde es nicht gefallen, wenn sie Ike bei der Renovierung des Motels half. Tess hatte nicht vorausgesehen, dass sie in solch eine Zwickmühle geraten würde. Doch sie waren alle erwachsen genug, um einen Weg daraus zu finden.

»Ich hoffe so sehr, dass wir dieses Haus mieten werden«, seufzte sie laut zu sich selbst. »Was für ein herrlicher Tag.«

Es war die Art von Wetter, die jeden nach draußen locken würde, aber die Fischer blieben heute zu Hause, und die Ausflugsboote und Kreuzfahrtschiffe würden erst in wenigen Monaten wieder fahren. Sie parkte am Ende des Piers und erblickte die *Kipper*, deren bunte Flagge im Wind flatterte. Robbie sprang vor ihr aus dem Wagen und rannte auf das Boot zu.

»Wunderschöner Tag für eine Bootsfahrt«, rief Tess und winkte Kip entgegen.

»Willkommen an Bord«, sagte er.

Kip nahm Tess die Kühlbox ab, und sie stieg in ihren Cowboyboots vorsichtig an Deck. Es waren die Schuhe mit den niedrigsten Absätzen, die sie besaß, dennoch geriet sie sogleich ins Wanken. Sie ließ sich rasch auf eine Bank fallen und machte sich eine Notiz im Geiste, so bald wie möglich ein Paar Turnschuhe zu kaufen. Bei Green's würde sie passende Sneaker bekommen, dort gab es schließlich alles. Mit Highheels käme sie in Montauk einfach nicht weit. Sie wickelte sich ihren langen Schal mehrmals um den Hals. Der Wind war eiskalt. Ein ganzer Tag auf dem Meer mitten im Winter. War sie verrückt gewesen, als sie dem zugestimmt hatte? Wie hielt es Kip nur in einem Pullover und Jeans aus? Seemänner waren wohl immun gegen die Kälte.

»Lasst uns aufbrechen und Benny suchen«, rief Robbie und zog seine Schwimmweste fest.

Ihm schien das Schaukeln des Bootes nicht das Geringste auszumachen, für ihren Geschmack schwankte es allerdings deutlich zu stark. Sie war noch nie auf einem Segelboot aufs Meer gefahren und dementsprechend nervös. Vor allem hoffte sie, dass ihr nicht schlecht werden würde.

»Tess, setzen Sie sich niemals seitlich vom Mast. Achtern ist es am besten. Dort sind Sie nicht im Weg und können einfach nur die Fahrt genießen«, sagte Kip zu ihr.

»Und achtern ist wo?«

»Der hintere Teil des Bootes, Mom«, erklärte ihr Robbie.

Sie war beeindruckt, dass ihr Sohn das wusste. Langsam tastete sie sich nach hinten und versuchte, die Balance zu halten, bis sie sich auf ein gepolstertes Kissen in einer Ecke fallen ließ. Hier kuschelte sie sich zusammen und würde sich von nun an nicht mehr vom Fleck rühren. Kip machte das Boot los, der Knoten löste sich auf seinen Zug sofort. Sie beobachtete, wie er das Schiff mit flinken Handgriffen unter Kontrolle brachte. Er wusste offensichtlich, was er tat. Gelassen ergriff er das große hölzerne Steuer und fuhr sie aufs offene Meer hinaus. Mit seinen breiten Schultern stand er kerzengerade da, den Blick nach vorn gerichtet. Robbie verharrte stumm an seiner Seite. Ihre beiden blonden Köpfe, zwei von einer Sorte. In ihrer Ähnlichkeit erinnerten sie an Adam und Robbie. Tess wusste, dass ihr Sohn schmerzlich einen Mann in seinem Leben vermisste. Die Abwesenheit seines Vaters hatte ihn haltlos gemacht. Der Gedanke daran ließ Tess die ruhige Freundlichkeit Kips umso mehr schätzen.

Zu Anfang bewegte sich das Boot langsam, abgesehen vom Klatschen der Wellen war es ganz still. Das eine Segel der *Kipper* war gehisst, hing jedoch schlaff in der Luft. Schon bald war das Land verschwunden und um sie herum nur noch Wasser. Das Meer war ruhig, die Strömung jedoch stark, und das Boot schwankte hin und her. Robbie bewegte sich nicht von Kips Seite, und als dieser ihm erlaubte, mit ihm gemeinsam das Steuer zu führen, schien der Junge vor Freude beinahe zu platzen. Schließlich nahm Kip seine Hände vom Steuer, um Robbie allein lenken zu lassen, und ihr Sohn strahlte übers ganze Gesicht. Seit Adams Tod hatte sie ihn nicht mehr so glücklich gesehen. Sie traute ihren Ohren kaum, als sie hörte, wie Robbie Kip von dem Haus erzählte, das sie mieten wollten, und dass sie den Sommer hier verbringen würden. Sie fragte sich, warum dieser Mann eigentlich nichts Besseres zu tun hatte, als seinen Sonntag mit ihr und Robbie zu verbringen. Was für eine Geschichte mochte dahinterstecken? Er schien ein netter Typ zu sein, aber sie fragte sich, ob mit ihm womöglich irgendetwas nicht stimmte. Sie war noch nie einem Mann begegnet, der einen freien Tag damit vergeuden würde, sich um eine fremde Frau und deren neunjährigen Sohn zu kümmern, vor allem um einen so schwierigen Jungen. Die Menschen, die sie kannte, taten so etwas nicht einfach so, von Ike einmal abgesehen, und das beunruhigte sie. Freundlichkeit von Fremden war sie nicht gewohnt. Plötzlich hatte sie ein schlechtes Gewissen, weil sie sich fragte, was mit Kip nicht stimmte, während er einfach nur nett war. Seit wann war sie eigentlich so misstrauisch den Menschen gegenüber?

Das Geschrei der Möwen durchbrach die stille Morgenluft. Der Tag war klar und sonnig, aber bitterkalt. Der Wind brannte in ihrem Gesicht. Tess wickelte sich den langen Schal noch ein weiteres Mal um den Hals und zog sich die Mütze tiefer über die Ohren. Nach einer Weile begann das Boot Fahrt aufzunehmen. Tess fühlte sich noch nicht bereit, aufzustehen, und klammerte sich weiterhin an ihrem Sitz fest. Der Himmel war strahlend blau, das Meer schien endlos. Ein Tag wie aus dem Bilderbuch. Kein Wölkchen am Himmel. In allen Richtungen erblickte sie nichts als Wasser und Himmel, die miteinander verschmolzen. Sie fragte sich, ob sie wohl tatsächlich einen Wal sehen würden. Man konnte schließlich nicht vorhersagen, wo einer auftauchen würde. War das nicht, als würde man eine Nadel im Heuhaufen suchen?

Das hölzerne Deck glänzte, und alle Metallelemente erstrahlten frisch poliert. Hoch oben am Mast drehte sich ein gelbschwarzer Windanzeiger. Direkt neben dem Steuer befand sich ein großer Standkompass. Das Segel war schneeweiß, und die rote Flagge strahlte vorm blauen Himmel. Die *Kipper* war nicht brandneu, aber sie war sehr gut gepflegt, und ihr Alter ließ sie nur noch schöner wirken. Mit dem auffrischenden Wind schien die Temperatur nun auf einmal unter null Grad zu sinken, und sie dachte bei sich, dass sie es allein ihrem Sohn zuliebe ertrug, an solch einem Wintertag draußen auf dem Meer zu sein. Kip drehte sich um, sah jedoch über sie hinweg, während der Westwind gegen seinen Körper blies. Sein Gesicht hatte so scharfe Konturen, als wäre es gemeißelt. Die Kälte schien ihm überhaupt nichts auszumachen. Seeleute – eine andere Art von Mensch, dachte sie. Er machte einen Satz von seiner Position am Steuer zur linken Seite des Bootes und begann, an einer Leine zu ziehen, um das größere Segel zu hissen. Das riesige weiße Segeltuch kletterte langsam bis an die Spitze des Masts, bauschte sich dann auf und flatterte laut im Wind. Er wickelte die Leine um eine Metallvorrichtung und verknotete sie. Nun waren beide Segel gehisst, und das Boot beschleunigte stark. Gewandt kehrte Kip wieder ans Steuer zurück. Tess richtete sich auf ihrem Kissen auf, hielt sich fest und rutschte zur Seite, damit sie nicht im Weg war. Sie saß vor dem Mast und musste aufpassen, nicht von den schweren Stangen erschlagen zu werden. Als sie sich zu Robbie umsah, der sich auf dem Boot bewegte, als hätte er nie etwas anderes getan, sah sie, dass seine Augen funkelten.

»Du machst das super, Robbie«, rief Tess ihm zu. »Wie schnell du lernst.«

»Er ist ein Naturtalent«, meinte Kip, zerzauste Robbie das Haar und zwinkerte Tess zu. »Er sollte Segelunterricht nehmen.«

Die *Kipper* pflügte durchs Wasser, durchschnitt die kleinen Wellen und glitt immer weiter aufs offene Meer hinaus. Es fühlte sich an, als würden sie fliegen. Sie spürte die kühle, frische Meeresluft im Gesicht. Als die *Kipper* sich in einem Neunzig-Grad-Winkel neigte und das Deck beinahe senkrecht zum Wasser stand, klammerte sich Tess verzweifelt fest.

Obwohl sie panische Angst hatte, das Boot könnte kentern, fand sie es verdammt aufregend.

»Halten Sie sich fest!«, rief Kip.

Die Segel flatterten heftig, die Wellen schlugen hart gegen das Boot, doch sie hielt den Daumen hoch, und er gebärdete ein »Okay« zurück. Es war so aufregend wie eine Fahrt auf einer Achterbahn, und ihr Magen schlug Purzelbäume.

»Hoffentlich finden wir Benny«, schrie Robbie, und Kip machte das Daumen-hoch-Zeichen.

Tess betete, dass sie den Wal zu Gesicht bekommen würden. Robbies Verfassung war alles andere als stabil, und er hatte die letzten Tage von nichts anderem gesprochen, als Kip und den Wal wiederzusehen. Er wäre so enttäuscht, wenn es nicht klappte, und das konnte seine Stimmung kippen lassen. Sie hoffte für ihn, der Wal möge sich zeigen, aber nachdem sie noch etwa eine Stunde weitergesegelt waren, kamen immer noch keine Wale und auch keine anderen Meeresbewohner in Sicht. Robbie blieb beeindruckend geduldig. Selbst die Möwen hatten sie mittlerweile verlassen. Tess war zum ersten Mal in ihrem Leben so weit draußen auf dem Meer, weit entfernt von jeglichem Land.

»Wohin fahren wir?«, fragte Tess.

Robbie blickte zu ihr auf und zeigte nach links. »Block Island. Da hält Benny sich gern auf«, erklärte er.

Sie war noch nie zuvor auf Block Island gewesen, hatte aber immer wieder gehört, wie schön es dort sei, siebzehn Meilen unberührter weißer Sandstrände, hohe Klippen und endlose Wanderwege. Auf Block Island waren Autos während der Saison verboten, weshalb alle zu Fuß gingen, Fahrrad fuhren oder auf Pferden ritten. Ähnlich wie in Montauk gab es auch dort außerhalb der Saison deutlich weniger Bewohner, wobei die Insel noch viel weiter abgeschieden lag.

»Hat mittlerweile irgendjemand Hunger?«, fragte Tess.

Robbie nickte heftig. Sie bedeutete ihm mit Gesten, dass sie in die Kajüte hinuntersteigen würde. Hier verbrachte Kip Young also seine Zeit, dachte sie, unten angekommen. Es sah aus, als würde er hier wohnen. In den unteren Regalfächern lagen ordentlich gefaltete Pullover und Hosen. Sie konnte sich ihre Neugier nicht verkneifen und sah sich genauer in der Kajüte um, spähte unter die Pritsche und in das winzige Bad, öffnete alle Schränke in der Miniaturkombüse. Sie waren mit lauter Dosen desselben Gerichts gefüllt. Hatte er das ganze Chili nicht irgendwann über? Auf jeden Fall war alles behaglich und sauber, und Tess wusste Reinlichkeit zu schätzen.

In der Kajüte reihten sich auf Bücherregalen dicke Handbücher über Seefahrt und Wale aneinander. Sie schlug eins von ihnen auf, aber es war zu wissenschaftlich geschrieben, als dass es zum Schmökern eingeladen hätte. Kip schien keine Romane zu lesen, zumindest entdeckte sie nirgendwo einen. Typisch Wissenschaftler, dachte sie, liest nur Sachbücher, keine Spur von emotionalen Geschichten. Überhaupt gab es hier nirgends auch nur einen Hauch von Weiblichkeit. Sie strich über ein Gefäß mit Seeglas, das mittlerweile so schwer zu finden war, dass sie ihn um seine Sammlung beneidete. Am meisten beeindruckte sie jedoch eine äußerst dekorative Galerie verschiedener Sandproben.

Auf dem Tisch der Kajüte lag eine große Seekarte ausgebreitet. Mit dem Finger folgte sie den roten Kreuzen, die eine Route von Montauk bis in die Dominikanische Republik markierten. Die Karte war ein komplexes Geflecht aus Zahlen, verschiedensten Zirkeln und skizzierten Landmassen. Es wirkte wie ein riesiges Labyrinth voller Punkte und Striche und Kreise und Ziffern. Daneben eine Lesebrille, ein spanisches Wörterbuch und ein aufgeschlagenes Logbuch.

Sie las den Eintrag vom heutigen Morgen, er war in sauberer Schreibschrift verfasst. Kip hatte Angaben zum Sonnenaufgang, zu den Gezeiten, Strömungen und dem angekündigten Wetter notiert, außerdem sehr detaillierte und spannende Beobachtungen der Tiere unter und über der Wasseroberfläche. Tess hatte sich noch nie Gedanken darüber gemacht, was es bedeutete, das Meer mit einem solchen Boot zu befahren, welch neue Welt sich einem öffnete. Als sie in dem Logbuch blätterte, fielen ein paar Fotografien heraus. Sie nahm eine Aufnahme von Kip in die Hand, auf der er von hinten von einer hübschen Frau umarmt wurde und ein süßes Kleinkind auf seinen Schultern trug. Da fiel ihr wieder ein, dass er erwähnt hatte, selbst Vater zu sein. Auf dem Bild sahen die drei wie eine perfekte kleine Familie aus. Sie fragte sich, wie sich seine Arbeit als Meeresforscher mit einem Familienleben in Einklang bringen ließ. Immerhin konnte man auf so einem Boot kein Kind großziehen.

Auf den Regalen der Kajüte stapelten sich Tonbänder, die mit *Benny* und verschiedenen Daten markiert waren, in einer Kiste neben dem Bett lagen Fotos von Walen. Ein interessanter Mann, dachte Tess, der jedoch viele Fragen aufwarf.

Als sie Robbies Rufe vernahm, eilte sie zurück an Deck. Aufgeregt wies Robbie gen Horizont, wo in weiter Ferne etwas Riesiges aus dem Wasser ragte.

»Das ist Benny!«, schrie Robbie aus Leibeskräften. »Siehst du die Fontäne, die aus dem Atemloch kommt?«

Tess kniff die Augen zusammen, um zu fokussieren, und erkannte eine lange dünne Wassersäule. Sie wirkte wie ein schmales Rohr, das vom Wasser weit hinauf in die Luft reichte. Sie war sehr weit entfernt, aber sie konnte sie gerade so erkennen, dann verschwand sie mit einem Mal. Als Nächstes hörte sie ein dröhnendes Geräusch, das wie das Horn eines Ozeandampfers klang und die Luft um sie vollkommen zu erfüllen schien. Wieder und wieder erklang das Horn.

»Das ist Bennys Gesang«, rief Robbie. »Hörst du, Mom?«

Das tiefe, brüllende Geräusch nahm kein Ende. Das Tier glich einer riesigen, glänzenden dunklen Masse, einer kleinen Insel mitten im Ozean. Er hatte geradezu etwas Unwirkliches, so unermesslich war der Wal, aber als sie näher an ihn herankamen, sah Tess, wie er sich bewegte. Sein großer Buckelrücken rollte sich ins Wasser und wieder heraus, und dann wusste sie mit Gewissheit, dass es sich um einen Wal handelte, denn er tauchte ab, und seine riesige Schwanzflosse reckte sich aufrecht gen Himmel. Schließlich tauchte er vollständig unter, und Kip folgte den riesigen Umrissen des Wals unter der Wasseroberfläche. Unglaublich, wie schnell das Tier war. Tess konnte seine Größe nicht abschätzen, aber sie war beeindruckend. Dann verschwand der Wal, und Kip steuerte das Boot weiter in derselben Richtung.

Sie suchten den riesigen Ozean nach seiner Spur ab, bis er etwa zwanzig Minuten später wieder auftauchte, und nun machte Tess das unvergleichliche Erlebnis, einen Wal aus nächster Nähe beobachten zu können. Nur wenige Meter von ihnen entfernt glitt er schnell und kraftvoll durch die Wellen, und sie erkannte, wie gigantisch groß er war. Wenn er untertauchte, ragte seine mehrere Meter breite Schwanzflosse hoch in den Himmel hinauf, bevor er unter der Meeresoberfläche verschwand. Dann hob er sich plötzlich in beängstigender Nähe zum Boot aus dem Wasser hoch in die Luft. Sein riesiges Maul öffnete sich. Damit könnte er das gesamte Boot verschlingen, dachte sie, und ihr kam die Geschichte von Jonas und dem Wal in den Sinn.

Doch der Wal hielt ganz still, während das Wasser kaskadenförmig seinen Körper hinunterrann und überall um ihn herumwirbelte und zischte. Sein schwarzer Körper glänzte in der Sonne. Sie sah die dicken Hautfalten und seine riesigen schwarzen Augen. Ihr Herz setzte einen Schlag aus, und sie hielt den Atem an. Sie war bezaubert, gelähmt und elektrisiert zugleich. Schon im nächsten Augenblick könnten sie von seinem mächtigen Körper zerschmettert werden. Aber wie durch ein Wunder hielt der Wal nicht auf sie zu, sondern drehte sich erstaunlich behände in der Luft und warf sich in die andere Richtung ins Wasser. Sie wurden mit Meerwasser bespritzt und lachten alle drei lauthals los.

»Unglaublich!«, schrie Tess.

»Hab ich dir doch gesagt«, rief Robbie zurück.

Gebannt sah Tess zu, wie der Wal erneut aufstieg und diesmal eine nahezu zehn Meter hohe Fontäne aus seinem Atemloch spritzte. Es war ein riesiger Geysir. Die Gischt war so dicht, dass sie über dem Tier hing und mehrere Augenblicke lang wie eine Wolke in der Luft schwebte. So kühl die Luft auch sein mochte, schien die Sonne doch stark genug, um einen leuchtenden Regenbogen in der feuchten Atemluft des Wals erscheinen zu lassen. Der feine Nebel war erfüllt von überwältigenden Farben, die Smaragden und Rubinen glichen, wie von Gottes Hand selbst gemalt.

Der Wal tauchte erneut unter und wieder auf und glitt dicht neben dem Boot her, bis er auf einmal Robbie anblickte. Dieser stand dem Leviathan nun von Angesicht zu Angesicht gegenüber, und es sah aus, als würde ihm das Tier direkt in die Augen sehen. Als Robbie sich so weit über den Bootsrand streckte, wie er konnte, trat Tess rasch zu ihm, um ihn festzuhalten. So reichte sein Arm gerade eben weit genug, und seine kleine Hand strich über den Riesen, und das Tier neigte den Kopf. Tess zog ihn erschrocken vom Rand des Boots fort und hielt ihn fest umklammert. Aber Robbie wand sich aus ihrem Griff und fasste den ganz ruhig und langsam am Boot entlangschwimmenden Wal erneut an. Dem Tier schien Robbies Annäherung zu gefallen, und Robbie gluckste und lachte vor Freude.

»Er mag mich. Er mag mich.«

Der Wal hätte sie im Bruchteil einer Sekunde zum Kentern bringen können, aber er nahm sich in Acht und schien ausgesprochen interessiert an ihnen. Er schwamm ein paar Meter davon und tauchte erneut unter, und von seiner Schwanzflosse tropfte das in der Sonne glänzende Salzwasser wie tausende funkelnder Diamanten. Das Tier war atemberaubend schön. Es in seiner natürlichen Umgebung zu sehen, in der Ruhe eines stillen, eisigen und doch frühlingshaften Nachmittags mitten auf dem Atlantischen Ozean, meilenweit von allem entfernt, war ein einmaliges Erlebnis, das sie niemals vergessen würde.

Tess begriff es. Sie verstand nun, weshalb Kip diese Tiere liebte. Vielleicht verliebte sie sich selbst gerade ein bisschen.

Die dicke, dunkle Haut des Wals und sein breiter Körperumfang, die gekräuselten Falten und kugeligen Knötchen auf seinem Kopf, seine herzförmige schwarzweiße Schwanzflosse waren schlicht ein Geniestreich der Natur. Er war flink und bewegte sich trotz seiner Größe mit einmaliger Anmut. Und die Lebensfreude, die er verströmte, während er schwamm und tauchte, sich drehte und wendete, hatte sie alle in ihren Bann gezogen. Atemlos sahen die drei zu, wie er eine regelrechte Vorstellung für sie gab, mit ihnen spielte und dabei selbst einen Riesenspaß hatte.

Und dann begann der Wal zu singen. Zuerst hörten sie ein leises Stöhnen, das sich zu einem lauten Brüllen steigerte. Sein Stimmumfang war riesig, die Hochfrequenztöne erfüllten die Luft, als schmetterte die gesamte Trompeten- und Piccoloflötensektion eines Orchesters. Obwohl sie von nichts als Wasser umgeben waren, schien sein Gesang von überall her widerzuhallen. Dann senkte er die Stimme und klang wie ein Fagott oder eine Tuba, dann wieder begann er zu klicken und klappern. Kip eilte in die Kajüte hinunter und kehrte mit zwei Koffern zurück, die er öffnete und sein Aufnahmegerät, zwei Paar Kopfhörer und ein dickes Kabel mit einem Hydrophon am Ende herausnahm. Er schnappte sich das Unterwassermikrophon, entwirrte sein Kabel und ließ es vorsichtig über Bord fallen. Dann gab er einen der Kopfhörer an Robbie weiter, der die Lautstärke an seinem Hörgerät änderte und ihn dann aufsetzte. Kip rückte seinen eigenen zurecht und drückte auf den Tasten seines Rekorders herum. Der Gesang des Wals war so laut, dass Tess kein Mikrophon brauchte, um ihn zu hören. Er erfüllte die ganze Welt mit seinen Klängen.

Zuerst dachte sie, es hörte sich an, als würde der Wal ihr wieder und wieder eine Frage stellen. Sein Refrain hatte etwas Beschwingtes, in seiner Stimmgebung lag eine tiefe Sehnsucht. Tess hatte den Eindruck, als spräche der Wal zu ihr, bäte sie um etwas. Es war ein Wehklagen. Dann folgten quietschende Laute, sanftes Stöhnen und widerhallendes Zirpen. Der Nachklang des um ihn rauschenden Wassers war hypnotisierend. Sie wünschte, sie könnte ihm antworten, ihm sagen, dass er nicht allein auf der Welt war. Auf Tess wirkte er traurig. Er begann wiederholt nacheinander zu pfeifen und zirpen, zu schnurren und jauchzen. Wie ein trompetender Elefant und ein kreischender Affe. Er war wie ein ganzes Orchester, ganz er selbst, während er zugleich so viele andere zu imitieren schien. Wie war das überhaupt möglich?

Dabei tauchte der Wal immer wieder sanft unter, um dann elegant die Wasseroberfläche zu durchbrechen wie ein gigantischer Balletttänzer. Nie tauchte er tiefer als eineinhalb Meter, und sein Gesang war die ganze Zeit kristallklar zu vernehmen. Erst machte er knirschende Geräusche wie eine riesige mechanische Uhr, die geölt werden musste, und seine Stimme knarrte und quietschte. Dann klagte und schluchzte er, als würde er weinen. Er schien dieselben Laute immer wieder zu wiederholen, und schließlich war Tess in der Lage, ein Muster in seinem Lied zu erkennen. Er dehnte ein Stöhnen aus und ließ darauf wieder und wieder ein Pfeifen folgen. Sein Lied musste ein Trauergesang sein. Aber für wen? Sein Klang war voluminös und golden, nun wurden seine Töne sanfter und leiser, und sie musste gut hinhören, um sie noch wahrzunehmen. Seine Stimme trieb langsam davon, und irgendwann war es still. Der Ozean wurde ganz ruhig. Sie lauschte ihm nach, aber nach ein paar Minuten stellte sie mit einem Blick aufs Meer fest, dass er fort war.

Geh nicht, komm zurück, dachte sie.

In diesem Augenblick wurde sie des Wetterwechsels gewahr, im Bruchteil einer Sekunde waren in der Ferne dunkle Wolken aufgetaucht, die sich vor die Sonne schoben. Der Wind begann um sie herum zu peitschen. Kip zog seine Ausrüstung an Bord und verpackte sie, woraufhin Robbie sie in die Kajüte hinunterbrachte. Kip ergriff das Steuer und lenkte das Boot in die Richtung, aus der sie gekommen waren. Die Segel blähten und bauschten sich, und ihr Flattern donnerte laut.

»Das Wetter schlägt wirklich schnell um«, rief Robbie, als er wieder an Deck war.

»Kip, sollten wir vielleicht nach Montauk zurückkehren? Wir wollen doch nicht in einen Sturm geraten«, meinte Tess.

Kip zeigte Robbie seinen ausgestreckten Daumen.

»Aber ein andermal können wir nach Block Island fahren, oder?«, bettelte Robbie.

Kip nickte lächelnd.

»Das würde mir auch gefallen, Kip. Haben Sie jetzt vielleicht Hunger?«, fragte Tess.

Sie fuhren vor den dunklen Wolken davon, und das Wetter hielt sich. Der starke Wind half ihnen, rasch wieder Fahrt aufzunehmen in Richtung Küste. Tess stellte an Deck alles für ein Picknick bereit, und sie und Robbie mampften vor sich hin, während die Sonne am Himmel tiefer sank. Kip nahm nur ein Sandwich, das er am Steuer aß. Er stand mit dem Rücken zu ihr, die Sonnenstrahlen brachten sein blondes Haar zum Leuchten und umrahmten seinen Körper. Sie dachte, dass dieser Mann hierher gehörte, aufs Meer, und wünschte sich, sie könne sich ihrer selbst ebenso sicher sein wie er. Sie trat zu ihm.

»Ich verstehe, weshalb Sie das Meer lieben«, sagte sie zu Kip, während Robbie es sich am Bug des Schiffes bequem gemacht hatte. »Es ist eine Welt für sich. Als ich vorhin unten in der Kajüte war, habe ich die Fotos auf dem Tisch gesehen. Sind das Ihre Frau und Ihr Kind?«

»Ja, das sind Hannah und Liam«, sagte er. »Sie sind in London.«

»Es muss schwer sein, so weit weg von ihnen zu arbeiten und so lange getrennt zu sein«, sagte Tess. »Kinder werden schnell groß, und sie verändern sich ständig. Manchmal kann ich es selbst nicht glauben, dass Robbie schon neun Jahre alt ist. Wie alt ist Ihr Sohn?«

»Er ist fast zwei.«

»Ein wunderbares Alter, allerdings halten sie einen auch gut auf Trab.«

»Ja«, sagte er. »Aber jedes Alter birgt Herausforderungen in sich, nicht wahr? Für Ihren Sohn muss es schwer sein, seinen Vater verloren zu haben. Ein Junge braucht einen Vater zum Großwerden. Man sieht ihm an, wie er leidet.«

»Die Zeit heilt alle Wunden. Heißt es nicht so? Ich muss

zugeben, dass ich es langsam bezweifle«, erwiderte Tess bitter. »Diese Sache ist nicht nur schlimm wegen Adams Tod.«

»Vielleicht ist das Meer jetzt für Sie beide der beste Ort, an dem Sie sein können«, sagte Kip. »Hier kann man manchmal alles hinter sich lassen.«

»Ehrlich gesagt jagt mir der Ozean ein wenig Angst ein.«

»Wir alle entstammen dem Meer. Es ist ein Teil von uns. Wie können Sie sich davor fürchten?«

»Ich bin es einfach nicht gewöhnt. Aber ich gebe mir Mühe. Ich würde alles tun und überall hingehen, damit Robbie glücklich ist.«

»Ich weiß. Und ihm wird das auch irgendwann klarwerden.«

»Es ist ehrfurchtgebietend hier draußen. Diese Weite ist überwältigend. Ich fühle mich winzig«, sagte Tess. »So verletzlich.«

»Oft habe ich das Gefühl, dass es mir nur hier gelingt, die Dinge in die rechte Perspektive zu rücken«, sagte Kip. »Wenn man einmal über das Meer gesegelt ist, verblasst im Vergleich dazu vieles und scheint so nebensächlich.«

»Aber gelebt wird an Land«, sagte Tess.

»Schsch, sehen Sie?« Er wies zum Himmel hinauf. »Leise. Nicht denken. Nicht reden.«

Über ihnen erstrahlte alles in leuchtenden Farben. Der riesige orangefarbene Ball der Sonne versank langsam im dunklen Meer. Goldene Sonnenstrahlen fächerten sich auf, als tanzte ein riesiger Paillettenteppich auf dem Wasser. Hoch oben am Himmel, der noch nicht ganz dunkel geworden war, konnte sie die blassen Umrisse einer perfekten Mondsichel erkennen, deren scharfe Enden sich bogen wie eine Messerklinge. Sogar die weit über ihnen funkelnden Sterne waren zu sehen. Sie wollte zu Robbie gehen und ihn umarmen, hielt sich aber zurück. Lass es für heute gut sein, dachte sie. In weiter Ferne konnte sie die Küste und den Leuchtturm von Montauk ausmachen. Sie wünschte fast, sie könnte einfach für immer auf Kips Boot bleiben.

Kapitel FÜNFZEHN

Mit Stift und Notizbuch in der Hand folgte Tess ihrem Onkel von Raum zu Raum, um sich einen Überblick über den Zustand des Motels zu verschaffen. Es war niederschmetternd. In ihrer Freude, wieder hier zu sein, hatte sie zuvor nicht wahrgenommen, wie heruntergekommen das Motel wirkte, wenn man genauer hinsah. Generationen von Gästen, die raue Witterung, der Staub des täglichen Lebens und vor allem die Zeit hatten ihre Spuren hinterlassen. Spinnweben in den Fensterrahmen waren noch das Harmloseste.

»Durch diese Tagesdecken kann man schon hindurchgucken, wir brauchen auf jeden Fall neue«, sagte sie. »Die Teppiche sind auch unbrauchbar. Sie sind voller Wasserflecken, das muss alles raus.«

»Tess, das wird ein Vermögen kosten«, sagte Ike.

»Und diesen abgestandenen Zigarettenrauch müssen wir aus den Zimmern herausbekommen«, ließ sie sich nicht beirren. »Aber bevor wir neu streichen können, müssen wir alles rausräumen und schrubben, die Wände neu verputzen und die Elektrik modernisieren. Hier entspricht nichts den Bauvorschriften. Gibt es wenigstens Rauchmelder?«

Inzwischen war Ike derjenige, der Tess folgte. Als sie die Tür zu einem der Gästezimmer öffnen wollte, fiel der Türgriff zu Boden.

»Also bevor wir uns Gedanken über Teppiche und den ganzen anderen Kram machen, sollten wir uns vergewissern, dass man rein- und rauskommt«, stellte sie trocken fest.

Bekümmert sah Ike zu, wie sie Punkt um Punkt notierte. »Tessie, wie viel wird uns das kosten?«, fragte er.

»Mach dir darum keine Sorgen. Wir werden das sorgfältig kalkulieren und nicht mehr ausgeben, als nötig ist. Der größte Posten werden vermutlich die Möbel wie etwa die Betten sein. Aber früher habe ich auch alles, was ich brauchte, auf Flohmärkten zusammengesucht. Das werde ich einfach wieder tun. Und für die Dekoration wird uns das Meer Muscheln und Treibholz liefern.«

Es gab noch so viel zu tun. Würde sie halten können, was sie versprochen hatte? Oder hatte sie sich mit ihrem Plan, das Motel auf Vordermann zu bringen, übernommen? Was wusste sie schon davon, was es bedeutete, ein solches Haus zu führen? Doch tief in ihrem Innersten vertraute sie diesem Ort, und wenn es ihr nur gelänge, zu ihrer alten Kraft und Energie zurückzufinden, würde sie es schaffen können. Ließe sich doch nur Rita überzeugen, ihnen zu helfen. Andererseits konnte Tess verstehen, dass sie mit ihrem Erscheinen Ritas Pläne durchkreuzte – und das, nachdem sie selbst sich jahrelang nicht um ihren Onkel gekümmert hatte. Längst hatte sie begriffen, dass Rita nur darauf wartete, sie scheitern zu sehen und Ike doch noch zum Verkaufen überreden zu können. Aber das würde nicht passieren. Was es auch kosten würde, Tess würde diese Familie fortan zusammenhalten.

Was ihre Wohnsituation anging, saß Tess inzwischen auf glühenden Kohlen. Wenn sie das Haus an der Fort Pond Bay nicht bekäme, wüsste sie nicht, woher sie ein echtes Zuhause für Robbie und sich zaubern sollte. Ike hatte ihr vorgeschlagen, die Scheune in ein kleines Cottage umzubauen, aber das würde Monate in Anspruch nehmen. Und so lange könnte Robbie nicht warten. Was ihr Sohn jetzt brauchte, waren Geborgenheit und ein Rückzugsort, zumindest dessen war sich Tess sicher. Ein Cottage mochte zwar eine gute Idee sein, um das Motel zu erweitern, doch es war keine Lösung für ihr Wohnungsproblem. Sie hatte gehofft, noch vor Beginn der Renovierungsarbeiten umziehen zu können, aber nun wohnten sie immer noch dort. Sie und Ike hatten sich inzwischen auf ein Budget für den Umbau verständigt, und er hatte einige der jungen Kerle, die bei Rita jobbten, angeheuert, das Motel auszuräumen und zu entkernen. Nur Robbies und ihr Zimmer waren noch unberührt, alles andere war schon auseinandergenommen und wartete darauf, umgebaut zu werden.

Es war ein wenig milder geworden, aber der Februar, der morgen beginnen würde, wäre der schlimmste Monat des Jahres in Montauk. Die Schulglocke ertönte, die Kinder strömten in alle Richtungen aus dem Gebäude. Sie erinnerten sie an Vollblüter beim Hindernisrennen, die gar nicht schnell genug losgaloppieren konnten. Tess hielt nach Robbie Ausschau und sah ihn schließlich als Letzten hinter den anderen her aus der Schule trotten. Der Reißverschluss seiner Jacke war nicht geschlossen, sie flatterte im Wind. Er trug weder seine Handschuhe noch seine Mütze. Neben ihm lief ein kleines Mädchen mit lebhaftem Gesichtsausdruck, das Robbie jedoch ignorierte. Mit ihrer hellgrünen Brille, die farblich auf ihren Schulranzen, ihren Gürtel und ihre Turnschuhe abgestimmt war, einem leuchtend roten Mantel und dazu passender Mütze hatte sie einen ganz eigenen, unverwechselbaren Stil, der Tess zum Lächeln brachte. Ihr kastanienbraunes Haar war zu zwei Zöpfen geflochten, ihr niedliches herzförmiges Gesicht zierten um die kecke kleine Nase herum ein paar Sommersprossen.

Als Tess sich vorstellte, streckte ihr das Mädchen selbstbewusst die Hand entgegen.

»Ich bin Eleanor Parker und gehe in Robbies Klasse. Wir sind Partner im Naturkundeunterricht. Wir schneiden zusammen einen Frosch auf.«

»Wirklich? Das traut ihr euch?«

»Klar. Wenn ich groß bin, werde ich Meeresbiologin und Tierärztin.«

»Da hast du dir ja einiges vorgenommen, Eleanor.«

»Ich werde mich auf Seehunde spezialisieren. Unsere Klasse wird beim nächsten Klassenausflug ins Marine Center einen geretteten Seehundwelpen adoptieren. Darf Robbie dorthin mitkommen?«

»Das klingt spannend, oder Robbie? Natürlich kann er mitkommen«, sagte Tess.

»Mir sind die blöden Seehunde und Schildkröten egal. Mich interessieren nur Wale«, entgegnete Robbie.

»Immer schön freundlich bleiben«, ermahnte ihn Tess. »Um das Verhalten der Wale zu verstehen, wirst du dich auch mit allen anderen Meeresbewohnern beschäftigen müssen. Und du magst doch Tiere.«

»Du solltest mitkommen und dir zeigen lassen, wie wir die Robben am Strand retten«, schlug Eleanor vor. »Sie sind so niedlich, und wir lernen, wie man mit ihnen in Gefangenschaft umgehen muss, damit sie später wieder freigelassen werden können. Ich gehöre zur Junior-Strandaufsicht von Montauk, jetzt schon im dritten Jahr. Wir laufen am Strand entlang, um nach verletzten Tieren Ausschau zu halten, oder sammeln Spenden für sie. Wenn du magst, kannst du mitmachen. Wir brauchen immer Freiwillige. Ganz besonders im Sommer.«

»So lange werde ich gar nicht hier sein«, wehrte Robbie ab und stolperte zum Auto.

»Du kannst es dir noch überlegen«, rief Eleanor ihm hinterher.

»Nimm es ihm nicht übel, er ist bloß …«, setzte Tess an.

»Ich weiß schon«, sagte das Mädchen.

»Du verstehst es?«

»Miss Gibson hat uns erzählt, dass Robbies Vater umgebracht wurde. Er muss sehr traurig sein.«

»Robbie könnte eine Freundin hier gut gebrauchen, Eleanor. Es ist nicht leicht, der Neue in der Stadt zu sein.«

»Ich mag Robbie, auch wenn er sich komisch benimmt. Hat mich gefreut, Sie kennenzulernen, Mrs. Harding.«

»Mich auch, Eleanor.«

Das Mädchen ging mit geradem Rücken und hoch erhobenem Kopf den Hügel hinunter. Ihr farbenfrohes Outfit zeugte wirklich von einem ganz eigenen Geschmack – und von viel Selbstbewusstsein. Tess stieg zu Robbie in den Wagen und fuhr los.

»Das war nicht gerade nett von dir, dabei scheint Eleanor doch ganz in Ordnung zu sein«, sagte sie. »Wie war es sonst in der Schule?«

Doch Robbie reagierte nicht. Er hatte seine Hörgeräte abgenommen und sich ganz in das Buch vertieft, das er in der Bibliothek geliehen hatte.

»Robbie!« Sie tippte ihn an und gebärdete ihm, die Hörgeräte wieder aufzusetzen. Sie wollte sich nicht schon wieder auf dieses Spiel einlassen. Missmutig fügte er sich. »Kannst du mir sagen, was ihr heute in der Schule gemacht habt?«

»Nichts.«

»Das ist keine Antwort«, seufzte sie. »Ich dachte, wir fahren kurz zu Green's, um Farben fürs Motel auszusuchen.«

»Ich will nicht mit. Bring mich ins Motel zurück.«

»Los, komm schon mit«, bat sie ihn. Doch vergebens.

»Bring mich ins Motel, bitte«, sagte er.

Immerhin redete er überhaupt wieder mit ihr. Und er machte in der Schule gut mit und erledigte seine Hausaufgaben. Alles andere brauchte noch Zeit. Sie wusste, wie tief ihn der Verlust seines Vaters erschütterte, und selbst wenn er in seiner Trauer schon Fortschritte gemacht hatte, lag noch ein langer Weg vor ihm – vor ihnen beiden. Sie sagte sich, dass es in dieser Situation unangebracht wäre, sein rüdes Benehmen zu kritisieren, selbst wenn das bedeutete, dass sie einen Eiertanz um ihn aufführte. Das würde sie wohl oder übel noch länger in Kauf nehmen müssen, er war einfach noch zu labil. Wenn er erst einmal wieder sein Gleichgewicht gefunden und sein Selbstbewusstsein aufgebaut hätte, würde sie schon dafür sorgen, dass er sich ihr und auch allen anderen gegenüber vernünftig benahm. Sie beschloss, ihn fürs Erste in Frieden zu lassen, solange er nicht wieder fortlief oder völlig durchdrehte.

Nachdem sie ihn beim Motel abgesetzt hatte, fuhr sie allein zu Green's, wo es nur eine kleine Auswahl an Farben gab, kaum mehr als die Grundfarben. Also entschied sie sich, die Nuancen, die sie brauchte, selbst anzumischen, und wählte Weiß, Blau, Grün, Gelb und Rosa. Die schweren Farbtöpfe und das ganze Zubehör zum Streichen würde am nächsten Tag geliefert werden, und damit begänne die nächste Phase der Renovierung. Zufrieden sagte sie sich, dass es voranging.

Beim Hinausgehen fiel ihr Blick auf ein strahlend blaues Rennrad. Es war perfekt für einen Jungen in Robbies Alter, fast schien sein Name darauf zu stehen. Damit könnte er die Gegend auf eigene Faust entdecken. Tess war sich sicher, dass ihm das gefiele. Ohne zu zögern oder nachzusehen, was es kostete, nahm sie das Rad, griff noch einen passenden Helm aus dem Regal und schob damit zur Kasse. Die Kassiererin war so begeistert von der Idee, einen Jungen mit dem Rad zu überraschen, dass sie noch rotes Schleifenband holte und um den Lenker wickelte.

Tess verstaute das Rad im Wagen, und da es schon spät war, als sie beim Motel ankam, beschloss sie, es erst einmal in der Scheune unterzustellen und Robbie am nächsten Tag nach der Schule damit zu überraschen.

Nachdem ihre Einkäufe geliefert worden waren und sich die Farbtöpfe in der Bar türmten, holte Tess das Fahrrad aus der Scheune und zeigte es Ike.

»Ein Prachtstück«, meinte er anerkennend.

»Ich hoffe so sehr, dass es ihm Freude macht«, sagte sie.

»Warum machst du dir Sorgen? Den Jungen möchte ich sehen, der sich nicht über eine solche Rennmaschine freut.«

»Hoffen wir das Beste«, sagte sie. »Es ist an der Zeit, dass ich ihn abhole. Ich werde das Rad oben in sein Zimmer stellen. Sag ihm nichts, es soll eine Überraschung sein.«

»Ich kann schweigen«, sagte Ike.

Tess war so gespannt, dass sie auf dem Rückweg von der Schule kaum an sich halten konnte. Wie immer verzog Robbie sich sofort nach ihrer Ankunft am Motel in sein Zimmer. Während Tess ihm normalerweise folgte und versuchte, mit ihm zu reden, ihm etwas zu essen oder Hilfe bei den Hausaufgaben anbot, ließ sie ihn heute in Ruhe und ging stattdessen in die Bar, um seine Reaktion abzuwarten.

Mit zusammengepressten Lippen beobachtete sie unruhig, wie Ike hinter der Bar aufräumte. Er trat zu ihr und strich ihr sanft über den Kopf.

»Das wird schon, Tessie. Du tust alles, was eine Mutter tun kann.«

»Es tut weh, ihn so zu sehen«, sagte sie. »Manchmal habe ich das Gefühl, dass mich nicht nur Adam verlassen hat.«

Die Minuten vergingen. Immer verzweifelter wartete sie darauf, ihren Sohn die Treppe herunterstürmen zu hören. Doch er kam nicht. Sagte ihr nicht, wie sehr er sich freute. Wie sehr ihm das Rad gefiel. Wie lieb er sie hatte. Nun war er schon eine Viertelstunde oben. Schließlich konnte sie ihre Enttäuschung nicht länger verbergen. Mit Tränen in den Augen sah sie Ike an.

»Vielleicht ist er längst draußen und macht eine Spritztour?«, fragte er.

»Vielleicht. Ich sehe nach.«

Sie stand auf und ging hinauf in sein Zimmer. Robbie saß mit Kopfhörern auf den Ohren auf dem Bett und las ein Buch. Nachdem sie schon eine Weile im Türrahmen gestanden hatte, blickte er endlich auf. Das Rad lehnte an der Wand, genau an der Stelle, wo sie es abgestellt hatte.

Traurigkeit übermannte sie. Sie wusste sich einfach nicht zu helfen – alles, was sie unternahm, um ihren Sohn aus dem Schneckenhaus zu locken, in das er sich zurückgezogen hatte, schien verkehrt zu sein.

»Robbie«, sagte sie. »Gefällt dir das Rad nicht?«

Er zuckte mit den Schultern. »Stör mich nicht. Ich mache Hausaufgaben.«

Kapitel SECHZEHN

In Jeans, einem alten T-Shirt von Ike und den neuen Turnschuhen, die sie sich in Christophers Laden besorgt hatte, stemmte Tess den ersten Farbeimer auf. Ein knalliges Blau strahlte ihr entgegen, ein ganzer Raum in diesem Farbton wäre unerträglich, nun kam es auf die richtige Mischung an. Sie öffnete den Eimer mit der weißen Farbe, die dickflüssig wie Lava langsam herausquoll. Auf einem Blech vermischte sie Weiß mit dem Blau, bis ein sanfter Farbton entstand.

Sie steckte eine Farbrolle auf einen Stab und nahm die Arbeit auf, von der sie hoffte, dass sie die beste Medizin für sie wäre. Die Verletzung vom Vortag saß tief, sie konnte nicht vergessen, wie sehr ihr Robbies Ablehnung weh getan hatte. Sie hatte so sehr gehofft, ihrem Sohn ein Lächeln abringen, vielleicht sogar mit ihm über seine Gefühle reden zu können. Er hätte sich doch über das Rad freuen müssen, dachte sie, trotz allem hätte es ihm doch etwas bedeuten müssen. Aber er nahm ihre Annäherungsversuche gar nicht zur Kenntnis. Tat einfach, als wäre sie nicht da. Womöglich würde er sie nie wieder an sich heranlassen? Vielleicht bliebe seine Beziehung zu ihr für immer verändert. Sie hatte gelesen, dass Kinder den überlebenden Elternteil oftmals unterbewusst für den Tod des anderen verantwortlich machten und dass manche ihr Leben lang Feindseligkeit gegenüber diesem Elternteil hegten. Vielleicht sollte sie einmal mit Kip darüber sprechen. Er schien der

Einzige zu sein, der zu Robbie durchdrang. Womöglich könnte er ihr helfen, ihm wieder näherzukommen.

In der Zwischenzeit wäre diese Arbeit die beste Ablenkung. Doch sie musste größenwahnsinnig gewesen sein, die Lieferung der ersten Betten und Schränke für die nächste Woche anzuberaumen. Sie liebte Herausforderungen, aber um das Motel bis dahin komplett neu gestrichen zu haben, würde sie rund um die Uhr arbeiten müssen.

Schon bald machte sich bemerkbar, dass sie seit Monaten keinen Sport mehr getrieben hatte. Die körperliche Anstrengung tat gut, aber ihre Arme und ihr Rücken würden sie am nächsten Tag wahrscheinlich umbringen, und ihr Haar hing ihr in feuchten Strähnen in die Augen.

»Schau mal, wen ich dir zum Helfen mitgebracht habe, Tessie«, hörte sie auf einmal Ike hinter sich sagen.

Sie drehte sich um und erblickte überrascht einen großen, kräftigen jungen Mann in Shorts und einem Hawaii-Shirt.

»Hey, wie geht's? Ich bin Jimmy. Vielleicht könnten Sie ein bisschen Hilfe gebrauchen.«

»Das ist wahrscheinlich die Untertreibung des Jahrhunderts«, sagte sie.

Da ihre Hände voller Farbe waren, streckte sie die rechte in die Luft und tat so, als würde sie die Hand des jungen Mannes schütteln.

Um seine braunen Augen bildeten sich Lachfältchen, seine Lippen verzogen sich zu einem komischen Lächeln. Tess fiel auf, dass er tatsächlich errötete, dazu zeigten sich niedliche Grübchen auf seinen Wangen. Er musste mindestens zehn Jahre jünger sein als sie. Er senkte den Blick und strich sein strubbeliges braunes Haar mit einer anrührenden Geste zurück. So attraktiv und charmant, wie er war, erinnerte er Tess an Ike als jungen Mann.

»Sieh doch nur, Tessie, du hast deine Turnschuhe ruiniert«, stellte Ike fest.

Sie sah auf ihre mit Farbe bespritzten Schuhe hinunter, die tatsächlich ziemlich bunt geworden waren. Allerdings fand sie sie nun viel hübscher als vorher. Farbspritzer und -kleckse hatten ein eigenes Design kreiert, das ziemlich psychedelisch wirkte und an die Sechziger erinnerte.

»Meine neueste Kreation«, meinte sie lachend. Sie musste an die Federköder aus Christophers Laden denken und nahm sich vor, sie an die Schnürsenkel zu binden.

Kopfschüttelnd stimmte Ike in ihr Lachen ein. »Dann lasse ich euch mal allein. Denkt daran, dass die Möbel in vier Tagen geliefert werden, keine Zeit für Trödelei also. Und in zwei Monaten wollen wir eröffnen.«

»Wie könnte ich das vergessen?«, meinte Tess. »Ich muss verrückt gewesen sein.«

»Selbst schuld, kann ich da nur sagen. War alles deine Idee«, sagte Ike trocken. »Ich bestelle lieber schon mal die Getränke für die Eröffnungsparty. Bis später.«

»Müsste doch zu schaffen sein, diese paar Zimmer im Handumdrehen gestrichen zu haben«, sagte Jimmy. Dann zog er zu Tess' Erstaunen erst einmal sein Hemd aus, nahm sich einen Farbroller und machte sich daran, die Decke an der Stelle weiterzustreichen, wo Tess' Arme versagt hatten. Als er ihren Blick bemerkte, sagte er entschuldigend: »Tut mir leid, aber das Hemd ist neu.«

»Kein Problem … Sie konnten ja nicht ahnen, dass Sie hier streichen sollen. Danke für Ihre Hilfe jedenfalls«, stotterte sie und kam nicht umhin, seinen Oberkörper anzustarren. Es war ziemlich lange her, dass sie einen entblößten Männerkörper zum Greifen nahe vor sich gehabt hatte, und auf seine jungenhafte Weise sah dieser Jimmy wirklich gut aus.

»Es ist wirklich nett, dass Sie Ihrem Onkel helfen, das Motel wieder instand zu setzen. Ich helfe Ihnen gern, und es freut mich, dass Ike sich entschieden hat, sein Land nicht zu verkaufen«, sagte er. »Es ist lange her, dass ich ihn so zufrieden gesehen habe.«

»Stammen Sie auch von hier?«, fragte sie.

»Ich bin hier aufgewachsen, aber in den letzten Jahren bin ich viel um die Welt gereist. Habe mein Geld mit Surfen auf Bali und Hawaii und in Thailand verdient.«

»Das klingt ziemlich paradiesisch.«

»Das war es auch. Aber wenn man sich auf die Suche nach der besten Welle macht, wird man vermutlich nie ankommen. Diese Reise ist so endlos wie das Meer. Und jetzt werde ich eine Weile aussetzen.«

»Warum das?«, fragte sie.

»Meine Familie. Ich muss mich um meine Eltern kümmern. Sie haben mich erst sehr spät bekommen, und nun werden sie langsam alt. Sie sind gesund und viel unterwegs, aber ich habe das Gefühl, dass es an der Zeit ist, in ihrer Nähe zu bleiben, statt am anderen Ende der Welt zu leben. Sie würden mich nie darum bitten, aber ich möchte für sie da sein.«

»Hört sich an, als wären Sie ein guter Sohn.«

Sie fragte sich, ob Robbie sich wohl um sie kümmern würde, wenn sie alt würde, und bezweifelte es. Plötzlich kam der ganze Kummer der letzten Tage hoch, und sie konnte nichts dagegen tun, dass ihre Augen feucht wurden. Sie wollte nicht vor jemandem weinen, den sie gerade erst kennengelernt hatte, konnte ihren Schmerz jedoch nicht zurückhalten.

»Was ist los?«

»Nichts.«

»Ike hat mir erzählt, weshalb Sie hier rausgekommen sind. Mein aufrichtiges Beileid.«

»Ich musste nur gerade an meinen Sohn denken«, erklärte Tess. »Ich glaube nicht, dass er noch etwas mit mir zu tun haben will, wenn er älter wird. Er ist so voller Wut auf mich und gibt mir die Schuld am Tod seines Vaters. Aber er redet nicht mit mir darüber. Der Einzige, mit dem er spricht, ist dieser Meeresbiologe, mit dem er jetzt ab und zu segeln geht. Was mich angeht, habe ich manchmal das Gefühl, dass er mich regelrecht hasst.«

»Sie sind seine Mutter. Er kann Sie gar nicht hassen. Aber manchmal kann man mit den Menschen, die einem am nächsten sind, am schlechtesten reden. Hauptsache, er spricht überhaupt mit jemandem, und solange er das mit diesem Segler tut, ist doch alles gut.«

Er zog ein buntes Taschentuch aus seiner Hosentasche, sie nahm es dankbar entgegen und trocknete sich die Augen.

»Glauben Sie?«

»Ich bin selbst ein Sohn. Ich weiß es. Er braucht nur Zeit.«

»Ich hoffe es.«

Mit Jimmys Hilfe gingen die Arbeiten im Motel besser voran als befürchtet, und bald darauf erhielt Tess Nachricht wegen des Hauses an der Fort Pond Bay. Widerstrebend informierte Rita sie, der Besitzer habe nun zugestimmt, ihr das Haus zu vermieten, allerdings nur, wenn sie es für ein ganzes Jahr nehmen würde. Die Miete war akzeptabel, und womöglich gäbe es später sogar die Option, das Haus zu kaufen. Rita wiederholte immer wieder, sie könne kaum glauben, dass der Besitzer sein Kinderverbot und andere Bedingungen aufgehoben habe, und machte deutlich, das sei nicht ihr Verdienst gewesen. Ike berichtete Tess jedoch voller Stolz, wie seine Freundin alle Hebel in Bewegung gesetzt habe, um den Besitzer dazu zu bringen, Tess das Haus zu überlassen. Er meinte, Rita wolle Tess nicht das Gefühl vermitteln, dass sie ihr irgendetwas schuldig sei, so sei sie nun einmal. Tess glaubte keine Sekunde daran. Ihr Onkel war bis über beide Ohren in Rita verliebt und sah sie durch eine rosarote Brille, aber wie es auch geschehen sein mochte, Tess freute sich über die Maßen. Diese Neuigkeit war das Beste, was ihr seit Monaten widerfahren war. Für das nächste Jahr zu wissen, wo sie und Robbie bleiben würden, und sich keine Sorgen machen zu müssen, war eine große Erleichterung. Sogar Robbie wirkte einigermaßen erfreut und sprach nur noch davon, dass er segeln lernen und an Kips Seite Wale erforschen würde. Aus welchem Grund auch immer er in Montauk bleiben wollte – es war ihr recht. Sein plötzliches Interesse an Kip und den Walen kam zwar etwas uberraschend, doch die Begegnung mit dem Meeresriesen hatte ja auch sie selbst nachhaltig beeindruckt. Immer wieder musste sie an dieses einmalige Erlebnis zurückdenken, an die Angst, die sie beim Anblick des Tieres verspürt, und den Frieden, den sie dabei zugleich empfunden hatte.

Erschöpft standen Tess und Jimmy vor dem letzten Zimmer, das noch auf frische Farbe gewartet hatte. Die weißgetünchten Bodendielen ließen im Haus eine ganz neue Atmosphäre entstehen, die durch die weiß und blau gestrichenen Wände abgerundet wurde. Alles strahlte und wirkte hell und einladend. Bis auf ein paar Kleinigkeiten hatten sie es geschafft, alles fertigzubekommen, bevor die Möbel geliefert wurden, wenngleich es ein Kraftakt gewesen war. Ohne nachzudenken, lehnte sich Tess an Jimmy, der sie sogleich in den Arm nahm. Es war so entspannend, einfach nur dazustehen und durchzuatmen. Doch als sie auf ihre Uhr sah, schrak sie auf.

»Himmel, es ist halb fünf Uhr morgens! In ein paar Stunden muss ich Robbie zur Schule bringen.«

»Was hältst du von Frühstück?«, fragte Jimmy. »Ich könnte uns ein paar Eier braten. Du könntest doch bestimmt auch was zu essen vertragen.«

»Ich sterbe vor Hunger.«

»Na dann los«, sagte Jimmy.

Er verschloss noch den letzten Farbeimer und spülte die Rollen aus, dann gingen sie in die Bar hinüber. Der Tag brach an, und die ersten Lichtstrahlen bahnten sich ihren Weg durch den nachtschwarzen Himmel. Er nahm ihre Hand, als wäre es das Natürlichste der Welt, und sie ließ sich von ihm über den Hof führen. Es war kühl, doch die frische Luft tat gut. Eine leichte Brise wehte vom Meer herüber, das glatt und still vor ihnen lag und in den rosafarbenen Schein des Morgenlichts getaucht wurde.

»Ich bin um die ganze Welt gereist, doch einen Ort wie diesen habe ich nicht gefunden«, sagte er und lächelte sie an.

Sie betraten die Bar. Tess setzte sich und konnte ihre Augen nicht vom Meer abwenden. Sein Anblick hatte etwas Erhabenes, und sie verlor sich in dem sanften Funkeln des Lichts auf dem Wasser. Ihre Lider wurden schwer, sie ließ den Kopf auf die Arme sinken und glitt in einen leichten Schlummer, aus dem sie erst erwachte, als Jimmy sie an die Schulter fasste und einen Becher Kaffee vor sie stellte. Er hatte Eier, Toast und frisch gepressten Orangensaft gemacht und einen Obstteller angerichtet. Nachdem er sich auch einen Kaffee geholt hatte, setzte er sich neben sie.

»Greif zu«, sagte er.

Ein gutes Frühstück wie dieses war genau das, was sie brauchte, um diesen Morgen zu überstehen und Robbie zur Schule bringen zu können. Sie und Jimmy verabredeten sich für den frühen Nachmittag, um die letzten Arbeiten zu erledigen. Vorher besorgte sie noch eine Flasche Champagner, um mit Ike und Jimmy auf den vollendeten Umbau anzustoßen. Sie konnte es kaum erwarten, die Möbellieferung in Empfang zu nehmen, und die Vorfreude darauf, das Motel in seinem neuen Glanz zu erleben, verlieh ihr wieder Energie. Doch als sie sich umgezogen hatte und in ihren Arbeitsklamotten Jimmy entgegentrat, war sofort klar, dass etwas nicht stimmte.

»Was ist los?«, fragte sie.

»Sieh nur.« Er zeigte auf den Fußboden des letzten Zimmers auf dem Flur.

Tess blickte zu Boden, auf die frisch gestrichenen Dielen, auf denen nun unverkennbar Robbies kleine Fußabdrücke in zartem Hellblau leuchteten. Einmal quer durchs Zimmer und zurück. Er musste es in der Früh, noch vor der Schule, getan haben. Ob er es mit Absicht getan hatte? Hatte er wirklich versucht, ihre ganze Arbeit zunichte zu machen? Sie müssten alles neu streichen, und die Möbel kämen bald. Wut stieg in ihr auf. Und schon wollte sich die Verzweiflung in ihr Bahn brechen, dass ihr Sohn ihr das tatsächlich angetan hatte. Doch dann merkte sie auf. Sie sah genauer hin. Diese Tapser hatten eine gewisse Leichtigkeit, ihr merkwürdiges Muster war etwas Besonderes, was ihr eigentlich gefiel. Es war genau die Art von Augenzwinkern, die ihr bei der neuen stilisierten Gestaltung der Räume noch gefehlt hatte.

Während Jimmy niedergeschmettert auf den Boden starrte, konnte sie nicht mehr an sich halten und brach in Gelächter aus. Robbie war ein kleiner Teufel, aber wie würde er wohl reagieren, wenn er für seinen Sabotageakt keinen Ärger von ihr bekäme, sondern sogar gelobt würde?

»Unglaublich!«, keuchte sie.

»Ich ziehe die Farbe wieder ab und streiche den Boden neu«, sagte Jimmy. »Es tut mir so leid.«

»Wag es bloß nicht! Das müssen wir überall machen. Es ist perfekt«, rief Tess.

»Du machst Witze.«

»Ich meine es ernst. Lass uns in jedem Zimmer Fußspuren in einer anderen Farbe hinterlassen. Ich finde die Idee toll – ganz im Ernst. Ich habe ein Auge für so etwas. Wieso bin ich nicht selbst darauf gekommen?«

»Ich dachte, der Boden wäre ruiniert.«

»Mein Sohn hat sich geschnitten, wenn er denkt, dass er uns damit die Laune verderben kann. Und die Kids, die hier bald übernachten werden, werden es lieben. Es hat etwas von Tanzschritten, findest du nicht?«

»Ich bin kein großer Tänzer.«

»Ich zeige dir, was ich meine.« Sie lächelte ihn an. »Zieh deine Schuhe aus.«

Tess tauchte ihre Füße in die blaue Farbe und machte ein paar vorsichtige Drehungen, wobei ihre Füße unregelmäßige Kreisspuren auf dem Boden hinterließen.

»Alles klar?«

»Ich denke schon.« Er lächelte zurück.

Und dann hob er Tess einfach hoch und trug sie in den nächsten Raum, wo er seine Füße ebenfalls in Farbe eintauchte.

»Probieren wir's aus«, sagte er.

Und sie tanzten.

Dann war der Tag ihres Umzugs gekommen.

»Kommt, wir machen ein Bild«, rief Rita. »Na los, Ike, Tess, Jimmy.«

»Wo ist Robbie?«, fragte Tess. Keiner wusste es. »Wartet kurz. Ich suche ihn.«

Auf ihre Rufe nach ihm erhielt sie keine Antwort. Sie eilte hinaus in den Garten und dann in die Bar. Keine Spur von Robbie. Dann rannte sie den Flur des Motels entlang und fand ihn schließlich auf seinem Bett, wo er die Kopfhörer aufgesetzt hatte und nichts mitbekam außer den Walgesängen, denen er lauschte.

»Komm! Wir machen alle zusammen ein Foto, und danach geht es rüber in unser Haus.«

Tess hatte den Tag ihres Umzugs herbeigesehnt, er war für sie ein so starkes Symbol ihres Neubeginns. Doch nun musste sie zur Kenntnis nehmen, dass ihr Sohn immer noch jeglichen Augenkontakt mit ihr vermied und offenkundig noch lange nicht bereit war, neu anzufangen. Sie bedeutete ihm mit einer Geste, er solle die Kopfhörer abnehmen.

»Zeit zum Aufbruch. Aber zuerst machen wir ein Bild mit den anderen.«

Robbie sah kaum zu ihr hoch, doch immerhin folgte er ihr. Wie sehr sie sich nach seiner Zuneigung von einst sehnte. Der Gedanke daran, wie anders ihr Umgang damals gewesen war, wie nahe sie sich gewesen waren, versetzte ihr einen Stich. Früher hatte er mit seinen großen blauen Augen zu ihr aufgeschaut und nie den Blick von ihr abgewandt, wenn sie zu Hause war. Als sie wieder anfing zu arbeiten, fiel ihr die Trennung ebenso schwer wie ihm. Ihn bei einem Babysitter zu lassen brach ihr das Herz. In jenen ersten Wochen hörte sie seine Schreie nach ihr bis hinter die Wohnungstür und den ganzen Weg hinunter mit dem Fahrstuhl. Und wenn sie abends von der Arbeit nach Hause kam, war er überglücklich und wich nicht mehr von ihrer Seite. Überallhin trug sie ihn auf der Hüfte bei sich, und er liebte es, mit seinen kleinen, stets klebrigen Fingern in ihrem Haar herumzuspielen und ihr Gesicht zu betasten. Später hatte diese körperliche Verbundenheit natürlich abgenommen, und als sie und Adam die Rollen getauscht hatten und er sich überwiegend um Robbie kümmerte, war er naturgemäß auch bald seine erste Bezugsperson geworden. Dennoch war ihr Verhältnis zu ihrem Sohn immer innig und vertraut geblieben. Bis zu Adams Tod.

»Kommt schon«, rief Rita. »Tess, Robbie, stellt euch links und rechts neben Ike, genau so. Lindy, Diesel, schaut zu mir. Jimmy, stell dich auch dazu.«

An den Bäumen zeigten sich die ersten Knospen, und aus der dunkelbraunen Erde spross winziges Grün. Bald würden die Blumenbeete erblühen. Die Triebe würden nicht lange brauchen, um zu farbenprächtigen Tulpen und Sonnenblumen heranzuwachsen. Die eisige Kälte hatte sich endlich verzogen, der Frühling stand eindeutig in den Startlöchern. Wenn das Wetter einmal umschlug, leuchtete diese Landschaft bald in üppigem Grün. Der Wandel der Jahreszeiten verlief in Montauk viel plötzlicher und spürbarer als in der Stadt. Noch trugen alle Stiefel und mehrere Schichten übereinander, aber schon wartete die Sonne darauf, das Zepter zu übernehmen. Rita stellte das Objektiv scharf, und als alle lächelnd zu ihr blickten, drückte sie ab.

»Ein schönes Bild, wie ihr da zusammen steht«, sagte sie, und dann lächelte sie Tess an. Zumindest sie schien ihre Meinung über Tess' und Robbies Aufenthalt langsam zu ändern.

Die Sonne schien so hell, dass es blendete, vom Meer wehte eine berauschend frische Brise herauf. Einladend erstrahlte das Sunset Motel in neuem Glanz. Ein leuchtend roter Schriftzug und der frische Anstrich verliehen der Fassade ein ganz neues, reizendes Antlitz. Sie hatten sich auf Grau mit weißen Kanten geeinigt, genauso wie es früher ausgesehen hatte.

Mit Ike, Tess und Jimmy im Schlepptau machte Rita nun einen Rundgang durchs ganze Haus. Alle warteten gespannt auf ihre Reaktion, aber sie war schweigsam und nahm sich Zeit, jedes einzelne Zimmer, die neu renovierte Bar und die makellos saubere, frisch gestrichene Küche zu begutachten.

»Sehen Sie sich mal unsere Website an«, meinte Jimmy und klappte den Laptop auf dem Tresen auf.

Rita blickte erstaunt auf. »Eure – was?«, fragte sie.

»Heutzutage hat doch jeder eine Website. Wir haben sogar einen Facebook- und einen Twitter-Account«, erklärte Ike.

»Es ist seltsam, das Wort Twitter aus deinem Mund zu hören, Ike«, sagte Rita. Sie umrundete den Küchentresen und spähte über Jimmys Schulter auf die Website, die zwar schlicht, aber gut und ansprechend gestaltet war.

»Tess hat sie entworfen«, fügte Jimmy hinzu. »Wir haben schon die ersten Reservierungen. Die Woche vor dem Memorial Day ist beinahe ausgebucht.«

»Ist das nicht großartig? Auch unsere Bestellungen erledigen wir jetzt online. Wir haben die Weinkarte erneuert und die Kellnerinnen entsprechend geschult. Die neuen Speisekarten sind beim Drucker in Auftrag gegeben, am Freitag hole ich sie ab. Wir haben es geschafft, Rita, meinst du nicht?« Er schnappte sie sich und tanzte mit ihr durch die Küche. »Ich bin glücklich, Liebling. Ich kann den Beginn der Saison kaum erwarten.«

»Ich hätte nie geglaubt, dass ihr das alles zustande bringen würdet. Und ich gebe zu, es ist wundervoll geworden«, sagte Rita.

Ike drückte sie fest an sich. »Ich habe dir doch gesagt, dass unsere Tessie ein Genie ist.«

»Eigentlich gebührt Jimmy aller Dank. Ohne ihn hätte ich es niemals geschafft«, fügte Tess hinzu.

Jimmy wurde knallrot und grinste verlegen.

»So könntest du diesen Sommer tatsächlich eine Chance haben«, räumte Rita ein.

Ike nahm sie noch fester in den Arm und gab ihr einen Kuss. »Habe ich dir doch gesagt.«

»Es gibt noch immer viel zu tun«, fuhr Tess fort. »Was wir wirklich brauchen, ist erstklassiges Essen, das uns in der Gegend wieder bekannt macht.«

»Jimmy sollte unser neuer Koch werden, findet ihr nicht? Dieser Eintopf, den du uns neulich mitgebracht hast, war wieder einmal köstlich«, sagte Ike. »Und das ist genau die Art von traditionellem Essen für Leib und Seele, die zu diesem Ort und zu uns passt. Ich meine es ernst. Was hältst du davon?«

Jimmy wusste kaum, wie ihm geschah. Doch er nickte. »Abgemacht!«

»Eine gute Wahl. Aber es wäre auch schön, wenn Rita ihr Know-how beisteuern könnte«, sagte Tess und lächelte.

»Ich habe Ihnen schon ein Zuhause beschafft, Tess. Fordern Sie Ihr Glück nicht heraus«, warnte Rita sie.

Jimmy hatte in der Zwischenzeit ihre restlichen Koffer und Kisten aus dem Haus getragen und auf Ikes Pick-up verstaut. Zuletzt band er noch Robbies neues Fahrrad fest.

»Wir treffen uns dort. Fahrt uns einfach hinterher«, rief Rita vom Fahrersitz ihres Autos.

»Ich weiß, wo es langgeht«, sagte Ike.

»Okay. Alles klar, Tess?«

»Ja, ich bin bereit.«

Als sie sich noch ein letztes Mal umdrehte und aufs Motel zurückschaute, fiel ihr Blick auf Jimmy, und ihr wurde warm ums Herz. Mit ihm zu arbeiten hatte ihr solche Freude bereitet. Sie hatte sich so jung und sorglos gefühlt, als wäre sie wieder ein junges Mädchen. Er lächelte und zwinkerte ihr zu.

»Sobald wir uns eingerichtet haben, musst du zum Abendessen vorbeikommen. Ich kann dir gar nicht genug danken, und ich freue mich sehr, dass du als Koch Teil dieses Ganzen werden sollst. Es war toll, mit dir zu arbeiten, Jimmy.«

»Bist du sicher, dass ich dir nicht beim Einzug helfen soll?«

»Du hast schon mehr als genug für uns getan.«

»Kann es losgehen?«, drängte Rita.

Tess kletterte in den Wagen, und sie fuhren los. Im Rückspiegel konnte sie erkennen, dass Jimmy auf sein Motorrad gesprungen war und ihnen trotzdem folgte.

»Ich glaube, wir haben einen neuen Freund gefunden«, sagte Tess leise vor sich hin.

Doch Rita hatte sie sehr wohl verstanden.

»Jimmy ist mehr als ein Freund, Tess«, sagte sie trocken. »Er ist ein Mann.«

Dann reichte sie ihr die Schlüssel für ihr neues Haus, die Tess fest umklammert hielt. Sie fuhren die holprige Straße bis zum Old Montauk Highway. Der Tag hätte nicht strahlender sein können, die Sonne schien, und das Meer glitzerte. Sie brauchten kaum mehr als zehn Minuten, um vom Motel zur Industrial Road zu gelangen, und dann waren sie auch schon da. Ihr neues Heim. Jimmy bestand darauf, alle Kisten und Koffer hineinzutragen, und brachte sie sogar bis hinauf in Tess' und Robbies Schlafzimmer. Das Haus schien ihr heute noch hübscher und gemütlicher, als sie es in Erinnerung hatte. Robbie fing sofort an, auszupacken und den Raum zu seinem eigenen zu machen.

Zufrieden beobachtete Ike, wie emsig der Junge seine Sachen im Zimmer verteilte. Dann zog er etwas aus einer Tasche. Er hatte Robbie den Traumfänger mitgebracht, den er ihm zu Weihnachten geschenkt hatte.

»Ich dachte mir, dass du ihn vielleicht jetzt gebrauchen

kannst. Wenn du willst, hänge ich ihn für dich auf«, sagte er, worauf Robbie nickte. »In diesem Zimmer wirst du keine einzige Nacht schlecht schlafen.«

Auf dem Couchtisch im Wohnzimmer stand ein großer Strauß Margeriten, deren Anblick Tess dazu brachte, sich einen Moment Zeit zu nehmen, die Aussicht und die Atmosphäre des lichtdurchfluteten Raumes auf sich wirken zu lassen. Dann betraten Ike und Rita den Raum mit einer Flasche Sekt und ein paar Gläsern. Ike entkorkte die Flasche, schenkte ihnen ein, und sie stießen an.

»Auf die Neuanfänge«, sagte Ike. »Rita, nimm Tessie doch mal mit zu deinem Yogakurs und stell sie ein paar deiner Freundinnen aus dem Ort vor.«

»Ich bin mir nicht sicher, ob Tess sich für Yoga interessiert«, sagte Rita. »Das ist nicht für jeden das Richtige.«

»Du erzählst doch immer, wie wohltuend es sei«, erwiderte Ike.

»Wieso kommst du dann nicht mit, Ike?«, fragte Rita.

»Der war gut«, sagte er.

»Ich habe noch nie Yoga gemacht. Ich hätte auch gar nichts zum Anziehen«, erwiderte Tess.

»Rita hat einen größeren Kleiderschrank als Cher. Du könntest ihr etwas leihen, oder, Liebling?«, sagte Ike.

»Wahrscheinlich. Wenn Sie wirklich Lust haben, können Sie morgen Abend um sechs bei mir im Restaurant vorbeischauen. Dann gehen wir zusammen hin.«

»Ich glaube, ich muss mir erst noch darüber klarwerden, ob ich schon bereit dafür bin. Also, ich meine nicht das Yoga, sondern …« – sie holte Luft – »neue Leute treffen, den nächsten Schritt machen eben«, sagte Tess.

»Der Kurs beginnt um Punkt halb sieben. Wenn Sie da sind, sind Sie da. Wenn nicht, dann nicht. Machen Sie sich nicht allzu viele Gedanken«, antwortete Rita. »Kommen Sie einfach, wenn Ihnen danach ist.«

»In Ordnung.«

»Geh hin, Tessie«, sagte Ike. »Es wird dir Spaß machen, und du wirst dort ein paar nette Frauen treffen.«

Als sie sich an diesem Abend in ihrem neuen Haus schlafen legte, die zerlesene Ausgabe von »Stolz und Vorurteil«, die sie mit fünfzehn zum ersten Mal gelesen hatte, neben sich auf dem Nachttisch, überkam sie mit einem Mal eine Welle der Geborgenheit. Es war ein so starkes, überwältigendes Gefühl, dass sie es erst gar nicht einzuordnen wusste und einen Moment brauchte, um zu verstehen, was es bedeutete. Sie trat in ihrem wollenen Nachthemd und dicken Socken hinaus auf die Terrasse. Draußen war es kühl, weshalb sie sich eine Decke holte, die sie sich um die Schultern legte, und dann wieder hinausging, um aufs Wasser zu blicken. Es hatte in ihrem Leben viele Orte gegeben, an denen sie gelebt hatte, doch noch nie zuvor hatte sie sich so zu Hause gefühlt. Wie das Leben so spielte. Und wie tragisch und schmerzvoll die Umstände auch gewesen sein mochten, die sie nach Montauk geführt hatten, sie war erleichtert, dass sie ihren Weg hierher zurückgefunden hatte. Trotz Robbies Verschlossenheit glaubte sie fest daran, dass auch seine Wunden an diesem Ort langsam zu heilen beginnen würden. Die Wärme und Verlässlichkeit, mit der Ike sie beide aufgenommen hatte, taten nicht nur Tess gut. Und während sie in der Stadt manchmal Wochen gebraucht hatte, um sich mit den Menschen zu treffen, die ihr nahestanden, war es ihr hier ganz selbstverständlich zur Gewohnheit geworden, ihren Onkel jeden Tag zu besuchen. Auch das Eis zwischen ihr und Rita war gebrochen, und sie begann die resolute Frau ins

Herz zu schließen. Was sie indes gar nicht mehr missen mochte, waren die Begegnungen mit Jimmy. Ihr war bewusst geworden, wie sehr sie sich stets darauf freute, ihn zu sehen.

Sie schlüpfte nach einer Weile wieder unter die dicke Steppdecke ihres behaglichen neuen Betts, schloss die Augen und schlief ein. Tess träumte, sie würde über den Ozean segeln, das Boot raste mit geblähten Segeln durch die Wellen, das Wasser spritzte an Deck. Sie fuhr weit davon und wusste nicht, wohin.

Weder in dieser noch in der darauffolgenden Woche hatte sich Tess mit Rita getroffen, aber auf Ikes Drängen hin überwand sie sich schließlich, den Yogakurs einmal auszuprobieren. Nun wartete sie am Eingang des Restaurants, während Rita sorgfältig das Bargeld aus der Kasse zählte und in ihr großes Portemonnaie steckte.

»Ich werde meine Entscheidung, den Laden zu verkaufen, nicht bereuen«, sagte sie. »Ich habe es so satt, mich um alles selbst zu kümmern. Und die Vorstellung, in meinem ganzen Leben kein einziges Ei mehr braten zu müssen, macht mich froh.«

»Ich bitte Sie. Sie müssen doch hier sowieso keine Eier braten.«

»Wenn man ein Restaurant besitzt, sollte man besser alles selbst machen können. Heutzutage stehe ich vielleicht nicht mehr oft am Herd, aber jahrelang habe ich es getan. Und wenn der Koch nicht auftaucht, kann ich auf der Stelle für ihn einspringen. Ich kann mir nicht vorstellen, ein Geschäft zu führen, von dem ich nichts verstehe, aber ich will mich nicht beschweren. Die Käufer haben nicht gefeilscht, im Gegenteil. Sie haben am Ende mehr gezahlt, als ich anfangs gefordert hatte.«

»Sie müssen irgendetwas wissen, was Sie nicht wissen«, überlegte Tess.

»Zumindest haben sie das Restaurant im jetzigen Zustand gekauft, und sie übernehmen die ganze Belegschaft. Niemand wird seinen Job verlieren. Ich habe versprochen, noch ein paar Wochen hierzubleiben und ihnen zu zeigen, wie der Laden geführt wird. Stellen Sie sich vor, meine Käufer sind ein erfolgreiches Ehepaar, eine Anwältin und ein Verleger, die ihre Karrieren in der Stadt aufgeben, um hier ein altes Restaurant zu führen.«

»Wahrscheinlich hatten sie genug von der Tretmühle, aus der man sich in der Stadt so schlecht befreien kann.«

»Sie wissen wohl nicht, worauf sie sich hier einlassen. Es mag romantisch scheinen, ein Lokal in einer Kleinstadt zu besitzen, aber wenn man erst ein paarmal die Kotze eines Gastes vom Badezimmerfußboden gewischt hat, vergeht einem die gute Laune. Ich halte sie wirklich für verrückt und kann es kaum erwarten, ihnen die Schlüssel zu überreichen.«

»Nun, schön, dass Sie glücklich damit sind.«

Rita war fertig mit ihrer Abrechnung, zog den Reißverschluss ihrer weißen Daunenjacke hoch und führte sie über die Straße. Die Luft war kühl, aber erfrischend, und Tess bemerkte überrascht, dass der Pavillon hell erleuchtet war. Sie passierten den Kreisverkehr, Green's und das Kino, wo ihr auffiel, dass in der kleinen Lobby jemand die Vitrine und die Popcornmaschine putzte. Dann bogen sie rechts ein und folgten einem leichten Anstieg bis zu einem kleinen Holzhaus mit Meerblick. Auf einem großen bunten Schild lass Tess *Sunshine Bakery and Health Foods* und auf einem kleineren, das vom Fenster des ersten Stocks hing, *Montauk Yoga*. Am Horizont versank gerade die Sonne, und der dunkle königsblaue Himmel stand geradezu in Flammen. Tess bemerkte die Veränderung des Lichts und die Intensität der Farben, die Sonnenuntergänge waren nun schon ganz anders als mitten im Winter.

Sie folgte Rita die schmale Treppe zum Studio hinauf. Am Eingang begrüßte sie hinter einem antiken Tisch mit Schnitzereien eine Frau, die trotz ihres offenkundig hohen Alters jung wirkte. Ihr langes, geflochtenes graues Haar reichte ihr bis über den Hintern, und ihre spindeldürren Beine steckten in winzigen Shorts und waren sehnig und durchtrainiert. Im nächsten Moment sah Tess, dass in der Mitte des Raumes mehrere Frauen auf ihren Köpfen standen. Eine hatte sich ineinander verschlungen wie eine Brezel, die sich nie wieder entknoten zu lassen schien. So etwas würde Tess niemals zustande bringen, und sie wollte es auch gar nicht. Vor einer Wand hingen nebeneinander mehrere dicke Seile, in denen zwei Frauen mit gespreizten Füßen und herabbaumelnden Händen verheddert waren und aussahen, als befänden sie sich mitten in einem bizarren SM-Sexspielchen.

»Sie waren wohl noch nie in einem Iyengar-Studio?«, fragte die Lehrerin lachend, als sie Tess' erstaunten Gesichtsausdruck sah.

»Sarah, das ist Tess, Ikes Nichte. Tess und ihr Junge leben für eine Weile hier draußen«, erklärte Rita.

»Willkommen in meinem Studio. Freut mich, Sie kennenzulernen, Tess. Haben Sie schon einmal Yoga praktiziert?«

»Nein, nein und nochmals nein«, sagte Tess nachdrücklich.

»Keine Sorge. Das ist ein gemischter Kurs. Wir haben hier auch Anfänger.«

»Das sieht aber gar nicht danach aus«, sagte Tess. »Vielleicht sollte ich lieber später wiederkommen und dich abholen, Rita.«

»Auch Sie können Yoga praktizieren. Jeder kann das«, versicherte Sarah ihr.

»Ich kann noch nicht einmal meine Zehen anfassen«, sagte Tess.

»Das brauchen Sie auch nicht. Machen Sie einfach mit, so gut Sie können, und tun Sie nichts, das Ihnen nicht angenehm ist«, erklärte Sarah. »Wann immer Sie das Bedürfnis verspüren, begeben Sie sich einfach in die Stellung des Kindes und ruhen sich aus. Ich zeige es Ihnen.«

Rita schubste Tess beinahe in den Umkleideraum und zog zwei Yoga-Outfits aus ihrer Tasche, eins in Knallgelb, das andere in Neonpink.

»Welches möchten Sie?«, fragte Rita.

In ihrem früheren Leben hätte Tess nie etwas anderes getragen als Schwarz, vor allem, wenn sie sich für irgendeine Art von Training in Sportklamotten warf. Nun ließ sie sich von Rita das gelbe Outfit reichen.

»Das passt super zu Ihrer Haarfarbe, außerdem liebe ich mein pinkfarbenes einfach zu sehr«, meinte Rita.

Tess wollte zuerst in den gelben Gymnastikanzug steigen, worauf Rita in Gelächter ausbrach. »Ziehen Sie erst die Leggings an, Tess.«

Sie versuchte, in die Leggings zu schlüpfen, die ihr vermutlich mit sechs Jahren perfekt gepasst hätte. Gerade so schaffte sie es, hineinzukommen, hatte jedoch das Gefühl, als trüge sie Gummibänder, die ihr das Blut abschnürten. Der enganliegende gelbe Gymnastikanzug schnitt in ihren Hintern ein. Sie quoll an allen Seiten aus ihm hinaus. Sogar ihre Arme wirkten fett. Es war entsetzlich.

»Sie haben einen tollen Körper, Tess. Sie sollten ihn öfter zeigen«, sagte Rita.

Tess betrachtete sich im Spiegel und schämte sich, den Umkleideraum zu verlassen. Ihre Brustwarzen zeichneten sich deutlich ab, sie sah aus wie eine Stripperin.

»Ich kann so nicht rausgehen.«

Rita schob sie durch die Tür.

»Sie sehen großartig aus. Sie können die Klamotten behalten«, sagte sie. Mit ihrer aufgebauschten Mähne und ihren pinkfarbenen Leggings sah sie aus, als wäre sie einer Sechziger-Jahre-Komödie entsprungen. Es fehlte nur noch Rock Hudson an ihrer Seite.

Auf Zehenspitzen bahnten sie sich ihren Weg durch den Trainingsraum zum Regal mit den Decken und anderen Ausrüstungsgegenständen. Zum Glück waren hier alle völlig auf das Yoga konzentriert, niemand starrte Tess an. Doch der riesige Spiegel, der vom Fußboden bis zur Decke reichte, machte es ihr unmöglich, sich zu verstecken. Sie folgte Rita, legte eine Decke auf eine Matte und platzierte zwei Blöcke, einen Gürtel und zwei weitere Decken neben sich. Leider wirkte in Tess' Augen niemand im Raum wie eine Anfängerin. Direkt neben ihnen führte eine schmale weißhaarige Frau einen Kopfstand aus. Sie hatte eine Wahnsinnsfigur für jemanden, der längst keine zwanzig mehr war. Eine andere balancierte tatsächlich auf ihren Ellbogen. Eine junge Mutter und ihre kleine Tochter in farblich abgestimmten Yogahosen saßen im Schneidersitz. Das kleine Mädchen mit den dicken Brillengläsern und den Zöpfen lächelte ihr zu und winkte. Es war die Kleine aus Robbies Klasse.

»Rita, ich glaube, ich bin eher auf dem Niveau eines Kleinkindkurses. Für mich wirken hier alle so fortgeschritten.«

»Bei uns gibt es keinen Wettstreit. Entspannen Sie sich einfach und fühlen Sie sich wohl. Dafür ist dieser Kurs da, und es tut einem einfach gut. Hier stellt sich meine innere Uhr richtig ein, wenn Sie verstehen, was ich meine.«

»Wie konnte ich mich nur dazu überreden lassen. Sie werden sich für mich schämen, das verspreche ich.«

Rita lächelte und legte sich einen Finger an die Lippen: »Schsch. Genießen Sie es einfach, und denken Sie nicht an die anderen.«

»Sie haben leicht reden.«

Sarah dimmte das Licht und schritt an der Vorderseite des Raumes auf und ab. Sie sprach mit leiser Stimme und verwendete so viele Sanskrit-Begriffe, dass Tess ihr unmöglich folgen konnte. Der Unterricht begann mit tiefem Ein- und Ausatmen, und als Tess sich dabei im Spiegel entdeckte, sah sie aus, als wäre sie schwanger. Sie war kurz davor, in Tränen auszubrechen. Wieso hatte sie sich auf diese Idee eingelassen? Schon die ersten Positionen erwiesen sich als Herausforderung für sie. Sie sah, wie die anderen die Beine mit gebeugten Knien spreizten, den Oberkörper drehten und die Arme zu den Seiten ausstreckten, und Tess gab ihr Bestes, doch als Sarah zu ihr kam und die Position ihrer Füße korrigierte, fiel sie einfach um. Sie kam sich so dumm vor. Sie hatte geglaubt, sie habe emotionale Probleme, dass auch ihr Körper völlig aus dem Lot geraten zu sein schien, war ihr gar nicht bewusst gewesen. Dafür wurde es ihr jetzt umso deutlicher vor Augen geführt.

»Rücken hoch«, befahl Sarah und hob tatsächlich ihren Torso mit einer Hand an. Für die Kobra konnte sie zumindest auf dem Bauch liegen. Aber als Sarah sie instruierte, in den herabschauenden Hund zu gehen und den Po nach oben zu strecken, vernahm sie ein Reißen. Und schon schnellte ihr Gymnastikanzug auseinander und rollte sich bis zum Hals auf. Rita brauchte eine Sekunde, um zu begreifen, was geschehen war und dass Tess nun mit nacktem Oberkörper vor ihr stand, dann brach sie in hysterisches Gelächter aus. Tess sackte zu Boden, und die beiden rollten sich brüllend vor Lachen, bis ihnen die Tränen in die Augen traten.

»Sie sind unschlagbar«, rief Rita.

»Ich schätze, damit ist die Stunde wohl zu Ende«, rügte Sarah sie.

Alle räumten still ihre Matten und anderen Utensilien weg, nur Tess huschte rasch in den Umkleideraum und schlüpfte in ihre normalen Sachen, raus aus diesen unseligen Klamotten. Sie wollte so schnell wie möglich fort von hier. Doch die anderen Frauen bestanden darauf, sie zu begrüßen und sich vorzustellen.

»Mrs. Harding, das hier ist meine Mutter, Mary Sue Parker. Mommy, das ist Robbies Mutter«, hörte sie dann auch noch Eleanors zarte Stimme.

Mary Sue Parker, eine erwachsene Version ihrer Tochter, die eine Brille im selben Stil trug, streckte ihr die Hand entgegen. »Eleanor spricht die ganze Zeit über nur von Robbie.«

»Es ist mir so unangenehm. Ich fürchte, ich habe mich vollkommen zum Narren gemacht«, erwiderte Tess.

»Sie bekommen eine Eins fürs Bemühen, Mrs. Harding«, sagte Eleanor.

»Nächstes Mal wird es einfacher«, sagte Rita.

»Ich bin mir nicht sicher, ob es ein nächstes Mal geben wird«, sagte Tess.

»Oh, wir werden Sie sicher nicht nach einer einzigen Unterrichtsstunde aufgeben lassen«, entgegnete Mary Sue. »Ich habe ein Jahr gebraucht, bis ich in die Kriegerstellung gehen konnte.«

Die Frauen waren allesamt offen und herzlich. Sie luden sie zu allen möglichen Veranstaltungen ein, erzählten ihr von ihrem Strickkreis und schienen sie in alles involvieren zu wollen. Hatte sie sich einer Kirchengemeinde angeschlossen? War sie schon auf einem Elternabend gewesen? Buk sie gern? Was machte Robbie während der Frühlingsferien? Sie plauderten miteinander, tauschten sich über dies und das aus, bis es Zeit zu gehen war.

Aus ihrer Kindheit kannte Tess Montauk als einen Ort, an den man in den Sommerferien fuhr und wo es nichts anderes zu tun gab, als zu schwimmen, zu essen und trinken und sich zu entspannen. Aber inzwischen hatte sich das kleine Fischerdorf grundlegend verwandelt, nun gab es hier Vielfalt und kulturelle Angebote, Yoga und tausend Möglichkeiten, und vor allem lebten hier nette, interessante Menschen.

Als Tess nach Hause kam, warf sie ihre Tasche ab und eilte die Treppe hoch. Sie klopfte an Robbies Tür: »Darf ich reinkommen?«

Erst als er ihr antwortete, betrat sie sein neues Zimmer. Er hatte noch nicht alles ausgepackt, halb war er eingezogen, halb blieb er zur Abreise bereit. Aus geöffneten großen Pappkartons quollen Kleidungsstücke, Bücher, elektronische Geräte und alles, was ein gut ausgestatteter Neunjähriger noch so hatte. Freudig überrascht stellte sie jedoch fest, dass er seine Tuba aus ihrem Koffer befreit und auf dem Notenständer Notenblätter ausgebreitet hatte.

»Hast du vor zu üben?«, fragte Tess hoffnungsvoll.

»Ja.«

»Wie schön, Robbie.« Tess hätte ihn am liebsten umarmt, doch sie hielt sich zurück.

Er setzte sich auf den Stuhl, nahm das schwere Instrument in seine dünnen Arme und spielte ihr ein paar Noten vor.

»Klingt gut. Hast du Lust, morgen mit mir einkaufen zu gehen? Vielleicht können wir ein paar Behälter und Regale besorgen, in denen du deine Sachen verstauen kannst? Ich muss ein paar Erledigungen machen und würde dir gern den sprechenden Papagei im Laden von Christopher Charles zeigen. Der ist wirklich toll.«

»Ich mag keine Vögel, und du hast gesagt, wir fahren nach dem Sommer wieder. Ich werde nicht alles auspacken, nur um es kurz darauf wieder einpacken zu müssen. Das wäre blöd.«

»Möchtest du denn nicht, dass dein Zimmer ordentlich und gemütlich ist?«

Robbie blies ein paar tiefe Töne auf seinem Instrument und kehrte ihr den Rücken zu. Schließlich ließ sie ihn allein und ging in ihr Zimmer hinüber, das schmetternde Leitmotiv seiner Tuba im Ohr. Robbie mochte hier den Schmerz seines Verlusts noch lange nicht überwunden haben, aber er spielte wieder, das war ein großer Schritt nach vorn.

Sie selbst hatte lediglich drei ihrer Kisten noch nicht ausgepackt, die allesamt mit Schuhen gefüllt waren. Vorsichtig holte sie ein Paar nach dem anderen hervor und reihte sie vor einer Wand auf, insgesamt waren es über vierzig. Die roten Echsenleder-Stilettos von jenem Abend, an dem sie zur Designerin des Jahres gewählt worden war, die braunen Krokodilleder-Loafers von ihrem Fotoshooting fürs *New York Times Sunday Magazine*. Die schwarzen Lackleder-Pumps waren ein Geschenk der legendären Ferragamos zu ihrem dreißigsten Geburtstag gewesen, und um die limettengrünen Ballerinas hatten sie im letzten Frühjahr am Elternsprechtag alle Mütter beneidet. Tess konnte so viele vergangene Momente in ihrer Erinnerung wieder zum Leben erwecken, wenn sie nur die Schuhe betrachtete, die sie dabei getragen hatte. Sie griff nach den leuchtenden lilafarbenen Wildlederstiefeln mit Reißverschlüssen und Fransen aus dem vorletzten Winter und befühlte das weiche Leder. Wie wunderschön sie waren. Sie zog ihre Jeans aus, schlüpfte in die Schuhe und zog die Reißverschlüsse zu. Das butterweiche Wildleder auf ihren nackten Beinen fühlte sich himmlisch an. Sie betrachtete sich im Ganzkörperspiegel und sah eine hübsche Frau in einem Herrenhemd aus

Baumwolle und sexy Stiefeln. Sie mochte ihren Körper in den letzten Monaten vernachlässigt haben, aber war sie nicht immer noch attraktiv? Weshalb nur war Adam fremdgegangen? Wieso hatte ihr Mann sie betrogen?

Und da waren sie plötzlich, wie eine stumme Anklage. Die grauen Wildleder-Pumps, die sie getragen hatte, als die Polizei ihr Adams Sachen überreicht hatte, und die Highheels, die sie bei der Beerdigung angehabt hatte, weckten unschöne Erinnerungen. Sie fand auch die weißen Leder-Plateauschuhe und die silbernen Sandalen aus ihrem Urlaub in der Karibik im letzten Winter. Die blauen Straußenleder-Cowboystiefel, die Plateauschuhe mit Fesselriemchen in Pfirsich-Metallic und die hochhackigen Schnürstiefel aus schwarzer Spitze. Jedes dieser Paar Schuhe weckte lebhafte Erinnerungen an Adam, an all das, was sie gemeinsam erlebt hatten, da sie seine Lieblingsmodelle gewesen waren. Und diese exquisiten Spitzenstiefel hatte sie tatsächlich getragen, als sie sich zum letzten Mal geliebt hatten. Wie lange war das her? Zu lange hatte sie ihren Schuhkollektionen mehr Zeit gewidmet als ihrem Ehemann, und am Ende bewunderte er nur noch, was sie erschuf, hatte jedoch seine Liebe zu ihr verloren. Als wären sie allesamt verseucht mit schlechter Energie, warf sie die Schuhe in eine Tüte, rannte aus dem Haus und schleuderte sie in die Mülltonne, die am nächsten Morgen geleert werden würde. Es war eiskalt, und sie bekam Gänsehaut. Sie lief wieder nach drinnen, aber dort angekommen, hatte sie das Gefühl, dass ihre wunderschönen Kreationen, über denen sie mit solcher Hingabe gebrütet hatte, aus der Mülltonne nach ihr riefen.

Also eilte sie zurück, fischte die Tüte aus der Tonne und riss sie auf, als müsste sie ihren Schuhen Luft zum Atmen geben. Die Fesselriemchen glitzerten metallisch im Schein der

Lichter aus dem Haus. Wo würde sie jemals wieder ein solches Paar Schuhe finden? Nirgends. Sie waren wie Dorothys rubinrote Schuhchen. Sie schnappte sich das Paar zusammen mit den Ferragamo-Pumps und den weißen Leder-Plateauschuhen und wollte zurück ins Haus treten, stellte jedoch fest, dass sie sich ausgesperrt hatte. Erst nachdem sie eine ganze Weile gegen die Tür gehämmert und geklingelt hatte, öffnete ihr Robbie. Ihre Beine waren rot vor Kälte.

»Du hast keine Hose an?«

»Und es ist eiskalt hier draußen. Ich habe ein Glas zerbrochen und wollte die Scherben wegbringen, bevor sich einer von uns beiden daran schneidet.«

»Wieso hast du dann diese Schuhe in der Hand?«

»Wollte nur ein paar alte Sachen loswerden.«

Sie war die schlechteste Lügnerin auf der Welt. Sie brachte die Schuhe zurück in ihr Zimmer, legte sie aufs Bett und starrte sie an. Diese Ferragamos hatte Adam ihr bei einem Geburtstagsessen in einem noblen Restaurant unter dem Tisch von den Füßen gestreift. Er hatte nach ihren Zehen getastet, ihre Fesseln mit der Hand umschlossen und sich dann zentimeterweise ihre Beine hochgearbeitet, bis der Kellner sie mit dem Champagner unterbrochen hatte. Sie warf sie zu Boden. In den weißen Plateauschuhen hatte sie auf Barbados mit Adam die ganze Nacht hindurch unter Sternen getanzt, wie sollte sie sie je wieder tragen? Tess sammelte alle Schuhe auf und rannte erneut nach unten, hievte sie in die Mülltonne und machte den Deckel fest zu. Unmöglich konnte sie mit diesen Erinnerungen an ihr verlorenes Glück leben. Dann zog sie ihre Jeans und dicke Socken an und holte die farbbekleckstes psychedelischen Turnschuhe mit den darangeknüpften Federködern hervor. Bei ihrem Anblick musste sie lächeln. Diese Schuhe waren neu. Sie verkörperten nicht die Vergangenheit, nichts, was ihr genommen worden war, sondern erinnerten sie an den Beginn ihres Neuanfangs hier, daran, wie sie gemeinsam mit Jimmy das Motel renoviert hatte und wie viel Spaß sie dabei gehabt hatten.

Kapitel SIEBZEHN

»Meine Damen, drei Fischer begegnen einer Meerjungfrau. Sie gewährt jedem von ihnen einen Wunsch, also sagt der erste Fischer: ›Verdoppele meinen IQ‹. Und das tut die Meerjungfrau, und zu seiner Überraschung rezitiert er plötzlich Shakespeare. Dann sagt der zweite Fischer: ›Verdreifache meinen IQ‹, und die Meerjungfrau tut es, worauf er mathematische Rätsel löst, von deren Existenz er zuvor noch nicht einmal gewusst hat. Der dritte Fischer ist so beeindruckt, dass er die Meerjungfrau bittet, seinen IQ zu vervierfachen. Die Meerjungfrau fragt ihn: ›Sind Sie sich ganz sicher? Das wird Ihr ganzes Leben verändern!‹«

Christophers Timing war tadellos, dachte Tess bei sich. Gekonnt spielte er mit der Aufmerksamkeit seiner Zuhörerinnen.

»›Ja‹, sagt der Fischer«, fuhr Christopher fort. »Also verwandelt die Meerjungfrau ihn in eine Frau …«

»*In eine Frau, in eine Frau!*«, wiederholte Petra, die auf seiner Schulter saß.

Fünf Damen mittleren Alters, die in ihren edlen engen Hosen in Eiscremefarben und darauf abgestimmten gesteppten Lederjacken aussahen, als kämen sie direkt aus Manhattan, schenkten dem Erzähler ihre ungeteilte Aufmerksamkeit. Der Duft von Chanel No. 5 hing schwer in der Luft, sie hatten mit ihrer Präsenz den ganzen Laden eingenommen. Tess waren sofort die teuren Highheels aufgefallen, die sie alle trugen. Zwischen den Angelruten, Ködern und Haken wirkten sie völlig fehl am Platz, was ihrer Laune jedoch keinen Abbruch tat.

Tess und Robbie beobachteten, wie Christopher und Petra die Kundinnen mit ihrem abwechselnd gehaltenen Vortrag beeindruckten.

»Ich habe dir doch gesagt, dass der Vogel einmalig ist«, flüsterte Tess Robbie zu.

»Kann sein. Ich gehe in die Bücherei«, meinte er und verließ den Laden.

Robbie konnte einen zur Weißglut treiben. Sie war sich sicher, dass ihn der Vogel interessierte, aber er behauptete das Gegenteil, nur um sie zu provozieren. Sie versuchte, die Gedanken an ihn zu verdrängen und es einfach zu genießen, den Ladeninhaber und seinen Vogel in Aktion zu erleben.

»Wir sind Freundinnen seit der Highschool«, erklärte gerade eine der Damen Christopher. »Können Sie sich das vorstellen? Seit dreißig Jahren kennen wir uns, und gerade feiern wir unser alljährliches Wiedersehenstreffen. Erst hatten wir einen Tag im Spa gebucht, aber das ist ja überall dasselbe. Stattdessen wollten wir diesmal angeln gehen. Im Hotel wurde uns gesagt, die Ausflugsboote fahren erst ab Mai, oder könnten Sie vielleicht etwas für uns arrangieren?«

Die Frauen schlenderten durch den Laden, probierten die Strohhüte auf und durchstöberten den Modeschmuck. Tess beneidete sie. Sie hatte im Laufe der Jahre nie solch einen Kreis guter Freundinnen gehabt, keine feste Clique, die sich seit Schultagen kannte. Sie war immer zu beschäftigt damit gewesen, zu arbeiten oder sich um Robbie und Adam zu kümmern. Und Nia, die einzige enge Freundin, die sie gehabt hatte, würde von nun an kein Teil ihres Lebens mehr sein. Mehr als alles andere schmerzte in diesem Moment der Verlust ihrer Mutter, die wie eine Schwester für sie gewesen war. Aber sie war schon lange tot. Und war Tess vielleicht mittlerweile zu alt, um neue Freundschaften zu knüpfen? Mit all ihrem Erfolg und all ihren Privilegien im Leben hatte sie auf dem Bereich der Frauenfreundschaften vollkommen versagt, was ihr in den letzten Wochen erst richtig bewusst geworden war. Sie hatte niemanden, mit dem sie lachen, sich albern aufführen und Spaß haben konnte, keine Freundinnen, bei denen sie sich ausheulen oder denen sie die Dinge anvertrauen konnte, die sie bewegten. Und keine Freundinnen, die sie brauchten.

»Meine Damen, ich kann die *Montauk Mermaid* für Sie chartern, die würde morgen früh um sechs Uhr ablegen. Es wird alles an Bord sein, was Sie benötigen, Lebendköder inklusive, und meine Jungs werden Ihnen zeigen, was Sie zu tun haben. Ist nicht schwer. Köder dran, Schnur versenken und abwarten, dabei ein Bier trinken oder was immer Sie mögen«, sagte Christopher. »Ziehen Sie sich warm an. Auf dem Meer ist es immer noch ziemlich frisch. Einverstanden?«

»Ein ganzes Boot nur für uns, großartig!«, riefen sie im Chor. »Das nehmen wir.«

Eine von ihnen, eine große Blonde mit Pferdeschwanz, wandte sich an Tess.

»Sie kommen mir bekannt vor. Wo habe ich Sie bloß schon einmal gesehen? Im Fernsehen?«, fragte sie. »Oh, jetzt hab ich's! Sie sind Tess Harding. Vor zwei Jahren war ich bei Ihrer Show bei Bergdorf's. Ich besitze drei Paar Schuhe von Ihnen. Tess Harding! Ich kann gar nicht glauben, dass ich Sie hier in Montauk treffe. Ich habe ein Paar Pumps aus schwarzem Lackleder von Ihnen.«

»Ihre Sneakers sind ja toll«, rief eine andere. »Schaut nur, seht euch diese Schuhe an!«

Plötzlich war Tess von ihnen umringt und erntete Ausrufe der Begeisterung für ihre farbbespritzten Turnschuhe.

»Stammen die aus Ihrer neuen Kollektion?«, wollte die Blonde wissen.

»Eine private Kollektion, limitiert, leider«, brachte Tess gerade so hervor, ohne ihnen ins Gesicht zu prusten.

»Ich brauche unbedingt so ein Paar. Die sind phantastisch. Gibt es die auch in kleinen Größen? Meiner Tochter würden sie mit Sicherheit auch gut gefallen.«

»Keine Sorge, meine Damen, wir werden diese Kollektion diesen Sommer exklusiv hier im Laden verkaufen, nicht wahr, Tess?«, mischte Christopher sich ein. »Nach dem Memorial Day.«

Tess sah ihn mit großen Augen an. Er zwinkerte ihr lächelnd zu. Sie konnte seine Gedanken so deutlich lesen wie eine Leuchtreklame auf dem Times Square.

»Setzen Sie Ihre Namen und Telefonnummern hier auf die Liste, dann sage ich Ihnen Bescheid, sobald sie geliefert werden. Notieren Sie bitte auch die gewünschte Schuhgröße«, fuhr Christopher fort. »Das sind unsere neuen Sommerhits. Und Sie sind die Ersten, die sie zu Gesicht bekommen.«

Tess blieb keine Zeit, etwas zu erwidern, sie wurde von der allgemeinen Euphorie vollkommen überwältigt. Nach mehrmaligen Versicherungen, dass sie ihre Sneakers noch vor dem Memorial Day bekämen, der in dieser Gegend den Startschuss für die Hochsaison darstellte, verließen die Frauen schließlich den Laden.

»In was haben Sie mich da hineingezogen, Christopher?«

»So eine Gelegenheit lässt man sich doch nicht entgehen.« Er streckte ihr die Hand hin. »Haben wir einen Deal, Tess?«

»Die Schuhe waren bloß ein kleiner Scherz. Ich habe sie für mich gemacht und nicht entworfen.«

»Denken Sie nur an die Fischköder, von denen ich Tausende verkauft habe. Gute Einfälle lassen sich manchmal nicht planen. Aber diese Schuhe sind auf jeden Fall eine gute Idee für diese Gegend, wo man Stöckelschuhe nicht gebrauchen kann. Können Sie mir so schnell wie möglich ein paar Dutzend in verschiedenen Größen liefern?«

»Sie meinen das wirklich ernst?«

»Natürlich tue ich das«, antwortete er.

Sie sah auf ihre Turnschuhe hinunter und musste lachen. Die könnte sie innerhalb von fünf Minuten mit geschlossenen Augen produzieren.

»Zum Spaß«, willigte sie ein. »Nur zum Spaß.«

»So fangen die besten Dinge an.«

»Okay. Fast hätte ich es vergessen, ich brauche ein paar Fische als Deko fürs Motel.«

Die Bibliothek hatte für diesen Tag schon geschlossen gehabt, deshalb vertrieb Robbie sich die Zeit auf dem Parkplatz und kickte Steine vor sich her. Was Suzie und Nia wohl gerade trieben? In der letzten Zeit hatte er weniger an sie denken müssen, doch nun fragte er sich, warum Nia sie eigentlich nicht längst hier draußen besucht hatte. Früher waren seine Mutter und sie doch so eng befreundet gewesen, warum sprachen sie jetzt gar nicht mehr miteinander? Und warum meldete sich auch Suzie nicht bei ihm?

In diesem Moment bogen drei Mädchen und zwei Jungen, die nur wenig älter als er zu sein schienen, um die Ecke und rannten über die Straße auf den Pavillon im Zentrum des Dorfplatzes zu. Sie sahen aus, als kämen sie aus New York: Sie waren alle schwarz gekleidet und trugen jene coolen Daunenjacken mit dem Emblem eines Schweizer Berges auf der Schulter, die dort bei den Kids beliebt waren. Die Beine der Mädchen steckten in schwarzen Strumpfhosen, die Füße in schweren schwarzen Schnürstiefeln, die Jungs trugen knöchelhohe Turnschuhe. Sie lachten und wirkten aufgekratzt, und Robbie fühlte sich so von ihnen angezogen, dass er auf sie zuging.

»Hey, ein menschliches Wesen – einer von uns!«, rief eins der Mädchen. Robbie grinste.

»Ja, ich wohne hier. Ich bin Robbie«, sagte er.

»Dieser Ort ist die reinste Geisterstadt. Wir hätten gar nicht geglaubt, dass hier Kinder leben«, kicherte ein Mädchen.

»Genau das hab ich auch gedacht, als ich hergezogen bin«, meinte Robbie.

»Verrat uns doch mal, wo hier der Apple-Store ist«, sagte einer der Jungen.

»Schön wär's«, erwiderte Robbie. »Ihr seid aus der Stadt, oder?«

»Machst du Witze? Kein Apple-Store? Wo ist das Einkaufszentrum?«, hakte das blonde Mädchen nach.

»Da drüben ist Green's. Das ist der einzige Laden, der im Winter geöffnet hat«, antwortete Robbie. »Ich komme auch aus der Stadt.«

»Und jetzt wohnst du hier?«, stöhnte das andere Mädchen, das offensichtlich die Zwillingsschwester der anderen war. »Du Ärmster!«

»Voll das Kaff. Hier gibt's überhaupt nichts zu erleben«, meinte ihre Schwester.

»Ich weiß. Ich bin seit Weihnachten hier und muss noch bis nach dem Sommer bleiben«, sagte Robbie.

»Krass«, sagte das andere Mädchen. »Unsere Mütter haben uns übers Wochenende mitgeschleift. Auf einmal meinen Sie, wir sollen an unseren schulfreien Tagen die Natur erleben und angeln gehen. Die haben voll den Knall.«

»Hier, Dylan, trink einfach mal 'nen Schluck!« Einer der Jungs hielt ihr eine Bierdose entgegen.

»Igitt. Ich trinke nur Champagner!«

»Ja, klar.«

Die Kids brachen in Gelächter aus. Dann reichten sie die Dose herum.

»Auch einen Schluck, Robbie?«

Er zögerte, doch dann sagte er: »Nein, danke.«

»Bist wohl noch zu jung, was? Wir doch auch. Verrat es keinem. Wir haben das Bier aus der Minibar im Hotel. Wie wäre es mit einer Kippe?«, fragte der andere Junge und warf Robbie eine Schachtel zu. Darin steckte eine einzige Zigarette.

»Nee … Ich will euch nicht die letzte wegrauchen«, lehnte Robbie ab.

Eine der Zwillinge öffnete ihre große Handtasche und zog eine neue Schachtel hervor, von der sie die Folie abwickelte und ins Gras warf. Obwohl sie aus der Stadt kamen und ihn an zu Hause erinnerten, fühlte sich Robbie langsam unwohl.

»Nimm schon. Ist okay.«

Es war, als wollten sie unbedingt, dass er rauchte – was er noch nie getan hatte. Obwohl er wusste, wie ungesund es war, nahm Robbie nun die Zigarette aus der Schachtel. Er wollte sich nicht wie ein Baby aufführen, und es fühlte sich irgendwie mutig und erwachsen an, etwas so Verbotenes zu tun. Seine Mutter würde ausrasten. Eins der Kinder nahm die leere Schachtel, zerknüllte sie und warf sie in Richtung eines Mülleimers, verfehlte ihn jedoch, worauf alle lachten.

»Ich bin Jake, das ist Will, die beiden Zwillinge sind Sammy und Marissa, und das ist Dylan.«

Dylan zog ein Feuerzeug hervor und zündete Robbie die Zigarette an. Er sog den heißen Rauch ein, und es war absolut widerlich. Sein Hals tat weh, Robbie musste unwillkürlich husten und ließ die Zigarette auf die Straße fallen. Die anderen lachten, und es war kein freundliches Lachen. In diesem Augenblick wurde Robbie klar, dass er die Kids in Montauk eigentlich nett fand, auch wenn sie ganz anders als die Stadtkinder waren. Sie interessierten sich für die Tiere ihrer Umgebung, gingen angeln, und der Strand und ihre Gegend waren ihnen wichtiger als alles andere, sie sprachen fast nur darüber. Und über Sport. Anders als bei seinen Freunden in der Stadt waren Fernsehen und Promis, Kleidung und Geld überhaupt keine Themen für sie. Er hatte hier noch keinen richtigen Anschluss gefunden, abgesehen vielleicht von Eleanor Parker, aber eigentlich waren sie nicht richtig befreundet. Doch Robbie wusste zu schätzen, dass die Kinder in Montauk ihn in Ruhe ließen und dennoch nicht ausgrenzten. So hatte sich zum Beispiel keiner über ihn oder sein Hörgerät lustig gemacht.

Jake klopfte ihm auf den Rücken. »Schon okay. Du gewöhnst dich noch dran.«

Robbie dachte, dass er das gar nicht wollte. Die Mädchen leerten ihre Taschen aus, die mit Limo-Flaschen und großen Chipstüten gefüllt waren. Es schien niemanden zu stören, wenn eine Tüte umfiel und die Chips sich überall auf dem Boden des sauberen Pavillons verstreuten. Im Nu war das Häuschen zugemüllt mit Papier, Flaschen und Müll. Der Junge namens Jake zog sein Mobiltelefon hervor. Der andere Junge kletterte auf das Dach des Pavillons und setzte sich rittlings darauf, während ein Mädchen versuchte, auf dem Geländer zu balancieren.

»In der Stadtmitte hat man keinen Empfang. Wenn du willst, kannst du rüber zur Post laufen, da gibt es dann wieder ein Netz«, erklärte Robbie. »Ist ein bisschen launisch hier draußen.«

»O Mann. Ich kann's echt nicht erwarten, wieder abzureisen«, erwiderte Jake.

»Hey, verschönern wir das Ding doch ein bisschen«, schlug Dylan vor.

Sie zog ein paar Stifte hervor und verteilte sie an die anderen. Die Mädchen malten bunte Herzen und kritzelten ihre Namen auf den weißen Holzrahmen.

»Das solltet ihr lieber nicht machen«, meinte Robbie.

»Wieso nicht? Ist zumindest mal eine Beschäftigung«, gab Dylan zurück.

»Aber der Pavillon ist schon alt. Ihr bekommt bestimmt Ärger.«

»Hier ist doch keiner. Kommt, wir machen ihn ganz bunt«, rief sie.

Die anderen legten sofort damit los, den Pavillon zu bemalen, während Robbie danebenstand und nicht wusste, wie er sich verhalten sollte.

»Hört sofort damit auf! Hört auf!«, schrie jemand.

Und da war sie plötzlich. Eleanor Parker in einem limettengrünen Wollmantel und farblich abgestimmter Brille, mit Zöpfen und einem großen umgehängten Stoffbeutel mit dem Aufdruck *Montauk Conservation*. Zwar war sie klein für ihr Alter, doch das hielt sie nicht davon ab, schnurstracks mit geradem Rücken auf die älteren Kids zuzumarschieren und sie zur Rede zu stellen.

»Wer bist du denn, die Polizei von Montauk?« Die Kids brachen in Gelächter aus.

»Eine Polizistin mit Zöpfchen!« Dylan zog an Eleanors Haaren.

»Hey, lasst sie in Ruhe! Fasst sie nicht an. Ihr seid ein Haufen Idioten«, schrie Robbie. »Wenn ihr nicht aufhört, rufe ich gleich die Polizei. Seht ihr das Gebäude da? Das ist die Wache.«

»Ihr denkt wohl, ihr könnt hier einfach herkommen und

alles versauen. Wie wollt ihr das wieder abbekommen?«, sagte Eleanor.

»Das ist doch nur irgend so ein altes Teil. Mann. Ihr versteht echt keinen Spaß. Kommt, wir hauen ab«, rief Dylan. »Ihr könnt euer Kaff behalten.«

Sie stolzierten davon und ließen ihr Chaos einfach zurück.

»Ihr müsst das saubermachen!«, rief Eleanor ihnen hinterher.

»Alles okay?«, fragte Robbie.

»Ich bin so wütend! Besser, wir sammeln den Müll ein, bevor er weiter durch die Gegend fliegt. Hilfst du mir? Was ist mit den Kritzeleien? Meinst du, die gehen wieder ab?«, fragte Eleanor.

»Wahrscheinlich könnten wir einen Eimer Wasser und Seife aus Ritas Restaurant bekommen. Damit können wir versuchen, sie abzuwaschen.«

In diesem Augenblick verspürte Robbie einen leichten Stich in seinem Herzen. Ihm wurde bewusst, dass er Eleanor eigentlich ziemlich gern mochte und froh war, dass sie aufgetaucht war. Er war nun hier zu Hause, und auf sein Zuhause musste man achtgeben. Auf einmal verstand er nun, wie die Einheimischen empfanden. Fast fühlte er sich selbst wie einer von ihnen.

Sie hatte sich seit Monaten nicht mehr um ihre Haare gekümmert und wusste schon gar nicht mehr, wie sie mit einer gut geschnittenen oder gar eleganten Frisur aussah. Ihr Haar war länger geworden. Sollte sie es abschneiden oder weiter wachsen lassen? Im Spiegel betrachtete sie sich. Zu ihrem Entsetzen entdeckte sie ein paar graue Haare, die sie sofort ausriss. Um ihre Augenwinkel hatten sich ein Kranz feiner Fältchen gebildet, die früher nicht dagewesen waren. Der Unterschied war deutlich sichtbar, ihr Gesicht hatte sich verändert. Als hätten ihre Züge sich neu konfiguriert und dann in dieser Form festgesetzt. Alles wirkte ein bisschen ungleichmäßig und unausgewogen, ihr Nasenrücken war schmaler, und plötzlich fielen ihr auch mehrere dünne Linien am Hals auf, die sie zuvor noch nicht gesehen hatte. Sackte ihr Kinn ein wenig ab? Ihre Wangen wirkten eingefallen. Sie war gealtert. Die frisch duftende Feuchtigkeitscreme, die sie nun auf ihrem Gesicht verrieb, und das hellrosa Gloss, das sie auf die Lippen tupfte, würden zwar auch nicht helfen, taten aber gut. Auch das Baumwollkleid mit dem Blumenmuster und die Strickjacke aus Kaschmir verliehen ihr ein besseres Gefühl. Sie durfte sich nicht auch noch über ihr Aussehen Gedanken machen. Was zählte es überhaupt noch? Sie klopfte an Robbies Tür.

»Fertig?«

»Ich will nicht mit.«

»Ich möchte aber, dass du mitkommst.«

»Wieso kann ich nicht allein hierbleiben? Ich bin alt genug.«

»Es ist der Hochzeitstag von Jimmys Eltern, und er kocht extra seinen Eintopf. Ich habe gesagt, dass wir kommen, da wäre es unhöflich, nicht aufzutauchen. Na los!«, beharrte sie.

Robbie ließ sich Zeit beim Anziehen seines Mantels und bewegte sich im Schneckentempo auf das Auto zu, während Tess an der Tür auf ihn wartete. Die Sonne ging mittlerweile immer später unter, die Tage wurden länger. Der Frühling stand kurz bevor. Der Halbmond leuchtete hell im dunkelblauen Himmel, und überall in der Landschaft brannten nun Lichter. Die Leute kehrten aus dem Winter zurück, und ein paar Frühankömmlinge hatten bereits ihre Ferienhäuser bezogen. Montauk schien nach dem langen, harten Winter zu neuem Leben zu erwachen. Sie hörte zwei Hunde abwechselnd bellen, ein Ferngespräch, das nur die beiden verstanden.

Sie passierten die Main Street, die nun von den leuchtenden Schildern aller Geschäfte und Restaurants erhellt wurde. Auch die brandneuen Glühbirnen in den altmodischen Laternen leuchteten gelb. Auf dem Dorfplatz tummelten sich lachende Kinder und entspannte Menschen in dicken Pullovern, verschwunden waren die Daunenjacken, Handschuhe und Schneestiefel. Als sie den Old Montauk Highway hinauffuhren, reflektierte das stille Meer das weiße Mondlicht. Alles war ruhig, und Tess war noch ganz erfüllt von dem, was am Nachmittag passiert war. Sie konnte es kaum abwarten, Ike und Jimmy von der Idee mit den Turnschuhen zu erzählen. Sie bog in die steile Straße zur Sunset Bar ein und musste den Wagen ganz hinten auf dem Parkplatz abstellen, der bereits voller Autos war.

»Ich habe nachgedacht. Es gibt da etwas, was ich diesen Sommer machen will«, sagte Robbie.

Seine Stimme klang so ernst und tiefer als sonst. Er sah ihr jedoch nicht ins Gesicht und konzentrierte sich stattdessen auf den Knoten, den er gerade zu binden versuchte.

»Wie schön. Ich freue mich sehr, dass dir Montauk mittlerweile etwas besser gefällt.«

»Ich möchte Kip auf seinem Boot begleiten. Er hat niemanden, der ihm hilft, und ich wette, er hätte nichts dagegen. Ich kann ihn bei seiner Arbeit unterstützen, denn ich möchte mehr über Benny und Hertz zweiundfünfzig erfahren. Er will Benny in die Karibik folgen, sobald das Wasser wärmer wird. Vielleicht bis in den Pazifischen Ozean segeln. Hat er zumindest gesagt. Und ich wäre gern dabei.«

Tess fühlte sich wie vor den Kopf geschlagen. Die Aufregung in seinem Blick traf sie wie ein Dolch ins Herz. So leuchteten seine Augen nie, wenn er über sie sprach.

»Du möchtest den ganzen Sommer über mit Kip segeln gehen? Du warst doch bislang noch nicht einmal für eine Woche im Ferienlager fort.«

»Ich bin alt genug.«

»Ich weiß nicht, was ich dazu sagen soll.«

»Ich werde fahren.«

»Glaubst du wirklich, ich lasse dich mit einem Mann, den ich erst zweimal gesehen habe, zu einer wochenlangen Seereise aufbrechen?«

»Ich werde es machen wie Johnny Williamson. Er hat schon als Kind begonnen, zur See zu fahren. Es gibt ganz viele Kinder, die segeln. Ich habe von einem holländischen Mädchen gelesen, das mit fünfzehn Jahren um die ganze Welt gesegelt ist.«

»Wo waren ihre Eltern?«

»Sie haben sie gehen lassen, und sie hat es geschafft. Sie hat sogar einen Film darüber gedreht. Miss Wonderland bestellt ihn für mich in die Bücherei.«

»Na, dann reden wir noch einmal darüber, wenn du fünfzehn bist.«

»Ich werde fahren«, beharrte er.

Tess sagte sich, dass es vermutlich besser wäre, diese Diskussion zu einem anderen Zeitpunkt weiterzuführen. Und sie wollte vorher mit Kip reden. Vielleicht hätte er eine Idee, wie man Robbie seine Pläne für den Sommer ausreden könnte.

Der volle Parkplatz wurde vom neuen Leuchtschild der Sunset Bar erleuchtet, das die Form einer riesigen Welle mit strahlend gelben und orangefarbenen Buchstaben hatte. Aus dem Inneren drangen Gelächter und Musik aus der Jukebox. Robbie marschierte vor ihr in die Bar. Als sie hinter ihm eintrat, fand sie das Lokal gefüllt mit fröhlichen Gästen, die tranken, plauderten und aßen. Ike stand hinter dem Tresen und präsentierte gerade eine edel aussehende Flasche Wein. Tess fiel auf, dass in den Regalen nun Rot- und Weißwein standen und die billigen Gin- und Scotchflaschen verschwunden waren. Und dort über der Bar hing das Hufeisen, das sie Ike geschenkt hatte und das zu wirken schien. Das Schicksal der Sunset Bar hatte sich gewendet.

Auf allen Tischen lagen rotweiß karierte Tischdecken, die für eine heitere Atmosphäre sorgten. Die großen runden Tische waren eine gute Wahl gewesen, da daran auch größere Familien Platz fanden. Kinder saßen bestens gelaunt mit ihren Eltern und Großeltern zusammen. Das Restaurant war schon jetzt für die Abschlussfeiern am Ferienbeginn Ende Juni ausgebucht. Ihr Plan, sich auf Familien zu konzentrieren, schien aufzugehen. Zwei Kellnerinnen in hübsch geblümten Sommerkleidern und kleinen Kränzen aus Rosen im Haar eilten zwischen Küche und Gastraum hin und her, in den Händen Teller voll köstlich aussehender Mini-Hamburger mit knusprigen Pommes frites für die Kinder und Schwertfisch oder saftiger kleiner Lammkoteletts für die Erwachsenen. Tess winkte Ike zu, der lächelnd in Richtung Küche wies. Sie trat durch die Schwingtüren und erblickte zu ihrem Erstaunen Rita mit einer Schürze am Herd. Jimmy hackte gerade Knoblauch und Zwiebeln klein, auf seinem großen hölzernen Schneidebrett türmten sich bereits rote, grüne und gelbe Paprika.

»Nachdem der Laden so hübsch geworden ist, musste ich einfach helfen«, sagte Rita.

»Sie ist ziemlich streng«, meinte Jimmy. »Aber man kann viel von ihr lernen.«

»Wenn ich erst mal mit ihm fertig bin, wird er ein hervorragender Koch sein.«

»Daran habe ich keinen Zweifel«, erwiderte Tess.

»Tess, schenken Sie sich ein Glas Wein ein. Entspannen Sie sich«, sagte Rita.

»Schön, dich zu sehen, Tess. Hübsches Kleid«, sagte Jimmy.

»Schluss mit dem Geplänkel, machen Sie die Fischbestellungen fertig«, wies Rita ihn zurecht.

Jimmys Kompliment heiterte Tess für einen kurzen Moment auf, bis sie Robbie zu sich rief, damit er sich zu ihr setzte, von ihm jedoch ignoriert wurde. Stattdessen rannte er durch den Garten auf Eleanor zu, die gerade am Schaukeln war. Tess fand einen freien Platz am Ende der Bar und beobachtete die Kinder durch das Fenster. Sie war froh, dass Robbie eine Freundin gefunden hatte und sich immer besser einlebte. Doch trotz seiner Fortschritte blieb sein Umgang mit ihr kühl und reserviert, er hielt sie bewusst auf Abstand. Um ihre Gefühle scherte er sich dabei keinen Deut, aber warum sollte er auch? Er war ein Kind. Er sollte sich keine Sorgen um seine Mutter machen müssen. Das schmälerte ihren Schmerz jedoch nicht. Und sie hätte ihm seinen Wunsch gern erfüllt, aber selbst wenn sie Kip Young besser kennen würde, würde sie Robbie niemals bis in die Karibik segeln lassen. Weder mit Kip noch mit irgendjemand anderem. Robbies Gemütsverfassung hatte sich stabilisiert, und er hatte sein Leben wieder aufgenommen. Allmählich schien er mit seiner Trauer umgehen zu können, ja sie vielleicht sogar zu überwinden. Weshalb aber empfand er nur so einen großen Widerwillen ihr gegenüber? Er floh geradezu vor ihrer Zuneigung und der Nähe zu ihr. War das Teil des Loslösungsprozesses von seinem Vater, dass er sich auch von ihr trennte? Unwillkürlich lief ihr eine Träne die Wange hinunter.

»Du wirkst traurig«, sagte Ike, der zu ihr getreten war.

Sie fuhr sich über die Augen und lächelte ihrem Onkel zu, der ihr ein elegantes neues Weinglas und eine Flasche Rotwein reichte.

»Nein, nein, ich freue mich.«

»Dann hab ich mich wohl verguckt. Probier den mal.«

Ike schenkte den Wein, der eine satte burgunderrote Farbe hatte, in das Glas, und sie nippte daran. Das sanfte Aroma war besser als jeder Nachtisch.

»Der ist köstlich.«

»Ein Malbec aus Argentinien.«

»Ausgezeichnet.«

»Wir haben uns überlegt, dass wir ab dem Sommer Weinproben durchführen und Weine zum Verkauf anbieten wollen, kannst du dir das vorstellen?«

Tess konnte es kaum glauben. Doch am anderen Ende der Bar warteten ein paar Gäste auf eine neue Runde, und Ike begab sich wieder an die Arbeit, nachdem er ihr Wein nachgeschenkt und ihr Glas bis zum Rand gefüllt hatte. Sie prostete ihm zu und rang sich ein Lächeln ab. Dann ließ sie den Blick über die lebhafte Gesellschaft im Raum schweifen, sah sich die einzelnen Leute an und beobachtete, wie sich ein Haufen neuer Gäste durch die Eingangstür drängte. Ihre Bemühungen zahlten sich aus, schon nach so kurzer Zeit war die Sunset Bar zu einem angesagten Ort geworden.

Eine Gruppe junger, auffallend gut gekleideter und gestylter Paare war gerade hereingekommen. Allesamt hielten sie Smartphones in den Händen und machten sich im Eingangsbereich so breit, dass niemand mehr vorbeikam. Das mussten New Yorker sein, dachte Tess sich. Sie kannte diese Art von Leuten, die außer sich selbst nicht viel von der Welt wahrzunehmen schienen. In diesem Moment betrat ein älteres Ehepaar das Lokal. Die beiden trugen zueinander passende Khakihosen und schneeweiße Hemden. Die alte Frau hatte sich ein hübsches buntes Tuch um den Hals geschlungen und trug das lockige gräulich blonde Haar so auf dem Kopf hochgesteckt, dass es an eine ältere Katherine Hepburn denken ließ. Sie hielt sich aufrecht und hatte ein auffallend wohlgeformtes Kinn, und mit ihren hohen Wangenknochen und den strahlend blauen, funkelnden Augen erinnerte sie Tess an irgendjemanden, ihr fiel bloß nicht ein, an wen. Der Mann, in dem Tess ihren Ehemann vermutete, war groß und schlank und ebenfalls sehr gutaussehend, mit einer dichten weißen Haarpracht. Was für ein attraktives Pärchen. Als sie jedoch versuchten, an der Gruppe vorbeizugehen, wurde die Frau gestoßen und geriet aus dem Gleichgewicht. Sie fiel zu Boden und schrie auf. Der Mann beugte sich zu ihr hinunter und fuhr die Leute an, die erst jetzt von ihren Telefonen aufsahen.

Ehe Tess von ihrem Stuhl aufspringen konnte, um zu helfen, war Ike bereits zur Stelle. Er schien das Paar zu kennen, und sie beobachtete, wie er die Situation souverän beruhigte. Die alte Frau wirkte ein wenig mitgenommen, schien sich aber nichts getan zu haben. Ihr Ehemann sah verärgerter aus als sie. Ike führte die beiden an einen großen Tisch am Fenster, ging dann zu den Übeltätern zurück und brachte sie zu einem Platz an der anderen Seite des Raumes. Als Tess' und Ikes Blicke sich zufällig begegneten, zwinkerte er ihr zu.

»Wir wünschen Ed und Lily alles Gute zum Hochzeitstag. Auf weitere sechzig Jahre!«

Ike, Rita, Jimmy, seine Eltern, Robbie und Tess stießen an. Wie sich herausgestellt hatte, handelte es sich bei dem älteren Ehepaar um Jimmys Eltern. Zum Glück hatte Jimmy von dem Vorfall nichts mitbekommen, denn als er davon erfuhr, war er so aufgebracht, dass es eine unschöne Szene hätte geben können. Stattdessen hatte das Restaurant den besten Abend in der Geschichte der Sunset Bar gehabt, was ein gutes Omen für den bevorstehenden Sommer war.

Tess bemerkte ein Schimmern in den Augen des Pärchens. Jimmys Vater nahm das Gesicht seiner Frau in die Hände und küsste sie sanft auf die Lippen.

»Du bist ein taffes Mädchen«, sagte Ed.

»Ein Mädchen ja wohl kaum«, widersprach Lily lachend.

»Dafür bist du heute noch schöner als an dem Tag, an dem ich dich geheiratet habe«, sagte Ed.

Tess würde niemals wissen, wie sich eine solche Liebe anfühlte. Diese Hingabe und Vertrautheit, diese Ehe war das genaue Gegenteil von ihrer und Adams. Untreue, Wut und Lügen waren das, was sie erfahren hatte, und sie hatte es bis zu Adams Tod noch nicht einmal gewusst. Verbittert kippte sie ihren Wein herunter und gab Ike ein Zeichen, ihr nachzuschenken. Jimmy stellte eine große Porzellanschüssel auf den Tisch und schöpfte den aromatisch duftenden Eintopf in hübsche weiße Schalen.

»Ich hoffe, ihr habt alle Hunger«, meinte er.

»Jimmy, ich bin so stolz auf dich, wenn ich das sehe«, sagte seine Mutter.

Der köstliche Duft von Knoblauch und Koriander erfüllte die Luft. Riesengarnelen, Oktopus, Mies- und Jakobsmuscheln schwammen in einer reichhaltigen roten Sauce. Rita schnitt ein Weißbrot, das frisch aus dem Ofen kam, in dicke Scheiben und reichte jedem eine. Ike stand auf und erhob sein Glas.

»Wir haben noch einen Grund zum Feiern. Rita hat das Restaurant übergeben, heute ist der Vertrag in Kraft getreten. Und jetzt wird sie für uns arbeiten.« Er stieß mit Rita an.

»Nun mal halblang, mein Freund. Ich sagte, ich würde Jimmy das Kochen beibringen, aber danach ziehe ich gen Süden, um das ganze Jahr über in der Sonne zu braten.«

»Ich glaube nicht, dass du irgendwohin gehst, Rita. Du würdest mich viel zu sehr vermissen.«

»Du wirst schon sehen. Ich habe nicht vor, die besten Jahre meines Lebens hinter einem Aga zu stehen und zu schuften. Da stimmst du mir doch sicher zu, Robbie?«, fragte sie ihn mit einem Augenzwinkern.

»Ja«, sagte Robbie grinsend. »Was ist ein Aga?«

»Ein Herd, und zwar ein sehr altmodischer. Meine Tage als Köchin sind auf jeden Fall gezählt.«

»Warten wir erst einmal ab«, erwiderte Ike und gab ihr einen Kuss.

Mochte Tess auch Jahrzehnte jünger sein als die beiden anderen Frauen am Tisch, fühlte sie sich in diesem Augenblick dennoch alt, verbraucht. Sie wurde immer trauriger, während die anderen um sie herum so glücklich wirkten. Robbie saß neben Rita, die er besonders ins Herz geschlossen hatte. Offensichtlich sprach sie aus, was er sich denken mochte. Wie scheußlich Montauk war und dass Ike verkaufen und mit ihr in den Süden ziehen sollte.

Die Reihen in der Bar hatten sich gelichtet, übriggeblieben waren nur ein paar vereinzelte Gäste, die auf Barhockern an ihrer letzten Bestellung nippten. Die Kellnerinnen räumten bereits die Tische auf und füllten die Salz- und Pfefferstreuer neu auf. Jimmy fing an, die Teller abzutragen, und Tess stand auf, um ihm zu helfen.

»Robbie, möchtest du nicht ein paar Lieder für uns auflegen?«, fragte Ed und reichte ihm ein paar Fünfundzwanzigcentstücke.

»Klar. Was möchten Sie hören?«, antwortete dieser.

»Könntest du *Unforgettable* heraussuchen?«, bat ihn Lily. »Das ist unser Lied.«

»Wird gemacht«, sagte Robbie und rannte zur Jukebox. Während Tess einen Arm voller Teller in die Küche trug, vernahm sie den honigsamtenen Schmelz von Nat King Coles

Stimme. Sie sah sich nach Jimmys Eltern um, und der Anblick versetzte ihr von neuem einen Stich. Niemand hatte sie je so geliebt, wie Ed seine Lily liebte, und sie glaubte kaum, dass irgendjemand es jemals tun würde.

Kapitel ACHTZEHN

Robbie wachte auf und warf einen Blick auf den Wecker. Es war sieben Uhr. Er zog sich an, putzte sich die Zähne und ging nach unten, doch bevor er in die Küche trat, hielt er einen Moment auf der Treppe inne und beobachtete seine Mutter. Sie hatte den Küchentisch mit einem Laken abgedeckt und tropfte Farbe auf weiße Stoffturnschuhe. Arbeitete sie etwa wieder? Sie behauptete doch immer, sich jetzt nur noch um ihn kümmern zu wollen. Wie sehr er seinen Vater vermisste. Der hatte immer Zeit für ihn gehabt. Fast glaubte er, den Geruch des üppigen warmen Frühstücks, das dieser jeden Morgen für ihn zubereitet hatte, zu riechen. Pancakes mit Schokosplittern, Rühreier mit Käse und Speck und French Toast. All seine Leibspeisen. Sein Vater war der beste Koch der Welt, und wenn er die Rüschenschürze seiner Mutter trug, hatte er immer so lustig ausgesehen. Überhaupt brachte er Robbie gern zum Lachen, machte Witze und alberte mit ihm herum. Robbie liebte es noch immer, wenn sein Vater ihn kitzelte und ihn hoch in die Luft hob und an den Füßen baumeln ließ. Manchmal führte er ihm auch Zaubertricks vor. Er konnte eine Vierteldollarmünze verschwinden lassen und sie dann hinter Robbies Ohr wieder hervorziehen. Ständig überraschte er Robbie oder sprang auf einmal hinter dem Sofa im Wohnzimmer hervor, um seine Mom zu erschrecken. Diese rastete jedes Mal aus und schrie, während Robbie so heftig lachen musste, dass er Seitenstechen bekam. Man sollte meinen, sie hätte sich irgendwann an die Streiche seines Vaters gewöhnt, aber das gelang ihr nie. Immer wenn sein Dad plötzlich wieder irgendwo auftauchte, wurde sie noch genauso wütend wie beim ersten Mal, während Robbie und Adam es urkomisch fanden.

In diesem Moment drehte Tess sich um. »Robbie, du bist ja wach. Ich habe gar nicht gehört, wie du aufgestanden bist.«

»Klar. Wir gehen doch heute mit Kip segeln. Hast du das etwa vergessen?«

»Natürlich nicht. Es steht alles bereit. Die Kühlbox ist bis oben hin vollgepackt mit Sachen fürs Mittagessen und Getränken. Ich habe deinen Lieblingssalat gemacht, den mit Tunfisch und Ei.«

»Hast du auch die Neoprenanzüge eingepackt? Und Handtücher?«, fragte er. »Vielleicht gehen wir heute im Meer schwimmen.«

»Ja, ja und ja«, sagte sie und lächelte ihn an, obwohl ihr bei dem Gedanken an die unendliche Weite des eiskalten Wassers ganz anders zumute wurde. Doch er wandte ohnehin den Blick ab. »Nimm dir einen Donut und etwas Orangensaft vom Tresen. Ich ziehe mich nur rasch um und mache mich fertig.«

»Ich will das nicht essen.«

»Du liebst doch Donuts.«

»Die sind aber nicht gesund.«

»Tut mir leid, Robbie. Ich habe sie heute Morgen extra für dich besorgt, weil doch ein besonderer Tag ist. Im Schrank steht noch eine Packung Cornflakes, und im Obstkorb sind ein paar Bananen, falls dir das lieber ist. Ich dusche schnell und ziehe mich an, dann können wir los.«

Tess griff nach ihrer Kaffeetasse, steckte sich einen Donut in den Mund und eilte die Treppe hinauf.

»Du arbeitest schon wieder die ganze Zeit. Genau wie früher«, rief er ihr hinterher.

»Nein, das stimmt nicht. Diese Schuhe hier mache ich zum Vergnügen. Christopher, der Mann, dem der Angel- und Bootsladen gehört, möchte sie verkaufen. Kannst du dir das vorstellen?«, rief sie von oben herunter.

Robbie öffnete die Tür vom Küchenschrank, nahm ein Glas Erdnussbutter heraus, bestrich damit zwei Scheiben Vollkorntoast, auf die er noch ein paar Bananenscheiben legte, bevor er sie zusammenklappte. Das Sandwich schmeckte köstlich, und er wusste, dass es ihm eine Menge Energie geben würde. Er schenkte sich ein großes Glas Milch ein und blickte sich in der Küche um. Seine Mutter hatte sie in ein Atelier verwandelt. Sie hatte ein neues Projekt gestartet, obwohl sie ihm versprochen hatte, es nicht zu tun. Bald würde sich wieder alles nur um Schuhe und ihren Kram drehen, bloß würde es noch schlimmer sein als früher, weil sie von zu Hause aus arbeitete und sein Vater nicht mehr da war.

Er ging nach draußen, setzte sich an den Picknicktisch und verspeiste sein Frühstück in der Morgensonne. Inzwischen brauchte man nicht einmal mehr einen dicken Mantel. In seinem Kopf vernahm er schon den Gesang des Wals, und er konnte es nicht erwarten, Kip von seiner Idee zu erzählen. Er wollte an Bord auf seiner Tuba spielen. Robbie glaubte, dass Benny sie besser wahrnehmen könnte als jedes andere Geräusch und daraufhin sofort zu ihnen kommen würde. Seit Wochen hatte er über die Ähnlichkeiten zwischen dem Klang seiner Tuba und dem Gesang des Wals nachgedacht, und nun wollte er unbedingt überprüfen, ob er sich diese Parallelen nur einbildete. Er flitzte noch einmal in sein Zimmer und stellte sicher, dass er auch wirklich alles hatte, was er benötigte. Auf seinem Bett ausgebreitet lagen sein Segelhandbuch für Anfänger, ein Taschenmesser, das er vorletztes Weihnachten von seinem Vater bekommen hatte, drei Seile, ein T-Shirt und kurze Hosen zum Wechseln, eine Badehose, ein Notizbuch und Stifte, Sonnencreme, eine Sonnenbrille, eine Taschenlampe, Reservebatterien, Pflaster, eine Schere, ein kleiner Schraubenschlüssel, ein Schraubenzieher und eine Baseball-Kappe. Er verstaute sorgfältig alles in seinem Rucksack, setzte ihn auf und schnappte sich seinen Tubakoffer, den er ebenfalls die Treppe hinunterschleifte.

»Was hast du denn damit vor?«, fragte seine Mutter, die ihn unten im Flur erwartete.

»Ich nehme die Tuba mit aufs Boot.«

»Was?«

»Ich werde darauf spielen und auf diese Weise mit Benny Kontakt aufnehmen. Ich bin mir sicher, dass es funktionieren wird. Und ich möchte Kip zeigen, wie sehr der Klang der Tuba dem Gesang der Wale ähneln kann.«

»Das machst du ganz sicher nicht. Dieses große Ding mitzunehmen ist viel zu gefährlich. Bring die Tuba zurück in dein Zimmer.«

»Ich nehme sie mit. Du hast keine Ahnung davon, wie man mit einem Wal kommuniziert.«

»Dieses Instrument hat ein kleines Vermögen gekostet, und du wirst damit auf keinen Fall mit einem Segelboot über den Ozean schippern. Sie könnte beschädigt werden oder verloren gehen.«

»Dad hat sie mir gekauft, und ich kann mit meinen Sachen machen, was ich will«, sagte er und marschierte an ihr vorbei aufs Auto zu, den Tubakoffer im Schlepptau.

Sie konnte ihn nicht davon abhalten, und sie spürte, was sie mit ihrem Widerspruch angerichtet hatte. In diesem Moment hasste er sie. Auf der Fahrt nach Pirate's Landing sprachen sie kein Wort miteinander. Der schmale alte Holzsteg am Ende ihrer Straße ragte ins ruhige Wasser des kleinen Hafens hinaus. Die Anlegestelle war leer, außer Kip schien dort niemand zu ankern. Robbie liebte Pirate's Landing mit dem langen fedrigen Schilf und dem Strandhafer am Ufer. Enten schwammen träge vorbei, und stets war an dieser Stelle ein wunderschönes Schwanenpärchen zu sehen. So weit das Auge reichte, erhoben sich kleine, grasbedeckte Dünen aus dem Sand. Hier waren sie inmitten einer echten Wasserwelt, sanftmütig und friedlich.

Weil sie zugewachsen war, konnte man die Anlegestelle vom Meer aus nicht sehen. Dieser Ort war wie ein geheimes Versteck, an dem Kip ihn in letzter Zeit jedes Mal, wenn sie gemeinsam aufs Meer gefahren waren, abgeholt hatte. Als Robbie nun am Rand des Stegs saß, fühlte er seine Wut schon abklingen. Wasser schwappte gegen die Stützpfeiler. Dann sah er die *Kipper* auf sie zusegeln und wurde ganz aufgeregt. Das Boot war so schön, er liebte es einfach. Die großen Segel leuchteten strahlend weiß, der glatte Bug durchschnitt das dunkelblaue Wasser. Es würde ihn forttragen, weit fort von all der Traurigkeit, die immer noch in ihm steckte und wegen der er weder an seine Mutter noch an seinen Vater denken wollte. Wenn er auf dem Boot war, spürte er nichts mehr von dieser Trübsal und dem Schmerz, so dass er verstand, weshalb Benny allein durch den Ozean schwamm. Der Wal schien ihm so beneidenswert frei. Robbie konnte es nicht erwarten, ihn wiederzusehen, und wünschte, er könnte mit ihm zusammen vor allen seinen Sorgen davonschwimmen.

Und dann war da noch Kip, auf den er sich freute. Die Begegnungen mit dem Meeresforscher waren für ihn der Lichtpunkt in all dem hier. An seiner Seite entdeckte er eine neue Welt, und auf dem Meer schienen die Ängste und die Wellen der Traurigkeit, die ihn seit dem Tod seines Vaters überkamen, weit weg. Erstaunt nahm Robbie zur Kenntnis, dass sich beim Anblick Kips auch der angespannte Gesichtsausdruck seiner Mutter veränderte. Wenn sie lächelte und Kip zuwinkte, sah sie anders aus als sonst, auf gute Weise anders. Alle Schärfe, all das Düstere, das ihn beunruhigte, verschwand aus ihrem Gesicht, und sie wirkte wieder so, wie sie vor langer Zeit einmal gewesen war, nett und freundlich. Kip hatte diese Wirkung auf andere Menschen, er ließ sie von innen heraus leuchten.

»Guten Morgen«, rief Kip. Er warf Robbie die Leine zu, der gelernt hatte, dass man ein Seil beim Segeln als Leine bezeichnete. Auch wusste er bereits einiges übers Anlegen und Auftakeln, Wenden und Kappen, hatte einige Kommandos gelernt und konnte einen Palstek und einen Reffknoten binden. Er fing die Leine gleich beim ersten Versuch.

»Gut gemacht, Robbie«, lobte Kip, der nun vom Boot sprang, die Leine um die Klampe wickelte und innerhalb von zwei Sekunden verknotete, während Robbie ihm aufmerksam zusah. Es handelte sich um einen kniffligen Knoten, aber er würde ihn üben und ihn beim nächsten Mal selbst beherrschen.

»Ich habe meine Tuba mitgebracht, Kip«, sagte Robbie.

»Eine Tuba ist kein Spielzeug, das man einfach mit auf ein Boot nimmt«, sagte Tess.

»Könnte ein bisschen schwierig werden, beim Segeln darauf zu spielen, oder, Robbie?«, gab Kip zu bedenken, der Tess' Widerwillen bemerkt hatte.

»Ich habe sie nicht einfach so mitgebracht. Ich möchte für Benny spielen. Wenn ich hineinblase und dabei den Ton durch meinen Atem moduliere, als würde ich gleichzeitig singen, klingt die Tuba genau wie sein Gesang. Er wird es hören und zu uns kommen. Ich habe viel darüber nachgedacht und mir all seine Lieder angehört. Seine Gesänge klingen genau wie die Kompositionen von Øystein Baadsvik, das wollte ich Ihnen unbedingt erzählen«, erklärte Robbie.

»Wenn er sich einmal etwas in den Kopf gesetzt hat, habe ich nicht die geringste Chance, ihn davon abzubringen«, sagte Tess, die offenkundig immer noch nicht überzeugt war.

Robbie sah, wie seine Mutter mit den Augen rollte und den Kopf schüttelte, während sie das Boot betrat. Mit der Kühlbox in der Hand verlor sie beinahe das Gleichgewicht. Kip ergriff ihren Arm, um ihr zu helfen, hob dann das schwere Instrument hinüber und ging selbst an Deck, gefolgt von Robbie.

»An Bord eines Schiffes müssen sich alle vertragen. Auch ihr beide«, warnte Kip.

»Es ist nicht meine Schuld. Ich habe viel über Bennys Gesang und über die Töne nachgedacht, die Sie abgespielt haben, um ihn zu rufen. Ich glaube, sie sind zu hoch, sie passen gar nicht zu seinem Gesang. Als ich wieder auf meiner Tuba gespielt habe, hat mich der Klang viel mehr an ihn erinnert. Also habe ich mir alle Aufnahmen angehört, die Sie mir gegeben haben, und dabei Tuba gespielt. Inzwischen bin ich mir sicher, dass er darauf reagieren wird, wenn ich für ihn spiele. Alles, was ich will, ist Ihnen zu helfen«, sagte Robbie. »Meine Mutter versteht das einfach nicht.«

»Dafür verstehe ich, wie wertvoll dieses Instrument für dich ist und dass du sehr traurig wärst, wenn es auf See Schaden nähme«, sagte Tess.

»Die Tuba gehört mir«, beharrte er. »Und ich kann damit tun, was ich will.«

»Es ist gut, ihr beide«, sagte Kip. »Wenn ich euch so höre, muss ich an meinen kleinen Sohn denken. Er ist auch so ein Sturkopf wie du, Robbie. Immer soll alles genau so laufen, wie er es sich vorstellt. Und während seine Mutter sich Sorgen macht, muss ich die Rolle des Schiedsrichters übernehmen. Also kommt, wir kriegen das schon hin.« Kip zerzauste Robbie das Haar. »Tess, er hat gar nicht einmal unrecht. Ich werde aufpassen, dass das Instrument keinen Schaden nimmt. Ist dann alles in Ordnung?«

»Glauben Sie wirklich, diese Idee könnte funktionieren?«, fragte sie.

»Das könnte sie, so seltsam es klingen mag«, sagte er. »Der Gedanke, dass die Tonfrequenzen der Tuba denen des Wals ähneln, ergibt Sinn.«

»Okay, Robbie, lass es uns versuchen.« Tess holte tief Luft und sah Robbie aufmunternd an. »Tut mir leid, ich habe dir wohl keine Chance gegeben. Vielleicht gewinnst du damit ja eines Tages den Nobelpreis.« Dann wandte sie sich an Kip. »Erzählen Sie mehr von Ihrer Familie. Wo leben Ihre Frau und Ihr Kind zurzeit?«

An der Art, wie seine Mutter mit den Schultern zuckte und die Arme verschränkte, konnte Robbie erkennen, dass seine Mutter sie beide für verrückt hielt. Kip unterhielt sich mit ihr, gleichzeitig setzte er die Tuba neben dem Steuer ab, machte die Leine los und reichte sie Robbie, um sie aufzuwickeln, was er sorgfältig tat, indem er sie wie eine Schlange zusammenrollte. Sie banden sich die Rettungswesten über den dicken Pullovern zu. Der Frühling stand unmittelbar bevor, aber am frühen Morgen mitten auf dem Meer war es noch kühl.

Robbie positionierte sich neben Kip und sah zu, wie dieser steuerte. Zum Glück hatte sich seine Mutter wieder ganz hinten hingesetzt und war damit aus dem Weg, doch er wünschte, sie wäre gar nicht mitgekommen. Immer verdarb sie ihm alles. Er versuchte auszublenden, dass sie da war.

Der Wind war noch nicht stark genug, um die Segel zu füllen, daher hatte Kip den Motor angeworfen. Nun manövrierte er die *Kipper* sicher von der kleinen Anlegestelle fort. Langsam fuhr er durch das schmale Gewässer, das sich zu einem breiteren Kanal öffnete, der aufs Meer führte. Robbie winkte den Enten und Schwänen zum Abschied. Das Tuckern des Motors hatte eine hypnotische Wirkung auf ihn. Die Wasseroberfläche war ganz glatt, es herrschte Ebbe.

Trotz der frühen Morgenstunde schien die Sonne bereits hell, und obwohl es noch kalt war, merkte man schon, dass es ein warmer Tag werden würde. Sie fuhren gemächlich auf den Leuchtturm von Montauk zu, der rotweiß angemalt aus dem grünen Gras am Rand der Klippe hervorstach. Sanft schlugen die Wellen gegen das Ufer, und am Himmel zogen große bauschig weiße Wolken dahin, die wie die Zuckerwatte aussahen, die man im Zoo des Central Park kaufen konnte. Er wünschte, sein Vater wäre jetzt bei ihnen. Der hatte ihm so viel mehr erlaubt, ihm so viel mehr zugetraut. Er schloss die Augen und versuchte, seinen Anblick in sich lebendig werden zu lassen, sich an den Klang seiner Stimme zu erinnern. Aber es gelang ihm nicht. Robbie hatte Angst, seinen Vater zu vergessen. Er wusste, dass er ihn natürlich niemals ganz vergessen würde, dass es ihm jedoch schon jetzt schwerfiel, sich an den Klang der Stimme seines Vaters zu erinnern, machte ihm Angst. Dabei sehnte Robbie sich so sehr nach ihm, danach, seine Stimme zu vernehmen. Er wusste nicht, was er davon halten sollte, dass er sie nicht mehr im Kopf hatte.

»Robbie, sei doch so gut und hol den kleinen Kompass hoch, der unten auf dem Tisch liegt.«

Kips Stimme riss ihn aus seinen Gedanken.

»Nutzen wir die Windstille und stellen den Kompass richtig ein. Daneben sollte ein kleiner Schraubenzieher liegen, den werde ich auch brauchen.«

»Okay«, sagte Robbie und stieg die Treppe hinab.

Er fand alles genau dort, wo Kip es beschrieben hatte, und bemerkte dessen Neoprenanzug, der über der Dusche aufgehängt war, neben Taucherbrille, Flossen und Schnorchel. Auf dem Tisch befanden sich stapelweise Fotos von Benny und eine hölzerne Kiste mit ordentlich einsortierten und nummerierten Tonaufnahmen des Wals, die alle auf jenen unseligen Tag des letzten Jahres datiert waren, an dem sein Vater gestorben war. Wenn Adam und er damals hier draußen bei Kip gewesen wären, wäre sein Vater nicht umgebracht worden. Auf dem Meer würde niemals etwas so Böses geschehen. Robbie dachte, dass selbst an den schlimmsten Tagen nicht alles schlecht war. Irgendwo auf der Welt geschah zur selben Zeit etwas Gutes. Und das Meer war ein guter Ort. Während sein Vater gestorben war, hatte hier die Sonne geschienen, Benny war durch die Wellen geschwommen, und Kip war bei ihm gewesen. Der Gedanke hatte etwas Tröstliches.

Als er wieder an Deck war, erläuterte Kip ihm, wie er den natürlichen Magnetismus der Erde nutzen konnte, um den Kompass zu kalibrieren. Kips britischer Akzent war so stark, dass es Robbie schwerfiel, ihm zu folgen und dabei seine naturwissenschaftliche Erklärung zu verstehen. Dennoch fand er die Art des Meeresforschers zu reden großartig. Er klang für Robbie wie 007, und sein Dad liebte James Bond, *Goldfinger* war sein absoluter Lieblingsfilm gewesen. Ständig summte er die Titelmelodie vor sich hin, die Robbie nun plötzlich selbst im Ohr hatte.

Kip bedeutete Robbie, sich neben ihn zu setzen, während er mit dem Boot langsam große Kreise im Wasser beschrieb. Ernst blickte er in die Ferne, mit seinen leuchtend blauen Augen, in denen sich die Farbe des Meeres widerspiegelte. Weder blinzelte er, noch kniff er die Augen im gleißenden Sonnenlicht zusammen. Er schien mit seinen Gedanken woanders,

Millionen Meilen weit entfernt zu sein. Die Sonne schien so hell, dass Robbie seine Sonnenbrille aufsetzen musste.

»Warum fahren wir im Kreis?«, wollte der Junge wissen.

Kip erklärte, wie der Magnetismus der Erde die Nadel dazu zwang, sich in ihre richtige Position auf dem Kompass zu bewegen und sie somit korrigierte. Es dauerte über eine Stunde, bis der Kompass richtig eingestellt war, und als es so weit war, spürte Robbie, wie ihm der Schweiß über das Gesicht rann, und er wischte ihn mit seinem Ärmel ab. Auf keinen Fall wollte er jedoch von Kips Seite weichen, um seine Baseball-Kappe oder eine Flasche Wasser zu holen. Auch wenn er nicht im Detail verstand, was Kip gerade tat, wusste Robbie, dass ihnen etwas Wichtiges gelungen war. Er nahm sich vor, mehr über Magnetismus und Navigation zu lesen. Für den Augenblick fühlte er sich zumindest nützlich. Endlich war er einmal nicht das seltsame Kind mit dem Hörgerät, der Junge, mit dem alle Mitleid hatten, weil sein Vater ermordet worden war. Er fühlte sich wie jemand anderes. Robert Ellis Harding tat seinen Dienst auf der *Kipper*, und sei es auch nur für diesen Tag. Er wusste, dass Kip an sein Potential als Segler glaubte, da er sich Zeit nahm, ihm alles zu erklären. Vielleicht würde Kip ihn ja eines Tages doch mit in die Karibik nehmen. Er hoffte es. Schließlich reichte er Robbie den Kompass und bat ihn, diesen am Standkompass neben dem Steuer zu überprüfen.

»Sie zeigen beide genau das Gleiche an«, rief Robbie ihm zu.

»Gut. Jetzt hast du deinen eigenen Kompass«, sagte Kip.

»Ehrlich?«

»Wenn du segeln lernen willst, musst du als Erstes wissen, wo auf dem Meer du bist und in welche Richtung du dich bewegst. Ich kann es kaum erwarten, bis Liam alt genug ist, um diese Dinge zu lernen.«

»Ist das Ihr Sohn?«, fragte Robbie.

»Ja. Er ist spät dran mit dem Laufenlernen und hat es gerade erst geschafft. Das Wasser ist schon eher sein Element, er schwimmt darin, seit er acht Monate ist.«

»Wie alt ist er jetzt?«

»Fast zwei. Und er schwimmt wie ein kleiner Fisch.«

»Das ist cool«, sagte Robbie. »Ich habe erst viel später schwimmen gelernt, erst als ich in der Schule war.«

»Du wirst ihn im Sommer kennenlernen«, versprach Kip. »Seine Mutter und er werden herkommen.«

Robbie sah sich den Kompass genauer an, schließlich drehte er ihn um. Auf der Rückseite stand eingraviert: *Mögest du stets wahrhaftige Orte finden.*

»Danke für den Kompass. Was bedeutet diese Inschrift?«

»Ich hatte ihn seit meiner Kindheit. Er hat mich überall auf der Welt hingeführt. Daran soll die Gravur erinnern.«

»Wieso ist er kaputtgegangen?«, fragte Robbie.

»Er hat einmal zu nah an einem Magneten gelegen. Ich wollte ihn schon lange wieder richtig einstellen.«

»Was macht man, wenn er mitten auf dem Meer kaputtgeht?«

»Dann würde man mit Hilfe der Sterne, des Mondes, der Sonne und der Planeten navigieren.«

»Und wie macht man das?«, hakte Robbie nach.

»Diese Lektion heben wir uns fürs nächste Mal auf.«

»Wie sollte ein Kompass hier auf dem Meer überhaupt kaputtgehen?«, fragte Tess von ihrem Platz.

»Das könnte etwa bei einem Gewitter passieren«, erklärte Kip ihr.

»Aber Sie würden doch wohl nicht bei einem Gewitter hinausfahren?«, fragte sie.

»Nein, aber man kann auf hoher See von einem Wetterwechsel überrascht werden.«

»Würde man nicht über Funk davon erfahren?«, wollte Robbie wissen. »Mein Onkel hat doch so ein Gerät, mit dem warnt man die Leute auf dem Meer, wenn das Wetter schlechter wird.«

»Das Meer ist ziemlich unberechenbar. Es liegen gewaltige Kräfte darin verborgen, und es kann immer etwas geschehen, wenn man am wenigsten damit rechnet«, antwortete Kip.

»Auch ein Unglück.«

»Wie das, was meinem Vater passiert ist. Aber hier draußen auf dem Meer fühle ich mich sicher.«

»Das freut mich«, sagte Kip.

Robbie bemerkte erst jetzt, wie der Wind sich verändert hatte. Mittlerweile hatte er stark zugenommen. Kip reagierte sofort. Gewandt bewegte er sich auf die andere Seite des Boots, schnappte sich eine Leine und wickelte sie um eine Klampe. Dann ergriff er das schöne Steuerrad aus Holz und lenkte das Boot in die gewünschte Richtung. Die See wurde rauer, und das Boot schaukelte hin und her. Kleine Wellen schlugen gegen den Rumpf, und ein paar Möwen rasten kreischend hoch über ihnen durch den Himmel, so dass Robbie den Eindruck hatte, Wasser und Himmel würden auf einmal erwachen. Kip hielt die Hauptleine fest und zog daran, um das kleinere Segel zu hissen. Beide Segel flatterten nun laut im Wind, und das Boot neigte sich zur Seite. Seine Mutter klammerte sich fest.

»Auf so einem Boot sollte es Gurte zum Festschnallen geben.« Sie klang besorgt.

»Ihnen werden schneller als Sie glauben Seebeine wachsen«, sagte Kip.

»Das bezweifle ich«, rief sie zurück. »Robbie, pass auf die Tuba auf. Nicht, dass sie über Bord geht.«

Robbie schleifte das Instrument die paar Treppenstufen hinunter und lehnte es gegen die Schränke in der Kajüte.

»Komm und hilf mir«, hörte er Kip von oben nach ihm rufen.

»Klaro.«

Das Segelboot durchpflügte das Wasser, und Robbie hatte an Kips Seite das Gefühl, zu fliegen. Fest umklammerte er das Steuer.

»Halt es gerade«, sagte Kip.

Robbie spürte die Kraft der Wogen unter seinen Händen und genoss, wie das Boot durch die aufgewühlte See schoss, wie die weiße Gischt der Wellen an beiden Seiten aufspritzte und ihm das Gesicht mit einem feinen Nebel benetzte. Das kalte Wasser prickelte auf seiner Haut, aber es war angenehm und ließ ihn sich hellwach und lebendig fühlen. Das Salzwasser schmeckte auf seiner Zunge herb und anders als alles andere, was er kannte, und er atmete den durchdringenden Geruch des Meeres ein. Er war tatsächlich ein Teil von alldem. Über ihm veränderten sich beständig die Wolken und bildeten neue Muster. In einem Moment sahen sie aus wie hauchdünne Kisseninseln, die ohne Fäden wie durch Zauberhand von selbst in der Luft hingen. Als er kurz darauf erneut hinsah, hatten sie sich in dicke graue Klumpen verwandelt, die an zwei küssende Nilpferde erinnerten. Es schien, als hätte ein Maler, der den Himmel als Leinwand verwendete, die Wolken mit Zeichenkohle verschmiert. Und dann veränderten sie schon wieder ihre Form und bildeten dicke weiße Streifen. Ihm fiel auf, wie unterschiedlich die Vögel am Himmel waren. Eine Möwe mit pechschwarzem Schnabel und dazu passenden dunklen Flügelspitzen tauchte ins Wasser ein, fand etwas Essbares und ließ sich dann schaukelnd auf dem Meer nieder. Einige Vögel hatten weißgraue Federn, andere waren braun, manche waren groß, manche klein. Je genauer er hinsah, desto mehr Arten entdeckte er. Und wenn er ins Wasser hinabblickte, erkannte er rege Bewegungen unter der Oberfläche. Es sah aus, als würden dicke Tropfen aufs Meer fallen, dabei regnete es gar nicht. Das Wasser schäumte, sprudelte und platzte auf.

»Kip, sehen Sie mal, dort drüben im Wasser. Was ist das?«, fragte Robbie.

»Millionen und Abermillionen winziger Krebstiere. Sie bilden die Nahrungsgrundlage der Wale und sind der Grund, warum diese hierherkommen. Man nennt sie Krill. Sie sind ein gutes Zeichen. Wenn man solche reichhaltigen Futterstellen entdeckt, über denen die Vögel kreisen, dann ist ein Wal niemals fern.«

»Glauben Sie, dass wir bald einem begegnen werden?«

»Ich habe Benny gestern erst gesehen, aber das Meer ist kein Aquarium. Wir sind hier mitten in der Wildnis. Du musst die Augen offenhalten, denn sie schwimmen schnell und können tief tauchen, aber irgendwann müssen sie zum Luftholen hochkommen. Du musst gut Ausschau halten nach ihrem Blas und ihrer Fluke.«

»Der Ozean sieht unendlich aus, es ist eine so große Fläche, die man beobachten muss«, sagte Robbie. »Finden Sie ihn jedes Mal?«

»Nein, beileibe nicht immer. Aber der schlechteste Tag auf See ist besser als der beste Tag an Land«, meinte Kip lachend.

»Das stimmt«, sagte Robbie. »Es passiert die ganze Zeit so viel, in jeder Sekunde. Hier wird einem nie langweilig.«

»Siehst du die Bojen da?«, wollte Kip wissen.

»Ja.«

»Das sind die Verkehrsschilder des Meeres. Die grüne da zeigt dir an, dass du fünf Meilen von Montauk entfernt bist. Außerdem sind darin Sensoren, die Wetterberichte und Informationen über die Gezeiten und die Dünung übermitteln.«

»Was ist die Dünung?«

»Als Dünung bezeichnet man die Wellen, die sich aufbauen. Wenn die Dünung richtig stark wird, kann das Wetter in einen Sturm umschlagen.« Er zeigte auf die nächste Boje: »An der roten da solltest du dich immer orientieren. Siehst du die großen Griffe an den Seiten? Wenn du hier in diesen Gewässern jemals über Bord gehst, schwimmst du auf sie zu und hältst dich an ihr fest, bis du gerettet wirst.«

»Ich hoffe, das wird niemals passieren.«

»Natürlich, aber besser, man ist auf alles vorbereitet. Du kannst doch schwimmen, oder?«

»Ich bin immer nur in einem Becken in der Stadt geschwommen. Im Meer noch nie.«

»Du musst lernen, wie man im Meer schwimmt. Das ist etwas ganz anderes.«

»Könnte ich es nicht heute mal versuchen? Ich habe meinen Neoprenanzug dabei.«

»Sicher. Das Wasser ist herrlich. Wenn wir vor Block Island vor Anker gehen, können wir es probieren.«

»Ich halte das für keine so gute Idee. Sind Sie sich sicher, Kip?«, meldete sich Tess vom hinteren Teil des Bootes. »Das Wasser ist um diese Jahreszeit doch noch eiskalt.«

»Er wird das schon hinbekommen. Ich bleibe bei ihm. Und das Meer ist ruhig genug, um darin zu schwimmen. Sehen Sie doch, das Wasser ist ganz klar.«

»Solange er sich nicht in einen Eiszapfen verwandelt«, rief Tess zurück und fügte hinzu: »Wie lange dauert es noch, bis wir Block Island erreicht haben?«

»Etwa eine Stunde«, sagte Kip.

»Okay. Weckt mich, wenn wir da sind.«

»Sie bleibt die ganze Nacht wach, wie ein Vampir«, flüsterte Robbie. »Und dann schläft sie tagsüber.«

»Das habe ich gehört, Robbie«, kam es von hinten. »Denk

lieber daran, dich einzucremen. Die Sonne ist schon ziemlich stark.«

Kip lachte. Robbie beobachtete, wie seine Mutter sich das Hemd um die Taille knotete, ihre Jeans aufrollte und sich mit ausgestreckten Beinen aufs Deck legte. Das Meer hatte sich tatsächlich beruhigt, und die heiße Sonne ließ auch ihn schläfrig werden. Er verspürte den Drang, ebenfalls die Augen zu schließen, würde es jedoch auf keinen Fall tun. Endlich waren sie hier angekommen, um nach dem Wal Ausschau zu halten, und es würde vermutlich lange dauern, ihn zu finden, vielleicht hätten sie diesmal auch kein Glück, aber wenn, wollte er nicht derjenige sein, der nicht aufgepasst hatte. Langsam suchte er das Meer in allen Richtungen nach Anzeichen eines Wals ab, ließ seinen Blick auf und ab wandern, beobachtete die Strömungen, die das Wasser kräuselten, und suchte nach den kleinen Ansammlungen von Luftblasen, die ein Wal entstehen ließ, kurz bevor er zum Luftholen auftauchte, oder auch nach der großen Fontäne aus seinem Atemloch. Das Wasser wirbelte beständig umher und war immer in Bewegung. Das Meer schlief nie. Er warf einen Blick auf die Armbanduhr seines Vaters. Sie suchten nun schon seit über zwei Stunden nach Benny.

Er dachte an all die Fische und an all das Leben dort unten, das er nicht sehen konnte. Korallen und Seegras, kleine Elritzen, Shrimps, Hummer, Muscheln und Millionen von anderen Meereslebewesen. Und irgendwo dort unten war auch Benny. Robbie hatte gelesen, dass das Meer siebzig Prozent des Erdballs bedeckte, und die meisten Leute wussten nicht das Geringste darüber. Aber er würde dazulernen, Kip würde ihm alles beibringen. Und eines Tages würde Robbie sein eigenes Segelboot haben. Dieser Gedanke tröstete ihn, gewiss hätte das auch seinem Vater gefallen. Mit einem Mal stand Robbie auf und wies nach vorn aufs Meer.

»Kip, da draußen ist etwas. Ich glaube, das ist der Wal.«

»Oh, ich fürchte, nein. Das ist bloß Hitzeflimmern, Robbie. Es lässt einen Dinge sehen, die gar nicht da sind. Weißt du, was eine Fata Morgana ist?«

»Nein.«

»Das ist ein Bild, das du sehen kannst, obwohl es eigentlich gar nicht da ist.«

»Wie meinen Sie das?«

»Es ist eine optische Täuschung«, erklärte Kip.

»Man kann wirklich etwas sehen, was eigentlich nicht da ist?«, fragte Robbie.

»Ja, die Natur kann einem solche Streiche spielen.«

Kips Gesichtsausdruck wurde ernst. Er zog die Mundwinkel nach unten und verengte die Augen zu Schlitzen. Er schien über etwas nachzudenken, das ihm nicht besonders gut gefiel.

»Was ist los?«

»Ach, nichts. Ich würde nur gern verstehen, weshalb Benny noch immer hier in diesen Gewässern ist. Er sollte eigentlich längst vor der Küste der Dominikanischen Republik herumschwimmen. Ich bin zum Aufbruch dorthin bereit. Aber es gibt einen Grund dafür, weshalb er noch nicht fort ist. Sobald ich den herausgefunden habe, mache ich mich auf den Weg nach Süden.«

»Womöglich möchte er Ihnen etwas über Montauk mitteilen und ist deshalb noch da.«

»Vielleicht kannst du mir helfen, es herauszufinden.«

»Ja, mit meiner Tuba«, erwiderte Robbie. Er stieg hinunter, um sie zu holen, und brachte das Instrument mit festem Griff vorsichtig an Deck. Das goldene Blech glänzte im Sonnenschein wie elektrifiziert.

»Die sieht aus, als wäre sie schwerer als du«, stellte Kip lächelnd fest. »Brauchst du Hilfe?«

Froh nahm Robbie zur Kenntnis, dass sich Kips Stimmung gebessert hatte. »Ich spiele in der Blaskapelle, ich bin es gewöhnt, sie zu tragen«, sagte er.

»Okay. Sei vorsichtig, dass sie dir nicht herunterfällt. Setz dich dorthin in die Mitte des Boots«, wies Kip ihn an.

Robbie ließ sich nieder und richtete den Schalltrichter des Instruments nach oben, während die gewundenen Rohre auf seinen Knien ruhten.

»Ich bin gespannt, was jetzt passiert, Robbie. Ich habe schon so viele Möglichkeiten in Erwägung gezogen, um mit Benny zu kommunizieren, aber auf eine Tuba bin ich noch nicht gekommen«, sagte Kip. »Das würde meinem Sohn bestimmt sehr gefallen, was wir hier versuchen. Ich wünschte, er und seine Mutter Hannah wären hier.«

Robbie presste seine Finger zum Lockern auf die Ventile. Weil er noch so jung war, hatte sein Instrument nur drei Ventile, später, wenn er einmal besser und größer wäre, würde er eine neue Tuba mit sechs Ventilen spielen. Er legte die Lippen an das große gewölbte Mundstück und blies aus ganzer Kraft. Die brummenden Vibrationen seines Mundes brachten die Tuba dazu, Töne zu erzeugen, und der weiche Klang des Instruments erfüllte die Luft. Robbie liebte die reichhaltigen tiefen Töne. Kip schüttelte lächelnd den Kopf, seine Augen funkelten. Robbie spielte kein Stück, stattdessen hatte er Melodien geübt, die den Gesang des Wals imitierten. Er blies den höchsten Ton, den er hervorbringen konnte und hielt ihn so lang wie möglich, dann blies er in mehreren kurzen Stößen, die er immer wieder wiederholte. Er hatte sich vorher genau überlegt, was er tun wollte, und gab sich die größte Mühe, so zu klingen wie der Wal.

In diesem Moment trat seine Mutter neben ihn und beobachtete gespannt sein Tubaspiel. Das Meer war ruhig, aber

Robbie konnte es sanft gegen das Boot klatschen hören, während eine milde Brise an seinem Ohr vorbeirauschte und wie das Summen eines kleinen Vogels klang. Eine Möwe tauchte auf und stimmte mit ihrem Gekrächze und Geschrei in seine Musik ein. Für Robbies Ohren bildeten all die Geräusche des Meeres gemeinsam mit seiner Tuba eine ganz eigene Art von Orchester. Alles fügte sich so gut zusammen. Er blies und spielte weiter, und plötzlich ertönte eine weitere Stimme in diesem Ensemble des Ozeans, und er wusste, dass es Benny war. Robbie vernahm den leisen Gesang des Wals, der noch kaum vom Rauschen des Meeres zu unterscheiden war, doch er vertraute seinem Gefühl.

Dann erblickten sie ihn alle zugleich, ein gigantischer dunkler Umriss huschte unter der Wasseroberfläche vorbei und brachte das Meer zum Wirbeln und Gluckern. Der Wal war nun direkt unter ihnen und verursachte eine starke Strömung, die das Boot zum Schaukeln brachte. Der Wal konnte nur Zentimeter von der Meeresoberfläche entfernt sein. Mit einem Mal, in einem Schockmoment, der ihnen die Haare zu Berge stehen ließ, türmte sich das riesige Tier aus dem Wasser auf. Er erhob sich hoch in den Himmel, drehte und wendete seinen Körper und streckte eine seiner Brustflossen nach oben. Dann tauchte er von einem Augenblick zum anderen wieder unter, und seine glatte, glänzende pechschwarze Schwanzflosse mit dem weißen Herz in der Mitte sauste über den Rand des Bootes und war kurz davor, den Kopf seiner Mutter zu streifen. Sie schrie auf und wurde klatschnass gespritzt. Robbie und Kip standen wie erstarrt da, bevor Kip zu ihr eilte, als Benny gerade wieder im Meer verschwand.

»Verdammt noch mal!«, schrie Tess. »Haben Sie das gesehen? Wegen dieses Wals wäre ich fast über Bord gegangen.«

»Er ist gekommen, weil er mich spielen gehört hat«, rief Robbie.

»Verdammt, Robbie. Er hätte mich fast umgebracht«, kreischte sie. »Ich glaube es einfach nicht. Bin ich verletzt?«

Sie tastete panisch ihren ganzen Körper ab, als wolle sie sichergehen, dass sie heil geblieben war. Robbie warf Kip einen Blick zu, und die beiden konnten nicht länger an sich halten. Sie brachen in lautes Gelächter aus.

»So etwas habe ich noch nie gesehen«, prustete Kip. »In all meinen Jahren auf See nicht.«

»So lustig war das nicht«, empörte sich Tess.

»Vielleicht war er wegen meiner Musik so aufgeregt«, sagte Robbie.

»Vielleicht, Robbie«, stimmte Kip zu. »Es war wirklich knapp.«

»Wirklich knapp? Ich bin kaum mit dem Leben davongekommen. Zum Glück habe ich keinen Herzinfarkt bekommen«, schimpfte Tess. »Und hört auf zu lachen!«

»Hätte er Ihnen weh tun wollen, dann hätte er es gekonnt, Tess. Aber Wale sind extrem sanftmütig. Es war ein Versehen. Er war zu neugierig und ist zu nahe an uns herangekommen, ohne es zu merken«, erklärte Kip. »Er wollte Ihnen keinen Schrecken einjagen. Es gibt wirklich keinen Grund, Angst vor ihm zu haben.«

»Es war echt unglaublich«, kicherte Robbie, der sich immer noch vor Lachen bog. Kip schüttelte den Kopf und konnte ebenfalls nicht ernst bleiben.

»Mann, das hätte meinem Vater gefallen.«

»Ach ja, hätte es das? Bestimmt sitzt er gerade da oben oder wo auch immer und lacht sich kaputt. Seht mich an. Ich bin praktisch nackt«, rief Tess.

Der Stoff ihres dünnen Hemdes war völlig durchnässt. Sie

umschlang sich selbst mit den Armen und brach dann in Tränen aus. Kip schnappte sich ein Handtuch und legte es ihr um die Schultern.

»Es ist alles in Ordnung, Tess. Sie haben nur einen gehörigen Schreck bekommen«, tröstete er sie. »Kommen Sie mit nach unten, da können Sie sich abtrocknen.«

»Ich will zurück an Land«, sagte sie. »So schnell wie möglich.«

»Wir fahren auf keinen Fall zurück«, schrie Robbie.

»Ich habe nicht die Absicht, noch einmal von einem hundert Tonnen schweren Wal erwischt zu werden – und wenn er noch so sanftmütig ist. Vielen Dank, aber mir reicht es.«

Tess war tatsächlich völlig durcheinander, sie hatte wirklich Angst bekommen. Und sie war durch und durch nass. Ihr Haar tropfte vor Feuchtigkeit.

»Kommen Sie, Tess, Sie werden doch nicht aufgeben wollen, wenn Ihr Sohn so kurz vor einem Durchbruch steht?«, versuchte Kip, sie zu beruhigen. »Robbies Idee, die Tuba zu benutzen, um Kontakt aufzunehmen, ist einzigartig, und sie scheint tatsächlich zu funktionieren. Warum gehen Sie nicht erst einmal nach unten und ziehen sich etwas Trockenes an? In den Schubladen müssten ein paar Sachen von meiner Frau sein, und sie hätte bestimmt nichts dagegen, wenn Sie sich etwas leihen. Robbie, hilf deiner Mutter nach unten.«

Er folgte ihr in die Kajüte, und sie zog die Falttür zur winzigen Duschkabine halb zu, um sich auszuziehen. Robbie verstaute die Tuba wieder in ihrem Koffer und nahm die nassen Klamotten seiner Mutter entgegen.

»So große Angst hatte ich in meinem ganzen Leben noch nicht«, sagte sie.

»Benny wollte dir keine Angst einjagen. Da bin ich mir sicher«, erwiderte er.

Mit einem umgebundenen Handtuch trat sie aus der Duschkabine.

»Mom, müssen wir wirklich zurückfahren?«

»Nein, ist schon gut«, sagte sie seufzend. »Aber mir ist gerade nicht danach, gleich wieder an Deck zu gehen. Ich muss mich erst mal beruhigen. Würdest du meine Sachen in der Sonne trocknen lassen und sie mir dann wieder runterbringen? Ich werde mich einen Moment hinlegen.«

»Okay«, sagte Robbie. »Danke, Mom.«

»Weißt du was, Robbie? Ich glaube, der Wal hat wirklich auf dein Tubaspiel reagiert. Vielleicht hast du recht. Und es tut mir leid, dass ich dich davon abhalten wollte«, sagte sie.

»Mach dir nicht so viele Sorgen«, sagte Robbie und sprang mit den nassen Kleidungsstücken in der Hand zurück an Deck.

»Geht's deiner Mutter gut?«, fragte Kip.

»Ja, aber sie will sich ein bisschen ausruhen. Wo können wir ihre Sachen trocknen lassen?«

Kip nahm die Kleidungsstücke entgegen, und Robbie sah zu, wie er sie an einer der Segelleinen aufhängte, indem er geschickt kleine Knoten in den Stoff band. Das Hemd und die Jeans blähten sich im Wind auf wie Luftballons.

»Dank des Windes und der Sonne werden sie gleich wieder trocken sein.«

Mit vollen Segeln eilte das Boot auf Land zu. In der Ferne konnte Robbie die Umrisse von Block Island ausmachen. Wie aus dem Nichts war eine Schar Möwen erschienen, die ihnen schnatternd und kreischend folgte. Die kleinen Wellen glänzten silbern. Robbie stand neben Kip am Steuer, die Mittagssonne knallte auf sie herunter.

»Du bist ein ziemlich schlauer Kerl, Robbie. Deine Idee, den Wal mit dem Spiel deiner Tuba anzulocken, ist wirklich außergewöhnlich. Nun werden wir mit der Zeit herausfinden müssen, ob es ein Zufall war oder nicht. Das wird ein bisschen dauern, bis wir darüber Gewissheit haben.«

»Wie können wir das herausfinden?«

»Wir werden dein Experiment so lange wiederholen müssen, bis wir Gewissheit haben.«

»Den ganzen Sommer über?«

»Mindestens.«

»Ich werde Ihnen helfen. Ich habe den ganzen Sommer Zeit, mit Ihnen rauszufahren.«

Der Wind fuhr ihm zirpend und schnatternd durchs Haar und um die Ohren, und er meinte, die Frische der Luft geradezu hören zu können. Beim Anblick des weiten, flimmernden Meeres und der von der Sonne geküssten Wellen schien alles möglich.

»Aber wer wird dann deiner Mutter helfen? Sie wäre ganz allein«, sagte Kip.

»Die ist schon wieder die ganze Zeit beschäftigt. Sie macht wieder Schuhe und verkauft sie bei Christopher. Sie braucht mich nicht.«

»Ich glaube, dass sie dich sehr wohl braucht.«

»Ich brauche sie aber nicht.«

»Du bist alt genug, um zu verstehen, Robbie. Deine Mutter versucht, dich nicht merken zu lassen, wie traurig sie ist und wie schlecht es ihr geht. Aber ich kann es spüren. Sie liebt dich sehr. Sie würde alles für dich tun. So sind Mütter nun einmal. Sie sind die Einzigen, die zu uns stehen, wenn wir alles andere verloren haben. Und sie ist sehr tapfer. Sie fühlt sich auf dem Boot eindeutig nicht wohl, aber dir zuliebe kommt sie trotzdem mit. Ich glaube auch, dass sie für dich hier rausgezogen ist, damit es dir besser geht. Sie muss ohne deinen Vater zurechtkommen und ist ganz allein mit der ganzen Verantwortung, die Eltern eigentlich zu zweit tragen sollten. Unsere Mütter sind die liebsten, besten Freunde, die wir jemals haben werden. Sie sind immer für einen da, dein ganzes Leben lang. Aber jetzt musst du auch für sie da sein, verstehst du?«

»Hätte sie mich an dem Tag damals in die Schule gebracht, wäre mein Vater noch am Leben. Sie hätte so sein sollen wie alle anderen Mütter, aber sie hat die ganze Zeit nur gearbeitet, und jetzt ist er tot. Es ist ihre Schuld.«

Robbies Gesicht fühlte sich plötzlich ganz heiß an, und er spürte, dass ihn seine Gefühle übermannten. Er brach in Tränen aus und musste so stark schluchzen, dass er kaum noch Luft bekam.

»Ich hasse sie, ich hasse sie, es ist alles ihre Schuld, es ist ihre Schuld«, presste er hervor.

Er zitterte am ganzen Körper. Kip hielt Robbie an den Schultern fest, damit dieser ihm in die Augen blickte. Sie waren tiefblau und glasklar. Robbie konnte sogar sehen, wie sich die Wolken in ihnen spiegelten.

»Das stimmt nicht. Hör auf, das zu denken, Robbie. Du suchst jemanden, dem du die Schuld an dem geben kannst, was geschehen ist. Weil es unvorstellbar ist, dass dein Vater einfach so, ohne irgendeinen Grund hat sterben müssen. Doch damit machst du dir etwas vor, und das wird dir nicht helfen. Er ist ermordet worden. Deine Mutter hat nichts dazu beigetragen, und sie hätte es nicht verhindern können. Manchmal geschehen schreckliche Dinge, ohne dass irgendjemand daran schuld ist.«

»Sein Mörder ist schuld!«

»Ja, das ist er, aber nicht deine Mutter. Du darfst nicht sie dafür verantwortlich machen.«

»Ich werde ihr niemals vergeben. Sie hätte nicht immer arbeiten sollen. Nie war sie für uns da!«

Robbie weinte, bis keine Tränen mehr kamen. Er schien

sich beruhigt zu haben, doch dann sah er Kip in die Augen. »Wenn ich keine Angst gehabt hätte, allein mit der U-Bahn zur Schule zu fahren, wäre mein Dad noch am Leben«, flüsterte er.

Erschrocken blickte Kip auf und machte eine abwehrende Geste.

»Doch«, sagte Robbie. »Genau so ist es. Mein Vater ist meinetwegen gestorben.«

»Denkst du das wirklich? Darum geht es also«, sagte Kip. »Mit solchen Gedanken quälst du dich nur. Siehst du nicht, dass das genauso wenig stimmt? Das ist genauso falsch, wie deine Mutter verantwortlich zu machen. Das war allein dieser Junge, der nun für den Rest seines Lebens im Gefängnis sitzen wird. Du musst dich befreien von diesen Schuldgefühlen. Vergib dir, Robbie, sonst wirst du niemals in der Lage sein, nach vorn zu blicken und glücklich zu sein. Du wirst niemals frei sein. Du trägst keine Schuld an dem, was geschehen ist. Und deine Mutter auch nicht. Lass nicht zu, dass diese Ideen einen Keil zwischen deine Mutter und dich treiben. Fang von heute an noch einmal neu an. Willst du das versuchen?«

»Ich weiß es nicht.«

»Jetzt hör mal, du solltest diesen Sommer Segelunterricht nehmen und deinen ersten Segelschein machen. Du musst lernen, im Meer richtig zu schwimmen, und wenn du viel übst und das Segeln beherrschst, kannst du dein eigenes kleines Boot bekommen. Du steigst mit einem kleinen Sunfish-Boot für Anfänger ein, die bekommt man hier günstig aus zweiter Hand. Deine Mutter wäre damit sicher einverstanden. Damit kannst du in der Bucht üben. Möchtest du das? Bist du gewillt, dich wirklich für diese Sache zu engagieren und hart zu arbeiten? Dann bist du auf dem besten Weg hin zu einem größeren Boot, mit dem du schließlich selbst Bennys Spur oder der eines anderen Wals folgen kannst. Es wäre gut, wenn auch du hier Walgesänge aufnimmst und nach ihnen Ausschau hältst, während ich das Gleiche im Süden tue. Zwei Forscher sind besser als einer. Was meinst du – abgemacht?«

»Mein eigenes Sunfish-Boot, so bald?«, fragte Robbie voller Staunen.

»Damit fängt man an.«

»Nächstes Jahr werde ich zehn sein. Ich habe von einem Mädchen gelesen, das mit fünfzehn Jahren um die ganze Welt gesegelt ist.«

»Dann hast du noch ein paar Jahre zum Üben. Du willst schließlich eigenständig zur See fahren und nicht als jemandes Matrose.«

Kip streckte Robbie die Hand entgegen.

»Ich würde sagen, wir haben einen guten Plan für dich geschmiedet«, meinte Kip.

Zwar nahm er seiner Mutter noch immer übel, was ihre Familie durchlebte, dennoch schien eine schwere Last von Robbies Schultern gefallen zu sein. Und endlich kam Block Island näher, wo sich steile Klippen hinter einem breiten Sandstrand erhoben. Nach und nach erkannte Robbie einzelne Details der Insel. Vielleicht würden sie Benny hier noch einmal sehen. Er sah zu, wie Kip die Segel einholte und die Leinen festmachte. Dann ließ er den Anker zu Wasser und band Tess' Jeans und Hemd los, die er Robbie in die Hand drückte.

»Hier ist ein guter Platz fürs Mittagessen. Du musst doch hungrig sein. Warum gehst du nicht deine Mutter holen? Ihre Sachen sind jetzt trocken«, sagte er.

»Ich bringe sie ihr und komme dann gleich wieder hoch.«

Tess schlug gerade die Augen auf, als Robbie sie an der Schulter antippte.

»Ich bin wohl eingeschlafen«, murmelte sie.

»Hier sind deine trockenen Klamotten. Kip hat den Anker ausgeworfen. Willst du was essen?«

»Ich bin am Verhungern.«

Tess verschwand in der Duschkabine und zog sich um.

»Hilfst du mir mit der Kühlbox?«, fragte sie.

Robbie nickte, und sie nahmen jeder einen Griff und schleppten sie gemeinsam an Deck. Doch Kip war nicht zu sehen. Sie schauten sich auf dem Boot um, und Robbie wurde unruhig.

»Kip! Wo sind Sie?«, schrie er.

»Sieh mal, da drüben.« Tess wies aufs Wasser.

Nicht weit entfernt schwamm Kip mit kräftigen Zügen auf das Boot zu, dann tauchte er unter, um direkt neben dem Boot wieder an die Oberfläche zu kommen.

»Das Wasser ist herrlich! Kommt rein«, rief er.

»Nein, danke. Ich bin gerade erst trocken geworden«, sagte Tess. »Sind Sie sicher, dass Sie bei Verstand sind, in dieser Kälte zu schwimmen?«

»Halten Sie doch mal einen Fuß rein«, antwortete er.

Tess und Robbie stiegen ein paar Stufen an der Badeleiter hinunter und tauchten stattdessen ihre Hände ins Wasser.

»Du liebe Güte! Das ist ja eiskalt. Sie müssen zur Hälfte Fisch sein, Kip«, rief Tess.

»Es ist wirklich ziemlich kalt«, stimmte Robbie zu. »Aber ich möchte trotzdem rein.«

Kip zog sich mit einer einzigen raschen und geschmeidigen Bewegung an Deck. Meerwasser tropfte von seinem glänzenden Anzug. Er schnappte sich ein Handtuch und rieb sich damit den Kopf ab.

»Natürlich ist es kalt. Aber es fühlt sich phantastisch an. Was meinen Sie, Tess? Darf er ins Wasser?«

»Bitte, Mom, darf ich rein? Die Luft ist doch ganz warm.«

»Ich dachte, du hättest Hunger«, erwiderte Tess.

»Ich esse was, wenn ich wieder rauskomme. Bitte, sag ja«, bettelte er.

»Meinetwegen. Wenn es dir so wichtig ist.«

Robbie stieg in die Kajüte, wo er aus seiner Jeans und seinem T-Shirt schlüpfte und in die Beine des Neoprenanzugs stieg. Kip half ihm, ihn so weit wie möglich nach oben zu ziehen. Das dicke Gummimaterial haftete an Robbies Haut wie Klebestreifen. In der Kajüte schien es ihm mit einem Mal furchtbar heiß. Der Anzug lag schwer auf seinem Körper, passte ihm jedoch perfekt. Kip zog den Reißverschluss hoch und reichte ihm noch eine dazu passende Haube für den Kopf.

»Wie fühlt es sich an?«

»Eng.«

»Das soll es auch. Hier, nimm diese Schwimmbrille. Es ist Hannahs, sie müsste dir passen.«

»Okay.«

Dann nahm Robbie seine Hörgeräte ab und wollte sie gerade auf dem Tisch ablegen, als Kip fragte: »Warum gibst du sie nicht deiner Mutter, damit sie darauf aufpasst?«

Robbie streckte den Daumen hoch und ging hinauf an Deck. Seiner Mutter fielen bei seinem Anblick fast die Augen aus dem Kopf. Sie nahm Robbies Hörgeräte entgegen. »Ich erkenne dich kaum wieder! Mein Gott, bist du groß geworden, Robbie«, gebärdete sie.

Auch ihr zeigte er den erhobenen Daumen, dann nahm Kip ihn an der Hand und führte ihn zu der metallenen Badeleiter. Kip ließ sich als Erster hineingleiten und streckte dann die Arme aus, um Robbie zu helfen, der rückwärts auf die Leiter trat und sich einfach ins Wasser fallen ließ. Nun war er tatsächlich im Meer. An seinem Gesicht war das Wasser eiskalt, aber der Anzug hielt ihn vollkommen warm und fühlte sich hier im

Wasser auf seinem Körper ganz natürlich an. Er schien schwerelos zu sein. Es war ein seltsam gutes Gefühl. Kip schwamm vom Boot weg und gebärdete Robbie, ihm zu folgen. Es war ungewohnt für Robbie, in den Wellen zu schwimmen. Obwohl das Meer vom Boot aus so ruhig ausgesehen hatte, war es unablässig in Bewegung, wie er nun merkte, und er schluckte ein wenig Salzwasser. Er mochte den Geschmack, spuckte es aber aus. Zuerst paddelte er wie ein Hund, dann fing er an zu kraulen. Er blickte nach unten ins Wasser, mit der Schwimmbrille konnte er alles ganz klar erkennen. Seine Hände und Füße zogen eine Spur aus kleinen Blasen hinter sich her, und er sah winzige durchsichtige Fische überall umherschwimmen, aber das Wasser war zu tief, um bis auf den Grund zu blicken. Kip schwamm an seiner Seite, während Robbie vom Boot aus Runden drehte und sich ein paar Meter davon entfernte.

Im blaugrünen Wasser spiegelte sich das Licht der langsam tiefer sinkenden Sonne, die aber immer noch kräftig war. Robbie konnte nicht direkt in die Sonne blicken, so stark blendeten ihn ihre Strahlen. Das Meer war wie eine Decke aus knisternder, funkelnder Elektrizität, wie ein Spiegel. Plötzlich tauchte Kip unter ihm entlang und gab ihm ein Zeichen. Als er im Wasser innehielt, sträubte sich sein kurzes Haar wie die Stacheln eines Stachelschweins. Er schwamm wie ein Delphin, tauchte geschmeidig auf und ab und kreiste unter ihm, während Robbie zurück zum Boot schwamm. Kip war wie ein Unterwasserakrobat, der Purzelbäume schlug und Rückwärtssalti machte. Robbie wollte auch so schwimmen können. Dann sah er, dass Tess mit den Armen ruderte und dabei auf und ab sprang.

»Kommt zurück, kommt zurück!«, las Robbie von ihren Lippen. Halb schien es ein Schrei, halb ein Flüstern.

In diesem Augenblick bemerkten sowohl er als auch Kip

den Wal. Benny war zurückgekehrt und weniger als drei Meter von ihnen entfernt.

»Er wird dir nichts tun, hab keine Angst«, formte Kip mit den Lippen.

»Ich habe keine Angst. Ich wusste, dass er zurückkommt.«

»Beobachte ihn einfach. Aber stör ihn nicht. Lass ihn in Ruhe.«

Der Junge, Kip und der Wal schwammen nun gemeinsam, zu dritt glitten sie durch die Wellen. Es war ein Moment der Glückseligkeit, und plötzlich meinte Robbie, die Anwesenheit seines Vaters zu spüren. Adam war hier, Robbie konnte ihn weder sehen noch hören, aber er wusste, dass sein Vater hier bei ihnen war. Sie schwammen und ließen sich treiben und traten Wasser neben dem Wal, und Robbie war vollkommen überwältigt. Im Vergleich zu dem riesigen Tier hatte er die Größe einer Ameise, aber er wusste, dass der Wal ihm nichts tun würde.

Er sah zu seiner Mutter, die sie nicht aus den Augen ließ, sich aber nicht mehr zu ängstigen schien. Dann blickte er wieder zu dem Wal neben sich. Seine Form erinnerte an ein Luftschiff. Ein riesiges dunkles Oval, beinahe eiförmig, nur nicht ganz so breit. Seine Augen lagen zu beiden Seiten seines riesigen Kopfes, weit voneinander entfernt. Es sah aus, als könnte er, anders als ein Mensch, in alle Richtungen sehen, sogar nach hinten. Seine große Schwanzflosse rauschte langsam vor und zurück, vor und zurück, und auf seinem enormen Maul lag ein immerwährendes Lächeln, das ihm ein friedliches, gütiges Antlitz gab. Robbie bemerkte die tiefen Falten und die weißen Flecken auf seinem Körper, der Wal war gar nicht tiefschwarz, wie er zuerst gedacht hatte, sondern eher glänzend dunkelblau. Blauschwarz. Er trieb schwerelos unter Wasser, als hinge er wie eine Marionette an unsichtbaren Fäden.

Obwohl das gigantische Tier nur wenige Meter von ihm entfernt war, empfand Robbie keine Angst. Er konnte kaum glauben, dass er tatsächlich neben einem echten, lebendigen Wal schwamm. Kip entfernte sich, tauchte unter Wasser auf den Wal zu und näherte sich dessen Kopf. Er schwebte neben dem Kopf des Tieres. Gebannt beobachtete Robbie die beiden und ließ sich einfach treiben. Ohne seine Hörgeräte, die die Lautstärke aller Geräusche verstärkten, war die Stille, die ihn umgab, einfach herrlich. Er sah im kristallklaren Wasser kleine Fische um den Wal herumschwimmen. Seegras umschwebte ihn wie kleine Bändchen.

Kip kam zu Robbie zurückgeschwommen. Seine Augen leuchteten, sein Gesicht war mit Meerwasser benetzt. An den Spitzen seiner Wimpern hingen winzige Tropfen, was ihm das Aussehen eines Wesens verlieh, das aus dem Wasser stammte, Teil des Wassers war. So wie er schwamm und tauchte und seinen Körper verdrehte und unter Wasser die Luft anhalten konnte, gehörte er ins Meer, er war ein Teil davon. Schließlich beobachteten Robbie und Kip, wie der Wal sie ein letztes Mal anblickte. Dann wandte sich der Riese um und tauchte hinab. Die prachtvolle, glänzend schwarze herzförmige Schwanzflosse des Wals erhob sich in die Luft, verharrte dort einen Moment lang, während ein prächtiger Wasserfall von ihr herabfloss, ehe sie vollkommen in der Tiefe versank.

Kip gab ihm ein Zeichen, sie sollten zum Boot zurückkehren, half Robbie, an Bord zu klettern, zog sich dann mit einem Schwung selbst hoch und holte die Leiter ein. Tess hüllte Robbie in ein riesiges Handtuch. Sie reichte ihm seine Hörgeräte, die er sich um die Ohren klemmte. Das Wellenrauschen brauste in sein Hirn, dazu die Geräusche des schaukelnden Bootes und der schreienden Vögel. Alle Laute des Meeres waren durchdringender als je zuvor.

»Was in deinem Leben soll das noch übertreffen?«, fragte Tess lachend.

»Mit zwei Walen zu schwimmen«, sagte er und strahlte sie an.

Kip ging nach unten, und bis Robbie ihm gefolgt war, um wieder in seine trockenen Kleider zu schlüpfen, stand er schon in Jeans und T-Shirt vor ihm. Robbie zog sich in Windeseile um und half Kip, den Anker einzuholen und die Segel zu setzen. Tess hatte derweil das Essen ausgebreitet, und Robbie schlang ein Sandwich nach dem anderen hinunter. Kip aß, während er das Boot steuerte, und Tess reichte ihm etwas zu trinken.

»Ich kann nicht glauben, dass es schon nach acht ist. Wir waren den ganzen Tag unterwegs«, sagte Tess. »Und die Zeit ist so schnell vergangen.«

Der Wind stand günstig und ließ die Segel laut flattern. Kip lenkte das Boot fort von Block Island und zurück aufs offene Meer, heimwärts nach Montauk. Die Böen fuhren ihnen durchs Haar, die Wolken verschoben sich und zogen dahin, die Wellen tanzten. Unbemerkt war Stunde um Stunde verstrichen, und Robbie dachte, dass er ewig mit der *Kipper* segeln könnte.

Kapitel NEUNZEHN

Tess trank einen Kaffee aus einem Pappbecher, an dem sie sich fast die Fingerspitzen verbrannte, aber das heiße Getränk wärmte sie auf. Hier auf dem Bahnsteig herrschte eine steife Brise, im Sommer war es in Montauk mit seinen Winden vom Meer immer deutlich kühler als in der Stadt. Dort fühlte man sich an den langen heißen Tagen im Juli und August bisweilen wie in einem Urwald, die Luft war die reinste Waschküche, und vom Asphalt stieg der Dunst auf. Tess wartete auf den morgendlichen Sechs-Uhr-Zug nach New York. Es war eine Rückkehr, der sie mit Zweifeln entgegensah. Am nächsten Tag war der vierte Juli, sie hatte das Datum vor dem Feiertag mit Absicht gewählt und war der einzige Fahrgast weit und breit. Niemand sonst reiste aus Montauk ab, alle bereiteten sich dort auf den alljährlichen Touristenansturm am Wochenende des Unabhängigkeitstages vor, und sie rechnete damit, dass der ankommende Zug zum Bersten mit Ausflüglern gefüllt sein würde.

An diesem Morgen herrschte jedoch noch die Ruhe vor dem Sturm, wobei die Upper West Side von Manhattan bei ihrer Ankunft ebenfalls ausgestorben sein würde. Die meisten ihrer Bekannten würden über das lange Feiertagswochenende verreist sein. Während des Sommers und vor allem am vierten Juli glich ihr Viertel einer Geisterstadt. Wer konnte, verließ New York in Richtung Meer oder aufs Land. Die Chancen standen also gut, dass sie keinen Nachbarn oder Freunden über den Weg laufen würde. Sie wollte niemanden sehen. Es würde kein Wiedersehen mit Kollegen oder Freunden geben, kein Bemitleiden während eines ausgedehnten Mittagessens, kein erzwungenes Gedenken für Adam. Tess wollte nur so schnell wie möglich rein und wieder raus.

Sie musste nach ihrer Wohnung sehen und sich um das Atelier kümmern, und vor allem musste sie einige wichtige Entscheidungen treffen. Es war an der Zeit. Länger konnte sie es sich nicht mehr leisten, ihr Leben in der Stadt im Schwebezustand zu lassen. Endlich fuhr der Zug ein. Es war der letzte Halt an der Südküste Long Islands, und die Touristen schwärmten aus den Waggons wie Bienen aus einem Bienenstock, so dass es in umgekehrter Fahrtrichtung reichlich freie Plätze gab. Tess setzte sich an ein Fenster, die Türen schlossen sich mit einem lauten Knall, und der Zug nahm langsam Geschwindigkeit auf. Sie hatte Glück, dies war ein Expresszug, der lediglich in Jamaica Halt machen würde, dem Knotenpunkt zwischen Long Island und Manhattan, dann in Woodside und schließlich in der Penn Station. In weniger als drei Stunden würde sie in der Stadt sein.

Sie war dankbar, dass Robbie nicht mit ihr hatte fahren wollen. Nach ihrem letzten Ausflug mit Kip hatte Robbie sie angebettelt, Segelunterricht nehmen zu dürfen, weshalb sie ihn für einen Anfängerkurs angemeldet hatte. Ihr Sohn schien auf dem Wasser ein Naturtalent zu sein, wie sein Lehrer ihr gesagt hatte, er wisse intuitiv, was er zu tun habe, und bewege sich ohne Angst auf dem Boot. Ein bisschen verwunderte es sie schon, dass ihr Großstadtkind ausgerechnet zum Segler geboren zu sein schien, aber sie war wirklich froh, dass er Zeit mit anderen Kindern verbringen würde und etwas gefunden hatte, das ihn begeisterte. Sie hatte ihm erlaubt, mit dem Fahrrad überall hinzufahren, solange er zum Mittagessen bei Ike war und dort blieb, bis sie abends zurückkehrte. Er hatte sein Mobiltelefon dabei, und auch wenn es sie viel Kraft kostete, ihre Angst im Zaum zu halten, war ihr bewusst, dass sie ihrem Sohn ein gewisses Maß an Unabhängigkeit und Verantwortung für sich selbst zugestehen musste. Zuletzt hatte er sich an alle Absprachen gehalten, und sie war sich ziemlich sicher, dass er nicht in Schwierigkeiten geraten würde. In seinem Alter konnte sie nicht mehr jede seiner Bewegungen kontrollieren und ihn an der kurzen Leine halten. Und es bedeutete ihm offensichtlich viel, dass sie ihm zutraute, selbst auf sich aufzupassen.

Natürlich hatte sie alles mit Ike und Rita abgesprochen, damit sie Robbie im Auge behalten konnten. Auch Christopher hatte ihr versichert, Robbie könne gern einmal bei ihm vorbeikommen, und außerdem erwähnt, dass er eine neue Turnschuhbestellung für sie habe. Zu ihrer Überraschung waren die ersten Exemplare innerhalb weniger Tage ausverkauft gewesen, und nun wollte er Nachschub. Außerdem fragte sie Jimmy, ob er etwas Zeit mit Robbie verbringen könnte. Daraufhin bot er an, ihm demnächst Surfunterricht zu geben, worüber Robbie sich riesig freute. Vor allem fand er es super, dass Tess nicht dabei sein würde, um auf ihn aufzupassen. Sie verstand langsam, dass sie aufhören musste, sich wie eine dieser furchtbar klammernden Mütter aufzuführen, die ihren Kindern keine Luft zum Atmen ließen. Immer wieder sagte sie sich, dass Robbie einen wunderbaren Tag haben und in Sicherheit sein würde, dennoch machte sie sich Sorgen.

Das üppig grüne Laubwerk der sommerlichen Landschaft Long Islands rauschte vor dem Fenster vorbei wie ein vorgespulter Kinofilm. Der Himmel strahlte in hellem Blau, die Sonne schien. Sie hatte kein Buch zum Lesen mitgenommen, sie hätte sich ohnehin nicht konzentrieren können. Je näher sie der Stadt kam, desto mehr kreisten ihre Gedanken um Adam. Sie konnte ihn vor sich sehen, sein attraktives Gesicht mit den feinen Zügen, den hohen Wangenknochen und den hellgrauen Augen, die manchmal ihre Farbe änderten und blau wurden. Mit seinem kurzen blonden Haar wirkte er wie ein großer Junge. Auf seiner Stirn waren die ersten Falten und auf seinem Schädel graue Strähnen aufgetaucht, doch er war ein Mann gewesen, der selbst mit achtzig noch jung ausgesehen hätte. Wenn er denn so lange gelebt hätte. Sie spürte den Schmerz seines Verlusts noch so stark wie an jenem ersten Tag. Im Fenster erkannte Tess trotz des Tageslichts ein schwaches Spiegelbild von sich. Es war voller Trauer und sah verloren aus.

Sie erinnerte sich an ihre erste Begegnung mit Adam zurück. Hals über Kopf hatten sie sich damals ineinander verliebt. Er sagte ihr, für ihn sei es Liebe auf den ersten Blick, und schon nach ihrem ersten gemeinsam Wochenende, das sie fast ununterbrochen im Bett verbrachten, zog er in ihre Wohnung. All ihre Freunde waren der Meinung, sie seien füreinander geschaffen – der gutaussehende junge Plattenproduzent und die Schuhdesignerin. Sie hatten sich gegenseitig unterstützt, wo sie nur konnten, und mit Freuden hatte Tess beobachtet, wie seine Karriere begann. Adams Eltern hatten ihm ein Erbe hinterlassen, mit dem er Harding Entertainment gründete.

Nun fragte sich Tess, ob der Zauber ihres Anfangs mehr auf Bedürftigkeit und Einsamkeit basiert hatte als auf Liebe. Adam hatte seine Eltern verloren, sie ebenfalls. Waise zu sein war etwas, das sie zusammengeschweißt hatte, sie hatten sich aneinandergeklammert und einander versprochen, dass sie eines Tages eine große Familie haben würden. Niemals mehr würden sie allein sein. Dann ging es mit Tess' Karriere steil bergauf, und sie verdrängte ihren Traum von weiteren Kindern, bis er schließlich immer mehr verblasst war.

»Penn Station. Letzter Halt Penn Station«, dröhnte der Schaffner über den Lautsprecher. Tess stand auf und stieg auf den Bahnsteig, ging die Treppen hinauf und trat aus der stark klimatisierten Bahnhofshalle auf die Straße, wo ihr ein glühend heißer Luftschwall entgegenschlug. Der Lärm der Busse und Autohupen, der brüllenden Menschen und plärrenden Ghettoblaster überforderte ihre Sinne. Die Hitze, der Verkehr, der Asphalt, die Wolkenkratzer, der Dreck im Rinnstein und die überquellenden Mülltonnen waren regelrecht ein Schock. Sie hätte fast auf dem Absatz kehrtgemacht und wäre zurück in den Zug nach Montauk gestiegen. Doch sie riss sich zusammen, überquerte die dreiundvierzigste Straße und entfernte sich von der wimmelnden Menschenmasse in Richtung Hudson River, bis sie sich genau in der Mitte zwischen ihrer Wohnung und ihrem Atelier befand. Auf dem langen Highway, der sich an der Westseite Manhattans entlangschlängelte, käme sie rasch, wohin sie wollte, in jede Richtung war es nur eine zehnminütige Taxifahrt. Welchem Ort würde sie sich als Erstes stellen? Sie zog eine Münze hervor und warf sie in die Luft. Sie landete mit der Kopfseite nach oben. Tess winkte ein Taxi herbei und ließ sich von ihm bis zwei Häuserblocks von ihrer Wohnung entfernt bringen. Friedlich lagen der Central Park auf der einen und die breite, mit älteren Gebäuden gesäumte Central Park West Avenue auf der anderen Seite. Die wenigen, stets hart umkämpften Parkplätze in der Straße waren allesamt leer. Ein deutliches Anzeichen dafür, dass die Bewohner die Stadt verlassen hatten. Langsam ging sie auf das Haus mit der auffallenden roten Markise zu, das bis vor kurzem ihr Zuhause gewesen war. Durch die schweren Glastüren konnte sie erkennen, dass ihr Lieblingsportier José hinter dem Empfangstresen saß. Tess blieb auf der gegenüberliegenden Straßenseite wie festgefroren stehen und starrte ihr Haus an.

An Weihnachten hatte sie es mit Robbie wie ein Dieb in der Nacht verlassen. Sie hätte gedacht, der Wechsel der Jahreszeiten und die verstrichenen Monate hätten den Schmerz gelindert, aber so war es nicht. Sie fürchtete sich, über die Straße zu gehen und das Gebäude zu betreten. Hatten José und die anderen Portiers Adam mit seiner Geliebten gesehen? Hatten ihre Nachbarn und Freunde gewusst, was sich da vor ihrer Nase abspielte? Der Gedanke daran löste Übelkeit bei ihr aus.

»Tess! Sie sind zurück!«

Ausgerechnet Alexandra Lucas, der Klatschtante des Hauses, musste Tess über den Weg laufen. Ihr folgte ein winziger Miniatur-Yorkshire-Terrier mit leuchtend pinkfarbenem Halsband und passender Leine.

»Alexandra, wie geht es Ihnen?«, erwiderte Tess.

»Meine Liebe, Sie sehen so natürlich aus! Wo haben Sie gesteckt? Und Robbie? Wir alle haben gedacht, Sie seien ans andere Ende der Welt gezogen. Und Gott weiß, wer würde es Ihnen verübeln«, flötete Alexandra in einem sirupsüßen Tonfall.

»Nein, nein. Wir sind bloß draußen in Montauk«, sagte Tess.

»Und wie gut für Sie, Sie wirken so ausgesprochen gesund! Wie geht es Ihnen?«, fragte Alexandra. »Das ganze Haus war zutiefst bestürzt über das, was Ihnen widerfahren ist. Zutiefst. Niemand wusste, wie Sie zu erreichen waren«, fuhr sie fort. »Dass Sie einfach abgereist sind, ohne irgendjemandem Bescheid zu sagen, hat uns wirklich Sorgen gemacht. Wissen Sie, unter uns gesagt, ich konnte es verstehen, dennoch war es etwas beunruhigend.«

»Es tut mir leid, Alexandra. Ich muss jetzt wirklich los, ich habe heute viel zu tun«, sagte Tess.

»Wir alle haben Adam vergöttert. Er war so ein toller Mann, meine Güte, alle Frauen im Haus haben ihm aus der Hand gefressen. Es ist schwer zu glauben, dass wir sein hübsches Gesicht nie wiedersehen sollen«, plapperte die Frau weiter.

Tess unterbrach sie und ließ Alexandra einfach auf der Straße stehen, während sie im Gebäude verschwand. Und in dem Hochziehen von Alexandras rasiermesserscharfen, bleistiftdünnen dunklen Augenbrauen las Tess den unausgesprochenen Vorwurf. Tess Harding, wir alle wissen, was sich bei Ihnen abgespielt hat, und dann auch noch mit Ihrer besten Freundin. Wieso haben Sie es nicht bemerkt? Wenn die Klatschtante es wusste, stand außer Zweifel, dass es auch jeder im ganzen Haus, in der Straße und in der gesamten Nachbarschaft auf der Upper West Side wusste. Tess kämpfte gegen die Tränen an. Sie fühlte sich gedemütigt.

»Mrs. Tess, Sie sind zurück«, begrüßte José sie in seiner tiefen Stimme mit dem spanischen Akzent. Ihr treuer Portier wirkte alterslos, ohne eine einzige Falte auf seinem glatten karamellfarbenen Gesicht, obgleich er immer dagewesen war, so viele Jahre. Er kam langsam, mit geradem Rücken hinter dem Tresen hervor, um sie zu begrüßen.

»O José«, sagte Tess leise.

»Ich weiß. Que en paz descanse, möge Mr. Adam in Frieden ruhen«, sagte José. »Wie geht es Robbie? Ist er wohlauf?«

»Ihm geht es gut«, sagte Tess. Sie war kurz davor, in Tränen auszubrechen, und dann konnte sie ihren Schmerz nicht mehr zurückhalten. Zu stark war die Erinnerung an jene Nacht, in der José die Polizisten zu ihrer Wohnung gebracht und an ihrer Seite gestanden hatte, als diese ihr die Nachricht übermittelten, die alles verändern sollte. Die Bilder strömten erneut auf sie ein, als wäre es gestern gewesen.

»Weinen Sie ruhig, Mrs. Tess. Es ist alles in Ordnung. Das

wird schon wieder«, sagte er und legte seine Arme um sie. Seine seltene Geste persönlicher Zuneigung berührte sie umso mehr.

»Es fällt mir schwer, wieder hier zu sein. Ist mit der Wohnung alles in Ordnung?«

»Natürlich. Ich habe einmal in der Woche gelüftet und mich auch sonst um alles gekümmert. Sie müssen sich um nichts Sorgen machen.«

»Ich schätze, nun werde ich mich der Wohnung stellen müssen. Wieso habe ich das Gefühl, zur Guillotine zu schreiten?«

»Möchten Sie, dass ich Sie begleite?«

»Nicht nötig, José, ich bin schon weg.«

Die Gummisohlen ihrer flachen Sneakers quietschten auf dem polierten Marmorfußboden. Der Aufzug stand bereit, als hätte er nur auf sie gewartet, sie stieg ein, er brachte sie bis zum obersten Stockwerk, und dann stand sie vor ihrer Wohnungstür. Sie fürchtete sich davor, den Schlüssel im Schloss umzudrehen und die Tür zu öffnen, als erwartete sie dahinter ein Abgrund. Schließlich fasste sie sich ein Herz und trat ein.

Ihre Wohnung wirkte fremd auf sie. Sie sah aus wie ein Museum, ein Ort voller Relikte aus einer Vergangenheit, zu der sie keinerlei Verbindung spürte.

Tess betrachtete ihr Zuhause mit einem Blick, der durch die Erlebnisse und Gefühle der letzten Monate geprägt war. Das Wohnzimmer schien ihr kühl, und der weiße Teppichboden war doch völlig unpraktisch für eine Familie mit einem kleinen Jungen. Wieso hatte sie sich bloß für Weiß entschieden? Der riesige antike Esszimmertisch gehörte eher nach Versailles als in das Heim einer Familie. Sie bewegte sich langsam von Raum zu Raum, als würde sie alles zum ersten Mal sehen. Die Wohnung war zu groß. Sie wirkte steif und protzig. Einst hatte sie ihre Einrichtung für elegant und schick gehalten. Ihr war nie aufgefallen, wie kalt und unpersönlich das schwarzweiße Farbschema wirkte. Es gab darin nichts Einladendes, Warmes. Sie stand im Türrahmen ihres Schlafzimmers; die Bettwäsche, die Polster und Kissen schienen starr und unnachgiebig, die Linien der Möbel glatt und modern. Es gab keinen gemütlichen Schaukelstuhl wie in Montauk. Kein bisschen Sonnenlicht drang in die gesamte Achtzimmerwohnung, die auf die Rückseite eines Gebäudes hinausging. Es hatte ihr nie zuvor etwas ausgemacht, da sie stets der Meinung war, sie hätten mit dieser Wohnung ein Schnäppchen gemacht, und die Aussicht sei weniger wichtig als die erstklassige Lage und die Größe der Räume. Jetzt fühlte sie sich wie in einer Gruft. Es gab keine Panoramafenster mit Blick auf das Meer. Keine Brise, die einem ins Gesicht wehte. Nur stehende, stickige Luft. Dieser Ort fühlte sich tot an.

Mehr als sechs Monate waren vergangen, seit Tess zum letzten Mal das Zimmer ihres Sohnes betreten hatte. José hatte seinen Job gut gemacht, nirgends war auch nur ein Staubkörnchen zu sehen. Sie berührte die Becken des kleinen Kinderschlagzeugs und schnipste die Snare Drum mit dem Finger an. Wie aufgeregt Robbie gewesen war, als er das Schlagzeug zum ersten Mal sah. Adam hatte ihn damit zum Geburtstag überrascht. Tess dachte an jenen Tag zurück und sah vor ihrem inneren Auge, wie Robbie das Geschenkpapier von den Kartons riss und Adam alle Teile zusammenfügte. In Windeseile hatte er Snare Drum, Becken, Tomtom und Fußpedal aufgebaut. Robbie setzte sich auf den kleinen Hocker, und Adam zeigte ihm, wie er die Sticks in den Händen halten musste, am Anfang war es ihm so schwer gefallen, sie überhaupt richtig zu halten. Aber die beiden übten gemeinsam, wobei sie Tess mit dem Lärm manchmal wahnsinnig machten, und nach ein paar Monaten wurde Robbie allmählich geschickt darin, die Stöcke zu wirbeln und zugleich mit seinem Fuß den Takt vorzugeben. Dann hatte er jedoch die Tuba entdeckt, die ihn sofort in ihren Bann gezogen hatte, und das Schlagzeug hatte Staub angesetzt. Tess hatte es trotzdem nicht über sich gebracht, es wegzugeben. Nun dachte sie bei seinem Anblick, dass nicht alle Erinnerungen an ihre Vergangenheit als Familie schlecht waren. Adam war ein liebevoller Vater gewesen und hatte unendlich viel Geduld gezeigt, wenn es darum ging, Robbie etwas über Musik beizubringen.

Tess war kein großer Freund von bunten Kindermöbeln, also hatte sie tief in die Tasche gegriffen für eine Schlafzimmereinrichtung aus dunklem Mahagoni, die Robbie jahrelang würde begleiten können. Sie würde niemals aus der Mode kommen, passte allerdings eher zu einem Erwachsenen, wie ihr nun bewusst wurde. Selbst die Baseball-Banner, die sie in teuren Holzrahmen aufgehängt hatte, schienen eher in ein Museum als in ein Kinderzimmer zu gehören. Es war alles so geschmackvoll, perfekt für eine Fotostrecke in einem Magazin wie *Architectural Digest*, aber viel zu erwachsen für ein kreatives, phantasievolles kleines Kind wie ihren Sohn. Diese Einrichtung hatte überhaupt nichts Spielerisches, Superhelden wären die bessere Wahl gewesen. Was hatte sie sich nur dabei gedacht?

Sie betrachtete die eine Platin-Schallplatte, die Adam bekommen hatte, als er den Grammy Award für den besten Song des Jahres gewann. Das war auf dem Höhepunkt seines Erfolgs gewesen. Danach war seine Karriere jedoch ins Stocken geraten. An kreativen Ideen hatte es nicht gemangelt, er war produktiv wie eh und je, aber die Musikindustrie hatte sich nach der Jahrtausendwende drastisch verändert. Mit nur fünfunddreißig Jahren gehörte Adam bereits zum alten Eisen. Und als er es nicht mehr ertragen konnte, das Sinnbild seines Erfolgs in seinem Arbeitszimmer ständig vor Augen zu haben, hatte er die Platin-Schallplatte an Robbie weitergegeben, für den sie das Größte überhaupt war. Tess hängte sie ab, sie wollte sie mit nach Montauk nehmen. Robbie würde sie bei sich haben wollen. Dann ging sie zurück ins Wohnzimmer, das so unberührt wirkte, als hätte dort nie jemand gelebt. Alles sah brandneu aus, mit Ausnahme des antiken Spiegels, den ein langer Riss durchzog. Jener Abend nach Adams Ermordung blitzte in ihrer Erinnerung auf. Sie hatte sein Mobiltelefon, auf dessen Mailbox die Stimme ihrer besten Freundin zu hören war, wütend gegen den Spiegel geworfen. Nias Worte der Liebe waren das, was Adam ihr hinterlassen hatte. *Hast du es ihr schon gesagt? Ich weiß, dass es schwer für dich ist, es ihr zu sagen, aber es geht einfach nicht anders. Ich liebe dich so sehr. Bis bald.*

Tess trat in Adams Arbeitszimmer. Es sah genauso aus, wie er es hinterlassen hatte, sogar seine Brille lag noch auf dem Schreibtisch. Wann hatte diese Affäre begonnen, wie lange hatten die beiden sie schon hintergangen? Wo hatten sie sich immer getroffen? Und was hatten sie miteinander getan? Tess riss alle Schubladen auf, durchforstete seine Bücherregale, zog jeden Band hervor, in der Hoffnung, ein Brief würde zu Boden segeln, der erklärte, weshalb ihr Ehemann ihr das angetan hatte. Sie fühlte sich umhüllt von einer dunklen Wolke der Wut. Hatten die beiden sich immer ein Hotelzimmer gemietet? Wo waren die Quittungen? Oder hatten sie in ihrem Bett geschlafen? Tess holte jede Mappe und jeden Ordner aus dem Schrank, fand jedoch nichts. Sie rannte in ihr Schlafzimmer und durchwühlte alle Schubladen und Adams Kleiderschrank, warf alles auf einen großen Haufen. Wo steckten die Geheimnisse der beiden? Sie sah in jeder Anzugjacke, jedem Blazer, jeder Hosentasche nach, griff nach jedem Pullover, Mantel, T-Shirt, einfach allem, was er besaß. In weniger als einer Stunde hatte sie alles ausgeräumt, doch nichts gefunden. Erschöpft ließ sie sich aufs Bett sinken und betrachtete den Berg aus seinen Kleidungsstücken und Habseligkeiten. Sie machte sich eine große Tasse Kaffee, die ihr neue Energie verlieh und sie klarer denken ließ. Dann schnappte sie sich eine Rolle Plastikbeutel aus dem Küchenschrank und kehrte in ihr Schlafzimmer zurück. Sie würde alles an eine Wohltätigkeitsorganisation schicken lassen. Die Erinnerungen, die jedes einzelne Kleidungsstück hervorrief, verdrängte sie, stattdessen machte sie sich zügig an die Arbeit und hatte innerhalb von einer Stunde beinahe alles sauber geordnet und zusammengelegt verpackt. Als sie noch einen Haufen Socken aus der Schublade holte, rollte daraus etwas auf den Fußboden. Sie beugte sich hinunter. Es war Adams Ehering. Dort war er also gewesen. Versteckt in der Sockenschublade. Mit dem Ring in der Hand ließ sie sich aufs Bett sinken. Er musste ihn abgestreift haben an jenem Morgen, an dem er mit Nia verabredet gewesen und erschossen worden war.

Entschlossenen Schrittes verließ Tess die Wohnung und eilte die zehn Blocks durch die Stadt und den Central Park bis nach Yorkville. Nia lebte an der Upper East Side, dennoch gingen ihre Kinder auf dieselbe Privatschule. Tess musste ihrer Freundin in die Augen sehen, wenn sie Nia fragte, wie sie ihr das hatte antun können. War nicht der Verrat ihrer besten Freundin, ihrer Vertrauten fast noch schlimmer als der ihres Mannes? Sie und Nia waren wie Schwestern gewesen. Mit Nia besprach sie Dinge, die sie nie zuvor irgendjemandem erzählt hatte, all die Geheimnisse einer Frau, intime Vertraulichkeiten, die sie bei ihr sicher aufgehoben glaubte. Und Nia hatte direkt vor ihrer Nase mit Adam geschlafen. Hatte Robbie es gewusst? Von diesem Gedanken wurde ihr schlecht, er war ihr noch nie zuvor gekommen. Sie verlangte nach Antworten, und sie musste sie endlich bekommen.

Mit den großen Einwanderungswellen um die Jahrhundertwende waren Polen, Tschechen, Ungarn und Deutsche nach Yorkville gezogen und hatten dabei all ihre heimischen Spezialitäten mit nach New York gebracht. Ihnen waren die Griechen gefolgt und hatten zahllose Cafés und Lebensmittelläden eröffnet. Die Panatos Bakery verkaufte das köstlichste Baklava mit einer traumhaft blättrigen Kruste, in ihren Grießkuchen steckte genau die richtige Menge an Zitronenschale und Orange. Nia hatte Tess mit dem griechischen Honigkuchen Melopita bekannt gemacht, der einfach süchtig machte. Gemeinsam hatten die beiden Freundinnen Unmengen Spinatstrudel, gegrillten Halloumikäse und Oliven gegessen. Genau wie ihre Mutter war Nia eine phantastische Köchin und hatte immer irgendeine hausgemachte Spezialität auf dem Herd. Sie kochte stets mehr, als sie und Suzie allein essen konnten, so dass es nach der Schule stets die Nachbarskinder in Nias Wohnung zog. Auch die Mütter kamen zum Probieren vorbei. Es war so leicht für Tess gewesen, sich mit der sinnlichen, warmherzigen Frau anzufreunden, die selbst sie manchmal bemutterte. Fürsorglichkeit lag Nia im Blut. Sie war das Gegenteil der zurückhaltenden, arbeitssüchtigen und manchmal etwas steifen Tess, und vielleicht waren sie genau deshalb Freundinnen geworden. Es war unmöglich, sich von Nias überschwänglicher Art nicht mitreißen zu lassen.

In jedem Schaufenster, an dem sie vorbeikam, steckte eine Tess-und-Nia-Erinnerung an gute Zeiten und gemeinsame Abendessen, an ihre lachenden Kinder, die auf dem kleinen blauen Wal vor dem Souvlaki-Laden ritten. *Wirf noch eine Münze rein, Mommy!* Sie konnte die piepsigen vierjährigen Stimmen von Robbie und Suzie hören, die um mehr bettelten. Aber sie schob diese glücklichen Gedanken beiseite und rief sich erneut die letzte Nachricht auf Adams Telefon in Erinnerung: *Hast du es ihr gesagt? Wir waren uns doch einig, dass wir nicht so weitermachen können, wir können es einfach nicht mehr geheim halten. Ich warte auf dich, Adam. Agapi mou, meine Liebe.* Augenblicklich stiegen Tess Tränen in die Augen.

Nia wohnte in einer der malerischsten baumgesäumten Kopfsteinpflasterstraßen der Umgebung. Das reinste Postkartenidyll mit hundert Jahre alten Brownstones mit frisch gestrichenen Blumenkästen und bronzenen Türklopfern. Nia hatte ihr Stadthaus sowie zwei weitere von ihren Eltern geerbt, die so klug gewesen waren, die alten Gebäude zu kaufen, als sie für einen Apfel und ein Ei zu haben gewesen waren, und sie in profitable Mehrfamilienhäuser zu verwandeln. Nach dem Tod ihres Vaters und ihrer Scheidung hatte Nia die Verwaltung übernommen, wodurch sie ein ordentliches Einkommen hatte und immer für ihre kleine Tochter da sein konnte. Sie und Suzie zogen in eine kleine Wohnung in einem ihrer Häuser, das einen wunderschönen Garten hatte, in dem sie im Sommer Tomaten und frische Kräuter zog, im Herbst Kürbisse. Sogar ein Rankgerüst für Weintrauben gab es.

Zu Vogelzirpen stieg Tess die Treppe zur Eingangstür hinauf und betätigte die bronzene Klingel, die einen melodischen Ton hatte. Tess hielt den Atem an. Sie stand kerzengerade aufgerichtet und wappnete sich für die Begegnung, bis die rote Holztür aufging und sie und Nia sich gegenüberstanden, beide Frauen gleichermaßen schockiert und sprachlos. Nia sah umwerfend aus. In ihrem weiten weißen, mit bunten Blumen bestickten Kaftan war sie ein prachtvoller Anblick. Ihr zu Zöpfen geflochtenes dickes schwarzes Haar ließ sie wie ein junges Mädchen erscheinen, feine Löckchen umrahmten ihr Gesicht wie mit schwarzer Tinte gemalt. Ihr Teint war strahlend, die üppigen Lippen leuchteten rot wie eine reife Beere, dabei war sie ungeschminkt. Neben ihr kam Tess sich wie eine Bohnenstange vor. Allerdings hatte Nia deutlich zugelegt.

»Tess?«

»Ja.«

»In Jeans und T-Shirt bist du kaum wiederzuerkennen. Mit den langen Haaren. Du siehst aus, als wärst du zwanzig. Und ich habe dich noch nie braungebrannt gesehen.«

»Wir waren in Montauk.«

Als Nia sich zur Seite drehte, erkannte Tess, dass sie alles andere als fett geworden war. Sie konnte kaum glauben, was sie sah, ihre Augen mussten ihr einen Streich spielen. Anders konnte es nicht sein. Doch je länger sie auf den dünnen Stoff von Nias Kleid starrte, desto offensichtlicher wurde es. Kein Zweifel, Nia war schwanger. Hochschwanger. Tess war fassungslos. Die Erkenntnis traf sie wie ein Schlag, sie fühlte sich niedergeschmettert. Ihr war vollkommen der Wind aus den Segeln genommen worden, und das Atmen fiel ihr schwer.

»Lass uns reingehen. Ich muss mich setzen. Draußen ist es zu schwül«, sagte Nia.

»Du bekommst ein Baby«, brachte Tess hervor. »Etwa von Adam?«

»Es tut mir leid, Tess. Die Hitze. Komm mit ins Haus«, sagte Nia.

Ihre Augen glänzten, sie schien gleich weinen zu müssen. Sie ließ die Tür offen stehen und ging hinein. Tess schien an der Treppe festgewachsen zu sein. Ihre Beine zitterten, und sie stützte sich gegen den Türrahmen. Sie hatten also nicht nur gelegentlich gevögelt. Sie hatten ein Kind erwartet, und Adam hatte sie verlassen wollen, darum war es in der Nachricht gegangen. *Hast du es ihr gesagt?* Ein Baby. Ihr erster Impuls war, so schnell und so weit wie möglich wegzurennen, dennoch folgte sie Nia ins Haus. Sie musste noch einmal mit ihr sprechen, um zu begreifen, um zu glauben, dass es wahr war. Vielleicht hatte sie sich getäuscht, dachte sie beim Eintreten. Vielleicht verlor sie den Verstand?

Tess sah sich in dem Zimmer um, in dem sie schon so oft zu Besuch gewesen war, das nun jedoch ganz anders aussah. Statt der Behaglichkeit, die sie hier immer empfunden hatte, lösten der alte Stuck und die hohen Decken in ihr nun ein klaustrophobisches Gefühl aus. Die dunkellila gestrichenen Wände erdrückten sie, der riesige Kamin mit seiner prunkvollen kastanienbraunen Marmorverkleidung war zu groß und drohte, sie zu verschlucken. Die mit Blattgold überzogenen Ikonen starrten sie vorwurfsvoll aus ihren hageren Gesichtern an. Sie warf einen Blick auf das antike Holzkreuz, das Nia aus dem winzigen Dorf ihrer Urgroßeltern auf der Insel Lefkada im Ionischen Meer mitgebracht hatte. Nun hing es hier in diesem Raum, der Tess unruhig und benommen machte. Alles war so unordentlich und beklemmend. Plötzlich fiel ihr in der Ecke ein Gitterbett auf. Gegen die Wände waren Windelkartons gelehnt, und überall im Zimmer lagen Stapel von Babykleidung.

Hatte sie wirklich erst letzten Herbst mit ihrer besten Freundin hier vorm knisterndem Feuer bei einem Glas Wein gesessen? Es war ihre alljährliche Mädels-Pyjamaparty gewesen, und Nia hatte einen großen Terrakottatopf voller Moussaka hereingebracht, für den sie den ganzen Tag am Herd verbracht hatte. Suzie übernachtete derweil bei Robbie. Sie hatten sich am Essen und am Wein und an ihren guten Gesprächen berauscht. Tess betrachtete all die gerahmten Bilder auf dem Kaminsims. Inmitten von Nias Familienporträts entdeckte sie direkt neben deren verstorbenem Vater ein Bild ihres Mannes. Adam. Er schien ihr ein Fremder.

Nia biss sich auf die Lippe. Sie hatte ein leichtes Doppelkinn, so füllig war ihr fein gemeißeltes Gesicht geworden. Ihre

Stirn, ihre Arme und ihr Hals glänzten vor Schweiß. Tess warf einen Blick auf ihre geschwollenen Füße, die kaum noch in ihre Mokassins passten. Sie versuchte, den dicken Bauch nicht anzustarren, konnte es jedoch nicht vermeiden. Aus Nias großen braunen Augen liefen nun die Tränen.

»Es tut mir unendlich leid, dass du es so erfährst«, brachte Nia hervor.

Tess trat zu den Stapeln mit den winzigen Klamotten und nahm einen rosafarbenen Pullover in die Hand. »Ein Mädchen«, sagte sie.

»Wir wollten nie, dass das passiert«, schluchzte Nia. »Adam wollte es dir erklären, aber dann wurde er umgebracht, und danach wusste ich nicht, wie. Kannst du uns jemals vergeben?«

»Er hatte vor, mich zu verlassen, um mit dir eine Familie zu gründen, ist es das, was er mir sagen wollte? Was hattet ihr euch gedacht, wie es Robbie ergehen sollte? Wollte Adam auch ihn verlassen? Oder wollte er ihn mir wegnehmen?«

»Wir wollten es nicht, aber wir haben uns ineinander verliebt. Ich kann dich nicht länger anlügen.«

»Aber du hast mich angelogen. Ihr beide habt mich belogen. Mein Ehemann wollte seine alte Familie gegen eine neue austauschen, was soll ich davon halten? Du warst meine beste Freundin, Nia. Wie konntest du mir das antun?«

»Tess, glaub mir, es hatte nichts mit dir zu tun. Wirklich nicht. Kannst du das denn nicht sehen? Wir konnten nichts dagegen tun, es ist einfach passiert.«

»Klar. Es war Schicksal, kann man nichts machen, und jetzt bekommst du sein Kind der Liebe. Wie kannst du es wagen? Wie kannst du dir selbst und mir weismachen wollen, ihr hättet keine Kontrolle darüber gehabt? Natürlich hattet ihr eine Wahl, verdammt noch mal. Ihr habt mich betrogen und mir das Herz gebrochen. Und Robbie! Hast du auch nur einen

Moment an meinen Sohn gedacht und daran, was du ihm antust? Wollte Adam etwa versuchen, mir das Sorgerecht zu nehmen? Wolltest du mir etwa auch noch meinen Sohn stehlen? Ich werde dir nie vergeben, niemals.«

»Ich hätte niemals versucht, dir Robbie wegzunehmen, Adam ebenso wenig. Du liegst vollkommen falsch«, sagte Nia.

»Weißt du was? Adam ist auf dem Weg zu eurem Treffen gestorben. Er wäre sonst nicht in diesem Teil der Stadt gewesen. Damit musst du leben.«

Tess ließ Nia den kleinen Pullover in den Schoß fallen, dann stürmte sie aus dem Haus. Als sie den Bürgersteig hinunterging, sah sie ein paar Kinder an der Straßenecke Stickball spielen. Ein Hydrant war aufgedreht worden und besprühte den dampfenden Asphalt mit einem riesigen Fächer kalten Wassers. Kleine Mädchen in bunten Badeanzügen rannten vor Freude kreischend durchs Wasser, ihre Mütter saßen plaudernd und lachend auf den Vordertreppen. Ein niedlicher kleiner Hund bellte, ein anderer sprang hoch und versuchte, das Wasser mit dem Maul aufzufangen. Überall um sie herum tobte das Leben, während sie sich innerlich tot fühlte.

Rasch ging sie durch die Upper East Side downtown und quer über die Avenues zum Times Square. Dort tummelten sich Touristen wie Sardinen in der Büchse. Aus den Gullydeckeln stieg Dampf empor, es war der sprichwörtliche Betondschungel. Riesige Leuchtreklamen und digitale Riesenbildschirme blinkten grell und taten ihr selbst bei Tageslicht in den Augen weh. Die zweiundvierzigste Straße hatte sich in einen armseligen Las-Vegas-Abklatsch verwandelt, alles war voller Schmutz und Dreck. Sie drängelte sich durch die wuselnde Menge in Richtung Fluss, dann hinunter nach Chelsea und zu ihrem Atelier. Sie hastete durch den Eingangsbereich und die Treppen hinauf, schloss ihre Tür auf und knallte sie hinter sich zu. Alles war still. Alles war weiß. Alles war sauber. Sofort fühlte sie sich besser. Sie öffnete ihren Schrank, schaltete das Licht an und lief durch die Regale mit ihrer Schuhsammlung. Die hohen Schieberegale, die gefüllt waren mit den wunderschönen Musterschuhen in allen Farben, Materialien und Stilrichtungen, die sie je ersonnen hatte. Sie nahm ein paar butterweiche Wildlederschuhe in Taupe zur Hand, deren jungfräuliche Sohlen nie die Straße berührt hatten. Sie fühlten sich so zart an. Sie stellte sie zurück. All diese Schuhe. Während ihrer Karriere in der Stadt hatte sie viel geschaffen. All ihr Talent und ihre Leidenschaft, ihre Hingabe, ihre Originalität und ihre Inspiration steckten in diesem riesigen Schrank.

Ich bin jemand. Sie wiederholte es in ihrem Kopf wie ein Mantra. Sie war nicht bloß eine einsame gealterte Ehefrau, die betrogen und belogen worden war. Sie war mehr als die Frau eines Mannes, der fremdgegangen war. Die nicht hatte sehen wollen, dass ihre Ehe am Ende war. Nicht nur eine Frau, der ihre beste Freundin das Herz gebrochen hatte. Eine gescheiterte Mutter, deren Sohn sich von ihr zurückgezogen hatte. Hier, inmitten ihrer Entwürfe, ihrer Ideen, mit denen sie erfolgreich geworden war, fühlte sie sich besser. Die Früchte ihrer Arbeit sehen und anfassen zu können, zu wissen, dass sie wirklich waren, tat ihr gut. Ihre Arbeit verkörperte auch, wer sie war. Langsam fiel die Verzweiflung von ihr ab. Ihr Atem ging ruhiger, und die flatternde Panik wich aus ihrer Brust. Sie hatte ein besonderes Talent, und mit ihrer Karriere war ihr etwas Außergewöhnliches gelungen. Beim Gedanken an all das, was nötig gewesen war, um zu schaffen, was sie geschafft hatte, gewann sie etwas von ihrer Stärke zurück. Sie musste versuchen, die Zweifel und den Schmerz von sich fernzuhalten, damit sie sie nicht wieder überwältigten und dahin zurückkatapultierten, wo sie letzten Winter gewesen war. Doch dann dachte sie an ihren Sohn und sank zu Boden. Sie vergrub das Gesicht in den Händen und schluchzte, bis alle Tränen versiegt waren und es an der Zeit war, zu gehen.

Als sie durch die Penn Station rannte, blieben ihr nur noch zehn Minuten. Aus dem Lautsprecher vernahm sie den letzten Aufruf für den Zug nach Montauk und stürmte zu Gleis achtzehn, sprang die Treppen hinunter und in den Zug, Sekunden vor der Abfahrt. Sie lehnte sich gegen eine Trennwand, um wieder zu Atem zu kommen. Der Zug war gerammelt voll. Kein einziger Sitz war noch frei, aber das war ihr egal, sie war wieder auf dem Weg nach Osten. Sie würde einen Weg finden, Robbie von dem Baby zu erzählen, und sie würde ihm helfen, es zu verkraften. Sie würden es gemeinsam überstehen. Alles würde gut werden, da sie nun unter Menschen lebten, die ehrlich waren und loyal. Die ihr in dieser schweren Zeit beigestanden hatten. Und es gab das Meer, das nicht nur Robbies Herz so sehr erfüllte, sondern auch das ihre. Das Meer war Hoffnung. Das Meer war Erlösung.

Kapitel ZWANZIG

Als Tess vor der Sunset Bar ankam, war es nach Mitternacht, alle Parkplätze waren besetzt, und aus dem Inneren drang laute Musik. Ike hatte die Fenster und Türen mit Wimpeln geschmückt. Das wichtigste Wochenende des Jahres hatte offiziell begonnen. Durch die Fenster sah sie, dass die Bar voller Menschen war, die lachten und feierten, als gäbe es kein Morgen. Ike und Rita zapften Seite an Seite Biere, so schnell sie konnten, und reichten sie über den Tresen. Schnäpse wurden hinuntergestürzt. Irgendwo wurde sogar auf dem Tisch getanzt.

Noch konnte sie niemandem gegenübertreten, sie musste sich erst sammeln. Sie wischte sich die Tränen aus den Augen und atmete ein paarmal tief ein. Wie sollte sie ihre Verzweiflung vor Onkel Ike verbergen? Er kannte sie viel zu gut. Und auch Robbie würde merken, dass etwas nicht stimmte. Wie sollte sie ihm von dem Baby erzählen? Dass sein Vater eine neue Familie gegründet hatte und seine alte fallen lassen wollte? Ihm sagen, dass sein Vater ein Betrüger war und sie hatte verlassen wollen? Sie glaubte es selbst kaum. Wie konnte sie ihrem Sohn noch mehr Leid zufügen? Er würde sie dafür noch mehr hassen, als er es ohnehin schon tat. Oder musste sie es ihm gar nicht erzählen? Womöglich konnte das noch warten. Vielleicht würde sie es ihm später einmal sagen, viel später, wenn er älter und reifer war. Aber was, wenn Suzie ihn angerufen und ihm berichtet hatte, dass Tess bei ihnen zu Hause gewesen war? Und wenn sie ihm das mit dem Baby erzählt hatte? Was für eine unselige Situation war das, in die Adam und Nia sie alle gebracht hatten.

Sie grub ihre Fingernägel in die Handflächen. Der Schmerz tat gut. Er brachte ihre Tränen zum Versiegen. Statt die Bar zu betreten, ging sie in Richtung des angrenzenden alten indianischen Friedhofs der Montauket. Die Musik verhallte. Auf den ersten Blick wirkte die heilige Ruhestätte wie ein leeres Feld direkt an der Küste. Erst als sie durch das Gras wanderte, fielen ihr die kreisförmig angelegten Steinformationen auf. Am dunklen Himmel funkelten Millionen Sterne. Der Mond war abnehmend, warf jedoch noch immer sein Licht auf das ruhige Wasser des Ozeans. Lange Wellenreihen rollten langsam auf die Küste zu. Es gab keine Grabsteine, bloß kleine Erhebungen in der Erde, die anzeigten, wo jemand begraben worden war.

Tess wusste nicht, was sie tun sollte. Jede Entscheidung, die sie treffen konnte, schien falsch zu sein. Sollte sie es ihm sagen oder nicht? Robbie wäre erschüttert zu erfahren, dass sein Vater sie für eine neue Familie hatte verlassen wollen. Dass er es vielleicht auf eine hässliche Scheidung hätte ankommen lassen. Ihr Sohn würde es für ihre Schuld halten oder, schlimmer noch, für seine eigene. Wie viel konnte ein Junge ertragen? Hatte er nicht genug gelitten? Aber wenn sie wartete, bis er älter war, würde sie den unvermeidlichen Schock nur hinauszögern. Er würde sich womöglich von ihr betrogen fühlen, weil sie nicht ehrlich zu ihm gewesen war. Und sollte sie ihm vorenthalten, seine Halbschwester kennenzulernen?

Sie trat an den Rand der Klippe. Plötzlich streifte eine starke Brise ihr Ohr, die sie aus ihrer Benommenheit weckte, und sie drehte sich um. Sie ging zur Bar zurück, wo irgendetwas vor sich zu gehen schien. Einige hatten sich auf die Tische und den Tresen gestellt, um zu beobachten, was sich anscheinend in der Mitte des Raumes zutrug. Dort hatten die Gäste einen engen Kreis gebildet. Was zum Teufel war hier los? Sie suchte den Raum nach Robbie ab und erblickte ihn schließlich neben Jimmy in der Menge. Mit seiner tief gebräunten Haut und seinen von der Sonne strohblond gewordenen Haaren erkannte sie ihn kaum wieder. Die Leute riefen Ikes Namen und feuerten ihn an. Tess gelang es, sich durchs Gewühl zu drängen, und bei dem Anblick, der sich ihr bot, blieb ihr das Herz stehen. Es war, als würde ihr der Boden unter den Füßen weggezogen.

Ike kniete auf einem Bein und hielt Ritas Hand in seiner. »Rita Wilson, möchtest du mich heiraten?«

Tränen strömten Rita übers Gesicht. »Du verdammter Mistkerl! Heute habe ich mein Erste-Klasse-Ticket für einen One-Way-Flug nach Florida gebucht! Und jetzt fragst du mich?«

»Ich liebe dich. Bleib hier und werde meine Frau.«

»Sag ja, Rita!«, brüllten die Leute.

»Natürlich heirate ich dich, du Idiot!«, rief sie. »Etwas anderes habe ich nie gewollt.«

Ike hob sie hoch und wirbelte sie durch die Luft, als wäre er zwanzig und sie ein junges Mädchen. Die Menge johlte und jubelte. Dieser innige Anblick zweier Menschen, die einander gefunden hatten, war zu viel für Tess. Sie fühlte sich so allein. Ihr Mut sank, und in ihrem Hals formte sich ein dicker Kloß. Sie war dankbar, dass niemand sie gesehen hatte, und schlängelte sich durch die Menge zurück in Richtung Strand.

Sie kletterte die wackelige Treppe hinunter auf den Strand, wo ein riesiges, hell knisterndes Feuer brannte. Die Leute saßen darum, tranken Bier und Limonade, lachten und betrachteten das Feuerwerk, das über dem Meer zu sehen war. Ein paar Kinder zündeten Wunderkerzen an und rannten damit über den Sand. Hier und da sprangen Abenteuerlustige in die Wellen. Sie entfernte sich ein Stück und trat ans Wasser, das sich in ruhigem Rhythmus näherte und entfernte. Der Blick auf den endlosen Ozean ließ sie ruhiger werden.

»Du bist wieder da«, sagte Jimmy.

Sie fuhr herum. Sie war noch nicht bereit, mit jemandem zu sprechen.

»Du hast es verpasst. Ike hat um Ritas Hand angehalten«, sagte Robbie, der an Jimmys Seite ging. »Und ich werde auf der Hochzeit Tuba spielen. Sie haben gesagt, ich darf.«

»Ich dachte, sie wollte nach Florida ziehen?«, fragte Tess.

»Das hat sie gesagt. Aber ich habe mir schon gedacht, dass Rita nicht von hier weggehen würde. Ich freue mich wirklich für die beiden«, meinte Jimmy.

Tess beobachtete, wie sich zwei Frauen bis auf die Unterwäsche auszogen und in die sanften Wellen rannten. Sie spritzten herum wie Kinder. Unvermittelt zog sie sich die Schuhe aus und trat ins Wasser. Der kühle Atlantik spülte über ihre Zehen und ließ sie erschaudern. Vor Ende August wurde das Wasser nicht richtig warm, aber ihr Körper fühlte sich ohnehin taub an. Sie riss sich Hemd und Jeans vom Leib, warf sie beiseite und stürzte sich kopfüber ins Wasser.

Es prickelte überall auf ihrer Haut, und das kalte Wasser belebte und betäubte ihren Geist zugleich. Sie wünschte, sie könnte vor ihrem Leben davonschwimmen wie der Wal, bis zum anderen Ende der Welt. Aber irgendjemand näherte sich ihr. Wolken waren vor den Mond gezogen, und sie konnte nicht erkennen, wer es war. Das Spritzen des Schwimmers wurde lauter, dann sah sie, dass es sich um Jimmy handelte. Bei ihr angekommen, strich er sich das nasse Haar aus der Stirn, die Konturen seines Gesichts glänzten in der Dunkelheit. Er war so lebendig. Aus dunklen Augen sah er sie an.

»Du bist ganz schön weit draußen. Es ist gefährlich, nachts allein schwimmen zu gehen.«

Er machte noch einen Zug auf sie zu. Mit einem Mal schlang Tess die Arme um ihn und küsste ihn. Sie wollte ihn, pure Lust hatte Besitz von ihr ergriffen. Voller Verlangen presste sie sich an ihn, spürte ihn, seine Arme, seinen Bauch, seine Brust, seine Lippen. Er hielt sie eng umschlungen, wiegte sie in den pechschwarzen Wellen. Und ihre Körper, sie wusste kaum, wie es geschah, wurden eins, vereinigten sich in einem Ausbruch der Leidenschaft. Dann war es vorbei. Brüsk befreite sie sich aus seiner Umarmung und schwamm eilig in Richtung Strand zurück.

Tess wartete nicht darauf, dass Jimmy hinter ihr das Ufer erreichte, sie griff nach Robbies Hand, der den Strand wieder ein Stück hochgegangen war, zog ihn mit sich und rannte zu ihrem Wagen. Sie düste den Old Montauk Highway hinunter durch die Stadt und bog in Richtung Industrial Road ab. Dann tauchte ihr Haus auf, und sie fuhr rasch in die Auffahrt.

Was hatte sie nur getan? Hatte sie den Verstand verloren? Wie sollte sie Jimmy je wieder in die Augen blicken? Panik flammte in ihrer Brust auf. Sie musste Ike und Rita gratulieren. Zum Glück hatten sie sie nicht gesehen. Als sie Robbie gute Nacht gesagt hatte, holte sie eine Flasche Scotch aus dem Küchenschrank, schenkte sich ein Glas ein und stürzte es herunter. Der Alkohol stieg ihr sofort zu Kopf. Tess nahm die Flasche mit hinauf in ihr Zimmer und trank sich in den Schlaf.

Ein Surfbrett und zwei riesige Ruder waren das Erste, was ihm ins Auge fiel. Direkt vor der Abzweigung in die Industrial Road entdeckte Robbie das große Schild für einen Garagenflohmarkt. Ein ausgedehnter Rasen war mit allem möglichen Trödel und Krempel bedeckt, durch den sich die Leute wühlten. Er hielt an, lehnte sein Fahrrad an einen großen Baum und schlenderte herum. Ein altmodischer Fernseher, Schaukelstühle, Vinyl-Schallplatten, Gläser, ein Kanonenofen. Haufenweise alte Taschenbücher, Decken, Teller und Besteck. Inmitten des Chaos entdeckte Robbie etwas, das ihn interessierte. Er nahm den schwarzen Gegenstand mit goldenen Applikationen zur Hand, der wie ein Miniaturteleskop aussah. Er blickte durch das kleine Okular und konnte von seinem Standort aus weit übers Meer schauen.

»Davon gibt es nicht mehr viele«, sagte ein seltsam aussehender Mann in weiten, aber zu kurzen Jeans und breiten roten Hosenträgern über einem langärmligen T-Shirt. Er erinnerte an einen uralten Popeye. Sogar eine Pfeife hielt er in der Hand. Robbie wäre nicht überrascht gewesen, ihn Spinat aus einer Dose essen zu sehen.

»Wofür ist das?«, fragte Robbie.

»Das ist ein Fernglas. Ein Teleskop für unterwegs. Bist du ein Seemann?«

»Ich kenne einen. Wie viel kostet es?«

»Für fünf Mäuse gehört's dir.«

»Ich nehme es«, sagte Robbie, zog fünf einzelne Dollarscheine aus seiner Hosentasche und reichte sie dem Mann.

»Ich packe es dir ein.«

Robbie legte das Fernrohr in seinen Korb und trat in die Pedale. Er konnte es nicht erwarten, Kip das Geschenk zu überreichen. Es war ein heißer Tag, doch der Wind, der ihm durchs Haar fuhr, sorgte für Abkühlung. Vielleicht würde er sich am Pier ein Eis kaufen. Der Sommer in Montauk gefiel ihm immer besser. Keine Schule, keine Verpflichtungen, er war vollkommen frei. Er war froh, dass seine Mutter ihn nicht gezwungen hatte, sich fürs Ferienlager oder irgendeinen Ferienkurs anzumelden. In der Stadt hätte er den ganzen Tag in der Ferienbetreuung verbracht oder Musikunterricht gehabt. Nun war Robbie zum ersten Mal in seinem Leben unabhängig und konnte tun, was er wollte. Seine Mutter bedrängte ihn weder mit irgendwelchen Terminplänen, noch ging sie ihm sonst auf die Nerven. Er konnte Tuba üben, wann immer ihm danach war, erst mittags frühstücken, und er hatte begonnen, sein Haar wachsen zu lassen. Im Segeln machte er große Fortschritte, und sogar im Binden der Knoten wurde er immer besser.

So bald wie möglich wollte er Kip zeigen, was er in seinen Segelstunden gelernt hatte. Die hoch am Himmel stehende Sonne brannte auf ihn nieder und blendete ihn. Er kannte sich in Montauk mittlerweile gut aus und fuhr gern vom Hafen zum Ditch Plains Beach, wo er den Surfern zusehen konnte. Jimmy hatte ihn mehrmals zum Surfen mitgenommen, und zu Robbies Überraschung schien er auch dafür ein Talent zu haben. Nächstes Jahr würde er sein eigenes Surfbrett bekommen, das hatte er schon mit seiner Mutter besprochen.

Mitten im Sommer war Montauk nun komplett überlaufen. Man konnte kaum die Straße entlanggehen, so gefüllt war alles mit Touristen, und die Restaurants waren bis auf den letzten Platz besetzt. Die Sunset Bar war stets voller Gäste, sie hatte sich zu einem der beliebtesten Lokale in der Umgebung entwickelt. Kein Vergleich zum Winter, Montauk wirkte wie ein vollkommen anderer Ort. Ständig war irgendetwas los, und in der Stadtmitte wurde jeden Abend Livemusik gespielt. Manchmal ging er mit seiner Mutter zur Konzertmuschel, und sie setzten sich auf eine Decke, um der Musik zu lauschen. Entweder spielte die örtliche Highschool-Band, oder irgendwelche anderen Musiker aus Montauk oder Long Island traten auf. Manchmal waren sie gut, manchmal nicht, das war ihm beinahe egal. Es machte einfach Spaß, dort zu sein, und seine Mutter verbrachte gern Zeit mit ihm. Sie konnten beieinander sitzen, ohne miteinander reden zu müssen, was ihm sehr recht war.

Seit dem Tod seines Vaters hatte sich so viel für ihn geändert, er war nicht mehr derselbe. Auch seine Mutter war nicht mehr dieselbe, sie waren einander fremd geworden. So fühlte es sich für ihn zumindest an. Er hatte ihr das Versprechen abgerungen, in ihrem Haus nicht zu arbeiten, woran sie sich nun auch hielt. An zwei Tagen in der Woche machte sie nun in Christophers Geschäft diese hässlichen Turnschuhe. Dessen Papagei fand er tatsächlich toll, er war das einzig Gute an dem Laden, von Christopher, der ein netter Kerl war, mal abgesehen. Robbie durfte Petra auch allein besuchen kommen und ihr Wörter und Geräusche beibringen, so dass sie inzwischen sogar den Gesang des Wals imitieren konnte, zumindest meinte er, das herauszuhören. Aber das Beste an diesem Sommer war, dass seine Mutter ihn endlich tun ließ, was er wollte.

Schließlich erreichte er den Pier. Familien schlenderten mit Eiswaffeln und Luftballons durch den Hafen. Eine junge Mutter rannte rufend ihrem Kleinkind hinterher. Die Boote mit den Anglergruppen hatten gerade angelegt. Von ihnen strömten Touristen, beladen mit Angelruten und Kühlboxen. Robbie stellte sein Fahrrad ab und schloss es an, schnappte sich das Fernrohr und hoffte, dass Kip nicht gerade draußen auf dem Meer war. Er rannte auf das Ende des Hafens zu, an dem Kip stets andockte, aber die *Kipper* war nicht da. Er ließ den Blick schweifen, falls Kip an einer anderen Stelle angelegt haben sollte, sah ihn jedoch nirgends. An ihren Decks picknickten die Leute, brieten Hot Dogs auf Minigrills und tranken Bier. Hunde rannten bellend umher. Ein paar ältere Mädchen im Bikini lagen auf dem Dach eines großen Motorboots in der

Sonne und lachten miteinander. Ein junges Elternpaar hielt gemeinsam ihr kleines Kind an der Hand und half ihm bei seinen ersten Schritten. Robbie musste an Kips kleinen Sohn und seine Frau denken. Er fragte sich, wann die beiden wohl kämen. Würden sie ihn mögen?

Kapitel EINUNDZWANZIG

Tess konnte nicht fassen, wie schnell der Sommer vergangen war, und dennoch waren Ikes Bar und Motel noch fast so gut besucht wie im Juli. Sie war erleichtert, einen Rückzugsort in ihrem Haus in der Industrial Road zu haben, wo sie nicht die ganze Zeit über Haltung zu bewahren brauchte. Robbie war regelrecht besessen von allem, was mit dem Meer zu tun hatte, und bettelte um sein eigenes kleines Sunfish-Segelboot. Sie hatte ihm eigentlich gesagt, er bekäme auf gar keinen Fall eins, bevor er nicht älter und erfahrener wäre, doch insgeheim hatte sie schon auf eine Anzeige für eine gebrauchte Jolle geantwortet. Es sollte eine Weihnachtsüberraschung für ihn werden, die hoffentlich helfen würde, dem ersten Jahrestag von Adams Tod den Stachel zu nehmen. Laut seinem Lehrer machte er seine Sache mehr als gut und würde schon im nächsten Sommer in der Lage sein, ein kleines Boot so zu beherrschen, dass er in der Bucht selbständig damit fahren könnte. Das täten alle anderen Kinder auch, sie brauche sich keine Sorgen zu machen, sondern solle lieber selbst ein bisschen Unterricht nehmen. Ob sie dazu bereit war, wusste sie noch nicht, aber auf jeden Fall war Robbie mittlerweile ein viel besserer Schwimmer geworden. Und seit Jimmy so nett gewesen war, ihm das Surfen beizubringen, gingen die beiden in jeder freien Minute am Strand bei der Bar surfen.

Sobald die Sonne unterging, wurde die Luft kühl. Es war

so viel passiert in den letzten Monaten, sie hatte ihr ganzes Leben auf den Kopf gestellt. Und bald würde sie entscheiden müssen, was mit ihrer Wohnung, dem Atelier, ihrem Job und ihrem ganzen Leben in der Stadt werden sollte. Sie würde entscheiden müssen, was für sie selbst und Robbie das Beste wäre. Das Haus, das sie gemietet hatten, stand nun tatsächlich zum Verkauf, und wenn sie kein Angebot dafür abgab, würde es ein anderer tun. So viel war klar.

Sie zog ein Kaschmirjäckchen über ihr Kleid und machte sich auf den Weg zu Ritas Junggesellinnenabschied, der auf die Zeit nach dem Labor Day hatte gelegt werden müssen. Rita hatte so viel damit zu tun gehabt, die Küche zu führen und Jimmy einzuarbeiten, dass sie sich zuvor nicht hatte freinehmen können. Nun war es schon Anfang September, und der Betrieb wurde zumindest ein wenig ruhiger. Dennoch hatte Ike schon die ersten Anfragen für Weihnachten bekommen, weshalb sie beschlossen hatten, das ganze Jahr über geöffnet zu bleiben.

Tess fuhr den Hügel hinauf und in die kreisförmige Auffahrt, während vor ihr das Montauk Manor auftauchte. Das weiß verputzte Gebäude mit den dunkelbraunen Balken war das Glamouröseste, was Montauk zu bieten hatte, eine Art-déco-Villa aus den dreißiger Jahren, die unter Denkmalschutz stand. Tess fuhr schwungvoll auf einen Parkplatz, tauschte ihre Turnschuhe gegen Stilettos und ging auf den Eingang zu. Sie hatte sich so an Sneakers gewöhnt, dass sie in ihren Zehn-Zentimeter-Absätzen ein wenig ins Wanken geriet. Es war das erste Mal seit Monaten, dass sie sich richtig schick gemacht hatte, und auch wenn sie lediglich ein schlichtes kleines Schwarzes trug, kam sie sich verkleidet vor.

Die Frauen schienen sich alle untereinander zu kennen, sie nippten an Cocktails und unterhielten sich ausgelassen. Im

Hintergrund saß der Schuldirektor am Klavier und spielte. Die Frauen wirkten so locker und fröhlich in ihren sommerlich bunten Cocktailkleidern und Sandalen, Tess war die Einzige in Schwarz. Sie lächelte der Yogalehrerin Sarah zu, die in ihrem umwerfenden orangefarbenen Seidensari und mit einem dramatischen Make-up kaum wiederzuerkennen war. Rita war eine Augenweide in Pink in einem eng anliegenden Cocktailkleid, passenden Seidenschuhen und Handtasche. Sie sah aus wie eine verlockende Süßspeise, diese Farbe konnte wirklich nur sie tragen. Die Umarmungen und Küsse und Begrüßungen schienen kein Ende nehmen zu wollen.

Tess stand allein am Kamin und nahm einen Schluck von ihrem Drink. Obwohl alle freundlich zu ihr waren, fühlte sie sich außen vor. Noch immer war es ihr nicht gelungen, echte Freundschaften zu schließen, was sie deprimierte. Ihr Sozialleben war die reinste Katastrophe. Und dann war da noch Jimmy. Sie hatte versucht, zu verdrängen, was in jener Nacht geschehen war, hatte seitdem kaum mit ihm gesprochen. Ihr Verhalten war ihr peinlich. Seit Adam war sie mit keinem anderen Mann zusammen gewesen, seit mehr als zwanzig Jahren hatte es keinen anderen gegeben, und dann schlief sie aus dem Nichts heraus einfach nachts im Meer mit einem zehn Jahre jüngeren Mann. Sie war zutiefst beschämt. Andererseits hatte sie es genossen, es hatte sich so richtig und so sinnlich angefühlt, in Jimmys Armen zu liegen. Zum ersten Mal seit langem hatte sie sich wieder wie eine Frau gefühlt, und seither hatte sie eine merkwürdig drängende Sehnsucht nach ihm verspürt, auch wenn sie ihr um keinen Preis nachgeben würde.

Sie wünschte, sie hätte diese Feier absagen können. Natürlich freute sie sich für Ike, aber es fiel ihr schwer, die Fassade zu wahren. Alle um sie herum waren verliebt und glücklich, nur sie schaffte es nicht, hinter sich zu lassen, was sie verloren hatte.

Wenn es ihr gelänge, die nächsten paar Stunden zu überstehen, könnte sie nach Hause zurückkehren und sich verkriechen. Endlich kam sie zu Rita durch, die sie an die Hand nahm und mit sich die ausladende Treppe hinaufzog. Sie betraten einen Raum, an den sich eine Veranda anschloss, die einen großartigen Blick aufs Meer bot. Kerzen brannten in schmiedeeisernen Wandleuchten und großen Kandelabern auf dem langen Tisch. Die Gäste hinterließen ihre Geschenke auf einem dafür vorgesehenen Tisch und hielten nach ihren Namenskärtchen Ausschau. Überrascht stellte Tess fest, dass sie in der Mitte des Tisches zwischen Rita und deren bester Freundin Marion platziert worden war. Sie fühlte sich geehrt, aber auch fehl am Platz. Sie hatte sich gerade so im Griff, und nun saß sie hier im Rampenlicht, wie auf dem Präsentierteller direkt neben der zukünftigen Braut. Alle Blicke würden auf sie gerichtet sein, und die Mühe, die sie das dauerhafte Lächeln kostete, wurde ihr schon jetzt zur Qual.

Essen und Service waren zwar hervorragend, sie bekamen erlesenen Wein eingeschenkt und ein Fünf-Gänge-Menü serviert, doch Tess konnte es kaum erwarten, dass die Party endlich vorbei war. Sie betete, niemand möge bemerken, wie miserabel sie sich fühlte, am allerwenigsten Rita, und sie beschwor sich, Nia und das Baby aus ihren Gedanken zu verdrängen. Was ihr jedoch nicht gelang. Als die Sonne langsam unterging, entschuldigte sie sich, um vor dem Dessert ein wenig frische Luft schnappen zu gehen. Sie lehnte sich gegen das Marmorgeländer, leuchtend rote, pinkfarbene und gelbe Streifen zogen über den dunkelblauen Himmel, eine riesige orangefarbene Kugel versank im Wasser, und sie fühlte, wie ihr die Tränen die Kehle zuschnürten. Das letzte Licht verblasste.

»Tess, möchten Sie ein Stück Kuchen?« Mary Sue hielt ihr einen Teller hin.

»Nein, danke«, flüsterte sie, und in diesem Moment konnte sie es nicht länger zurückhalten und heulte los.

»Oje, Tess«, sagte Mary Sue und legte tröstend den Arm um sie. »Möchten Sie darüber reden?«

»Wie wäre es damit: ›Robbie, dein Vater wollte uns verlassen, um mit der besten Freundin deiner Mutter zusammenzuleben, aber vorher ist er gestorben. Und jetzt bekommst du bald eine kleine Schwester.‹«

»Puh … Wenn Ihr Mann nicht schon tot wäre, würde ich Ihnen auf der Stelle helfen, ihn umzubringen.«

Trotz allem musste Tess lächeln. Und mit einem Mal brachen die beiden in unkontrollierbares Gelächter aus. Einmal angefangen, konnten sie nicht wieder aufhören. All die Anspannung, Wut, Angst und Verzweiflung, die Tess empfunden hatte, brachen nun hervor.

»Was ist so komisch, Mädels? Was macht ihr da draußen?«, rief jemand von drinnen.

Mary Sue nahm Tess fest in den Arm und zog sie mit sich zu den anderen zurück. Rita packte gerade ihre Geschenke aus, ihre Freundinnen hatten einen Kreis um sie gebildet und kreischten vor Entzücken, als sie ein edles Negligé, zarte Seidenstrümpfe und einen Strumpfhalter aus den Geschenkkartons fischte. Rita gab Tess ein Zeichen, sich neben sie zu setzen, und in diesem Augenblick hatte Tess das Gefühl, dass dies nicht nur der Ort war, an den sie sich geflüchtet hatte. Es war der Ort, der für sie eine Zukunft bereithielt.

Barfuß und nur mit ihrem Pyjama bekleidet, trat sie hinaus in den Garten und begann sofort vor Kälte zu zittern. Die ersten Blätter verfärbten sich schon und fielen von den Bäumen. Orangefarbene und rote Pünktchen wie Sommersprossen überall. Der Herbst hatte gerade erst begonnen, doch an diesem kühlen Morgen fühlte es sich an, als würde es sehr bald sehr kalt werden. Kein Indian Summer in diesem Jahr. Tess wäre lieber heute statt morgen mit Kip segeln gegangen, statt sich dem zu stellen, was sie sich vorgenommen hatte. Draußen auf dem Meer war alles besser, dort schmolzen Probleme geradezu dahin, das hatte sie trotz ihrer anfänglichen Skepsis gegenüber den Ausflügen mit Kip inzwischen gemerkt.

Sie sollte Robbie Kekse backen, Chocolate Chip Cookies, seine Lieblingssorte, und dann würde sie es ihm sagen. Sie wollte es nur noch hinter sich bringen, es herauslassen. Verzweifelt schmetterte sie ihr Mobiltelefon auf den Rasen. Sollte es doch kaputtgehen, es überbrachte ohnehin nur schlimme Nachrichten. Statt sich anzuziehen, holte sie Mehl, Zucker, Eier, Schokosplitter und andere Zutaten aus dem Schrank und attackierte den Teig mit ihrem großen Holzlöffel. Sie füllte zwei Bleche und schob sie in den Ofen. Ihre Hände zitterten. Beruhige dich, Tess, das wird schon. Es kribbelte am ganzen Körper. Würde sie rauchen, hätte sie eine komplette Packung geleert. Am liebsten wäre sie aus dem Haus gestürmt und irgendwo hingefahren. Sie wollte sich verlieren. Aber sie musste hier sein, wenn Robbie aufwachte.

Am Tag zuvor waren sie in die letzte Kinovorstellung der Saison gegangen. Robbie liebte *Spiderman* und hatte mit Eleanor und ein paar anderen Klassenkameraden zusammengesessen, während die Mütter ein paar Sitze weiter Platz nahmen. Die Kinder genossen das Gefühl, unter sich zu sein. Danach waren sie Eis essen gegangen und lange unterwegs gewesen, es war einer der schönsten Abende seit ihrer Ankunft in Montauk gewesen. Die Stadt begann allmählich, sich für das Ende der Saison zu verpuppen, noch ein paar Wochenenden und die meisten Geschäfte würden über den Winter die Rollläden herunterlassen. Tess war noch nicht bereit für kurze Tage mit wenig Sonnenlicht, Schnee, Pullover und den ersten Jahrestag von Adams Tod. Sie fürchtete sich davor, versuchte sich aber auch davon zu überzeugen, dass alles ganz anders sein würde als vor einem Jahr.

Sie rechnete noch immer halb damit, dass Adam jeden Augenblick zur Tür hereinspazieren würde. Sie erinnerte sich noch an jenen letzten Morgen, als wäre es gestern gewesen. Wie sie in den leeren Kühlschrank gestarrt und dann diese Tiefkühlpizza zum Frühstück gemacht hatte. Wie aufgeregt Robbie wegen des Weihnachtskonzerts gewesen war und wie er auf Gläsern und Töpfen getrommelt hatte. Alles war so normal gewesen. Ein vollkommen durchschnittlicher Morgen. Wer hätte ahnen können, dass es das letzte Mal sein würde, dass sie ihren Ehemann lebendig sah.

Adam hatte sich hinter der Zeitung vergraben. Sie hatte sich nichts dabei gedacht. Damals wusste sie noch nicht, dass er in eine andere verliebt war und sie verlassen wollte. Sie hatten seit Monaten nicht mehr miteinander geschlafen. Die Zeit war einfach verstrichen, aber sie hatte es nicht für ein Problem gehalten, sie hatten einfach nie darüber gesprochen. Adam hatte sich nie beschwert. Sie hatte so hart gearbeitet und war müde gewesen, wenn sie nach Hause kam. Jene letzte Kollektion, die sie nie fertiggestellt hatte. Und Tess konnte sich nicht mehr daran erinnern, wie sie und Adam sich das letzte Mal geliebt hatten.

Dafür konnte sie den Abend mit Jimmy nicht vergessen. Noch nie in ihrem ganzen Leben war ihr so etwas passiert. Danach hatte sie sich geschämt, ihm in die Augen zu blicken, aber er war so anständig und unkompliziert. Jedes Mal, wenn sie ihn in der Bar sah, vermittelten ihr sein breites Lächeln und seine warmen Augen das Gefühl, dass zwischen ihnen alles gut war. Weder erwähnte er ihr mitternächtliches Bad, noch brachte er sie sonst irgendwie in Verlegenheit. Er verhielt sich einfach wie immer, als wäre nichts geschehen, und dafür war sie dankbar. Dennoch verspürte sie bei seinem Anblick jedes Mal einen Stich. Insgeheim wollte sie ihm wieder nah sein, würde es ihm jedoch niemals zeigen. Nachts, wenn sie allein in ihrem Bett lag, musste sie immer wieder an ihn denken. Wenn sie in der Bar war, konnte sie sehen, wie die hübschen jungen Frauen mit ihm flirteten. Er war unbestreitbar ein Frauenschwarm, wobei sie nicht glaubte, dass er eine Freundin hatte, zumindest hatte sie ihn noch nie mit irgendjemandem gesehen. Aber was wollte sie eigentlich? Jimmy war zehn Jahre jünger als sie, verglichen mit seinen Bewunderinnen war sie eine alte Frau. Und es war für sie selbstverständlich, dass sie ihre eigenen Sehnsüchte und Bedürfnisse hintanstellen würde, bis Robbie größer war. Um keinen Preis würde sie zu diesem Zeitpunkt einen anderen Mann in das Leben ihres Sohnes bringen.

Sie konnte von Glück reden, dass Robbie in Kip einen väterlichen Freund gefunden hatte, dem er vertraute und mit dem er offensichtlich über all das sprechen konnte, was er nach wie vor nicht mit seiner Mutter teilen wollte. Das Einzige, was ihr an der engen Beziehung zwischen den beiden Sorgen bereitete, war die Frage, was passieren würde, wenn Kips Familie nach Montauk käme. Ihre Ankunft hatte sich verzögert, aber was geschähe, wenn Kip sich um seinen kleinen Sohn statt um Robbie kümmerte? Robbie hing so sehr an ihm.

Zumindest hatte er sich auch in der Schule gut eingelebt, hatte dort die ersten Freunde gefunden. Inzwischen spielte er sogar im Schulorchester mit. Vielleicht sollte sie langsam aufhören, sich so viele Sorgen um ihn zu machen.

Ihr kleines Sneaker-Projekt mit Christopher nahm immer

größere Ausmaße an. Über den Sommer hatten sie mehr als zweihundert Paar verkauft. Und nach Ritas Junggesellinnenabschied war es ihr endlich gelungen, Anschluss zu finden. Sie hatte sich die Zeit genommen und Mühe gegeben und machte nun sogar regelmäßig Yoga. Sie hatte sich sehr überwinden müssen, sich darauf einzulassen, doch Teil der Yogaklasse zu sein und die Frauen regelmäßig zu treffen tat ihr so gut, dass sie sich mit den dazu notwendigen körperlichen Herausforderungen arrangierte.

Für sie und Robbie schien alles auf einem guten Weg zu sein. Doch die Vergangenheit zerrte sie immer wieder zurück, und ihre schmerzhaften Erinnerungen wollten nicht vergehen. Und die Neuigkeit, die sie ihm zu überbringen hatte, würde auch Robbies Wunden wieder aufreißen, das wusste sie, und all seine Wut, Traurigkeit und das Gefühl des Verlusts wieder ans Licht holen. Verdammt. Wie sollte sie es ihm nur sagen? Wie sollte sie die Worte aussprechen, ohne ihm Leid zuzufügen? Sie sah schon sein glückliches kleines Gesicht vor sich, wenn er aufwachte. So unschuldig. Er wäre am Boden zerstört. Und er würde das Zerbrechen ihrer Familie ihr vorwerfen. Sich selbst. Trotz allem hatte sie immer versucht, ihm die guten Erinnerungen an seinen Vater zu bewahren, aber wie sollte sie Adam als guten Mann und Familienvater dastehen lassen, wenn mittlerweile das Kind zur Welt gekommen war, das er mit ihrer besten Freundin gezeugt hatte?

Sie ging hinunter in die Waschküche und entleerte den Trockner, faltete die Kleidungsstücke hektisch zusammen, während sie versuchte, sich die richtigen Worte zurechtzulegen, und vor sich hin redete. »Dein Vater hat einen Fehler begangen. So etwas kann jedem einmal passieren, und jetzt hast du eine kleine Schwester. Sie heißt Amanda. Es zählt nicht, wie es dazu gekommen ist. Ich bin nicht traurig, Robbie. Nia und ich sind doch schließlich erwachsen und verstehen, dass manche Dinge eben einfach anders laufen, als man es sich vielleicht gewünscht hätte. Dein Vater hat dich geliebt. Dein Vater war ein wunderbarer Mann. Ja, genau … der wunderbarste Mann auf der ganzen Welt. Ich habe kein Problem damit, dass er meine beste Freundin gevögelt hat und uns verlassen wollte. Ich habe kein Problem damit, dass er ein Kind mit ihr erwartete. Ganz und gar nicht.«

Sie hatte nicht bemerkt, dass Robbie auf Zehenspitzen die Treppe heruntergeschlichen war und jedes einzelne ihrer Worte gehört hatte. Als sie sich umdrehte und ihn sah, erblasste sie vor Schreck. Das Entsetzen stand ihrem Sohn ins Gesicht geschrieben. Plötzlich schrillte der Rauchmelder los, und aus der Küche drang Rauch nach unten.

»Die Cookies!«, schrie Tess.

Sie eilte die Treppe hinauf, riss Hintertür und Ofen auf und warf das Blech mit den schwarzen Keksen, die wie Steine aussahen, in die Spüle. Dabei verbrannte sie sich die Hände, schrie erneut und ließ kaltes Wasser darüber laufen.

»Verdammt«, heulte sie und konnte die Tränen nicht zurückhalten.

»Stimmt das, was du unten gesagt hast? Habe ich eine kleine Schwester? Suzies Mom und mein Dad haben ein Baby bekommen?«, fragte Robbie, der ihr gefolgt war.

Tess blickte in sein verständnisloses Gesicht. »Ja.«

»Ist sie auch taub?«

Tess holte den Eiswürfelbehälter aus dem Gefrierfach, wickelte ein paar Würfel in ein Handtuch und presste es sich an die Hände. Sie würden überall Brandblasen bekommen und fühlten sich an, als hätte sie damit in ein Hornissennest gegriffen.

»Sie ist normal, oder?«

»Robbie, du bist normal. Du bist der beste Junge auf der ganzen Welt, und dein Vater hat dich geliebt. Das hat überhaupt nichts mit dir zu tun.«

Sie wollte ihn in den Arm nehmen, aber er floh die Treppe hinauf.

Hastig zog er sich an, rannte aus dem Haus und sprang auf sein Fahrrad. Die Rufe seiner Mutter verhallten, als er so schnell wie möglich hügelaufwärts und -abwärts fuhr, den langen Highway-Abschnitt hinter der Stadt entlang, vorbei am Kino und auf den Hafen zu. Seine Beine begannen zu brennen. Schweiß rann ihm das Gesicht herunter. Autos und Lastwagen donnerten an ihm vorbei, aber er schenkte ihnen keinerlei Beachtung, bis er beinahe von einem erfasst worden wäre. Der Fahrer hupte so laut, dass er vom Rad fiel und sich die Knie blutig aufschlug. Aber das hielt ihn nicht auf. Er musste Kip sehen und hinaus aufs Meer.

Sein Vater hatte ein normales Kind gewollt, kein taubes, wie er es war. Aber jetzt war er tot und würde sein normales Baby nie zu Gesicht bekommen. Völlig außer Atem erreichte Robbie den Hafen, ließ sein Fahrrad einfach fallen und rannte auf der Suche nach Kip den Pier auf und ab. Sein Boot war nirgends zu sehen. Robbie brach in Tränen aus, hob sein Fahrrad auf und raste zum Ende des Hafens, machte eine Kehrtwende und hielt dann auf den Leuchtturm zu. Alles verschwamm vor seinen Augen. Da er nicht mehr als ein T-Shirt und kurze Hosen trug, war ihm kalt, seine Arme waren mit Gänsehaut bedeckt. Das unablässige Donnern und Rauschen des Meeres, das gegen die Klippen rollte, sich wieder zurückzog und von neuem Anlauf nahm, beruhigte ihn. Mit neuer Tatkraft nahm er die Hände vom Lenkrad und hob sie immer höher in die

Luft. Er fuhr weiter, ohne sich festzuhalten, trat fester und fester in die Pedale, bis der majestätische Leuchtturm vor ihm auftauchte.

Er stellte sein Rad ab und blickte zum Turm hinauf, dann rannte er auf die gegenüberliegende Seite, wo die Eingangstür offen stand. Rasch erklomm Robbie die hundertsiebenunddreißig Stufen der schmalen eisernen Treppe, die in einer Spirale hinaufführte. Oben angekommen, trat er auf den kleinen Balkon und blickte übers Meer. Seine Lungen brannten. Schließlich kam er wieder zu Atem. In dieser Höhe blies der Wind so heftig, dass er sich am Geländer festhalten musste, aber er hatte keine Angst. Er suchte das Wasser nach Kips Boot ab, sah jedoch nichts als blaues Meer. Blaues Meer und blauen Himmel.

Sein Vater hatte sich für ihn geschämt. Er hatte ihn nicht geliebt. Weshalb sollte er sonst ein Baby mit jemand anderem bekommen? Und Suzie war auch normal. Anstelle von Robbie hätte sein Vater dann zwei normale Kinder gehabt. Wahrscheinlich hatte er zu ihnen ziehen wollen. Auch seine Mutter war schuld daran. Sie hatte immer nur gearbeitet, hatte sich nicht um seinen Dad gekümmert. Deshalb hatte er sich in eine andere verliebt. Voller Hass auf seine Eltern, ja alle Eltern, schwor sich Robbie dort oben auf dem Leuchtturm, dass er niemals heiraten, niemals Kinder bekommen würde. Er würde nie Vater werden, würde keinem Kind antun, was er hatte durchstehen müssen, er würde niemals ein taubes Baby bekommen, niemals einem Kind Leid zufügen. Robbie wünschte, er wäre alt genug, um von zu Hause fortzugehen und allein zu leben. Dann könnte er sein eigenes Leben führen, könnte ein anderer werden.

Ein riesiger Tanker kreuzte den Horizont. Er wünschte, er wäre an Bord. Ein paar Fischerboote kehrten in den Hafen zurück, aber noch immer keine Spur von Kip. Der Wind wurde stärker und ließ ihn frösteln. Seine Knie brannten, sie bluteten. Schließlich kletterte er die Wendeltreppe hinunter und konnte es nicht glauben, als er auf dem Parkplatz seine Mutter in ihrem Jeep entdeckte. Sie hatte bereits sein Fahrrad geholt und aufgeladen. Nun konnte er nicht mehr allein nach Hause fahren.

»Ich habe mir gedacht, dass du hier bist«, sagte sie. »Was ist mit deinen Knien passiert?«

»Nichts«, erwiderte er tonlos und kletterte auf den Rücksitz.

Zu Hause angekommen, säuberte sie seine Wunden und desinfizierte sie. Es tat ziemlich weh, aber er biss sich auf die Lippen. Sie legte ihm behutsam einen Verband an. Er bemerkte die knallroten Verbrennungen an ihren Händen, die bereits Blasen bildeten. Sie sahen aus wie kleine Seifenblasen. Er dachte sich, dass das schmerzhaft sein musste, aber er fragte sie nicht, wie es ihr ging. Sie machte ihm heißen Kakao, der ihn von innen erwärmte.

Dann erklärte sie ihm, dass Eltern manchmal die Liebe zueinander verlören und sich dann in andere Menschen verliebten, und dass so nun einmal Babys entstünden. Wenn zwei Menschen einander liebten. Dabei weinte sie die ganze Zeit und sagte ihm, wie sehr sie ihn liebe.

Er ärgerte sich darüber, dass sie geweint hatte. Was sollte er jetzt tun, was erwartete sie denn? Vielleicht wurde sie wieder krank und musste ins Krankenhaus? Vielleicht wurde sie auch verrückt und kam diesmal in die Psychiatrie. Irgendwann ging er hinauf in sein Zimmer und nahm sich seine Tuba. Er umschlang sie fest und setzte sich so, dass er das Meer sehen konnte. Dann spielte er, und die satten Töne seines Instruments trösteten ihn sofort. Sie klangen wie der Wal, und er spürte die

Musik im ganzen Körper, die Vibrationen durchdrangen ihn. Seine Mutter betrat das Zimmer, aber er ignorierte sie.

Tess ließ sich an der gegenüberliegenden Wand auf den Boden sinken und schloss die Augen.

Kapitel
ZWEIUNDZWANZIG

Das Zwitschern der Vögel und das Rauschen der Blätter drangen in Tess' Ohren und ließen sie die Augen aufschlagen. Der Himmel erstrahlte in zartem Blau. Der Morgen ließ alles besser aussehen. Sie wollte nicht von dem alten Metallsessel auf der Terrasse aufstehen, obwohl ihr der Rücken weh tat. Sie hatte sich darauf zusammengerollt und war draußen eingeschlafen. Was sollte sie jetzt tun? Sie hatte so sehr daran geglaubt, dass Montauk der richtige Ort für sie und für Robbie sei. Hier würden sie ihre Trauer überwinden, wieder zusammenwachsen können. Dessen war sie sich sicher gewesen. Bis gestern. Jetzt waren sie wieder da angelangt, wo sie ganz am Anfang gestanden hatten. Bei null. Sie vernahm Geräusche im Haus und blickte durch das Erkerfenster ins Wohnzimmer.

Robbie zerrte gerade einen großen Koffer die Treppe herunter.

Sie sprang auf und eilte ihm entgegen. »Was soll das werden, Robbie?«

»Ich ziehe zu Kip«, sagte er knapp.

»Hast du das mit ihm besprochen?«

»Das brauche ich nicht. Er hat gesagt, ich kann jederzeit kommen.«

»Und was ist, wenn seine Familie kommt?«

»Das ist mir egal«, schrie Robbie.

»Reg dich nicht auf«, versuchte sie ihn zu besänftigen. »Du

kannst das nicht einfach so entscheiden. Aber wenn es wirklich das ist, was du willst, können wir mit Kip reden.«

»Das ist es.«

»Ich gehe schnell duschen, ziehe mich an, und dann fahren wir los.«

»Gut.«

Tess sah zu, wie ihr kleiner Junge seinen Koffer in die Küche schleifte. Wie sehr er litt. Es zerriss sie innerlich und schnürte ihr die Luft ab. *O Adam, ich wünschte, du wärst jetzt hier. Ich würde dir alles verzeihen. Verdammt, von mir aus könntest du dich von mir scheiden lassen und mit Nia glücklich bis ans Ende eurer Tage zusammenleben. Wenn du bloß hier wärst, für deinen Sohn.*

Sie zog sich so rasch wie möglich an und dachte dabei an Kip, diesen Fremden, der plötzlich so wichtig für sie geworden war. Er war ein liebenswerter Mann, so viel stand fest. Und er war selbst ein Vater. Er verstand, was Robbie durchlitt, und sie baute darauf, dass er ihr dabei half, ihrem Sohn zu helfen. Fast tat er ihr leid, er hatte keine Ahnung gehabt, was er sich einbrockte, als er sie damals das erste Mal zum Segeln einlud. In der Vergangenheit war Tess es nicht gewohnt gewesen, um Hilfe zu bitten, doch in letzter Zeit hatte sie es immer wieder tun müssen. Und sie hatte sie bekommen, von Ike und allen anderen, von Rita, Jimmy, den Frauen vom Yoga, Christopher und immer wieder von Kip. Er hatte Robbie gegeben, was niemand anderes vermochte. Gemeinsam würden sie mit Robbie reden und ihm dabei helfen, die Neuigkeiten über seine Halbschwester zu verarbeiten.

Sie warteten am Kai, während Kip auf sie zusegelte. Die Sonne strahlte hell, und der Wind wehte genau richtig, um den Tag auf dem Meer zu verbringen. Kip winkte ihnen zu und lächelte herüber, dann legte er verwirrt den Kopf zur Seite, bevor er vom Boot sprang und es festband.

»Was ist das denn alles? Was hast du diesmal mitgebracht, Robbie? Ein ganzes Orchester?«, fragte er.

»Ich werde bei dir bleiben und dir helfen, Benny aufzuspüren«, antwortete Robbie nervös und schob hastig sein Gepäck an Bord.

Kip sah Tess auf der Suche nach einer Erklärung an. Sie nahm ihn beiseite und flüsterte ihm rasch ins Ohr, was geschehen war, woraufhin Kip verständnisvoll nickte.

»Okay, Robbie, wir haben den ganzen Tag Zeit, uns darüber zu unterhalten«, sagte Kip. »Es wäre gut, wenn du mir erzählst, was los ist.«

»Das ist eine gute Idee«, sagte Tess. »Und vielleicht klären sich ein paar Dinge, wenn wir zusammen aufs Meer fahren und Benny suchen.«

Sie entspannte sich, während Kip den Koffer hinunter in die Kajüte trug und mit zwei Schwimmwesten wieder hochkam. Er band das Boot los, und sie fuhren ab. Der Wind hatte Fahrt aufgenommen und war nun ziemlich stark. Tess saß an ihrer üblichen Stelle ganz hinten auf dem Boot und sah zu, wie Robbie an Kips Seite stand, während dieser aufs offene Meer zusteuerte. Eine ganze Weile segelten sie reibungslos dahin. Das Meer war wie ein Spiegel. Es reflektierte den tiefblauen Himmel und die leuchtend weißen Wolken. Tess beobachtete, wie der Himmel sich verdüsterte, je weiter sie hinausfuhren, und sah, wie die Wolken sich verdichteten, bis sie die Sonne ganz verdeckten.

»Habt ihr Benny schon gesichtet?«, rief sie.

»Noch nicht«, erwiderte Kip.

»Er wird uns finden. Benny wird uns finden«, sagte Robbie.

Und dann sahen sie plötzlich aus dem ruhigen Wasser den

gewaltigen Geysir aus Bennys Atemloch hoch hinauf in den Himmel spritzen. Seine riesige schwarze Schwanzflosse mit dem weißen Fleck tauchte blitzartig auf und verschwand wieder. Ein paar Sekunden später stieß Benny sich aus dem Wasser, hob praktisch seinen gesamten Körper in die Luft empor. Meerwasser tropfte von seiner Haut, die so metallisch glänzte, als wäre sie aus Silber.

»Dieser Wal ist wirklich immer zur rechten Zeit am rechten Ort«, sagte Tess.

Alle drei lehnten an der Bootsreling, um Bennys einzigartige Vorführung zu betrachten. Der Anblick dieses Wals hatte etwas Magisches, und Tess spürte, dass er Kip und Robbie genauso in seinen Bann zog wie sie selbst. Dem Spiel des gewaltigen Tieres mit den Wellen wohnte eine Leichtigkeit inne, die sie ganz und gar gefangen nahm. Es schien Tess der pure Ausdruck von Lebensfreude. Doch dann wurden seine Bewegungen immer schneller und hektischer, als treibe ihn irgendetwas an. Der Koloss drehte sich und wirbelte herum und klatschte gegen die Wasseroberfläche. Immer höher hob er sich empor, um gleich darauf unterzutauchen. Wieder und wieder. Dann schlug er mehrmals mit seiner riesigen Schwanzflosse aufs Wasser und erzeugte damit Wellengang. Mit diesen machtvollen Bewegungen fuhr er eine ganze Weile fort. Und dann schwamm der Wal geradewegs gegen das Boot, so dass es heftig ins Schaukeln geriet.

»Ist das normal? Dass er gegen das Boot stößt?«, fragte Tess, ohne ihre Besorgnis verbergen zu können.

»Wale sind die geheimnisvollsten Wesen auf diesem Planeten«, sagte Robbie.

»Du lieber Himmel! Er versucht, uns zum Kentern zu bringen!«, schrie Tess und hielt sich mit beiden Händen an der Reling fest.

»Das tut er nicht. Er will uns etwas sagen«, rief Robbie.

»So etwas würde Benny nicht tun, aber ehrlich gesagt habe ich ihn noch nie so erlebt«, gab Kip zu.

Endlich hörte der Wal auf, gegen das Boot zu stoßen, umkreiste es noch ein paarmal, tauchte dann unter und verschwand. Mit gespannter Aufmerksamkeit warteten sie darauf, dass er erneut die Wasseroberfläche durchbrechen und in den Himmel emporschießen würde, aber nichts dergleichen geschah. Tess lief es eiskalt den Rücken hinunter. Beinahe von einer Sekunde auf die andere hatte der Himmel sich komplett verdunkelt. Das Meer war so unberechenbar, im einen Augenblick war es noch sonnig, im nächsten dräuten dunkle Wolkenberge am Horizont.

»Lasst uns nach Block Island fahren. Ich wette, er schwimmt dorthin«, schlug Kip vor.

»Ja!«, rief Robbie.

»Ich denke, wir sollten lieber umkehren«, wandte Tess ein.

»Auf keinen Fall«, sagte Robbie, und Tess wollte ihn nicht schon wieder gegen sich aufbringen und nickte Kip zu.

Der nahm sogleich Kurs auf, und das Boot glitt sanft durch die Wellen.

»Möchte irgendjemand einen Pullover?«, fragte sie, bekam jedoch keine Antwort. Sie stieg in die Kajüte hinunter, um sich selbst einen zu holen, und ließ sich dann oben nieder und blickte aufs Meer, in dem Versuch, ihre angespannten Nerven zu beruhigen. Als sie sich umdrehte, sah sie, wie Kip sich zu ihrem Sohn hinunterbeugte.

»Also, Robbie. Was hat es damit auf sich, dass du bei mir auf dem Boot bleiben willst? Wer passt dann auf deine Mutter auf? Ich dachte, wir hätten das besprochen.«

»Sie kann selbst auf sich aufpassen«, sagte Robbie.

Tess rutschte leise auf die beiden zu und setzte sich auf

die Stufen zur Kajüte. Sie erkannte an Robbies steifer Haltung, dass er verärgert war. Er zog die Augenbrauen hoch und machte einen Schmollmund.

»Ja«, mischte sie sich ein. »Ich kann selbst auf mich aufpassen, Robbie, aber ich möchte auch auf dich Acht geben dürfen. Bei dir sein. Mehr will ich gar nicht. Nur dass wir wieder glücklich und füreinander da sind.«

»Bei dir werde ich niemals glücklich sein. Niemals.«

»Robbie, was du da zu deiner Mutter sagst, ist sehr verletzend«, sagte Kip besänftigend. »Du meinst es sicher nicht so.«

»Doch, das tue ich. Ich will nicht mehr bei ihr sein.«

»Ich weiß, was passiert ist, Robbie. Deine Mutter hat es mir erzählt. Dass du eine kleine Schwester hast.«

»Nias Kind ist nicht meine Schwester. Das hat sie nur gesagt, weil sie meinen Vater hasst. Und sie will, dass ich auch schlecht von ihm denke.«

»Das stimmt nicht, Robbie«, sagte Tess. »Was dein Vater getan hat, hatte nichts mit dir zu tun. Nur mit mir. Er hat dich sehr geliebt, dessen kannst du dir sicher sein. Und ich will dir deine Erinnerung an ihn nicht nehmen.«

»Dass er gestorben ist, ist deine Schuld. Wenn du mich wie all die anderen normalen Mütter in die Schule gebracht hättest, wäre Dad jetzt noch am Leben«, sagte Robbie.

»O Robbie. Es tut mir so leid. Bitte, vergib mir.« Tess war entsetzt über das Ausmaß an Bitterkeit ihres Sohnes.

»Nein, Tess. Das ist nicht richtig«, sagte Kip. »Er muss aufhören, Ihnen die Schuld zu geben. Es war nicht Ihre Schuld. Und du musst auch aufhören, dich selbst zu beschuldigen.« Kip wandte sich wieder an Robbie. »Du kannst mich besuchen, wann immer du willst, aber ich habe meine eigene Familie, und du hast deine. Und die Menschen, die einem nahestehen, sollte man nicht verletzen.«

»Aber ich möchte bei dir bleiben. Du hast gesagt, ich stünde mit Benny vor einem Durchbruch.«

»Du kannst mich besuchen, Robbie. Aber du kannst nicht bei mir bleiben. Meine Frau und mein Sohn können jeden Tag ankommen. Das verstehst du doch, oder?«

»Nein, das verstehe ich nicht!«

»Robbie, ich könnte dich niemals gehen lassen. Du bist mein Sohn, wir gehören zusammen«, entfuhr es Tess mit vor Verzweiflung zitternder Stimme.

»Es ist, wie deine Mutter sagt«, sagte Kip in festem Tonfall. »Du gehörst zu ihr.«

»So wie dein Sohn zu seiner Mutter gehört – und nicht zu dir? Sind sie deshalb noch nicht hier?«, fuhr Robbie ihn an. »Deshalb werden sie auch nicht kommen. Weil du dich für sie nicht interessierst – genauso wenig wie für mich! Keiner von euch beiden versteht mich!«

»Robbie, das glaubst du doch selbst nicht. Hannah und Liam werden in den nächsten Tagen hier sein. Du wirst sie kennenlernen, und du wirst sie sicherlich mögen«, sagte Kip.

»Sei still, hör auf!«, schrie Robbie und stürzte auf Kip zu, um mit seinen kleinen Fäusten auf seine Brust einzutrommeln. Kip machte einen Schritt zurück, wobei ihm der Baum des Großsegels in die Quere kam. Entsetzt sah Tess zu, wie der dicke Holzstab gegen Kips Stirn rammte. Blut strömte ihm übers Gesicht, und er sackte augenblicklich zu Boden, die Gliedmaßen von sich gestreckt.

»O mein Gott!« Tess eilte zu ihm. Kips Stirn blutete stark, und sie nahm seinen Kopf in die Arme.

Robbie war wie erstarrt. Tränen rannen ihm über die Wangen. »Es tut mir so leid. Das wollte ich nicht. Das wollte ich nicht.«

»Ich weiß, ist schon gut, Robbie. Geh nach unten und hol

ein paar Handtücher oder irgendetwas anderes zum Verbinden, schnell.«

Kips Augen waren geschlossen, er war bewusstlos. Ihre Hände waren blutüberströmt. »Robbie. Beeil dich! Und bring mir mein Handy!«

Der Wind war noch stärker geworden, die Temperatur schien weiter gefallen zu sein. In der Ferne, kurz vor dem Horizont, braute sich eine wirbelnde Wolkenmasse zusammen. Was kam da auf sie zu? Bei einem lauten Donnerknall schüttelte es Tess am ganzen Körper. Robbie kehrte mit den Armen voller Handtücher zurück.

»Das ist alles, was ich gefunden habe«, sagte er.

Sie machte einen notdürftigen Verband um Kips Kopf, und glücklicherweise öffnete dieser wieder die Augen.

»Geht es dir gut?«, fragte Tess.

»Ich glaube schon.« Er griff sich an die Stirn und versuchte, sich aufzurichten. Er kam bis auf die Knie, ehe er erneut hinfiel.

»Lass mich dir helfen«, sagte Tess und stützte ihn beim Aufstehen.

Kip konnte sich kaum allein auf den Beinen halten. Doch er entwand sich ihrem Griff und stolperte die Stufen hinunter in die Kajüte.

»Es tut mir sehr leid. Ich habe es nicht so gemeint. Ich habe nicht gemeint, was ich gesagt habe«, rief Robbie und rannte ihm hinterher.

»Ist schon gut, ist schon gut. Aber ich muss Hannah anrufen. Ich muss sie sofort sprechen«, murmelte Kip leise vor sich hin.

Riesige Blitze ließen den Himmel hinter der Wolkendecke aufleuchten, und das Boot schwankte. Die Segel flatterten laut. Tess erschauderte. Vom Heulen des Windes stellten sich ihr die Nackenhaare auf. Das Wasser war ganz schwarz geworden. Die

Wellen wirkten größer, eine Woge spülte übers Deck. Das war ein gewaltiger Sturm, in dem sie da steckten. Wie hatten sie nur hier hineingeraten können? Der Baum schlug vor und zurück. Tess griff danach und hielt ihn fest. Sie hatte keine Ahnung, was sie tun sollte, und nahm schließlich das herabhängende Seil und band ihn damit am Mast fest. Die Windfahne klapperte beängstigend und krachte dann an Deck, wobei sie Tess nur um Haaresbreite verfehlte.

»O mein Gott!«, schrie sie und hastete nach unten.

Zu ihrem Entsetzen kauerte Kip dort über dem Funkgerät und versuchte verzweifelt, es zum Laufen zu bringen. Dabei war offensichtlich, dass ihnen längst kein Funkspruch mehr helfen würde, sie mussten aus eigener Kraft zurück ans Ufer kommen. Selbst Tess, die sich überhaupt nicht auskannte, war klar, wie gefährlich ihre Lage war. Doch Kip schien gar nicht zu bemerken, was um ihn herum vor sich ging. Robbie saß starr auf dem Bett, die Knie bis zu den Ohren hochgezogen, Panik in den Augen.

»Wir müssen weg von hier«, schrie Tess. »Bitte, Kip, komm an Deck!«

»Ich hole Hilfe. Mach dir keine Sorgen, Hannah, kümmere dich nur um das Baby«, murmelte Kip.

»Ich bin nicht Hannah. Ich bin Tess, und wir müssen verdammt noch mal weg von hier«, beharrte sie.

»Irgendetwas stimmt mit ihm nicht, Mom«, sagte Robbie. »Er hat mich Liam genannt.«

Sie umarmte ihren Sohn, und er presste sich schutzsuchend an sie. Seine Nähe gab ihr Kraft. Draußen prasselte der Regen donnernd auf sie nieder. Der Lärm war ohrenbetäubend, und die Wellen wirkten nun riesig. Tess schüttelte Kip an den Schultern.

»Hör mir zu. Hör mir zu, du musst uns hier rausbringen!«

Mit einem gewaltigen Krachen fielen Teller, Tassen, Töpfe, Pfannen und all die Muscheln aus ihren Regalen. Die Scherben prallten wie Gewehrkugeln von den Wänden der kleinen Kajüte ab, aber Kip saß immer noch unbewegt inmitten des Chaos, zerrte Kabel aus dem Funkgerät und flocht sie mit den Fingern zusammen. Sie drang nicht zu ihm durch. Von der Tür drang Wasser ein und füllte die Kajüte in alarmierender Geschwindigkeit. All die Papiere, Karten und Fotografien waren ruiniert, einfach alles wurde durchtränkt. Kip jedoch merkte nichts von dem Desaster um ihn herum, er war in seiner eigenen Welt versunken. Erneut packte sie ihn an den Schultern. Er schien nicht mehr so stark zu bluten, was jedoch nicht mit Sicherheit zu sagen war, da sein Pullover und seine Arme vollständig von Blut bedeckt waren. Auch sein Gesicht war ganz blutverschmiert, er sah aus, als trüge er eine Maske.

»Was ist nur los mit dir? Um Himmels willen, bring uns hier raus, jetzt sofort!«, flehte Tess. »Bitte, Kip, rette uns.« Sie begann zu weinen.

»Hannah?« Kips leerer Blick jagte ihr noch mehr Angst ein als der Sturm. Seine weit geöffneten Augen waren vollkommen ausdruckslos. Er setzte sich auf die Treppe und starrte vor sich hin.

»Mom, er hat sich wirklich schlimm am Kopf verletzt!«, rief Robbie. »Wir müssen ihm helfen.«

»Wir müssen runter von diesem Boot. Ich glaube, es wird bald sinken.«

»Dann komm, ich hole die Rettungsinsel. Ich weiß, wo sie ist«, sagte Robbie.

Er öffnete eine Schranktür und wuchtete mit ihrer Hilfe eine große Tasche heraus, fand eine weitere Rettungsweste und eine kleine Plastikumhängetasche, die er sich über die Schulter hängte.

»Wir müssen ihm die hier anziehen. Und das ist ein Erste-Hilfe-Set. Das sollten wir mitnehmen.«

Gemeinsam zogen sie Kip die Weste über den Kopf und banden sie fest.

»Eins, zwei, drei!«, rief Robbie, und dann richteten sie Kip auf und führten beziehungsweise zerrten ihn an Deck. Robbie hielt ihn, während Tess die Tasche mit der Rettungsinsel mühsam nach oben schleifte.

»Sie bläst sich von selbst auf, wenn wir sie geöffnet haben, Mom. Aber wir müssen die Sicherheitsleine festhalten. Binde sie ans Boot«, rief Robbie laut genug, um über den tosenden, furchterregenden Lärm des Sturms hinweg gehört zu werden.

»Das können wir nicht machen, Robbie. Wenn die *Kipper* sinkt, reißt sie uns mit in die Tiefe«, schrie Tess. »Kip, wir brauchen jetzt deine Hilfe! Du musst uns helfen, dieses Ding ins Wasser zu bringen.«

Doch er blieb so reglos wie eine Statue.

»Wie sollen wir das schaffen, Robbie? Was machen wir nur?«

»Ich springe ins Wasser und öffne die Rettungsinsel. Dann schubst du ihn hinein und kletterst selbst hinterher. So hat Kip es mir erklärt«, rief er zurück.

»Wieso musst du dafür ins Wasser springen? Das ist doch Wahnsinn!«

»Wir müssen sicher gehen, dass sie sich nicht mit der Unterseite nach oben dreht oder mit Wasser vollläuft. Sie bläst sich ganz schnell auf, im selben Augenblick, in dem ich an der Leine ziehe. Aber das geht nicht hier an Deck, hier können wir sie nicht festhalten. Sie könnte davongeweht werden. Das haben wir in der Segelschule gelernt. Wir haben das alles geübt.«

Tess sah den Bug der *Kipper* langsam ins Wasser sinken. Sie hatte keine andere Wahl. »Okay. Warte, bis ich dir ein Zeichen gebe.« Statt Robbie ins Wasser springen zu lassen, tat sie es selbst. Sie wollte sich an der Seite des Bootes festhalten, doch es war zu rutschig, und die Wellen rissen sie sofort mit sich. Sie schaffte es gerade noch, sich eine Leine zu schnappen und sich daran zurück zum Boot zu ziehen. Die Wellen waren so stark, als versuchten sie mit aller Macht, Tess davonzutragen, aber die Angst um ihren Sohn ließ sie die nötige Kraft aufbringen, um gegen das aufgebrachte Meer anzukämpfen. Als sie dem Boot wieder nahe genug war, schrie sie: »Los!«, und sah, wie Robbie an der Leine der Rettungsinsel zog, die er zuvor aus ihrer Verpackung geholt hatte, und die Insel dabei zu Wasser ließ. Tess erschrak, mit welcher Wucht sie sich entfaltete. Schon wogte neben ihr eine voll aufgeblasene überdachte Insel, oval, leuchtend orangegelb, mit breiten Griffen, an denen sie sich festhalten konnte.

Sie musste raus aus dem eiskalten Wasser, das um sie herumwirbelte. Ihr Körper war schon ganz taub, und sie konnte ihre Beine kaum noch spüren. Aber sie klammerte sich an der Rettungsinsel fest und hielt diese neben der *Kipper*, damit Robbie Kip hineinbugsieren und selbst hinterhersteigen konnte. Mit aller Kraft trat Tess dann gegen das sinkende Segelboot, um sie in sichere Entfernung davon zu bringen. Robbie zerrte an ihrem Hosenbund und half ihr schließlich hinauf. Sie machte eine Bauchlandung auf ihm, und gemeinsam wogten sie in den Wellen auf und ab und wurden weiter abgetrieben.

Sekunden später sahen sie die *Kipper* versinken. Vor Erleichterung brach Tess in unkontrollierbares Gelächter aus. Sie streckte die Hand aus, um mit Robbie abzuklatschen. Erst da sah sie, wie wund und aufgescheuert ihre Hände von den Leinen waren.

»Du hast es geschafft! Du hast uns gerettet! Robbie, du hast uns gerettet!« Tränen rannen ihr über das Gesicht, gleichzeitig konnte sie nicht aufhören zu lachen. Sie umarmte und küsste ihn. Sie wollte ihn nie wieder loslassen. Aber er wand sich aus ihren Armen, um nach Kip zu sehen. Der war vornüber zusammengesackt und kaum noch bei Bewusstsein.

»Wir müssen ihm helfen«, sagte Robbie. »Doch wie?«

»Zumindest sind wir hier erst einmal in Sicherheit.« Robbie richtete ihn auf, und Tess sah sich seine Wunde an. »Er blutet nicht mehr. Kip, kannst du mich hören?«

»Liam. Hannah. Sie sind fort … dort … atme … atme …«, wiederholte er seltsam monoton. Sein leerer Blick war unheimlich.

»Er muss ins Krankenhaus. Irgendwas stimmt nicht mit ihm«, sagte Robbie und sah sie beunruhigt an.

Er zog ein paar Aluminiumpäckchen aus der Tasche und reichte sie ihr. Sie las auf dem Etikett: *Notfall-Trinkwasser*, riss eins auf und gab es Robbie zurück, der Kip beim Trinken half.

»Eigentlich kann er nicht so schwer verletzt sein«, sagte Tess. »Er hat einen heftigen Schlag gegen den Kopf bekommen und ist verwirrt, aber er wird sich bestimmt erholen. Er ist bei Bewusstsein und spricht. Das ist ein gutes Zeichen. Wir müssen es nur irgendwie schaffen, die Küstenwache auf uns aufmerksam zu machen.«

»Aber er redet so komisch … Was, wenn etwas mit seinem Gehirn passiert ist?«

»Mach dir keine Sorgen. Er braucht einen Arzt, je früher wir medizinische Hilfe bekommen, desto besser. Du weißt offenbar ganz genau, was man auf See zu tun hat. Also hast du jetzt das Sagen. Was sollen wir als Nächstes tun?«

Er fand zwei kleine Paddel und ein elektrisches Rettungslicht in einer mit Reißverschluss verschlossenen Hülle an der Seite der Insel. »Hier, Mom, zünde das an. Das sendet ein SOS-Signal aus.«

Es war wenig Platz, und sie mussten sich aneinanderdrängen wie Sardinen, wobei sie bibberten vor Nässe und Kälte. Tess fand es beängstigend in diesem kleinen aufblasbaren Gummiboot auf den riesigen Wellen zu schaukeln, aber Robbie wirkte jetzt ganz ruhig. Er zog den Kompass hervor, den Kip ihm gegeben hatte. »Schau mal, ich kann ihn lesen.« Er hielt ihn hoch. »Montauk liegt im Westen. Dort entlang. Wir müssen in diese Richtung paddeln.« Er zerrte die beiden Paddel aus der Hülle und reichte ihr eins. Sie war noch nie so stolz auf ihn gewesen wie in diesem Moment. Dem Alptraum, den sie gerade durchlebten, zum Trotz gab ihr seine Ruhe die Zuversicht, dass sie es schaffen könnten. Während sie sein besonnenes Vorgehen beobachtete, verstand sie, was für eine große Entwicklung ihr Sohn durchgemacht hatte. Er war zu ihr zurückgekehrt. Er würde sie retten, und er würde auch sich selbst retten. Nun würde alles wieder gut werden.

»Okay.« Sie tauchte das Paddel ins Wasser und probierte vorsichtig einen Zug.

»Sieh mal, da in der Tasche sind Leuchtfackeln. Die können wir anzünden, sobald Hilfe in der Nähe ist.«

Tess paddelte nun mit voller Kraft und sah, wie Robbie es ihr gleichtat. Schon bald brannten ihre Arme, bis der Schmerz kaum noch auszuhalten war, dann spürte sie nichts mehr. Ihr Körper übernahm die Kontrolle und tat, was er tun musste. Gemeinsam schafften sie es, die Rettungsinsel durch die Wogen zu steuern, und schließlich war das Glück auch auf ihrer Seite. Die starke Strömung trieb sie zurück in Richtung Montauk, in Sicherheit.

Kapitel
DREIUNDZWANZIG

Robbie hielt die mit Geschenkpapier umhüllte Schachtel auf dem Schoß fest umklammert. Tess zog den glühend heißen Pappbecher aus dem Kaffeeautomaten heraus und setzte sich neben ihn. Seit ihrer Rettung hatte sie Mühe, sich warm zu halten. Es war, als strömte noch der kalte Ozean durch ihre Adern. Das Sonnenlicht fiel durch die bodentiefen Fenster des Wartezimmers im Krankenhaus. Sie waren die einzigen Besucher.

»Denkst du, ich hätte Kip besser den grünen als den blauen Pullover mitgebracht?«

Tess küsste ihn auf den Scheitel. »Den hast du gut ausgesucht. Er ist wunderschön und wird Kip sicher gefallen. Er wird ihn warm halten in England. Dort ist es kälter als hier.«

»Ich hoffe, du hast recht.«

Ein freundlich wirkender Mann mittleren Alters erschien im Türrahmen, und Tess blickte zu ihm auf. Er ging lächelnd auf sie zu und streckte seine Hand aus.

»Sie müssen Tess und Robbie Harding sein. Ich kümmere mich um Ihren Freund Kip Young. Doktor Noto, Stuart Noto. Er hat viel von Ihnen gesprochen.«

Tess stand auf und schüttelte ihm die Hand. »Wie geht es ihm? Robbie würde ihn gern besuchen.«

»Kann ich jetzt zu ihm?«, wollte Robbie wissen.

»Können wir uns einen Moment hinsetzen und uns unterhalten? Ich möchte Ihnen erklären, was passiert ist, und Sie ein wenig vorbereiten. Ich habe natürlich mit Kip darüber geredet, und er hat es mir gestattet, mit Ihnen über seinen Zustand zu sprechen.«

»Gut. Dann gehen wir jetzt zu ihm«, drängte Robbie.

»Wir werden ihn gleich sehen, Robbie. Hören wir uns erst einmal an, was Doktor Noto zu sagen hat.«

»Zuallererst möchte ich Ihnen sagen, wie sehr mich Ihr Mut beeindruckt. Ohne das beherzte Eingreifen von Ihnen beiden hätte das schlimm ausgehen können. Wie geht es Ihnen jetzt?«

»Gut, nicht wahr, Robs?«

Und so erstaunlich es auch war, es stimmte. Tess betrachtete ihren Sohn, der, wohlauf und munter, nicht den kleinsten Kratzer hatte, keinerlei blaue Flecken, Wunden oder Frostbeulen. Robbie hatte sich bemerkenswert schnell von dem Sturm erholt. Sie war diejenige, die nachts nicht schlafen konnte und beständig fror. Sie waren mehrere Stunden auf offener See gewesen, ehe ein Helikopter der Küstenwache sie fand. Die Rettungsmannschaft hatte während des Sturms nach einem Fischerboot Ausschau gehalten, das einen SOS-Ruf abgesetzt hatte, und war dabei auf ihr Rettungslicht gestoßen, das Robbie eingeschaltet hatte. Der Helikopter war über ihnen geschwebt und hatte einen Korb für sie heruntergelassen. Sie konnten sich alle zusammen hineinzwängen, denn zum Glück nahmen sowohl Tess als auch Robbie nur wenig Platz ein. Sie glaubte nicht, dass sie es ausgehalten hätte, ihn mit Kip hinaufzuschicken und selbst allein unten zu warten. Das alles war zu viel für sie, und die Panik drohte sie zu übermannen. Den Helikopter zu sehen und darauf zu warten, in Sicherheit gehoben zu werden, war furchteinflößender als alles zuvor. Und dann, endlich, waren sie in Sicherheit. Sie wurden nach Montauk zurückgeflogen, wo zwei Krankenwagen auf sie warteten. Ike war benachrichtigt worden, und eine kleine Menschenmenge hatte sich versammelt, um sie willkommen zu heißen. Rita, Jimmy, Christopher und die Yogamädels warteten allesamt auf sie. Als ihre Füße endlich den Boden berührten, konnte Tess ihr Glück kaum fassen.

»Mir geht es wirklich gut. Ich will bloß Kip sehen«, versicherte Robbie dem Arzt.

»Es freut mich, das zu hören. Sie konnten das Krankenhaus schon letzte Woche, nach nur einem Tag verlassen, nicht wahr?«

»Ja, aber ich kann nicht behaupten, dass ich schon bereit für den nächsten Segeltörn bin. Wenn ich das überhaupt jemals wieder sein werde.«

»Aber ich. Ich habe keine Angst«, sagte Robbie.

»Gut. Gleich wieder zurück in den Sattel, Robbie«, sagte Doktor Noto. »Wenn man in Montauk lebt, sollte man sich lieber nicht vor dem Meer fürchten.«

»Genau«, stimmte Robbie zu.

»Vielleicht sollte ich zuerst mit deiner Mom über Kip reden?«

»Wenn Robbie uns vor diesem Monstersturm retten konnte, dann ist er auch alt genug, um zu hören, was mit Kip los ist, und eigentlich auch für alles andere«, meinte Tess. »Erzählen Sie ruhig. Wir haben schon davon gehört, dass seine Frau und sein kleiner Junge letztes Jahr auf See ertrunken sind und dass er dabei irgendwie sein Gedächtnis verloren hat. Robbie versteht das. Er möchte seinem Freund helfen. Ihn trösten.«

»Kip leidet unter einer posttraumatischen Belastungsstörung. Ein solch schwerer Fall wie der seine findet sich sonst zum Beispiel bei Soldaten, die im Krieg gewesen sind. Sie vergessen die schrecklichen Dinge, die ihnen zugestoßen sind, um damit leben zu können. In schwerwiegenden emotionalen

Stresssituationen kann jeder solch eine Form der Gedächtnisblockade erleiden. Und genau das ist mit Kip geschehen. Er konnte nicht ertragen, dass seine Frau und sein Sohn ertrunken sind, also hat sein Verstand es vollkommen ausgeblendet.«

»Hat er deshalb geglaubt, sie wären in London und würden ihn besuchen kommen? Er hat viel von ihnen gesprochen«, wollte Robbie wissen.

»Ja, mein Junge. Er hat sie nicht vergessen, sein Verstand hat nur ausgeblendet, dass sie gestorben sind. Er erinnerte sich nur an das, was er bewältigen konnte. Das menschliche Hirn ist durch den Selbsterhaltungstrieb des Menschen zu erstaunlichen Leistungen fähig. Aber wir wissen noch zu wenig darüber. Kip hätte das womöglich nicht überstanden, wenn er nicht ausgeblendet hätte, was geschehen ist.«

»Aber jetzt wird er sich vollständig erholen, nicht wahr, Doktor Noto?«, fragte Tess. »Er wird doch wieder ganz gesund werden?«

»Hoffentlich, im Laufe der Zeit. Seine Erinnerung kehrt in Bruchstücken zurück, die plötzlich aufblitzen. Er hat noch nicht wieder alle Puzzleteile zusammengesetzt.«

»Sie meinen, er glaubt immer noch, dass sie am Leben sind?«, hakte Robbie nach.

»Ich fürchte, ja«, erwiderte der Arzt.

»Er tut mir so leid«, sagte Tess. »Es ist schrecklich, was seiner Familie geschehen ist.«

»Macht ihm die Situation Angst?«, wollte Robbie wissen.

»Das ist eine gute Frage, Robbie. Er wirkt wie ein starker Mann, der alles unter Kontrolle hat, aber sein Gemüt ist ziemlich fragil, und seine Ungewissheit, was mit ihm und seiner Familie geschehen ist, beunruhigt ihn auf jeden Fall oder ängstigt ihn sogar. Er wird nach England zurückkehren und sich dort mehrere Monate in der Obhut eines Psychiaters erholen müssen. Es ist schon alles organisiert. Körperlich ist er stark genug, um Montauk zu verlassen. Wir planen gerade seinen Flug zurück nach London in ein bis zwei Tagen, gemeinsam mit seinem Bruder und seinen Eltern.«

Tess biss sich auf die Lippe. Sie stand auf und musste sich abwenden, um sich wieder zu sammeln. Sie trat ans Fenster, Robbie den Rücken zugewandt, und versuchte, die Tränen zurückzuhalten, doch es gelang ihr nicht. Was musste Kip gerade durchmachen, welchen Schmerz empfinden. Und was würde noch auf ihn zukommen. Er hatte das Ertrinken seiner Frau und seines Kindes mitansehen müssen. War dabei gewesen und beinahe selbst ertrunken. Doch er hatte überlebt. Tess fragte sich, ob überleben wohl manchmal schlimmer als sterben war. Sie wandte sich wieder dem Arzt zu.

»Geht es Ihnen gut, Tess?«, fragte Doktor Noto.

»Ja. Was für eine Tragödie.«

»Aber er hat noch uns, nicht wahr, Mom?«, sagte Robbie.

Sie nahm ihn in den Arm.

»Doktor Noto, was sollen wir sagen oder besser verschweigen, wenn wir Kip sehen? Glauben Sie, es wird für ihn nur noch schmerzhafter, wenn er uns sieht?«

»Erinnert er sich überhaupt an uns?«, wollte Robbie wissen.

»Ja, das tut er«, antwortete der Arzt. »Er hat viel von dir gesprochen, Robbie, von dir und deiner Tuba.«

»Ich hätte sie mitbringen sollen!«

»Vielleicht ist er noch nicht bereit für eine so große Lautstärke«, sagte Tess. »Später einmal.«

»Ich werde Sie beide jetzt zu seinem Zimmer bringen. Ich würde sagen, dass Sie besser nicht länger als zwanzig bis dreißig Minuten bei ihm bleiben. In Ordnung?«

»Wird es das letzte Mal sein, dass ich ihn sehe? Wann fliegt er nach London?«

»Sehr bald. Ich fürchte, es wird nicht mehr die Gelegenheit geben, ihn noch einmal zu besuchen.«

Robbie fing an zu weinen. Tess presste ihn an sich, und er ließ es geschehen.

»Ich will mich nicht von Kip verabschieden. Ich will nicht, dass er geht.«

»Ist schon gut, Robbie. Ich verstehe, dass dir das schwerfällt. Aber wir müssen jetzt für Kip stark sein. Denk daran, worüber wir gesprochen haben. Dass wir uns alle gegenseitig helfen müssen. Als es uns beiden schlecht ging, hat Kip uns mitgenommen und uns Benny gezeigt, hat seine Liebe zum Meer mit uns geteilt. Er hat uns aus unserem Kummer herausgeholfen. Jetzt lass uns stark für ihn sein. Er war da, als wir ihn brauchten. Nun müssen wir auch für ihn da sein, so schwer uns das fallen mag.«

»Du hast recht, Mom«, sagte Robbie, zog tapfer die Nase hoch und wischte sich die Augen trocken.

Kips Zimmer befand sich am Ende des Gangs. Doktor Noto begleitete sie bis zur Tür und verabschiedete sich. Robbie griff nach Tess' Hand, dann gingen sie hinein. Kip saß in einem Krankenhauskittel vor dem Fenster und blickte aufs Meer hinaus. Unter dem dünnen Hemd konnte Tess seine nackte Haut sehen. Er drehte sich um und strahlte sie an, und Robbie rannte auf ihn zu und umarmte ihn. Es war befremdlich, Kip so verletzlich zu sehen. Sie erinnerte sich an ihre erste Begegnung unten am Pier der Sunset Bar. Was Kip so besonders machte, war, wie authentisch er war.

»Hi, Tess«, begrüßte er sie mit gedämpfter Stimme. »Komm, setz dich zu uns.«

Sie umarmte und küsste ihn auf die Wangen. »Wie geht es dir?«

»Es geht.«

»Hier, Kip. Pack mein Geschenk aus«, sagte Robbie.

»Du hättest mir nichts mitzubringen brauchen, Kumpel. Ich bin einfach nur froh, dich zu sehen.«

Voller Vorfreude über seine Überraschung überreichte Robbie ihm die Schachtel.

Tess konnte die Traurigkeit in Kips Augen sehen. Er wirkte gealtert, vielleicht waren es auch der Siebentagebart und das strähnige Haar. Sie war es nicht gewohnt, ihn anders zu sehen als frisch rasiert und wie aus dem Ei gepellt. Er wirkte erschöpft. Dennoch öffnete er die Schachtel und hielt lächelnd den wunderschönen türkisfarbenen Wollpullover hoch. Er hatte genau die Farbe seiner Augen.

»Gefällt er dir? Willst du ihn anprobieren?«, fragte Robbie.

»Vielleicht ist Kip jetzt zu müde«, sagte Tess. »Er kann ihn ja auch später anprobieren.«

»Robbie, ich freue mich sehr darüber. Das ist ein toller Pullover.«

Tess merkte, wie nervös Robbie war, der nun anfing, an seinen Fingernägeln zu kauen.

»Wie kommst du zurecht, Kip?«, erkundigte sich Robbie.

»Ich bin durcheinander. Ich verstehe nicht, weshalb Hannah und Liam nicht hier sind. Sie sollten längst angekommen sein. Aber die Ärzte sagen, dass sie nicht kommen werden. Das alles verwirrt mich.«

Robbie blickte Tess fragend an, während er Kips Hand ergriff.

»Was glaubst du, wo sie sind, Kip?«, fragte ihr Sohn sanft.

»Das ist es ja, Robbie. Ich habe sie irgendwie verloren. In meinem Kopf habe ich sie verloren. Das ergibt keinen Sinn.«

Tess setzte sich neben Kip und griff nach seiner anderen Hand. Sie spürte den Puls in den Adern seines Handgelenks pochen.

»Bald werden sich die einzelnen Stücke deiner Erinnerung zusammenfügen. Das hat dein Arzt uns gesagt. Mach dir keine Sorgen.«

Tess drehte seine Handfläche nach oben und sah ihn aufmunternd an. »Hast du dir schon einmal aus der Hand lesen lassen?«

»Nein.«

»Schauen wir doch einmal nach, was die Zukunft bringen wird, oder, Robbie?«

Sie zwinkerte Robbie zu und wusste, dass ihm klar war, dass sie nur Spaß machte, damit Kip auf andere Gedanken kam.

»O ja, dafür ist meine Mom Expertin.«

»Okay, also …« Sie berührte seine Handfläche und fuhr darauf die Linien nach. »Ich sehe hier einen Wal …«

»Das muss Benny sein«, meinte er.

Robbie lächelte.

»Ich sehe einen Wal und ein wunderschönes neues Boot.«

»Das gefällt mir.«

»Die *Kipper* Nummer zwei«, sagte Robbie.

Plötzlich sprang Kip auf, wobei der Pullover zu Boden glitt. Er ging in die andere Ecke des Zimmers und ließ sich auf einen Stuhl sinken.

»Ich verstehe nicht, wie ich Hannah und Liam verlieren konnte! Ich verstehe es einfach nicht!«, sagte er.

Robbie stand wie erstarrt da. Tess trat auf Kip zu und beugte sich bis auf seine Augenhöhe vor. Sie nahm seine Hände in ihre.

»Kip, es war nicht dein Fehler, aber sie sind nicht mehr da«, flüsterte sie.

Er lehnte sich nach vorn und verbarg seinen Kopf in ihren Armen. Tess streichelte ihm den Rücken. »Es wird alles gut werden. Gib dir Zeit.«

Robbie kam zu ihnen und zog etwas aus seiner Hosentasche. »Ich möchte dir das hier geben.« Es war der Kompass, den Kip ihm geschenkt hatte.

Kip blickte auf, seine leuchtend türkisfarbenen Augen waren gerötet vor Tränen und Schmerz.

»Ich gebe ihn dir zurück, weil du ihn jetzt dringender brauchst als ich. Du hast mir erklärt, wahrhaftige Orte findet man auf keiner Karte. Aber ich bin mir sicher, dass Hannah und Liam am wahrhaftigsten aller Orte sind. Genau wie mein Dad. Und uns wird es wieder gut gehen, uns allen.«

Kip nahm den Kompass, schloss seine Hand darum und drückte sie fest zusammen.

Tess und Robbie durften schließlich den ganzen Tag bei Kip bleiben, und dann vereinbarten sie, dass sie ihn zum Flughafen bringen und ihm einen Abschied bereiten würden, der so schön war wie nur möglich. Und das taten sie. Tess konnte kaum fassen, wie erwachsen und klug sich ihr kleiner Sohn dabei benahm, wie gefasst er seinem Freund Lebewohl sagte.

EPILOG

Die Luft war kühl, aber es war ein so schöner Tag, dass die Main Street für Ende Oktober ungewöhnlich belebt war. Das Laub der Bäume erstrahlte in leuchtendem Orange, Rot und Gelb. Der strahlend blaue Himmel mit seinen prallen weißen Wolken bot einen herrlichen Anblick, und der Schein der Nachmittagssonne ließ alles golden glänzen. Tess schloss die Tür auf, die zu ihrem Atelier hinter Christophers Laden für Anglerbedarf führte.

In dem großen Raum lehnten aufgerollte Bahnen robusten weißen Segeltuchs, die sie bei einer Bootsfirma erstanden hatte, an einer Wand. Über dem Zeichentisch, den sie aus der Stadt mitgebracht hatte, hing ein hübsches blauweißes Holzschild, auf dem in eleganter Schnörkelschrift *Montauk Sneakers* stand. Das Atelier war ein Lagerraum gewesen, ehe sie und Christopher es angemietet hatten. Es war weder schick, noch hatte es einen Ausblick wie ihr Atelier in Manhattan, aber es war zweckmäßig, bezahlbar und genau das, was sie zum Arbeiten brauchte.

Das steife, feste weiße Segeltuch würde sich, dessen war sie sich sicher, perfekt für Turnschuhe eignen. Sie spannte es über einen großen Holzrahmen und steckte es an den Seiten fest. Aus einer alten Kaffeedose nahm sie eine Handvoll Sand und ließ ihn über den Stoff rieseln, dann tauchte sie einen mittelgroßen Malerpinsel in klare Schellacklösung und fuhr damit über die strukturierte Fläche, damit die Flüssigkeit den Sand in sich einschloss und fixierte. Jimmy hatte die Idee gehabt, denselben Schellack wie für Surfbretter zu verwenden, und es hatte ganz wunderbar funktioniert. Seitdem hatte sie sich mit allen möglichen verschiedenen Materialien vertraut gemacht, die sie noch nie zuvor benutzt hatte, um ihre Schuhe herzustellen.

Der Sandläufer war einer der ersten Entwürfe für ihre neue *Montauk-Sneakers*-Kollektion. Inspiriert vom Meer und von der abwechslungsreichen Küstenlandschaft, steckte sie voller neuer Ideen, und sie freute sich darauf, diese umzusetzen. Natürlich, authentisch und originell, so sollten ihre Turnschuhe sein. Um den intensiven Geruch des Schellacks hinauszulassen, öffnete sie die Hintertür, dann rollte sie ein weiteres Segeltuch auf und schnitt es zurecht. Sie wiederholte das Aufspannen, Dekorieren und Auftragen der Schellacklösung, bis sie zehn Stücke Stoff fertiggestellt hatte. Diese wurden auf Holzständer gehängt, wo sie bis zum nächsten Tag vollständig trocknen würden. Anschließend käme der Teil, der ihr am meisten Spaß machte. Sie würde den Stoff nach ihren Schnittmustern zuschneiden und an den Gummisohlen befestigen. Bis morgen Abend wollte sie die Exemplare fertighaben.

Christopher war ungemein gespannt darauf, den ersten Schuh zu sehen. Er hatte schon Hunderte Bestellungen entgegengenommen, wie er ihr von Zeit zu Zeit ins Gedächtnis rief. Aber anders als früher fühlte sie keinen Druck auf sich lasten. In ihrem Atelier und gemeinsam mit Christopher an ihrem neuen Projekt zu arbeiten machte ihr einfach Spaß. Seit fast zwanzig Jahren war Tess nicht mehr eigenhändig am Herstellungsprozess beteiligt gewesen. Sie fühlte sich in ihre frühen Hochschultage zurückversetzt. Etwas von Anfang an zu erschaffen, ganz selbständig, war erfüllender, als sie je geahnt hatte. Als sie einen Blick auf die Uhr warf, räumte sie rasch auf und eilte hinaus.

***

Den langen Flur hinunter hastete Tess auf die Aula der Schule zu. Sie vernahm die schrägen Töne, mit denen die Schüler des Orchesters ihre Instrumente stimmten. Geigen kreischten, Trompeten schmetterten. Sie schlüpfte auf einen Platz in der ersten Reihe. Der Schuldirektor, der auch die Rolle des Orchesterdirigenten ausfüllte, wedelte vor den Schülern mit den Armen. Auf einer Tribüne stand der Chor, in dem eine bunte Mischung aus Kindern vom Kindergarten bis zur sechsten Klasse sang. Die Musiker saßen aufrecht auf Klappstühlen, ihre Instrumente auf dem Schoß, ihre Notenblätter auf Ständern vor sich. Robbie wurde beinahe von seiner Tuba verdeckt. Er lugte an seinem Instrument vorbei und strahlte sie an und winkte ihr zu. Tess zeigte ihm ihren nach oben ausgestreckten Daumen.

Der Schulleiter klopfte mit dem Taktstock auf sein Dirigentenpult, hob die Arme, und die Kinder legten los. *White Christmas*. Bilder von rieselndem Schnee, hübsch dekorierten Bäumen und von Pferden durch den Schnee gezogenen Schlitten, von heißer Schokolade und Christmas Pudding kamen ihr in den Sinn, obwohl es bis Weihnachten noch ein paar Wochen dauern würde. Jemand tippte ihr auf die Schulter, es war Mary Sue Parker. Sie umarmten und küssten sich zur Begrüßung auf die Wange.

»Kommst du heute Abend zum Yoga?«

»Nichts könnte mich davon abhalten.«

»Komm doch vorher mit Robbie zum Abendessen vorbei. Er und Eleanor können zusammen Hausaufgaben machen, während wir uns gemeinsam auf den Kopf stellen.«

Tess nickte ihr lächelnd zu. Das Orchester spielte sich durch das typische Repertoire, das von Grundschulen im ganzen Land verwendet wurde, oftmals schief, aber dafür umso engagierter und freudiger. *Jingle Bells*, *Silent Night*, *Merry Christmas*, *O Holy Night* und *Ode to Joy*, *Pomp and Circumstance*, sogar *Dreidl, Dreidl*. Robbie, die Backen aufgeblasen, das Gesicht rot angelaufen, blies mit aller Kraft ins Mundstück der glänzenden Tuba. Die Probe dauerte über eine Stunde, dann eilten die Kinder und Eltern rasch davon. Tess half Robbie, seine Tuba in ihrem riesigen Koffer zu verstauen, bevor sie sie gemeinsam hinaus zum Auto trugen. Mittlerweile dämmerte es schon um halb fünf Uhr nachmittags und war bitterkalt. Sie würde ein Feuer im Ofen anzünden. Robbies Notenständer war nun im Wohnzimmer aufgestellt. Tess hörte ihm gern beim Üben zu, während sie das Abendessen vorbereitete. Zu Hause angekommen, holte er die Tuba aus dem Koffer und blies ein paar Töne. Sie sammelte Holzscheite zusammen, um ihnen ein gemütliches Feuer zu machen.

Es war der Inbegriff eines frischen Herbstmorgens, an dem die Luft vor Kälte prickelt, aber die Sonne hell scheint. Durchs Fenster sah Tess den Briefträger und eilte nach draußen, um die Post entgegenzunehmen. Es war ein Brief von Kip an Robbie dabei, über den er sich riesig freuen würde. Sie hörte ihn oben in seinem Zimmer rumoren, ehe er kurz darauf die Treppe hinuntersprang. Sie hielt ihm den Brief vor die Nase.

»Cool!« Er schnappte ihn sich.

»Lass uns frühstücken.«

Während er ihr in die Küche folgte, riss er den Umschlag auf. Sie nahm Eier, Milch, Butter und Brot aus dem Kühlschrank.

»French Toast?«

»Klaro!«

Robbie setzte sich an den Küchentisch und las Kips Brief mit einem Lächeln im Gesicht. Als sie das Frühstück zubereitet hatte, ließ er die Blätter sinken und betrachtete ein paar Fotos, die Kip beigelegt hatte.

»Wie geht es ihm?«

»Besser. Er lebt jetzt in Baltimore.«

»Ich dachte, er wäre in London. Er ist also zurück in den Staaten?«

»Baltimore in Irland. Dort gibt es ein Meeresforschungszentrum und viele Wale. Er hat ein kleines Haus gemietet. «

Er reichte Tess die Schnappschüsse von einem idyllischen Hafen und einer wunderschönen Klippenlandschaft. Ein kleines Dorf schmiegte sich an die Küste, an der auch ein Leuchtturm stand. Auf einem Bild war Kip mit einem Mann zu sehen, der sein Bruder sein musste, so ähnlich sah er ihm.

»Das sieht aus wie ein irisches Montauk. Findest du nicht?«

»Ja.«

»Ist das sein Bruder?«

»Ja. Er verbringt viel Zeit mit Kip und hilft ihm, sich wieder zurechtzufinden. Aber er ist noch nicht wieder segeln gewesen. Er hat mir geschrieben, er könne noch nicht aufs Meer hinausfahren.«

»Ich glaube fest daran, dass er wieder segeln wird. Er wird sich mit der Zeit erholen.«

»Das glaube ich auch«, sagte Robbie und schien etwas zu überlegen. Dann blickte er auf. »Hey, wie wäre es mit einer Fahrradtour? Hast du Lust, mit mir zum Leuchtturm zu fahren, Mom?«

Sie umarmte ihn. »Große Lust. Es wird allerdings ziemlich kalt sein draußen.«

Sie zogen sich dicke Pullover, Schals, Mützen und Handschuhe an. Robbie raste mit Tess um die Wette die Straße hinunter auf den kaum befahrenen Old Montauk Highway. Gemeinsam flitzten sie durch die Stadt und passierten den Hafen durch den State Park, in dem die Bäume zu beiden Seiten der Straße in der Mitte zu einem riesigen Baumkronendach zusammenwuchsen. Sie leuchteten herrlich in ihrer vollen Oktoberpracht. Die Sonne stand hoch am Himmel und sprenkelte die Straße durch die üppig knallrot, orange und gelb bewachsenen Äste. In Montauk war der Wechsel der Jahreszeiten so lebendig, das bunt leuchtende Laub auf dem Höhepunkt seiner Verwandlung vor der aufgewühlten tiefblauen See, die ihren weißen Schaum ans Ufer spülte. Vor ihnen ragte der majestätische Leuchtturm empor.

Robbie konnte sie mittlerweile auf dem Rad mit Leichtigkeit abhängen, was er nur zu gern tat, auch diesmal. Er hatte sein Fahrrad bereits abgestellt und wartete auf sie, als sie ihn endlich einholte. Ihre Beine schmerzten von der Anstrengung, dennoch hatte sie die Fahrt genossen.

»Lass uns nach oben laufen!«

»Meine Beine sind wie Gummi«, entgegnete Tess lachend.

»Komm schon. Der Letzte ist ein faules Ei!«, rief Robbie.

Schon rannte er die steile Treppe hinauf, und sie schnaufte und keuchte, als sie ihn schließlich auf dem Außendeck erreicht hatte.

»Ich hab's geschafft!«

Sie standen nebeneinander und blickten eine Weile einfach nur aufs Meer. Die Wellen krachten mit viel Getöse auf den Strand. Die Schaumkronen so leuchtend weiß, das Meer marineblau. Möwen tanzten über den Himmel und tauchten auf der Suche nach Essbarem ins Wasser.

»Weißt du, Robbie, Kip lebt jetzt genau auf der anderen

Seite dieses Ozeans, von unserem Standpunkt aus beinahe in einer geraden Linie auf der gegenüberliegenden Küste.«

»Meinst du, wenn wir ein superstarkes Teleskop hätten, so eins, mit dem man in den Weltraum schaut, dann könnten wir ihn sehen?«

»Vielleicht … So eins wie das Hubble-Teleskop.«

»Ich wünschte, ich könnte Kip helfen, so wie er mir geholfen hat. Er hat dafür gesorgt, dass es mir – na ja – wieder ganz gut geht. Ich fühle mich wie – also … es ist okay, nicht mehr die ganze Zeit zu weinen und wütend zu sein. Er hat mir so viele Sachen erklärt. Jetzt sehe ich vieles ganz anders … Und ich weiß jetzt, dass du nicht schuld an Dads Tod bist, Mom.«

»Kip hat uns beiden gut getan. Er hat ein großes Herz. Ich denke, du hast ihn an seinen kleinen Jungen erinnert. Er mag dich wirklich sehr. Ihm gefällt, dass du seine Arbeit und seine Liebe zum Meer zu schätzen weißt.«

»Aber ich konnte ihm nichts zurückgeben. Ich wünschte, ich wüsste, wie ich ihm helfen könnte.«

»Robbie, es mag dir nicht bewusst sein, aber du hast ihm sehr geholfen. Du hast ihm geholfen, in Kontakt mit Benny zu treten. Deine Idee, mit dem Wal zu kommunizieren, und wie du es getan hast, hat ihn wirklich beeindruckt und seine Forschungen entscheidend vorangebracht.«

»Aber er kann nicht mehr arbeiten. Vielleicht wird er es nie wieder können.«

»Nachdem du ihm diese Idee in den Kopf gesetzt hast, wie man die Tuba zur Imitation der Walgesänge nutzen kann, ist es nur noch eine Frage der Zeit, bis er wieder auf See und auf die Suche nach Benny geht.«

»Ob es wohl wirklich möglich ist, mit Walen zu kommunizieren? Delphinen kann man doch sogar eine Art Sprache beibringen. Ich werde ihm schreiben und ihn fragen.«

»Das ist die beste Medizin für Kip. Seine Arbeit wird ihm helfen, seine Tragödie zu überstehen.«

»So wie dein neues Schuhgeschäft dir hilft?«

»Genau. Auch ich habe eine Leidenschaft. An Land. Sie gibt mir ein Ziel und den Antrieb, den ich brauche, um weiterzumachen.« Sie nahm ihn fest in den Arm. »Vielleicht können wir Kip in ein paar Monaten in Irland besuchen. Was hältst du davon?«

»Können wir?«

»Ja, das machen wir. Wenn Kip sich etwas erholt hat, vielleicht nächstes Frühjahr.«

»Dann könnte ich mit ihm segeln gehen. Wale in Irland aufspüren.«

»Vielleicht sogar Benny? Vielleicht ist er Kip dorthin gefolgt?«

»Warum nicht?«

Robbie griff nach ihrer Hand. Seine kleine weiche Hand in ihrer zu spüren war alles, was sie sich gewünscht hatte. Es war ein Moment des puren Glücks, und sie schloss die Augen und prägte ihn sich in ihrem Verstand und in ihrem Herzen ein.

»Ich hab dich lieb, Mom.«

»Mach schon, wir kommen sonst noch zu spät«, rief Robbie von unten.

Tess gab gerade ihrem Make-up noch den letzten Schliff. Mit dem Mascarabürstchen in der Hand verlieh sie ihren Wimpern mehr Dichte. Sie blickte in den Spiegel. Der leuchtend rote Lippenstift hatte den perfekten Farbton. Sie schlüpfte in ihr langes Kleid und zog den Reißverschluss hoch, es war das von Pucci mit den bunten Wirbeln in knalligen Farben. Sie warf einen letzten Blick in den Spiegel und erkannte sich kaum wieder. Das war nicht mehr die Frau, die vor fast einem Jahr von Kummer zerrüttet hergekommen war. In New York City hatte sie eigentlich immer Schwarz getragen, aber das war nun vorbei. Nach dem Sturm hatte sie all ihre schwarzen Kleidungsstücke weggeworfen, die Zeit für den Neuanfang war da, auch äußerlich. Sie stieg in ein Paar pinkfarbene Lackleder-Highheels mit Fesselriemen, warf sich ihren langen Wollmantel über und rannte die Treppe hinunter.

Robbie sah gut aus in seinen grauen Flanellhosen und dem marinefarbenen Blazer. Schon bald würde er seine kindlichen Züge verlieren und sich in einen jungen Mann verwandeln. Gemeinsam trugen sie die Tuba hinaus zum Jeep. Die Sonne schien hell, die bauschigen weißen Wolken sahen aus wie große Kugeln Vanilleeis. Der Himmel war strahlend blau, und das Meer glitzerte und glänzte vom Ufer bis zum Horizont wie eine schimmernde Paillettendecke. Möwen stiegen in den Himmel auf. Sie fuhren den Hügel hinauf in Richtung Sunset Bar und staunten beim Anblick der Dekoration am Eingang. Der Türrahmen war mit einer dicken Schicht aus Blumen in Herbstfarben überzogen, Chrysanthemen in Orange und Rot, Gelb und Weiß und Elfenbein umgaben jedes Fenster, und bunte Blüten rieselten davon herab.

Innen waren alle Tische auf eine Seite des Raums gestellt worden, auf der anderen waren Stühle aufgereiht, die einen Mittelgang bildeten, den Braut und Bräutigam entlangschreiten konnten. Der Billardtisch war fortgeräumt worden, und auf all den runden Tischen lagen cremefarbene Tischdecken, auf denen eindrucksvolle Tafelaufsätze aus Herbstblumen standen. Kellner und Kellnerinnen in schwarzen Hosen, frisch gebügelten weißen Hemden und schwarzen Krawatten eilten zwischen Küche und Speisesaal hin und her und verliehen den Gedecken den letzten Schliff. An beiden Enden des Tresens standen große Blumenvasen, glänzende Champagner- und Cocktailgläser warteten aufgereiht auf das Eintreffen der Gäste. In riesigen Eiskübeln wurden Champagnerflaschen gekühlt. Ein loderndes Feuer im Kamin ließ den Raum romantisch aufleuchten, davor hatten sich Lindy und Diesel zusammengekuschelt, denen für den Anlass leuchtend orangefarbene Samthalsbänder umgelegt worden waren.

Über die gesamte Veranda war ein knallgelbes Zelt gespannt und auf dem Rasen war eine hölzerne Tanzfläche errichtet worden, auf der Ike und Rita ihren ersten Tanz als verheiratetes Paar darbieten und ihre Gäste sich zu ihnen gesellen konnten. Die steinerne Feuerstelle war gefüllt mit Holzscheiten und Brennholz und wartete nur darauf, entfacht zu werden, während dekorative freistehende Terrakottaöfen in jeder Ecke sowie große Heizpilze genügend Wärme für diesen schönen, aber kühlen Nachmittag im November liefern würden. Auch die Tür nach draußen war mit üppigen Blumen und Efeu geschmückt. Eine Seite des Zeltes war zum Meer hin geöffnet, doch wie durch eine göttliche Fügung herrschte Windstille. Das Meer bot die perfekte Kulisse für eine Hochzeit. Die Band stimmte ihre Instrumente, es war eine kleine Jazzcombo, bestehend aus Bass, Gitarre, Schlagzeug und Schulleiter Evans am E-Piano. Tess half Robbie nach draußen. Sie ließ ihn bei den Musikern zurück, die ihn wie einen Profi behandelten, und machte sich auf die Suche nach Ike.

Im Türrahmen zu seinem Zimmer beobachtete Tess, wie Rita mit ihren Fingern mit den perfekt manikürten Nägeln die Schnürsenkelkrawatte der amerikanischen Ureinwohner an ihrem Onkel festzog. Sie hatte die beiden noch nie zuvor so intim miteinander gesehen und spürte einen Kloß im Hals. Rita schob die Brosche aus Türkis und Silber zwischen den Bändern der Krawatte an die richtige Stelle, rückte sie ordentlich auf seinem weißen, bestickten Hemd zurecht, zog sein Jackett glatt und küsste ihn. Sie selbst sah hinreißend aus in ihrem tiefroten Samtkleid, dessen Oberteil mit Spitze und Kristallen besetzt war. Sein breiter Ausschnitt stellte ihren Hals und ihre Schultern zur Schau, die nach wie vor wunderschön waren. Ihr Haar war locker hochgesteckt, während ein paar einzelne Locken sanft ihr Gesicht umrahmten. Die beiden sahen aus, als wären sie schon immer ein Paar. Tess wandte sich zum Gehen, weil sie den Moment nicht verderben wollte, aber Ike hatte sie bereits aus dem Augenwinkel bemerkt.

»Tessie!«

»Oh, Ike, Rita. Ich wollte euch nicht stören.«

»Tess, was für ein tolles Kleid«, rief Rita.

»Ich habe eine umwerfend schöne Familie. Was für ein glücklicher Mann ich doch bin«, meinte Ike lachend. »Nun kommt, Mädels, es wird Zeit zu heiraten.«

Er hakte sie beide unter, und Seite an Seite gingen sie nach unten. Die Gäste waren mittlerweile angekommen. Begrüßungen, Liebesbekundungen, Geplauder und Gelächter wurden lauter und lauter. Die Band spielte ihr erstes Lied. Rita und Ike, umringt von ihren Lieben, genossen das Rampenlicht. Köstliche Hors d'œuvres wurden auf Silbertabletts herumgereicht, Champagnerkorken knallten. Tess mischte sich unter die rasch wachsende Menge. Sie kannte so viele der Gäste, Mary Sue und ihre Familie, Sarah und die ganze Yogagruppe waren da. Christopher erschien Arm in Arm mit einer atemberaubend schönen Frau. Jimmys Eltern eroberten die Tanzfläche und wiegten sich zu einer langsamen Tanznummer.

Einige Gesichter erkannte sie aus Ritas Restaurant wieder, auch die alten Fischer, die jeden Nachmittag an der Bar tranken, hatten sich fein herausgeputzt. Die Gäste waren eine wild zusammengewürfelte Mischung, und alle hatten ihre Kinder mitgebracht. Tess fand das Gewusel großartig. Mit Kindern war alles viel lockerer und natürlicher, und sie war froh, dass Robbie Gesellschaft in seinem Alter haben würde und nicht den ganzen Nachmittag mit Erwachsenen verbringen musste. Die Hochzeit hatte nichts Förmliches oder Steifes an sich, es war wie eine große Familienfeier, wobei diese Familie eben zufällig fast jeden umfasste, der in Montauk ansässig war.

Tess nippte an ihrem Champagner, ließ den Blick durch den Raum schweifen und überlegte kurz, in die Küche zu gehen, um Jimmy einen Besuch abzustatten. Sie wusste allerdings, wie beschäftigt er mit der Zubereitung des Hochzeitsessens war, und wollte ihn nicht stören. Sie sah sich um und hatte das Gefühl, nur von Paaren umgeben zu sein, die sich an den Händen hielten, einfach nur nebeneinander standen, sich umarmten. Der Anblick einer um die Hüfte seiner Ehefrau gelegten Hand eines Mannes versetzte ihr einen Stich. Ihr Single-Dasein wurde ihr mit einem Mal schmerzhaft bewusst. In einem Raum, der gefüllt war mit Pärchen und mit Liebe, kam sie nicht umhin, sich wie eine Außenseiterin vorzukommen. Also schwirrte sie geschäftig umher und machte sich irgendwie nützlich, nahm Mäntel entgegen, entkorkte Weinflaschen, trug sogar ein Tablett mit Aperitifs aus der Küche und wanderte damit durch den Raum, bis Ike sie bemerkte und ihr die Servierplatte aus der Hand nahm.

»Du bist heute unser Gast, Tess. Amüsier dich. Du bist nicht zum Arbeiten hier«, ermahnte er sie.

Als die Sonne um vier Uhr unterzugehen begann, war der Raum gerappelt voll. Der leuchtend blaue Himmel des wunderschönen Tages verblasste, färbte sich gelb und rosa, während die Sonne wie eine riesige reife Orange am Horizont hinter dem Ozean versank. Die Gäste nahmen ihre Plätze ein und dämpften ihre Gespräche. Draußen wurden die Lichter angezündet, ebenso wie die Kerzen auf den Tischen. Die Wellen schlugen sanft ans Ufer, das Meeresrauschen war der Soundtrack, zu dem Ike den Gang entlang bis nach vorn lief, wo ihn der Friedensrichter erwartete. Tess reichte Rita ihren Brautstrauß, eine hauchzarte Komposition aus kleinen Röschen und Schleierkraut.

Der Raum verstummte, als die Klänge von Robbies Tuba die Luft erfüllten. Alle lauschten gebannt seiner Interpretation von Øystein Baadsviks *It'll Be Alright.* Alle Blicke waren auf ihn gerichtet. Er spielte das Musikstück perfekt, traf alle Töne und hielt sie für genau die richtige Dauer. Sein Atem war sicher und stark, er beherrschte sein Instrument auf beeindruckende Weise. Tess war so stolz auf ihn. Die Musik erinnerte sie an Kip und Benny und die einzigartigen Momente, die sie auf dem Meer miteinander verbracht hatten. Sie betete stumm dafür, dass es Kip bald besser gehen möge.

Rita schritt langsam den Mittelgang entlang. Sie sah so jung aus, einfach alterslos. Ihr Blick suchte den Ikes, der seine Hand nach ihr ausgestreckt hielt. Die Sonne versank genau in dem Moment, in dem die beiden sagten: *Ja, ich will.* Danach führte Ike Rita auf die Tanzfläche, und sie tanzten ihren ersten Walzer als Mann und Frau. Rasch füllte sich die Tanzfläche, und bald drehten sich alle unter dem Zelt im Takt der Musik. Tess stand wie ein Mauerblümchen am Rand und genoss den Anblick, ohne sich als Teil des Ganzen zu fühlen. Auf der anderen Seite des Raumes erblickte sie Jimmy, der sich mit einem Bier in der Hand mit ein paar jungen Männern unterhielt. Er hatte seine Küchenuniform gegen ein langärmliges weißes Hemd und Jeans ausgetauscht, und sein hinreißendes Grinsen ließ ihr Herz schneller schlagen. Er hatte sie in der Menge noch nicht wahrgenommen. Tess schlängelte sich zu ihm durch und tippte ihm leicht auf die Schulter. Jimmy drehte sich mit einem überraschten Gesichtsausdruck zu ihr um, der sich jedoch sogleich in Freude verwandelte. Seine Augen funkelten. Sie nahm ihm sanft sein Bier ab, stellte es auf einen Tisch, zog ihn an der Hand hinter sich her, und dann begannen sie zu tanzen.

ENDE

DANK

Fast fünfzehn Jahre lang trug ich die Idee zu dieser Geschichte mit mir herum, bis ich mir schließlich ein Herz fasste und mich hinsetzte, um dieses Buch zu schreiben – was weitere fünf Jahre dauerte. In dieser Zeit begleitete mich meine großartige Agentin Christine Green als meine Mentorin, als Schreibguru, als meine kritischste Leserin und inzwischen auch als liebe Freundin. Vielen Dank für Deine Geduld, Deinen Rat und Deine Unterstützung, Christine.

Ein Autor wird erst dann zu einem richtigen Autor, wenn sein Manuskript redigiert, korrigiert und in ein richtiges Buch verwandelt wird. Stefanie Werk, meine Lektorin, hat mein Manuskript in die Hand genommen und es mit redaktionellem Feingespür und echter Regiearbeit in ein gedrucktes Buch verwandelt. Sie hat mich und das, was ich schreibe, wirklich verstanden. In seinem Schreiben unterstützt und geschätzt zu werden für die Ideen und die Kreativität, die man in sich trägt, ist das größte Geschenk, und das Team von Rütten & Loening hat meinem Buch dazu noch das schönste Cover der Welt gegeben. Und mein Dank gilt auch meinem deutschen Agenten Christian Dittus von der Peter & Paul Fritz Literaturagentur, dass er Stefanie für mich gefunden hat.

Meine wunderbaren Freunde und meine Familie, die mich ermutigt haben, haben all meine Entwürfe gelesen und mir mit endloser Geduld zugehört, wenn ich viele Jahre lang über Montauk, Wale und das Meer gesprochen habe. Ihr Rat und ihre Einfälle haben mir geholfen, mich in den Gefühlswelten meiner Charaktere zurechtzufinden. Ich danke jedem einzelnen. Vielen Dank auch an meinen Ehemann, Gil Alicea, an meine Schwester, Mary Millman, an meine Cousine Anastasia Portnoy und an meine Freunde; Gabriella Ambrosioni, Sharon Krum, Antonia Rigopolous, Petra Marcelle, Liz Thompson und Marcia Shulman. An meine großartige Fotografin Stephanie Massey. Ich danke Dr. Harriet Lutzky für ihre kompetente Unterstützung bei den psychologischen Hintergründen von Trauer in Beziehungen und Familien.

Yasemin Dinçer danke ich dafür, dass sie es den deutschen Lesern ermöglicht hat, mein Buch zu lesen.

Dieses Buch ist meine Liebeserklärung an Montauk, meinen liebsten Ort auf der Welt. Ich wollte von der Schönheit und der Ruhe dieses Landstrichs, der Aufrichtigkeit der Menschen, die ich dort kennengelernt habe, erzählen. Nick Monte, dem Besitzer des Gurney's Inn und der schon vor vielen Jahren gestorben ist, hat mich immer mit offenen Armen begrüßt. Ich liebe die Montauket Bar in Montauk, die Inspiration für die Bar in meinem Buch. Jeder Leser kann also auf die Klippen zur 88 Firestone Rd, Montauk, NY 11954 gehen, dort ein Bier trinken und den Sonnenuntergang über dem Meer betrachten. Ich hoffe, dass Montauk noch lange ein solcher Hort der Schönheit und Würde bleiben wird. Vor allem aber bete ich, dass die Welt erkennen wird, dass die Ozeane und die Wale und das ganze Meeresleben unseren Schutz und unser Engagement brauchen. Und dass Wale echte Persönlichkeiten sind, die unter keinen Umständen gejagt oder getötet werden dürfen, sondern beschützt und gerettet werden müssen und all jene Rechte und den Schutz bekommen sollten, der auch uns Menschen zusteht.

Barbara J. Zitwer

LESEPROBE

KRISTIN HANNAH
Die Nachtigall
Zwei Schwestern. Die eine kämpft für die Freiheit.
Die andere für die Liebe.
ROMAN
RL

EINS

9. April 1995

An der Küste von Oregon

Wenn ich in meinem langen Leben eines gelernt habe, dann ist es Folgendes: In der Liebe finden wir heraus, wer wir sein wollen, im Krieg finden wir heraus, wer wir sind. Heutzutage wollen die jungen Leute alles über jeden wissen. Sie denken, über ein Problem zu reden wäre schon die Lösung. Ich stamme aus einer schweigsameren Generation. Wir haben verstanden, welchen Wert das Vergessen hat, wie verlockend es ist, sich neu zu erfinden.

In letzter Zeit allerdings ertappe ich mich dabei, wie ich an den Krieg denke und an meine Vergangenheit, an die Menschen, die ich verloren habe.

Verloren.

Das klingt, als hätte ich meine Liebsten irgendwo verlegt; sie vielleicht an einem Ort zurückgelassen, an den sie nicht gehören, und mich dann abgewendet, zu verwirrt, um wieder zu ihnen zurückzufinden.

Aber sie sind nicht verloren. Und auch nicht an einem besseren Ort. Sie sind tot. Heute, wo ich das Ende meines Lebens vor mir sehe, weiß ich, dass sich Trauer ebenso wie Reue tief in uns verankert und für immer ein Teil von uns bleibt.

Ich bin in den Monaten seit dem Tod meines Mannes und meiner Diagnose sehr gealtert. Meine Haut erinnert an knittriges Wachspapier, das jemand zum Wiedergebrauch glattstreichen wollte. Meine Augen lassen mich häufig im Stich – bei Dunkelheit, im Licht von Autoscheinwerfern oder wenn es regnet. Diese neue Unzuverlässigkeit meiner Sehkraft ist nervtötend. Vielleicht schaue ich deshalb in die Vergangenheit zurück. Die Vergangenheit besitzt eine Klarheit, die ich in der Gegenwart nicht mehr erkennen kann.

Ich stelle mir gern vor, dass ich Frieden finde, wenn ich gestorben bin, dass ich all die Menschen wiedersehe, die ich geliebt und verloren habe. Dass mir zumindest verziehen wird.

Aber ich weiß es besser.

Mein Haus, das von dem Holzbaron, der es vor mehr als hundert Jahren erbaute, *The Peaks* getauft wurde, steht zum Verkauf, und ich bereite meinen Umzug vor, wie mein Sohn es für richtig hält.

Er versucht, sich um mich zu kümmern, mir zu zeigen, wie sehr er mich liebt in dieser schweren Zeit, und deshalb lasse ich mir seine übertriebene Fürsorge gefallen. Was kümmert es mich, wo ich sterbe? Denn darum geht es im Grunde. Es spielt keine Rolle mehr, wo ich wohne. Ich packe das Strandleben von Oregon, zu dem ich mich vor beinahe fünfzig Jahren hier niedergelassen habe, in Kartons. Es gibt nicht viel, was ich mitnehmen will. Doch eine Sache unbedingt.

Ich greife nach dem von der Decke hängenden Griff, mit dem die Speichertreppe heruntergezogen wird. Die Stufen falten sich von der Decke wie der Arm eines Gentlemans, der die Hand ausstreckt.

Die leichte Treppe schwankt unter meinen Füßen, als ich in den Speicher hinaufsteige, in dem es nach Staub und Schimmel riecht. Über mir hängt eine einsame Glühbirne. Ich ziehe an der Schnur.

Es sieht aus wie im Frachtraum eines alten Dampfers. Die Wände sind mit breiten Holzplanken verkleidet, Spinnweben schimmern silbrig in den Winkeln und hängen in Strähnen von den Fugen zwischen den Planken herunter. Das Dach ist so steil, dass ich nur in der Mitte des Raums aufrecht stehen kann.

Ich sehe den Schaukelstuhl, in dem ich saß, als meine Enkel klein waren, dann ein altes Kinderbettchen und ein zerschlissenes Schaukelpferd auf rostigen Federn und den Stuhl, den meine Tochter gerade neu lackierte, als sie von ihrer Krankheit erfuhr. An der Wand stehen mit *Weihnachten*, *Thanksgiving*, *Ostern*, *Halloween*, *Geschirr* oder *Sportsachen* beschriftete Kartons. Darin sind Dinge, die ich nicht mehr oft benutze, von denen ich mich aber dennoch nicht trennen kann. Mir einzugestehen, dass ich zu Weihnachten keinen Baum schmücken werde, ist für mich wie aufzugeben, und im Loslassen war ich noch nie gut. Hinten in der Ecke steht, was ich suche: ein alter, mit Aufklebern gespickter Überseekoffer.

Mit einiger Anstrengung zerre ich den schweren Koffer in die Mitte des Speichers, direkt unter die Glühbirne. Ich hocke mich daneben, habe jedoch prompt solche Schmerzen in den Knien, dass ich mich auf den Hintern gleiten lasse.

Zum ersten Mal seit dreißig Jahren hebe ich den Deckel des Koffers. Der obere Einsatz ist voller Andenken an die Zeit, in der meine Kinder klein waren. Winzige Schuhe, Handabdrücke auf Tonscheiben, Buntstiftzeichnungen, die von Strichmännchen und lächelnden Sonnen bevölkert werden, Schulzeugnisse, Fotos von Tanzvorführungen.

Ich hebe den Einsatz aus dem Koffer und stelle ihn neben mir ab.

Die Erinnerungsstücke auf dem Boden des Koffers liegen wild durcheinander: mehrere abgegriffene ledergebundene Tagebücher; ein Stapel alter Postkarten, der mit einem blauen Satinband zusammengebunden ist; ein Karton mit einer eingedrückten Ecke; eine Reihe schmaler Gedichtbändchen von Julien Rossignol und ein Schuhkarton mit Hunderten Schwarzweißfotos.

Ganz oben liegt ein vergilbtes Stück Papier.

Meine Finger zittern, als ich es in die Hand nehme. Es ist eine *carte d'identité*, ein Ausweis aus dem Krieg. Das Bild im Passfotoformat. Eine junge Frau. *Juliette Gervaise.*

»Mom?«

Ich höre meinen Sohn auf der knarrenden Holztreppe, Schritte, die mit meinem Herzschlag übereinstimmen. Hat er schon vorher nach mir gerufen?

»Mom? Du solltest nicht hier oben sein. Mist. Die Stufen sind wacklig.« Er kommt zu mir. »Ein Sturz und ...«

Ich berühre sein Hosenbein, schüttle langsam den Kopf. Ich kann den Blick nicht heben. »Nicht«, ist alles, was ich sagen kann.

Er geht in die Hocke, setzt sich zu mir. Ich rieche sein Aftershave, dezent und würzig, und auch eine Spur Rauch. Er hat heimlich draußen eine Zigarette geraucht, eine Gewohnheit, die er vor Jahrzehnten aufgegeben und nach meiner Diagnose vor kurzem wieder angenommen hat. Es besteht kein Grund, meine Missbilligung zu äußern. Er ist Arzt. Er weiß es selbst.

Instinktiv will ich den Ausweis in den Koffer zurückwerfen und den Deckel zuklappen, ihn wieder verstecken. Wie ich es mein Leben lang getan habe.

Doch jetzt sterbe ich. Vielleicht nicht schnell, aber auch nicht gerade langsam, und ich sehe mich gezwungen, auf mein Leben zurückzuschauen.

»Mom, du weinst ja.«

»Wirklich?«

Ich will ihm die Wahrheit sagen, aber ich kann es nicht. Es macht mich verlegen, und es beschämt mich, dieses Versagen. In meinem Alter sollte ich mich vor nichts mehr fürchten – und ganz bestimmt nicht vor meiner eigenen Vergangenheit.

Ich sage nur: »Ich will diesen Koffer mitnehmen.«

»Der ist zu groß. Ich packe die Sachen, die du haben willst, in eine kleinere Schachtel.«

Ich lächle bei seinem Versuch, mich zu kontrollieren. »Ich liebe dich, und ich bin wieder krank. Aus diesen Gründen habe ich mich von dir bevormunden lassen, aber noch bin ich nicht tot. Ich will diesen Koffer mitnehmen.«

»Wozu sollen dir denn die Sachen nützen, die da drin sind? Das sind doch nur unsere Zeichnungen und solches Zeug.«

Wenn ich ihm die Wahrheit längst erzählt oder wenigstens mehr getanzt, getrunken und gesungen hätte, wäre er vielleicht imstande gewesen, *mich* zu sehen statt einer verlässlichen, normalen Mutter. Er liebt eine Version von mir, die nicht vollständig ist. Ich dachte immer, das wäre es, was ich wollte: geliebt und bewundert zu werden. Doch jetzt denke ich, dass ich in Wahrheit richtig gekannt werden will.

»Betrachte es als meinen letzten Willen.«

Ich sehe ihm an, dass er sagen will, ich solle nicht so reden, aber er befürchtet, seine Stimme könnte schwanken. Er räuspert sich. »Du hast es schon zweimal geschafft. Du schaffst es wieder.«

Wir wissen beide, dass das nicht stimmt. Ich bin zittrig und schwach. Ohne medizinische Hilfe kann ich weder essen noch schlafen. »Natürlich schaffe ich es.«

»Ich will doch nur, dass du gut aufgehoben bist.«

Ich lächle. Amerikaner können dermaßen naiv sein.

Früher habe ich seinen Optimismus geteilt. Ich habe gedacht, die Welt sei ein sicherer Ort. Aber das ist schon sehr lange her.

»Wer ist Juliette Gervaise?«, fragt Julien, und es versetzt mir einen kleinen Schock, ihn diesen Namen aussprechen zu hören.

Ich schließe die Augen, und in der Dunkelheit, die nach Schimmel und längst vergangenem Leben riecht, schweifen meine Gedanken zurück in einem weiten Bogen, der über Jahre und Kontinente hinwegreicht. Gegen meinen Willen – oder vielleicht ihm zufolge, wer kann das wissen? – erinnere ich mich.